Tied

Gib Dich hin

»Auf einmal war er mir nah. Viel näher, als ich es guten Gewissens zulassen könnte. Seine Finger wanderten unter den Saum meines Rocks. Ich sah ihn an und griff nach seinem Handgelenk, um ihm zu zeigen, wie es richtig ging.«

Brina hat die Chance, beruflich aufzusteigen, dazu muss sie nur einen Auftrag erfüllen. Doch der vermeintliche Selbstgänger entpuppt sich als harter Brocken, dank der Auftraggeber Dan und Tom. Und Brina ist buchstäblich mittendrin.

Doch kann einer der Männer mit ihr fertig werden? Denn Brina hat Vorlieben, mit denen man(n) klarkommen muss.

Und kann sie Sex mit ihrem Auftraggeber mit ihrer Karriere vereinbaren oder verdirbt sie sich damit alles?

K.I.M. SOMMAR

Tied

Gib Dich hin

Bibliografische Information der Deutschen Nationalbibliothek: Die Deutsche Nationalbibliothek verzeichnet diese Publikation in der Deutschen Nationalbibliografie; detaillierte bibliografische Daten sind im Internet über dnb.dnb.de abrufbar.

Herstellung und Verlag: BoD – Books on Demand, Norderstedt

Umschlaggestaltung und Buchgestaltung: Photo by Razoomanet, Lizenz über Shutterstock, Cover by Sommar, K.I.M.

ISBN: 9783754332276

Für alle Frauen, die sich trauen, die Zügel in die Hand zu nehmen.

Kapitel 1

S o, Freunde der Sonne, willkommen zum montäglichen Strategiemeeting von K + R«, zwitscherte Edina. Sie stand am oberen Ende des Konferenztisches und strahlte uns an. »Ich hoffe, ihr hattet alle ein wundervolles Wochenende, seid bester Laune und topmotiviert, wieder euer Bestes zu geben.«

Stille senkte sich über den Raum. Edina verschränkte die Arme vor der Brust. Ihre Augenbraue hob sich. »Ja bitte?«

»Kann man dir helfen oder gibt es gleich eine Runde Drogen für alle?«, fragte Sissi und klemmte sich ihren Kuli zwischen die Zähne. Edina hielt es noch ein paar Sekunden aus, dann lachte sie.

»Nein, verdammt. Aber gut, dass du fragst. Es ist etwas Fantastisches passiert, das ich mit euch teilen möchte: Wir haben einen neuen Auftrag erhalten. Großkunde. Logistikunternehmen. Männer, die keine Ahnung von Kohle haben.« Sie strich eine schwarze Locke zurück und stemmte die Hand in die Taille.

»Männer, die denken, sie hätten Ahnung von Kohle?«, hakte Anna nach. Sie schrieb wie immer mit. In kyrillischen Buchstaben, wenn ich es richtig sah.

»Exakt. Also wie immer.« Edie zuckte mit den Schultern und sah mich an. »Ich möchte, dass du *Spedfield* übernimmst.«

»*Spedfield*?« Ich notierte mir den Namen. »Sollte ich die kennen?«

»Wenn du keine Kleidung zu verschicken hast, eher nicht. Ist aber auch scheißegal. Die wollen, dass wir ihren Laden auf links drehen. Das habe ich ihnen versprochen. *Onsite*«, erwiderte sie.

Meine Augenbraue zuckte hoch. Onsite bedeutete, hauptsächlich in den Räumen des Auftraggebers zu arbeiten. Normalerweise kein Problem, aber mein Team kompensierte gerade eine Kündigung und ich wäre lieber hier. Machte nichts, das schaffte ich schon. Ich war es gewohnt, auf mehreren Hochzeiten gleichzeitig zu tanzen. Und Edina musste etwas im Schilde führen, wenn sie explizit mich bat, den Mandanten zu übernehmen. Ich hoffte, sie sagte mir bald, was.

Edie hob die Augenbraue. »Kriegst du das hin, Brina?«

»Natürlich. Kommt aber auch drauf an, auf welchen Umfang du dich mit ihnen geeinigt hast. Und soll ich allein hingehen oder mit meinem Team?«

Edie rümpfte die Nase. »Du allein, aber du kannst dein Team von hier aus arbeiten lassen. Die beiden Inhaber sind speziell. Territoriale Alphamännchen. Ich hatte zwischendurch das Gefühl, dass ich sie überzeugen muss, uns zu beauftragen, obwohl sie mich angerufen haben.« Das konnte ja was werden. Sie zuckte mit den Schultern. »Zum Ende hin war es in Ordnung, also denke ich, die Sache ist klar. Du wirst sie in den Griff bekommen. Hol schon mal die Peitsche raus.«

Ich nickte. Mit unentschlossenen Mandanten kannte ich mich aus. Sie waren praktisch meine Spezialität. Edie grinste mich auf diese Art an, wie es nur jemand konnte, der mich privat kannte. Ich erwiderte ihr Lächeln. Das hier war nichts für ein Meeting, aber sie würde nichts sagen.

Mit Edie und auch mit Henni, der zweiten Inhaberin, verstand ich mich gut. Wir hatten einen privaten Draht zueinander - deswegen wusste Edie diese Dinge über mich - alle anderen aber nicht. Und das würde auch so bleiben.

Aus dem Augenwinkel fing ich Blicke von Anna, Cennet und Lucia auf, die ebenfalls infrage gekommen wären. Wir vier leiteten die Beraterteams der Firma, die die Aufträge der Kunden bearbeiteten. Doch ich hatte das Team I unter mir und Edie als Inhaberin entschied, wer einen Auftrag bekam.

Wir fuhren mit der Besprechung fort und ich spürte das Kribbeln in meinen Fingern. Am liebsten hätte ich sofort losgelegt, doch das Strategiemeeting, das jeden Montagmorgen anstand, hatte Priorität. Und mir blieb noch der ganze Tag.

Schließlich waren wir fertig und packten zusammen.

»Brina, warte bitte noch kurz«, sagte Edie. Ich blieb sitzen und wartete, bis die anderen den Raum verlassen hatten. Zu meiner Überraschung blieben auch Henni und Sissi da.

»Muss ich mir Sorgen machen, weil ich allein mit dem Vorstand bin?«, fragte ich.

Edina feixte. »Ja, das solltest du. Wir haben Großes mit dir vor. Ich hoffe, du bekommst es unter.«

»Lass es mich versuchen.«

»Fein.« Sie wechselte einen Blick mit Henni. »Wir haben schon länger darüber nachgedacht, den Vorstand zu vergrößern. Dabei wurde uns relativ schnell klar, dass wir noch jemanden aus dem operativen Geschäft brauchen.«

»*Dir* war das klar«, warf Henni ein.

»Ich bin schließlich in der Unterzahl im Gremium. Ihr macht immer schön euer Zahlending und ich kann sehen, wie ich die Kohle ranschaffe.« Edina zuckte mit den Schultern. »Jedenfalls haben wir uns für dich entschieden, Brina. Der Auftrag bei *Spedfield* ist ein guter Aufhänger dafür und wenn du deren ganze Kohle eingesackt hast, können wir so die Akzeptanz der Führungskräfte gewährleisten.« Sie schnaubte. Das war sicherlich Hennis Anliegen gewesen, sie war einfühlsamer als ihre impulsive Geschäftspartnerin.

Ich sah sie an und ließ ihre Worte sacken.

»Alles okay?« Edie schnalzte mit der Zunge. Sie war nicht nur impulsiv, sondern auch ungeduldig.

»Ich brauche noch einen Moment«, erwiderte ich, denn all das war ich nicht.

»Ich hatte eher mit einem Gefühlsausbruch gerechnet. Jubel, Umarmungen, Tränen.« Edie schüttelte den Kopf und sah die anderen beiden an.

Sissi lachte. »Von Brina? Da warst du die Einzige.«

Ich schwieg immer noch und verdaute die Informationen. Edie baute sich vor mir auf. »Ich helfe dir.« Sie machte eine ausschweifende Armbewegung vor meinem Gesicht. »Sabrina Glaser, Vorstand Finanzdienstleistungen bei Kellermann & Rosenberg, kurz K&R, der besten Anlaufstelle für Finanzberatungen in Hamburg. Ach was, Norddeutschland!«

»Hast du es vielleicht noch eine Nummer größer?«, fragte Sissi und rückte ihr Nasenpiercing gerade.

»Liebes, deswegen mache ich den Vertrieb«, erinnerte Edie sie. Sie sah mich wieder an. »Fertig nachgedacht?«

Ich nickte langsam. »Wenn ich den Auftrag bei *Spedfield* rocke ...«

»Das wirst du«, unterbrach sie mich.

»... dann wollt ihr mich in den Vorstand berufen«, beendete ich meinen Satz.

»Ja«, sagte Henni. Edina schwieg. Henni war die Einzige, der sie immer den Raum zum Sprechen ließ. »Du hast einen guten Überblick über unsere Aufträge und wir trauen dir zu, auch die anderen Teamleiterinnen zu führen und die Strukturen entsprechend anzupassen. Die Firma wird größer und Edie hat mit dem Vertrieb zu viel zu tun, um diese Aufgabe nachhaltig managen zu können.« Edina nickte bestätigend. »Über die Konditionen reden wir, wenn du uns sagst, ob du es dir vorstellen kannst«, schloss sie lächelnd. Ich mochte Henni und ihre aufgeräumte Art.

»Ja, das kann ich«, erwiderte ich.

Henni lächelte und sah Edina an, die fassungslos den Kopf schüttelte. »Da hast du's.«

»Eine ganze Welt an Emotionen«, sagte sie matt.

»Tut mir leid, ich muss das erst einmal verarbeiten. Ich hatte nicht mit dieser Chance gerechnet. Außerdem muss ich erst einmal abliefern«, sagte ich.

»Ich fress einen Besen, wenn du es nicht tust. Vielleicht brauchen die Typen ein paar Arschtritte, aber das ist schließlich deine Spezialität«, meinte sie.

»Nicht ganz«, korrigierte ich.

Sie lächelte aufreizend. »Man sollte immer bereit sein, sein Repertoire zu vergrößern. Gut, ab an die Arbeit. Ich bin in meinem Büro, falls du Rede- oder Feierbedarf hast.«

Ich verließ den Besprechungsraum. Erst langsam verstand ich, welches Angebot sie mir gemacht hatten. Ich träumte schon lange davon, die nächste berufliche Stufe zu nehmen, hatte aber nicht damit gerechnet, dass das bei K+R möglich war. Ich arbeitete gern für Edie und Henni, die beiden waren tolle Frauen. Teil des Vorstands zu werden wäre wie ein Lottogewinn.

Spedfield klang nach dem richtigen Trittbrett auf diesem Weg.

Nach Feierabend war ich mit meinen besten Freundinnen verabredet. Wenigstens einmal die Woche trafen wir uns zum Essen. Kira war schon da, als ich ankam. Sie war immer die Erste, das war ihre DNA. Sie starrte auf ihr Handy und ich sah sie parallel etwas in ihr Diensttelefon eintippen.

»Mal wieder Multitasking?«, fragte ich und drückte sie zur Begrüßung. Sie lächelte und löschte den Bildschirm ihres Privathandys. Ich hatte das Display trotzdem gesehen und sah sie fragend an.

»Das muss du erklären«, forderte ich.

»Erzähle ich dir gleich, wenn Lola da ist«, sagte sie. Ich betrachtete vorsichtshalber ihr Weinglas. Sie bemerkte es und bot es mir grinsend an. »Schluck alkoholfreier Chardonnay?«

»Du machst Witze.«

»Glücklicherweise ja. Ist Weißburgunder«, sagte sie todernst. Ich hob die Augenbraue, doch ich kannte sie zu gut. Die Zeiten, in denen sie mich aufs Glatteis führen konnte, waren lange vorbei.

Die Tür ging auf und Lola kam hereingefegt. Wie immer klebten die Blicke der meisten Männer an ihr, wenn sie den Raum betrat. Ihr Rock bedeckte kaum ihren Hintern und sie trug ein tiefausgeschnittenes Top, das ihre Brüste zur Geltung brachte. Ihre braunen Locken umrahmten ihr akkurat geschminktes Gesicht und ihre hohen Absätze klackten auf dem Fliesenboden.

»*Hola chicas*!« Sie warf uns eine Kusshand zu und setzte sich. Ihre grünen Augen funkelten.

»Du siehst aus, als wärst du letzte Nacht durchgevögelt worden«, stellte Kira fest. Sie würde Lolas Outfit nicht mal zu Karneval anziehen und trug Jeans und ein Oversize-Flanellhemd, das ihre ganze Figur verschluckte. Lolas Mund verzog sich zu einem breiten Lächeln.

»So ist es. Endlich. Ich musste schon die schweren Geschütze auffahren.« Sie rollte den Kopf nach hinten und streckte sich. Dabei hoben sich ihre schweren Geschütze aufreizend unter dem Top. Ich ahnte, wie sie es gemacht hatte.

»Hat dein Sprachlehrer also doch noch angebissen?«, mutmaßte ich. Lolas Grinsen wurde noch breiter.

»*Selvfølgelig*. Der gute Haldór war machtlos gegen meinen Charme.«

»Und gegen deine Brüste anscheinend auch. Lernst du Norwegisch eigentlich nur seinetwegen oder hat das einen tieferen Sinn?«, fragte Kira.

»Das habe ich dir doch erzählt: Der neue Großkunde, wegen dem alle schreiend im Kreis rennen, kommt aus Norwegen«, erwiderte Lola und winkte die Kellnerin heran. »Und weil ich sprachlich ja nicht unbegabt bin, dachte ich, ich verschaffe mir in den zweifellos kommenden Gesprächen einen Vorteil. Neben Deutsch, Englisch, Spanisch und Französisch macht sich Norwegisch doch ganz gut.«

»Alles schön und gut, aber du bist Controllerin«, sagte Kira stirnrunzelnd. »Warum sollten sie dich beim Bau eines Wolkenkratzers hinzuziehen?« Lola warf ihr einen vernichtenden Blick zu.

»Weil ich ständig zu solchen Kack-Meetings hinzugezogen werde, Frau Qualitätsmanagerin.« Sie verdrehte die Augen. »›Frau Martínez, können Sie den Kunden nicht direkt erklären, warum das mit den Steuern so ist? Frau

Martínez, können Sie den Kunden erklären, wie unsere Kalkulation zustande kommt? Frau Martínez, könnten Sie den Kunden sagen, welche Rahmenbedingungen hinter der Finanzierung stecken?‹«

»Ich glaube, ich habe es noch nicht ganz verstanden, hast du noch mehr Beispiele?«, fragte Kira freundlich.

»Kira, Süße, du solltest dich auch mal von deinem Mann vögeln lassen«, schoss Lola zurück.

Kiras Brauen hoben sich.

»Klingt nach deinem Stichwort«, sagte ich. Lola riss die Augen auf. »Kira hat eine interessante App auf dem Smartphone«, sagte ich erklärend in ihre Richtung.

Kira atmete durch. »Eine Eisprung-App, wenn du es genau wissen willst.«

Lolas Mund klappte auf und sie sah mich an. »Sie tut es doch noch.«

»Offenbar ja.« Ich zuckte mit den Schultern. »Wie kommt das so plötzlich? Vor zwei Monaten hast du uns noch gesagt, dass wir aufhören sollen, rumzunerven.« An das Gespräch erinnerte ich mich noch gut.

»Ihr habt ja auch genervt. Schlimmer als meine Verwandtschaft. Nur, weil ich verheiratet bin, muss ich doch nicht gleich schwanger werden«, murrte Kira.

»Sagt die Frau mit der Eisprung-App.« Sie funkelte mich an.

»Wir haben noch mal darüber gesprochen und sind zu dem Schluss gekommen, dass der passende Zeitpunkt nie kommt. Also versuchen wir es einfach mal und lassen es auf uns zukommen.« Ihre Hand tastete nach ihrem Smartphone.

»Um es locker anzugehen finde ich die App ein wenig zu angestrengt«, erwiderte ich.

»Dreimal darfst du raten, wer sich den ganzen Tag mit dem Thema beschäftigt und ein Problem damit hat, es locker anzugehen«, konterte Kira.

»Ich nehme an, ihr habt die gleiche Adresse.« Ihr machte das Gespräch nicht halb so viel Spaß wie mir.

»Richtig. Und ich habe meine Zweifel, dass er sich an unsere Verabredung hält. Sechs E-Mails bisher.« Sie rollte mit den Augen.

»Du wusstest, dass er ein Pedant ist.« Lola nahm ihren Wein vom Kellner entgegen. »Also habt ihr euch jetzt aufs Terminvögeln verlegt, ja?« Kira nickte mit unbewegter Miene. »Glückwunsch. Wann ist es denn so weit?«

»Heute«, murmelte sie.

Lola grinste mich an. »Dann sollten wir schnell machen, bevor sie zum romantischen Sex nach Plan nach Hause muss, oder?«

»Absolut«, bestätigte ich.

»Können wir über was anderes reden? Brina? Bitte?«, sagte Kira. »Es nervt mich jetzt schon. Danke für nichts, ihr beiden.«

»Gern geschehen. Edina hat mir heute einen neuen Großkunden übertragen und mir in Aussicht gestellt, in den Vorstand von K+R aufzusteigen, wenn alles gut läuft«, berichtete ich.

»Das *sind* gute Neuigkeiten.« Kira lächelte. Es fiel ihr leichter, sich um die Belange anderer zu kümmern. Diese Eigenschaft teilten wir. »Herzlichen Glückwunsch zu der Chance. Das hast du dir schon lange gewünscht.«

»Darauf eine Runde Shots«, ordnete Lola an.

»Vorab drauf anstoßen bringt Unglück«, sagte Kira kopfschüttelnd.

»Aberglaube«, wiegelte Lola ab.

»Hab ich alles schon erlebt!«, beharrte Kira.

»Süße, wie kannst du da so sicher sein?« Ich schüttelte den Kopf. »Gerade du, die sich den ganzen Tag mit Statistiken und Prozessen beschäftigt. Du weißt doch, dass das Unsinn ist.«

»Wir haben damals auf die Hochzeit meines Bruders angestoßen, bevor die Trauung vollzogen war. Ihr wisst alle, wie das ausgegangen ist«, ließ Kira nicht locker. Ihr Gesicht war todernst.

»Ich glaube nicht, dass deine Schwägerin den Nachbarn gevögelt hat, weil ihr zu früh drauf getrunken habt«, sagte Lola lapidar. Es wurde Zeit, das Thema zu wechseln.

»Der Kunde ist *Spedfield*, ein Logistikunternehmen am Ring 2«, erzählte ich schnell.

»Noch nie gehört.« Lola zuckte mit den Schultern.

»Ich auch nicht. Edina sagte, die Inhaber seien speziell und ich soll sie Onsite betreuen. Ich bin gespannt, ob ich sie in den Griff bekomme. Scheint nicht ganz leicht zu sein.«

»Das wären dann die Ersten, mit denen du nicht klar kommst«, meinte Kira und nippte an ihrem Wein. »Ich kenne niemanden, der nicht mit dir zusammenarbeiten kann.«

»Irgendwann ist immer das erste Mal«, meinte ich. »Ich gehe es einfach an wie jeden Job. Wird schon klappen.«

»Vielleicht ist einer von denen ja auch dein Traummann«, witzelte Lola.

»Ich würde nie etwas mit einem Mandanten anfangen.«

»Du könntest ja warten, bis der Job vorbei ist. Wobei ... heißer Sex auf dem Konferenztisch, das wäre doch mal was.« Lola strich eine Locke zurück und verdrehte träumerisch die Augen. »Also ich wäre dabei.«

»Kommt nicht infrage. Du weißt ...«

»Ich funktioniere so nicht«, beendete sie meinen Satz wie ein Mantra. »Mag sein, aber deine ›Funktion‹ lässt dich bis heute Single sein. Brina, *mi amor*, vielleicht ist es an der Zeit, deine Peitsche an den Nagel zu hängen und nach einem normalen Mann zu suchen.«

»Das hat mit unnormal nichts zu tun«, widersprach ich. »Diese ganze ›normale‹ Geschichte ist nicht das, was ich genieße.«

»Ich glaube, Lola meint, dass du nicht nach diesem Kriterium aussuchen solltest«, warf Kira ruhig ein. »Kann ja sein, dass einer ebenfalls drauf steht, du es ihm aber zeigen musst. Die BDSM-Szene ist abgegrast. Und jetzt ist auch noch Nick vergeben.«

»Zum Glück für ihn«, sagte ich. Nick war mein bester Freund und nach einer hässlichen Scheidung seit Kurzem wieder liiert. Mit einer ›normalen‹ Frau, wie Lola es nannte. Normal im Sinne von ›nicht zu meiner Szene gehörend‹. Womit wir wieder bei Edies Spruch mit der Peitsche wären.

»Ich mein ja nur«, sagte Lola schulterzuckend. »Du weißt es selbst am besten, aber gönn dir doch mal was. Und wenn einer von den Typen heiß ist, kannst du wenigstens mal flirten. Du hast dir schon lange keinen Spaß mehr gegönnt.«

Das stimmte, doch ich wollte nicht mehr darüber sprechen. Sie meinte es gut, aber es änderte nichts. Egal, wie sehr ich mir einen Partner wünschte, so sicher war ich mir, dass es den perfekten Mann nicht gab.

Ich hatte ihn schon gefunden, doch auch Perfektion hatte ihre Tücken und es war besser, nicht zu viel über das nachzudenken, was ich verloren hatte. Es war lange her und ich musste nach vorn sehen. Auch wenn ich mich selbst daran erinnern musste.

Als ich gegen zehn nach Hause kam, war ich müde. Obwohl die Themen Beziehungen und Sex schließlich abgeschlossen waren und Kira nach einem Anruf tatsächlich losmusste, um die Vorgaben ihrer App zu erfüllen, waren meine Gedanken aufgewühlt. Erinnerungen kamen dabei hoch, die ich nur ungern zuließ.

Sie waren schmerzhaft.

Sie beinhalteten Verlust.

Beide Gefühle wollte ich nicht. Sie gehörten nicht in mein Leben.

Ich machte mich bettfertig und hoffte, dass ich trotz dieser Gedanken schnell einschlafen konnte. Mein Bett hatte ich morgens frisch bezogen und ich ließ mich seufzend in die duftende weiße Baumwolle sinken. Es gab kein besseres Gefühl. Der kühle Stoff streichelte meine Haut und ich schloss die Augen. Ich dachte an die Chance, die sich mir heute eröffnet hatte. Sie kam unerwartet, aber solche Überraschungen mochte ich. Viel wichtiger als die Vergangenheit war das, was ich in der Hand hatte. Und ich liebte es, die Dinge in der Hand zu haben.

Ich würde alles dafür tun, dieses Ziel zu erreichen. Mit einem Lächeln auf den Lippen schlief ich ein.

»Wohin gehen wir?«, fragte ich und wunderte mich darüber, dass sich mein Mund so trocken anfühlte. Meine Hand in seiner war feucht.

Er lächelte mich an. »Du bist gespannt, oder?« Ich nickte. Wir dateten uns jetzt seit ein paar Wochen und er hatte mir in Aussicht gestellt, dass er mir noch etwas Großartiges zeigen würde.

Im Bett.

Ich war nervös. Meine Erfahrungen waren nicht allzu umfangreich, mein Ex-Freund war der Einzige, mit dem ich je geschlafen hatte. Das war vorbei und ich wagte mich für meine Verhältnisse weit vor. Eine neue Stadt, das Studium, Dates ...

Und jetzt er.

Er hatte etwas, das mich anzog. Diese Badboy-Ausstrahlung, von der ich immer dachte, ich sei gegen sie immun. Er war älter als ich, dreizehn Jahre, aber das störte mich nicht. Ich fand ältere Männer schon immer interessant, es hatte sich nur noch nicht ergeben. Während der Dates war das kein Thema, doch jetzt ängstigte mich der Unterschied an Erfahrung, der uns beide trennte.

In seiner anderen Hand hielt er eine Tasche. Der Inhalt war für mich, das hatte er mir schon mitgeteilt. Ich vermutete, dass es Kleidung war.

Aber welche Art Kleidung?

Ein Kostüm? Wäsche? Etwas ganz anderes?

Wir waren auf St. Pauli unterwegs, doch abseits von Reeperbahn und Feiertourismus. Ich hatte davon gehört, dass es hier noch eine zweite Szene gab, in die nur Auserwählte Zutritt hatten. Ich hätte nie gedacht, dass ich zu ihnen gehören könnte. Jetzt hielten wir vor einem unauffälligen Haus mit weißer Fassade. Er drückte das oberste Klingelschild. Es dauerte keine fünf Sekunden, dann ging der Summer und wir traten ein. Das Treppenhaus war ebenfalls unauffällig, wir erklommen den obersten - vierten - Stock.

Eine Frau machte uns auf, sie trug ein schwarzes Kleid, das wie nass schimmerte.

»Lange nicht gesehen«, sagte sie zu ihm, dann betrachtete sie mich und ihre Augenbraue hob sich. »Sie ist neu.«

»Stimmt. Wir brauchen ein eigenes Zimmer.«

»Habe ich.« Sie betrachtete mich gedankenverloren. »Wie schade für uns.« Sie hielt uns die erste Tür links auf und schloss sie hinter uns.

»Was ist schade?«, fragte ich, meine Hand verkrampfte sich an seiner.

»Dass ich ein eigenes Zimmer für uns haben wollte. Du gefielst ihr. Sie hätte uns gern zugesehen.«

»Beim ... Sex?« Ich flüsterte das letzte Wort. Er lächelte wieder.

»Ich kann es ihr nicht verdenken.« Er ließ meine Hand los und zog seine Jacke aus. Jetzt erst sah ich mich im Zimmer um. Es war dunkel eingerichtet, in der Mitte stand eine Pritsche, daneben ein Andreaskreuz. Überall waren Haken und Ösen. Peitschen hingen an der Wand.

»Oh scheiße«, flüsterte ich und wollte umdrehen.

Er hielt mich auf. »Bitte warte.«

Ich sah in sein Gesicht. In seine blauen Augen, die mir gleich aufgefallen waren. Sie fesselten mich. Ich fragte mich, was sie noch tun konnten. »Ich habe dir vorher nichts gesagt, weil ich mir schon dachte, dass du es mit der Angst bekommst. Du musst keine Angst haben. Ich würde dir gern zeigen, was mich richtig scharfmacht, und ich glaube, dass es dir auch gefällt, auch wenn du es jetzt noch nicht weißt. Darf ich anfangen? Du kannst jederzeit verlangen, dass ich aufhöre, ich werde es sofort tun. Versprochen.«

»Ich weiß nicht«, sagte ich. »Ich glaube, das ist nicht mein Ding.« Er griff in die Tüte und holte sein Geschenk heraus. Mein Auge saugte sich daran fest. Es war ein weißes Kleid, glänzend wie Lackleder.

»Weiß?« Es war das einzig Weiße in diesem Raum.

»Seitdem ich dich das erste Mal gesehen habe, stelle ich mir vor, wie du darin aussiehst.« Seine Augen verdunkelten sich. »Aber ich glaube, meine Fantasie wird der Realität nicht gerecht. Du wirst eine Göttin sein.« Geschmeichelt nahm ich ihm das Kleid aus der Hand und sah es mir genau an.

Es sah toll aus. Es roch gut. Es fühlte sich gut an.

Er stellte sich hinter mich und öffnete meine Jacke. Ich tat so, als würde ich das Kleid weiter betrachten. Er knöpfte meine Bluse auf und öffnete meine Hose, die er langsam hinunterzog. Seine Finger wanderten zwischen meine Pobacken und kneteten sie. Erschrocken holte ich Luft, doch es fühlte sich zu gut an, um mich ihm zu entziehen.

Seine andere Hand wanderte meinen Rücken hinauf und öffnete meinen BH-Verschluss. Zusammen mit der Bluse streifte er ihn ab. Ich atmete tief ein. Wie er mich auszog, fühlte sich verboten gut an. Hier in diesem Zimmer zu sein, mit Leuten nebenan, die mich beim Sex beobachten wollten, fühlte sich verboten gut an. Eine Gefahr lag in der Luft, die mich kribbelig machte und dennoch zu kontrollieren war.

Ich ging kein Risiko ein, wenn ich ihn machen ließ. Das Risiko lag darin, ihn nicht machen zu lassen und nicht zu erfahren, was er mir zeigen wollte.

Er zog mir den Slip aus und strich mit den Fingern über meinen Schambereich. Ich holte tief Luft und unterdrückte ein Stöhnen. Das fühlte sich fantastisch an. Mein Widerstand schmolz dahin, ich wollte mehr davon. Ich hatte die Wahl. Sie fiel mir leicht, dazu tat seine Berührung ihr Übriges.

Seine Hand erschien vor meinem Gesicht, seine Finger glänzten feucht. »Dich macht es ja jetzt schon scharf.«

»Dein Glück«, flüsterte ich und wollte mich zu ihm umdrehen, doch er hielt mich auf.

»Also bist du einverstanden?«

»Ja.«

Er zog mir das Kleid über und trat zurück, dabei deutete er auf den mannshohen Wandspiegel. Mir stockte der Atem. Noch nie hatte ich mir so gut gefallen. Der glänzende Stoff bedeckte nur das nötigste, der tiefe Kastenausschnitt ließ meine Brustwarzen durchschimmern. Wenn ich mich vorbeugte, war hinten alles zu sehen.

»Du solltest immer weiß tragen«, sagte er mit rauer Stimme. »Du siehst aus wie eine Eiskönigin.«

Ich lächelte und flocht mein langes weizenblondes Haar zu einem Zopf, der wie ein Seil über meine Schulter hing. Die passende Ergänzung zu dem Look. Er stöhnte und packte ihn, zog mich zu sich heran und küsste mich endlich. Ich lehnte mich an ihn und genoss den Zug auf meinen Nacken. Es war so leicht, ihm alles anzubieten. Ich wollte es unbedingt. Er sollte mir seine Welt zeigen. Ich ahnte, dass es leicht war, ihm hinein zu folgen.

»Du machst das gut. Ist das wirklich dein erstes Mal?«

»Ich weiß ja nicht einmal, was du mit mir vorhast.«

Statt einer Antwort hob er mich hoch und setzte mich auf die Pritsche. Er spreizte meine Beine und stellte sich zwischen sie. Sein Blick hielt mich gefangen.

»Wir werden uns langsam steigern«, versprach er. »Bei diesem Mal wird es nicht bleiben, wenn es nach mir geht. Ich weiß jetzt schon, dass ich lange nicht genug von dir bekomme.« Während er sprach, streichelte er die Innenseiten meiner Oberschenkel. Sein Daumen legte sich auf meine Klit und ich keuchte auf, als er sie zu reiben begann. »Wir fangen mit Gehorsam an. Ich bin gespannt, wie sehr du dich hingeben kannst.« Er versenkte einen Finger in mir und lächelte. »Wie es scheint, dürfte dir das leichtfallen.«

Mit dem anderen Daumen strich er über meine Unterlippe und schob ihn dann in meinen Mund. »Sieh mir in die Augen.« Er schob einen zweiten Finger in mich und begann, mich zu stimulieren. Ich stöhnte und wollte die Augen schließen, da zog er seinen Daumen aus meinem Mund und packte mein Kinn. »Du sollst mich ansehen.«

Ich starrte in seine blauen Augen.

Es war scharf.

So heiß.

Ich biss mir auf die Lippen, damit ich nicht laut wurde, als er weitermachte.

»Du darfst den anderen gern zeigen, dass dir gefällt, was ich mit dir mache. Dieses Kompliment würde mir gefallen«, sagte er rau.

Als hätte er mir eine Fessel genommen, entwich mir ein Schrei. Er machte schneller, rieb mit dem Daumen über meine Klit, während er mich fingerte. Ich wagte kaum, zu blinzeln. Er durfte nicht aufhören.

Meine Schreie und mein Stöhnen wurden immer lauter. Was mir noch vor Kurzem unangenehm war, fühlte sich jetzt wie etwas lang Vermisstes an. Ich musste so klingen. Das war ich.

»Ich will, dass du kommst«, befahl er. Seine Hand war nun so schnell, dass sie ein Klatschen von sich gab, beinahe schmerzhaft. Ich fand das scharf. Genau das wollte ich hören.

Ich warf den Kopf zurück und kam mit einem lang gezogenen Schrei, der mir selbst durch Mark und Bein ging. Mein Oberkörper ruckte zurück auf die Pritsche und ich spreizte meine Beine so weit es ging. Er machte weiter und verlängerte meinen Orgasmus, bis ich nicht mehr klarkam. Dann holte er seinen Schwanz heraus, streifte ein Kondom über und versenkte ihn in mir. Ich fühlte mich, als risse er mich beinahe auseinander.

Meine Muskeln hatten sich so zusammengezogen, dass sie jetzt nur schwer hinterherkamen, ihn aufzunehmen. Er legte meine Hände in meine Kniekehlen, damit ich die Beine noch weiter spreizen konnte.

Noch immer sah ich unentwegt in seine Augen. Sie hielten mich. Sie waren mein Anker.

Er fasste meine Hüfte und begann zu stoßen. Fest, hart. Ich nahm jeden Stoß mit einem Stöhnen in mir auf, wollte mehr.

»Bitte, bitte besorg es mir«, wimmerte ich. Die Worte brachen einfach aus mir heraus. So was hatte ich vorher

noch nie gesagt. Ich hatte nicht einmal Zeit, mich dafür zu schämen. Sein Blick sagte mir, dass das die richtigen Worte waren. Es war okay. Es sollte so sein. Ich konnte ihm alles sagen.

»Das werde ich. Sieh mich nur weiter an.«

Ich kam noch ein weiteres Mal, dann brach er mit einem Aufschrei über mir zusammen. Seine Zunge tauchte tief in meinen Mund ein, der Kuss war wild und ungehemmt. Ich fühlte mich fantastisch.

Schließlich richtete er sich auf und strich mir eine Strähne aus dem Gesicht.

»Du hast deine erste Lektion mit Bravour bestanden, Brina. Meine Eiskönigin.«

Kapitel 2

Mit dem Weckerklingeln schlug ich die Augen auf.

Mein Kopf fühlte sich schwer an, der Traum hatte mich noch fest in seinen Fängen. Ich tastete zwischen meine Schenkel und erfühlte Feuchtigkeit. Natürlich, wie könnte es mir nach diesem Traum - dieser Erinnerung - auch anders gehen?

Mein erster Kontakt mit der Welt des BDSM. Die Welt, die ich laut Lola verlassen sollte. Jene Nacht war mittlerweile über fünfzehn Jahre her, meine Beziehung von damals lange gescheitert. Sie hatte fast drei Jahre gedauert, Zeit, die mein Lehrer genutzt hatte, um mich zu derjenigen zu machen, die ich heute war.

Auch wenn er den Verlauf anders geplant hatte. Wäre seinen Plan aufgegangen, wären wir wahrscheinlich noch immer zusammen, vielleicht sogar verheiratet. Lange war das mein erklärtes Ziel. Bis sich alles änderte.

Ich tauchte einen Finger in die Nässe und schloss die Augen. Ich hatte ihn geliebt. So sehr. Das Ende hatte uns beiden so wehgetan, dass wir die Nähe des anderen nicht mehr ertrugen.

Unter meiner Berührung erschauderte ich und ließ die Erinnerung noch einmal zu, während ich meine Klit rieb. Spürte seine Hände auf meiner Haut, seinen Schwanz in mir. Sein Blick, der sich in meine Augen bohrte. Ich verlor mich in dem hellen Blau und kam.

Ich presste die Knie zusammen und rollte mich auf den Bauch, machte weiter, rieb mich härter an meinen Fingerkuppen. Meine Decke war im Weg, also riss ich sie beiseite und kam auf die Knie. Ich biss in mein Kissen, um den Schrei zu unterdrücken, mit der freien Hand krallte ich mich in mein Laken.

Wie ich das vermisste!

Schwer atmend blieb ich noch einen Moment liegen und genoss die Nachwehen meines Orgasmus'. Kein schlechter Anfang für einen Dienstagmorgen. Jetzt musste ich die Erinnerung wieder sorgfältig dort verstauen, wo sie hingehörte: Ganz weit hinten in meinem Kopf und tief in meinem Herzen vergraben.

Es hatte keinen Sinn, der Vergangenheit hinterher zu trauern. Die Zukunft war voller Möglichkeiten und eines Tages, davon war ich überzeugt, fand ich endlich den Partner, mit dem alles stimmte.

Fürs Erste hatte ich anderes zu tun: Gleich heute Morgen hatte ich einen Termin mit Edie, den sie mir gestern Abend noch geschickt hatte. Dank Diensttelefonen machte niemand jemals richtig Feierabend.

Bekam ich die Beförderung, würde es noch extremer werden. Edie war ein Workaholic, wie er im Buche stand. Es war nicht selten, dass sie abends um zehn noch Mails schrieb. Vom Büro aus. In Konstellationen, über die in der Belegschaft manchmal geflüstert wurde.

Die Glückliche. Sie bekam wenigstens regelmäßig Sex.

Ich schwang die Beine über die Bettkante und machte mich für den Tag fertig.

Als ich das Büro erreichte, machte ich einen Schlenker in meine Teambox, stellte meine Handtasche ab und begrüßte mein Team. Wir waren momentan zu fünft und ich hoffte, dass wir bald wieder ein sechstes Mitglied fanden. Gute Leute waren allerdings schwer zu finden und ich war anspruchsvoll. Deswegen waren wir so gut. Und nur noch zu fünft.

»Guten Morgen«, rief Stellan von der Kaffeemaschine aus und schwenkte seinen Becher. »Double Shot?«

»Wie immer!« Ich lächelte. Stellan war unser ›Team-Papi‹, brachte oft Kuchen mit und sorgte dafür, dass alle genug Wasser tranken. Außerdem war er der Mandantenflüsterer und löste Probleme mit seiner charmanten Art und dem schwedischen Akzent.

In der Teambox war bereits meine Stellvertreterin Sora anwesend, die mir freundlich zuwinkte. Sie war morgens immer die Erste. Fehlten noch Pia, unsere ›Jüngste‹, wie Stellan sie liebevoll nannte, und Alexia, die wegen ihrer drei Kinder Teilzeit arbeitete. Mit beiden war erst im Laufe der nächsten halben Stunde zu rechnen.

Stellan brachte den Kaffee und einen Cupcake mit weißem Frosting.

»Da musste ich doch glatt an dich denken«, sagte er augenzwinkernd. Ich nahm beides dankend an. Neben den Erinnerungen an meinen Lehrer war das Weiß geblieben, zusammen mit dem Namen *Eiskönigin*, unter dem man mich in der Szene kannte. Es war mir so in Fleisch und Blut über gegangen, dass ich immer mindestens ein weißes Kleidungsstück trug. Heute waren es eine weiße Bluse und ein weißer Blazer zu einer schwarzen Marlenehose.

»Was steht heute an?«, fragte Sora, den Filofax im Anschlag. Sie war der einzige mir bekannte Mensch, der sich alles in einem Papierkalender notierte.

»Ich habe gleich ein Meeting mit Edina wegen *Spedfield*«, sagte ich und nippte an meinem Double-Shot-Cappuccino. Genau die richtige Koffeindröhnung am Morgen. »Ich hoffe, dass ich danach noch mehr über den Kunden und den Auftrag weiß.«

»Die gestrenge Frau Kellermann wird dir was dazu sagen können«, nickte Stellan. Er bewunderte Edie und konnte sich bis heute nicht überwinden, sie zu duzen. Wahrscheinlich musste sie es ihm erst befehlen.

»Davon gehe ich auch aus.« Ich biss in den Cupcake und unterdrückte ein wohliges Seufzen. Wenigstens Kuchen war immer verfügbar. »Haben wir sonst noch Themen?«

Sora blätterte in ihrem Filofax auf die Seite mit dem Projektfortschritt. Hier hatte sie alle Projekte aufgeführt und eine Skala eingezeichnet, von welcher sie den Status ablesen konnte. Ich fand es faszinierend, dass sie sich dafür die Zeit nahm. Mir fehlte für so was die Lust.

»Wir sehen gut aus«, meinte sie. »Offen sind noch T&M, außerdem die *Hamburger Kaffeekontore*. Mit beiden haben wir im Laufe des Tages Strategiemeetings, aber alles in Ordnung. Wir liegen exzellent in der Zeit.«

»Klingt gut, danke. Ich versuche, bei den HKK mit reinzukommen.« Ich klemmte mir meinen Laptop unter den Arm. »Bis später.«

Sie winkten und ich lief den Flur hinunter zu Edies und Hennis Büro.

Beide waren schon da. Edie schnappte sich ihr Tablet und lotste mich in den gegenüberliegenden Besprechungsraum.

»Ich will dir gar nicht reinreden«, begann sie. »Was das Inhaltliche angeht, weißt du, was du tust. Ich habe allerdings bei den Vertragsverhandlungen schon bemerkt, dass da etwas im Busch ist. Zill und Lehfeld, die beiden

Inhaber, scheinen ein eher unterkühltes Verhältnis zu haben. Sie wollen einen Rentabilitätsreport und eine detaillierte Kostenstellenanalyse von uns, vermutlich schließt sich eine Optimierungsberatung an. Nichts Ungewöhnliches.«

»Wie sind die beiden typmäßig?«, fragte ich. Wenn sie mir dazu Informationen geben konnte, würde ich mich darauf einstellen und entsprechend agieren.

Sie spitzte die roten Lippen. »Lehfeld machte einen umgänglichen Eindruck, Zill war etwas wortkarg. Auch nichts, was wir nicht schon gesehen hätten. Die Firma hat einen Jahresumsatz von fünfzig Millionen. Ich rechne damit, dass du mit deinem Team etwa zwei Monate brauchst, um das alles aufzurollen.«

»Ist das die vertragliche Laufzeit?«

Sie schnalzte mit der Zunge. »Das war noch so ein Ding: Die beiden dachten, das wäre in einer Woche erledigt. Den Zahn habe ich ihnen gleich gezogen. Da wurde Zill dann etwas knurrig. Auf zwei Monate haben wir uns erst einmal geeinigt, danach geht es bei Bedarf auf Stundenbasis weiter.« Sie nippte an ihrem Espresso. »Gut wäre, wenn sie einen Anschlussvertrag für eine jährliche Prüfung mit uns abschließen.«

»Daher weht also der Wind«, sagte ich.

Edie grinste. »*No pressure*, aber du weißt: Auch bei uns zählt jeder Euro. Vor allem, wenn wir demnächst ein weiteres Vorstandsmitglied haben. Konntest du darüber nachdenken? Hast du noch Fragen?«

»Hunderte, aber lass uns die mal beim Essen besprechen, das sprengt unseren Termin«, winkte ich ab. »Und nochmals vielen Dank, dass ihr mich ausgesucht habt. Ich weiß das sehr zu schätzen.«

Sie zuckte mit den Schultern. »Henni und ich haben viel Aufwand betrieben, um tolle weibliche Führungskräfte zu finden. Das ist unser Alleinstellungsmerkmal, auf das ich sehr stolz bin. Und es kommt bei den Mandanten gut an, spätestens, wenn wir sie mit unserer Kompetenz weghauen. Fette alte Typen in bekleckerten Anzügen kann jeder, aber hier ist Frauenpower am Werk. Am Anfang dachten sie, dass sie uns über den Tisch ziehen können, bis sie gemerkt haben, dass meine Eier größer sind als ihre.«

Das mochte ich so an Edie: Ihre Attitüde.

Sie ließ sich nie die Butter vom Brot nehmen und ließ sich nicht schlechter behandeln, weil sie eine Frau war. Ein weiterer Grund, warum ich gern für sie arbeitete.

»Ich gebe mein Bestes, um die Größe deiner Eier vor den *Spedfield*ern zu demonstrieren«, versprach ich.

»Danke. Ich schicke dir gleich die Unterlagen, die sie uns freundlicherweise vorab zur Verfügung gestellt haben, dann kannst du dich schon mal vorbereiten. Wenn's haarig wird, nimm deine Kleine mit. Sie hat diese Art, auf die Kerle so abfahren.« Sie schüttelte sich, aber ich wusste, was sie meinte. Meine ›Kleine‹, Pia, hatte diese entwaffnende Freundlichkeit, der vor allem Männer kaum etwas entgegenzusetzen hatten. Für jemanden wie Edie, die darauf bedacht war, sich breitbeinig mit gezogener Waffe in den Weg zu stellen, eine Horrorvorstellung. Mir hatte es schon einige Male geholfen.

»So, dann hopp hopp ran ans Werk und mach Mami stolz.« Sie warf die Haare zurück und grinste. »Nicht der passende Spruch für deine Klientel, oder?«

»Es gibt für alles eine Zielgruppe«, erwiderte ich.

»Unbestritten. Lass uns dafür sorgen, dass *Spedfield* unsere ist.«

Den restlichen Tag verbrachte ich damit, die Unterlagen von *Spedfield* zu sichten. Ich nahm Pia dazu, damit sie mir assistieren konnte. Sollte ich ausfallen, musste sie mich vertreten, denn die anderen hatten bereits eigene Projekte. Sie stürzte sich sofort auf die Arbeit und erstellte Übersichten von den Geschäftszahlen.

Um sieben Uhr abends musste ich sie aus dem Büro scheuchen, damit wir keine Nachtschicht einlegten.

»Wir haben noch die ganze restliche Woche Zeit«, beruhigte ich sie, als sie protestieren wollte, und drückte den Lichtschalter. »Für heute reicht es.« Ich schenkte ihr mein spezielles Lächeln und wie erwartet wirkte es: Sie entspannte sich, lächelte zurück und nahm ihre Tasche.

Ich brachte noch meinen Kaffeebecher in die Teeküche, dann schloss ich ab und machte mich ebenfalls auf den Weg.

Dienstags traf ich mich mit Lola zum Sport. Unser Neujahrsvorsatz, zweimal die Woche ins Studio zu gehen, hielt jetzt seit zweieinhalb Monaten. Ein guter Anfang und es wurde leichter, mich aufzuraffen. Wir mussten zwar bereits zweimal den Kurs wechseln, weil Lola mit den Trainern geschlafen hatte, aber die Auswahl war noch groß genug. Unser Kardiokurs wurde glücklicherweise von einer Frau geleitet.

Sie wartete bereits auf mich und ich freute mich darauf, mich auszupowern. Danach gingen wir noch ein Glas Wein trinken.

Als ich gegen zehn nach Hause kam, war ich erschöpft und steuerte sofort mein Bett an. Wie schon in der letzten Nacht waren es nur Minuten, bis ich einschlief.

Er hatte etwas, aber ich wusste nicht, was. Diese Anspannung war untypisch für ihn und ich fragte mich, ob ich der Grund dafür war. Mein Herz machte einen Satz bei diesem Gedanken.

Auf keinen Fall wollte ich ihn enttäuschen.

Die letzten zweieinhalb Jahre hatte er sich intensiv meiner Ausbildung gewidmet. Von den einsamen Separees waren wir schließlich in den Großraum des Clubs gewechselt. Mein Unwohlsein deswegen hatte sich schnell gelegt.

Er hatte beschlossen, dass ich exklusiv war, zu exklusiv, um jemand anderen auch nur in meine Nähe zu lassen.

Es blieb bei Blicken, die sich verdichteten.

Mir folgten.

Hungrig. Düster.

Ich liebte das.

Hatte er seine Meinung diesbezüglich geändert?

Ich glaubte es nicht, nicht ohne mein Einverständnis.

Ich wüsste nicht, was ich antworten würde. Ich wollte nicht darüber nachdenken.

Wir gehörten zusammen. So einfach war das.

Andere durften schauen, aber nicht anfassen.

Ich war die Eiskönigin, keine Frau, die herumkam. Es gab solche, denen es einen Kick verschaffte, möglichst viele Partner zu haben, teilweise auch am gleichen Abend, doch so war ich nicht.

Schneeflocken schmolzen, wenn man sie falsch berührte. Ich wollte nur ihn.

»Ist alles in Ordnung?«, fragte ich und bemühte mich um eine feste Stimme. Außerhalb der Szene war unsere Beziehung anders, auf Augenhöhe. Ich liebe es, zu spielen, doch nicht rund um die Uhr. Ich reservierte ihm meine Nächte, doch am Tag war ich die, zu der wir beide mich geformt hatten. Mittlerweile war ich fünfundzwanzig *und ich fragte mich, wie ich mich noch weiterentwickeln würde, je mehr Zeit verstrich.*

In der Szene jedoch brauchte ich ihn. Er gab mir Sicherheit, war mein doppelter Boden. Wenn er sich seltsam verhielt, übertrug sich das auf mich.

»Ja«, erwiderte er, blieb stehen und atmete durch. Dann sah er mir in die Augen. »Nein.«

»Was ist los?«

»Ich habe eine Anfrage für dich bekommen. Der Mann ist hartnäckig. Er lässt sich kaum abschütteln. Ich habe ihm mehrfach gesagt, dass du zu mir gehörst, aber er spricht mich immer wieder an.«

Mein Mund wurde trocken. »Und jetzt? Soll ich ihm selbst sagen, dass du mein einziger Dom bist?«

Er schüttelte den Kopf. »Er ist nicht dominant.«

Ich blieb stehen und starrte ihn an. »Er will, dass ich ihn dominiere?«

»Ja.« Er hielt inne. »Warum habe ich dir das eigentlich nicht schon früher erzählt?«

Ich schwieg, mein Gehirn ratterte. Ich hatte schon darüber nachgedacht, es selbst zu probieren, doch es ergab sich einfach nicht. In unserer Beziehung waren die Regeln klar: Er war dominant und ich fügte mich ihm.

Immer.

Er beobachtete mich. »Nach völliger Ablehnung sieht das nicht aus.«

»Nein, ist es auch nicht«, sagte ich langsam.

»Also willst du es tun?«

»Darf ich noch einen Moment darüber nachdenken? Und vielleicht erfahren, um wen es sich handelt?«

Er sagte es mir und ich verfiel in Schweigen.

Ich kannte ihn. Ein Mann, bei dem man niemals vermuten würde, dass er es liebte, dominiert zu werden.

Ich hatte ihn schon einige Male im Club beobachtet. Dabei war mir aufgefallen, dass er seine Partnerinnen häufig wechselte. Er hatte die Richtige noch nicht gefunden.

Als ich wieder aufsah, stellte ich erstaunt fest, dass seine Anspannung gewachsen war.

Hatte er Angst davor, dass ich zusagte? Warum? Der Gedanke war doch abwegig.

»Wie kommt er darauf, dass ich das könnte? Was er bisher von mir gesehen hat, kann nur devot gewesen sein.«

»Ja, er hat uns gesehen, aber das ist es nicht. Er bezieht sich auf ein Gespräch, dass du neulich mit der Schwarzhaarigen geführt hast«, erwiderte er.

Ich dachte nach. Ich wusste, welche Frau er meinte. Wir trafen uns an der Bar und sie stellte mir ein paar Fragen. Hauptsächlich zu unserer Beziehung und wie ich mich kontrollierte. Ich gab ihr ein paar Tipps, wie sie Befehle besser annehmen und umsetzen konnte. Dass wir einen Zuhörer hatten, war mir nicht aufgefallen.

»Er hat euch zugehört und sagte mir, es habe ihn erregt, wie du mit ihr gesprochen hast. Wie du auf sie eingegangen bist. Er sieht Dominanz in dir. In einer Ausprägung, die mir offenbar entgangen ist.« Er verschränkte die Arme vor der Brust, sein Mund war verzogen. So kannte ich ihn gar nicht.

Ich sah über meine rechte Schulter, wir standen vor einer Bar in der Nähe des Clubs. »Können wir kurz hier reingehen? Ich muss darüber nachdenken.«

»Ich kann ihn anrufen und bitten, dazuzukommen. Dann kann er dir selbst sagen, was er von dir will«, rang er sich ab.

»In Ordnung.«

Er war schnell vor Ort. Der gut aussehende Mann Mitte dreißig betrat die Bar und ich sah, wie sich einige Frauen nach ihm umdrehten. Niemand erriet, warum wir uns hier trafen. Wie könnten sie auch? Wir waren außerhalb der sicheren Räume des Clubs.

Die Männer schüttelten die Hände, ich bekam zwei Küsse auf die Wangen. Er setzte sich zu uns, seine Miene spiegelte Anspannung und unterdrückte freudige Erwartung wider. Er wähnte sich schon am Ziel, doch ich wusste noch nicht, was ich tun sollte.

»Danke, dass wir uns treffen.« Er sah mich an. »Meine Bitte kommt dir sicher komisch vor.« Ich nickte. »Ich glaube, du weißt selbst noch nicht, welche Ausstrahlung du hast. Ich bin nicht der Einzige, der dich beobachtet.«

Ich bekam ein seltsames Gefühl im Bauch, das ich nicht identifizieren konnte. Angst? Freude? Auf jeden Fall Unglauben.

»Das verstehe ich nicht«, sagte ich langsam.

»Ich schon.« Ich wandte mich zu ihm um, konnte nicht glauben, was er da sagte.

»Du hast nie etwas gesagt.« Ich unterdrückte nur mit Mühe einen vorwurfsvollen Tonfall.

»Du auch nicht«, entgegnete er. Das stimmte. Ich hatte ihm auch nie gesagt, dass ich darüber nachdachte. Was hätte das auch geändert? Zwischen uns waren die Rollen unveränderlich.

»Was stellst du dir denn vor?«, fragte ich unseren Gast. Seine Augen verengten sich und bekamen dieses Funkeln, das wohl jeder aus der Szene kannte, wenn er bekam, was er wollte. Er dachte, ich würde auf jeden Fall zustimmen.

»Wie gut kannst du mit der Peitsche umgehen?«

»Nicht besonders. Ich mache das nicht, wie du weißt«, erinnerte ich ihn. Er zuckte mit den Schultern.

»Ich bin bereit, das zu nehmen, was du anbieten kannst. Es ist ein Experiment. Für uns alle.« Die Männer

tauschten einen Blick, der mir nicht gefiel. Als wäre ich ein Objekt, um das sie stumm verhandelten.

»Gut«, sagte ich. Er zuckte zusammen und auf dem Gesicht unseres Gastes breitete sich ein Lächeln aus. »Wir machen es. Ohne Sex.«

»In Ordnung«, sagte er und seine Augen glitzerten triumphal. Für Sex gab genug andere, die schnell verfügbar waren. Ich blieb meiner Linie treu. Keine anderen Partner.

»Gleich jetzt?« Er verlor keine Zeit.

Ich hob die Schultern. »Wir waren sowieso auf dem Weg zum Club.« Ich spürte seinen Blick in meinem Nacken. Es gefiel ihm nicht, dass ich einfach zugestimmt hatte. Er hatte eine Absprache erwartet. Das verstand ich, aber hier ging es um mich. Er hatte schon genug entschieden, indem er ohne mich die ganzen Vorgespräche geführt hatte. Darüber mussten wir noch reden.

Der Weg war schnell zurückgelegt und kurze Zeit später befanden wir uns im Club. Ich nahm die irritierten Blicke wahr, als ich unseren Gast zu den Separees im Club führte. Wir waren nie zu dritt und dass ich ihn am Lederhalsband leitete, war der Gipfel.

Schon waren uns ein paar Leute auf den Fersen, doch er blieb an der Tür des Separees stehen wie ein Doorman und schüttelte den Kopf.

»Privat.«

»Das könnt ihr doch nicht machen. Darauf warten alle«, widersprach jemand. Seine Worte trafen mich wie Pfeile im Herzen. Ich schüttelte es ab und schickte meinen Gast zum Andreaskreuz. Hinter uns fiel die Tür ins Schloss. Die Riemen waren schnell angelegt und unsere Blicke trafen sich. Meine Augen wanderten hinunter. Mein Gast war bereits jetzt so scharf, dass sich eine deutliche Beule in

seinem Schritt abzeichnete. Darauf musste er warten, bis wir fertig waren.

»Du siehst toll aus«, schmeichelte er mir. Ich trug einen Body aus weißem Lackleder, dessen Reißverschluss sich bis nach hinten öffnen ließ. Kein Outfit für den Dom, aber der Plan war auch ein anderer gewesen. Egal was passierte, das Weiß blieb mein Erkennungszeichen, entschied ich und griff nach einem Paddle.

Es war so leicht, als hätte ich es schon immer gemacht.

Während ich die ersten Hiebe auf ihm verteilte, behielt ich ihn genau im Auge, studierte jede Regung seines Gesichts. Ob die Intensität passte, wie er reagierte, ob er mehr wollte.

Er wollte.

Sein Stöhnen schwoll mit seinem Schwanz immer weiter an, je mehr sich seine Haut unter meinen Hieben rötete.

Ich wechselte das Werkzeug, griff nach einer Peitsche. Vorsicht war geboten.

Ich legte die Lederschlaufe unter sein Kinn und lächelte.

»Bist du bereit?«

»Ja. Bitte ja, Herrin«, keuchte er. Die Worte klangen wie Musik in meinen Ohren.

Ich vergaß alles um mich herum, konzentrierte mich nur auf ihn und auf das Prickeln, das meine Arbeit auslöste. Auch ich wurde scharf dabei. Er war hier. Beobachtete uns. Ich wusste, dass er jede meiner Bewegungen registrierte.

Wenn ich mit meinem Gast fertig war und wir allein, würde er mir geben, was ich brauchte.

Zwischendurch ging ich immer wieder zu ihm, ließ ihn für kurze Momente an unserem Spiel teilhaben.

Mit versteinerter Miene öffnete er den hinteren Reißverschluss und versenkte zwei Finger in meiner

Pussy. Ich schloss stöhnend die Augen und rieb mich an ihm, genoss diesen Augenblick, dann machte ich weiter.

Die Augen meines Gastes klebten an mir, sein Schwanz war noch härter geworden. Ich sah ihm an, dass er diesen Teil des Deals bereute.

Die Peitsche gab ihm den Rest. Es waren sechs wohlplatzierte Hiebe, die ihn schließlich kommen ließen, den letzten ließ ich einer Eingebung folgend direkt auf seine Eichel niedergehen. Mein Gast schrie auf und stemmte sich gegen seine Fesseln, als sich sein Sperma auf den Boden ergoss.

Was für eine Verschwendung. Dort hätte noch jemand sein können, um ... Ich stoppte meine Gedanken und schüttelte den Kopf. Das hier war mein erster Versuch und ich dachte schon darüber nach, mehrere Menschen zu dominieren.

Dumme Idee.

»Mach ihn los«, knurrte er. Ich ignorierte ihn. Dies war mein Moment, nicht seiner. So wie er sich daran ergötzte, wenn er mich so weit hatte, so wollte ich es auch genießen. Das hatte ich mir verdient.

»Brina«, sagte er warnend, doch es war mir egal. Ich drehte mich zu ihm um, zog den Reißverschluss weiter auf und nahm seine Hand.

»Meine Belohnung«, flüsterte ich und rieb mich an seinen Fingern. Sein Blick war hart, aber das war sein Schwanz auch. Ich befreite ihn und setzte mich auf seinen Schoß. Als er in mich eindrang, seufzte ich laut.

Er sagte nichts und sein Gesicht war unbewegt, als ich ihn ritt, nur sein Griff wurde immer fester. Das alles gefiel ihm nicht, doch ich war zu scharf, um jetzt darüber nachzudenken.

Ich wollte es nicht.

Unser Gast stöhnte, während er uns beobachtete. Ich wollte ihn nicht, er hatte bekommen, was wir vereinbart hatten.

Meine Fingernägel gruben sich in seine Schultern und ich kam endlich. Schwer atmend lehnte ich meinen Kopf an seinen Hals und machte weiter, ließ nicht locker, gab mir keine Pause, bis ich ein zweites Mal gekommen war.

Er packte mich und legte mich auf der Pritsche ab, auf der er gesessen hatte, spreizte meine Schenkel und versetzte ihnen zwei Hiebe mit der flachen Hand. Ich schrie und zuckte unter ihm. Jetzt nahm er mich mit harten Stößen und schlug noch zweimal auf meine Pobacken, bis sie brannten.

Ich kam ein drittes Mal. Er machte weiter, bis er so weit war, dann zog er sich aus mir zurück und kam auf meinen Brüsten. Spritzer trafen mein Gesicht und ich suchte seinen Blick.

Er mied ihn. Eiskalt.

Ich bekam Angst.

Er trat zurück und ich kam benommen auf die Beine, machte meinen Gast los und schickte ihn weg. Dann drehte ich mich zu ihm um.

»Und? Wie hat es dir gefallen?« Sein Tonfall war aggressiv. Ich wusste nicht, was ich sagen sollte, und sah an mir herunter. Er schnaubte und schien plötzlich ratlos.

»Was hast du?«, fragte ich leise.

»Ich wusste, dass das irgendwann passiert, aber ich hatte gehofft, dass es länger dauert. Du willst es wieder tun, oder?«

»Ja«, erwiderte ich nach kurzem Zögern.

Und wir beide wussten, was das für uns bedeutete.

Kapitel 3

Am nächsten Montag fand ich mich bei *Spedfield* ein. Ich war noch zum Strategiemeeting bei K+R gegangen und machte mich dann auf den Weg.

»Mach sie uns klar«, sagte Edie zum Abschied zu mir. Ich fühlte mich, als zöge ich in die Schlacht.

Von der Innenstadt zum *Ring 2* in Barmbek-Nord, wo *Spedfield* seinen Sitz hatte, dauerte es mit der U-Bahn eine halbe Stunde von Tür zu Tür. Die Firma hatte sich in einem modernen Bau eingemietet. Auf drei Etagen, wie ich überrascht feststellte. Mit einer so großen Firma hatte ich nicht gerechnet. Der Mitarbeiter am Empfang meldete mich an und ich wurde nach kurzer Wartezeit abgeholt.

Der junge Mann stellte sich vor, er war der Assistent der Geschäftsleitung.

Ich lächelte ihn unverbindlich freundlich an. Er war Anfang dreißig und recht groß, aber schlaksig. Ein erstaunlich unsicherer Typ für eine solche Position. Doch das war nicht wichtig. Fürs Erste wollte ich mich um meine beiden Auftraggeber kümmern.

Sie verdienten meine ganze Aufmerksamkeit.

»Sie erwarten Sie im Konferenzraum«, sagte der Assistent. »Ich bringe Sie hin. Haben Sie den Weg zu uns gut gefunden?«

»Ja, vielen Dank.« Mir war nicht nach Small Talk zumute, aber ich akzeptierte seine Bemühung.

Der Konferenzraum war am Ende des Flures und mir fielen die neugierigen Blicke der Mitarbeiter auf. Hatten die Inhaber mich nicht angekündigt? Das war ungünstig, ich brauchte aus mehreren Abteilungen Informationen und wollte mich nicht jedes Mal vorstellen müssen. Manche Geschäftsleute waren furchtbar in ihrer Kommunikation.

Wir erreichten den Raum und mein Begleiter klopfte an. Ich trat ein und stand zwei Männern gegenüber.

Mein Bauch kribbelte. Ich liebte solche Situationen.

Wie oft war ich schon in Räume voll fremder Menschen gekommen?

Wie oft waren die Blicke an mir hängen geblieben?

Und wie oft schon war ich wieder hinausgegangen und hatte genau bekommen, was ich wollte?

»Frau Glaser von K+R ist da«, sagte der Assistent. Er lächelte mich noch einmal schüchtern an, dann schloss er die Tür hinter sich.

Jetzt kam Leben in die beiden Männer.

Der Erste sprang auf mich zu. Er war blond, mit einer Surferfrisur und blauen Augen, die mich freundlich musterten. Sein Lächeln hatte eindeutig ein Bleaching bekommen und er wusste, dass ihm der Dreitagebart eine gewisse Verwegenheit verlieh. Er war groß und athletisch, im Gegensatz zu seinem Geschäftspartner trug er ein Polohemd und Jeans. *Mr. Sunny.*

»Frau Glaser, schön, dass Sie da sind!« Er reichte mir seine Hand. »Daniel Lehfeld. Wenn Sie mögen, können Sie mich Dan nennen. Wir duzen uns alle. Das ist der *Spedfield*-Style.«

Ich schüttelte seine Hand. Er war also der Entspannte, von dem Edie erzählt hatte. »Brina.«

»Tom Zill«, stellte sich jetzt der andere vor. Er war nicht so groß, hatte kurz geschorenes dunkles Haar und stechende graue Augen. Sein dunkler Anzug betonte seine breiten Schultern und sein Lächeln war so gezwungen, dass es beinahe wie eine Grimasse wirkte. Er hatte eine Ausstrahlung wie ein Feldwebel. Im unangenehmen Sinne. *Mr. Mad.*

»Schön, dass Sie da sind.« Seine Mimik sprach eine andere Sprache und er wollte offenbar nicht geduzt werden.

»Danke.« Ich lächelte, doch er ignorierte es. Dan bot mir einen Stuhl und Kaffee an, dann senkte sich angespannte Stille über uns. Die beiden Männer schienen nicht zu wissen, wie sie anfangen sollten.

Ich beobachtete sie, da machte sich mein Gehirn selbstständig und warf mir Bilder zu.

Sie wären beide wunderbare Gäste. Lehfeld wäre ein aktiver Part, leicht anzuleiten und willig. Zill wirkte wie jemand, der eine harte Hand brauchte. Je finsterer manche Männer aussahen, desto mehr konnten sie abgeben. Diese Erfahrung hatte ich schon oft gemacht.

Dieses ganze Alphamännchen-Gebaren war so anstrengend, dass sie unter Peitschenhieben schnurrten wie Kätzchen.

Bilder von einem Kopf zwischen meinen Schenkeln und einem Schwanz zwischen meinen Pobacken zuckten durch meinen Kopf. Ich spürte heißen Atem auf meiner Haut, roch Schweiß und Erregung.

Leder. Latex. Metall.

Ich spürte die Hände auf meiner Haut.

Die Reibung. Die Lust.

Ein Kick im ungünstigsten Moment. Er war so realistisch, dass ich mit der Zunge über meine trockenen Lippen fahren musste. Mein Atem war leicht zittrig.

Das passierte mir nicht oft. Aber wenn, dann umso heftiger, denn mein ganzer Körper reagierte darauf. Ich brauchte nicht einmal nachzuschauen, um zu wissen, dass ich feucht geworden war. Ich kaschierte meine Erregung mit meiner Kaffeetasse.

Dies war eindeutig der falsche Zeitpunkt. Und die beiden die falschen Männer.

Auftraggeber machten sich schlecht als Gäste. Ich war wegen meines Jobs hier. Wegen meiner Beförderung.

Inzwischen hatten sie sich nonverbal geeinigt. Das finstere Starren zwischen ihnen brach ab und sie wandten sich mir zu.

Ich schenkte ihnen meine ganze Aufmerksamkeit. Die trockenen Lippen sollte ich jetzt vergessen, auch wenn der Kick nachwirkte.

»Wir brauchen von Ihnen eine detaillierte Finanz-übersicht«, sagte Zill. Ich schnitt den aggressiven Unterton mit und merkte auf. Seine ganze Mimik, seine Körper-haltung und sein Tonfall zeigten mir seine Ablehnung. Er lehnte sich vor und schob die verschränkten Hände weit über den Tisch. Machte sich breit, als müsse er etwas verteidigen.

Vor mir? Oder vor Lehfeld?

Was war mit ihm los? Wenn es ihm nicht recht war, dass ich das machte, warum war ich dann hier? Niemand zwang

Unternehmen, uns zu beauftragen, ich kam schließlich nicht vom Finanzamt.

»Wir sind in den letzten Jahren schnell gewachsen und haben noch kein Controlling. Allerdings sind wir jetzt an einem Punkt, an dem die bloße Bilanzierung nicht mehr ausreicht, um alle Fragen zu beantworten«, erklärte Zill weiter. Das mochte sein, aber das war nicht die ganze Wahrheit. Bei Weitem nicht.

»Worauf soll ich den Fokus legen?«, fragte ich betont gelassen. Ich schenkte ihm den Anflug meines Lächelns. Sein Augenlid zuckte.

Aha. Zill war doch nicht so unerbittlich, wie er sich präsentierte.

»Auf den Unternehmenswert.« Er presste die Worte zwischen seinen Lippen heraus.

»Wollen Sie verkaufen?«, fragte ich offensiv. Die Männer wechselten einen Blick, ich sah Zills Aggression wachsen. Offenbar waren sie sich uneins.

Wollte nur einer verkaufen? Hatten sie Dreck am Stecken? Was würde ich in den Zahlen finden?

Meine Aufregung stieg. Ich liebte knifflige Fälle.

»Momentan nicht«, sagte Lehfeld. Zill wandte den Blick ab und schnaubte. Da war doch etwas im Busch und ich erinnerte mich, dass Edie diese frostige Stimmung erwähnt hatte. Doch das Frage-Antwort-Spiel ermüdete mich und ich hatte keine Lust, ihnen jedes Wort aus der Nase zu ziehen. Dann holte ich mir die Informationen eben an anderer Stelle.

»In Ordnung. Ich nehme an, dass Sie mir die entsprechenden Unterlagen zugänglich machen werden.

Wer ist mein Ansprechpartner?«, fragte ich und machte mir Notizen in meiner Kladde.

»Wir beide. Bitte wenden Sie sich ausschließlich an uns. Sollten wir nicht greifbar sein, geben Sie Xander Bescheid. Alexander Coes, unser Assistent. Er hat Sie hergebracht«, schob Zill erklärend hinterher, als ich den Namen nicht zuordnen konnte.

»Es ist uns wichtig, die Mitarbeiter nicht unnötig zu irritieren«, sagte Lehfeld. Dafür war ich mittlerweile irritiert. Ich schluckte die Antwort, die mir auf der Zunge lag, hinunter.

»Als was haben Sie mich denn angekündigt?«, fragte ich stirnrunzelnd.

»Als Wirtschaftsprüferin«, sagte er aalglatt. Das war eine sehr weite Auslegung meines Auftrags.

Ich nickte dennoch.

Egal, was ich darüber dachte, das mussten die beiden selbst wissen. Offenbar lag etwas im Argen, aber das betraf die beiden Inhaber. Ich hoffte nur, dass sie mir dennoch zuarbeiteten, und mich nicht in meiner Arbeit behinderten. Sonst saß ich hier ewig fest.

»Wir haben uns überlegt, dass du von hier aus arbeiten kannst«, sagte Lehfeld - Dan - weiter und machte eine raumgreifende Handbewegung, die den Konferenzraum einschloss. »Unsere Büros sind gegenüber, Xander sitzt nebenan. Du hast also alle Ansprechpartner in Reichweite. Sag ihm einfach, was du an Hardware brauchst, dann besorgt er es dir.«

Falls er den Versprecher bemerkte, ging er elegant darüber hinweg. Ich hatte seine Blicke ohnehin bemerkt. Zills ebenfalls. Der hob jetzt hämisch die Augenbraue, schwieg aber. Wäre die Stimmung entspannter, hätte ich mich für das Angebot bedankt und ihn damit aufgezogen.

»Danke, ich melde mich.«

»Gut, dann kommen wir gegen Mittag zu Ihnen.« Zill stand auf, grüßte und war zur Tür hinaus.

Dan blieb stehen und lächelte entschuldigend. »Er ist nicht der kommunikativste.«

»Gibt es etwas, das ich wissen sollte?«, fragte ich.

»Ich hoffe nicht.« Sein Blick verweilte einen Moment auf mir. »Xander kommt gleich zu dir, er hat bereits ein Laptop vorbereitet, auf dem alle Zugänge installiert sind. Wenn du Fragen hast, immer gern.« Er verließ den Raum und ließ mich zurück.

Ich stand auf und ging zum Fenster, um den Kopf etwas frei zu kriegen.

Dieses Meeting war nicht verlaufen, wie ich es gewohnt war. Ich fühlte mich unerwünscht, kein guter Start für einen Dienstleister. Sollte sich dieser Auftrag als unerwartet schwierig herausstellen, rückte das meine Beförderung in weite Ferne.

Ich hatte nicht vor, dass das passierte.

In der Spiegelung der Glasscheibe sah ich mir selbst in die Augen.

Ich würde nicht zulassen, dass das passierte.

Der Tag verlief frustrierend. Zwar bekam ich von Xander Coes mein Laptop und er zeigte mir, mit welchen Programmen sie arbeiteten, doch schnell bemerkte ich, dass ich viele Fragen stellen musste, um voranzukommen.

Zu viele, um einfach losarbeiten zu können. Und Xander konnte mir nicht helfen. Je öfter ich in seiner Tür stand, desto verzweifelter wurden seine Entschuldigungen. Es tat mir fast leid, aber ich war nur hier, um meinen Job zu machen.

Zill und Dan waren bis mittags nicht zu erreichen und anstatt zu mir zu kommen, ließen sie sich durch Xander entschuldigen.

Ihnen war ein Termin dazwischen gekommen.

Was mir normalerweise egal wäre, wurmte mich in diesem Fall, weil ich niemanden hatte, an den ich mich wenden konnte. Xander vertröstete mich erneut mit einem entschuldigenden Lächeln, doch er konnte nichts dafür. Ich grub mich zähneknirschend durch die schlechten Excel-Tabellen.

Ich war unprofessionelle Vorarbeit gewöhnt, aber das schlug dem Fass den Boden aus. Wer auch immer diese Dateien erstellt hatte, brauchte dringend einen Kurs. Jetzt hatte ich das zweifelhafte Vergnügen und verstand nichts. Dabei war ich gut in Excel, aber hier stimmten nicht mal die S-Verweise.

Als ich fragte, ob ich mit der Buchhaltungsleitung sprechen könne, wurde Xander noch bleicher und winkte hektisch ab. »Bitte sprechen Sie nur mit Dan und Tom.«

Gut, dann wartete ich wohl auf *Dan und Tom*, ob es mir gefiel oder nicht.

Dan bequemte sich gegen fünfzehn Uhr zu mir und entschuldigte sich wortreich dafür. Jetzt verstand ich, dass er der Vertriebler war. Eine kurze Vorstellung am Morgen hätte geholfen. Dann hätte ich gewusst, dass er mir die meisten finanziellen Fragen nicht beantworten konnte, weil ›Tom‹ sich um die Verwaltung und das Geld kümmerte.

»Und lässt Herr Zill sich auch noch blicken?«, fragte ich um einen freundlichen Tonfall bemüht.

»Ich fürchte, heute nicht. Aber morgen ist er sicher wieder für dich ansprechbar.« Dan krauste reuig die Stirn.

»Es erklärt sich nicht von allein, oder?«

»Leider nicht. Ich brauche mehr Informationen zu euren Buchungen und wo ich die Verbindlichkeiten einsehen kann. Gibt es eine Übersicht über das Kapital, das beispielsweise in den LKW gebunden ist?« Ich hob meine Kladde, in der ich schon mehrere Seiten mit Fragen vollgeschrieben hatte.

Dan sah es und schnitt eine Grimasse. »Falls ja, weiß ich leider nicht, wo sie liegt. Tut mir leid, Brina.«

»Schon gut. Wir haben ja noch Zeit«, rang ich mir ab.

»Sicher. Heute ist ja erst der erste Tag. Kann ich noch etwas tun?«

»Nein, aber ich werde jetzt gehen und komme morgen wieder, wenn Herr Zill da ist. Heute würde ich nur unnütz Stunden aufbauen, die ihr zahlen müsstet«, sagte ich und klappte das Laptop zu.

Dans Mundwinkel zuckte. »Das würde sich natürlich negativ auf unser Endergebnis auswirken.« Er zwinkerte mir auf diese Vertriebler-Art zu. Was ich normalerweise charmant fand, nervte mich heute.

»Kommt auf den Stundensatz an, den ihr mit meiner Chefin vereinbart habt.«

»Mit Frau Kellermann. Tolle Frau. Ich habe die Verhandlungen sehr genossen.« Das glaubte ich ihm keine Sekunde. Edina war knallhart.

Dan begleitete mich bis zum Fahrstuhl und verabschiedete mich.

Mit einem dumpfen Gefühl im Magen fuhr ich hinunter ins Erdgeschoss und zurück zu K+R.

Edie war auf einem externen Termin, was mich nervte, weil ich gern mit ihr gesprochen hätte. Meinem Team gegenüber konnte ich nicht viel sagen. Es war zu früh, um sie ins Boot zu holen. Ich berichtete nur von meinem holprigen Start.

Sissi lief mir über den Weg. »Du siehst frustriert aus. Was machst du überhaupt hier?« Ich erzählte es ihr und ihre gepiercten Augenbrauen hoben sich.

»Na wunderbar. Klingt, als hätte Edie einen Arschloch-fall für dich aufgetrieben. Aber komm schon, der eine scheint doch ganz okay. Den anderen holst du dir doch sicher auch noch ran.«

»Ich werde es versuchen«, versprach ich.

Sie grinste. »Du solltest nicht immer so tief stapeln. Du weißt doch: *Kill them with kindness*.«

Sie hatte recht. Außerdem passte es nicht zu mir, mir deswegen den Kopf zu zerbrechen. Der Start hätte besser sein können, aber er war keine Katastrophe. Und vielleicht hatte Tom Zill heute einfach nur einen miesen Tag.

Wenigstens hielt mein Tag noch einen Lichtblick bereit: Nach Feierabend traf ich mich mit Nick, meinem besten Freund, zum Abendessen. Er baute mich immer auf.

Wir waren in Altona verabredet, er hatte in der Nähe zu tun und möbelte das Firmengelände seiner Freundin auf.

Nick und ich kannten uns schon zwölf Jahre. Während meines Studiums absolvierte ich ein Praxissemester in einer Beratung, die Gründerseminare veranstaltete. Er nahm an einem teil, weil er sich als Garten- und

Landschaftsbauer selbstständig machte. Wir kamen ins Gespräch und waren einander auf Anhieb sympathisch. Nick war damals liiert, trotzdem dauerte es nicht lange, bis er mich zu der ersten Szeneparty begleitete.

Er fing sofort Feuer für BDSM.

Der perfekte Dom. Ich kannte nur wenige Männer, die so dafür geboren waren wie er.

Wäre ich noch devot gewesen, hätte ich mich Hals über Kopf in ihn verliebt, doch meine Erfahrung verbot das. Wir waren zu gleich, jeder Versuch in diese Richtung war zum Scheitern verurteilt. So wurde ich seine Lehrerin und seine beste Freundin.

Er war schon da, als ich eintraf, und stand lächelnd auf, um mich zu umarmen. »Schön, dich zu sehen.«

»Gleichfalls.« In seiner Gegenwart fühlte ich mich immer entspannt. Er strahlte diese Ruhe aus, die auch ich ihm gab. Wir hatten einander schon durch viele schwere Zeiten getragen, zuletzt durch seine Scheidung.

»Wie geht es dir?«, fragte er. Ich berichtete ihm von der anstehenden Beförderung und dem holprigen Start bei *Spedfield*.

Er hörte geduldig zu und zuckte dann mit den Schultern. »Klingt nach etwas, das du leicht in den Griff bekommst.«

»Wollen wir es hoffen.«

»Meinst du, die beiden Inhaber sind *empfänglich*?«

Ich zögerte. »Das weiß ich noch nicht. Ich wollte es noch nicht ausprobieren. Aber das würde einiges leichter machen.« Ich bemühte mich meistens, Privates und Berufliches zu trennen. Ich wusste, dass ich eine Gabe hatte, die mir in vielen Situationen half. Aber sie beinhaltete auch Manipulation und immer die Gefahr, dass der andere es bemerkte. Im Job verließ ich mich deswegen auf meine Kompetenz und griff nur in Ausnahmen darauf zurück. Sollte Zill aber weiterhin unkooperativ sein, würde ich es versuchen. Das Risiko musste ich dann eingehen. Er hatte auf mein Lächeln reagiert. Es bestand die Chance, dass ich ihn so auf Kurs bekam.

»Gib dem ganzen doch noch ein paar Tage«, riet Nick. »Ich wäre auch vorsichtig, wenn sich jemand durch meine Bücher wühlt.«

»Selbst, wenn du ihn damit beauftragt hättest?«, fragte ich.

»Auch dann. Meine Firma ist ein Teil von mir, etwas, worauf ich stolz bin. Sicher geht es deinen Mandanten ähnlich. Wenn du nun bei deiner Prüfung herausfindest, dass sie nur halb so viel wert ist, wie die beiden denken, wäre das ein herber Schlag.« Er lächelte. »Inhaber sind ein schwieriges Feld.«

»Das merke ich auch gerade. Sonst habe ich es meistens mit anderen Leitungsgremien zu tun«, meinte ich.

»Auch das wird kein Problem für dich sein«, sagte er entspannt. Ich erwiderte sein Lächeln. Er konnte mir keine Lösung präsentieren, aber seine Unterstützung tat gut.

»Wie geht es dir? Wie geht es Sonja?«, wechselte ich das Thema.

Sein Lächeln wurde noch breiter. »Sehr gut. Es ist ... Ich weiß gar nicht, wie ich es beschreiben soll. Mir fällt nur ›leicht‹ ein.«

»Ich finde, das ist ein tolles Wort für eine frische Beziehung«, meinte ich. »Hast du ihren Sohn schon kennengelernt?«

»Noch nicht. Wir warten noch ein, zwei Wochen.« Jetzt wurde sein Lächeln etwas schmaler. Sonja hatte einen siebenjährigen Sohn und ließ sich gerade scheiden. Wie ich Nick kannte, war das ein Unsicherheitsfaktor für ihn.

Er konnte Unsicherheit nicht leiden. Da ging es ihm wie mir.

Die Sache mit den beiden kam unverhofft. Sonja war die Freundin einer regelmäßigen Partnerin von Nick, Claire, die ich auch kannte. Sie kam nicht aus unserer Szene und lehnte anfangs alles, was damit zusammenhing, ab. Mittlerweile fanden die beiden einen gemeinsamen Weg, doch zuvor hatte ich bei Nick etwas festgestellt, das ich nicht kannte: Angst.

Zwischen ihm und Sonja gab es eine Chemie, die wie zufällig zustande kam und mit der niemand gerechnet hatte. Kurz befürchtete ich, er würde kneifen.

Er.

Gott sei Dank war er über seinen Schatten gesprungen. Ich mochte Sonja, sie war eine tolle selbstbewusste Frau. Mit einem Anhängsel wäre Nick auch nicht klar gekommen. Doch das Kind war ein Faktor, mit dem er nicht kalkulieren konnte.

»Aufregend. Bestimmt ist er süß«, sagte ich. Ich war mir sicher, dass er auch den Kleinen für sich einnahm.

»Wollen wir es hoffen«, meinte er. Nick hatte zwar drei Neffen, doch keine eigenen Kinder. Er und seine Ex-Frau wollten eines, doch ihnen war die Scheidung dazwischengekommen. Gott sei Dank noch rechtzeitig, sodass kein weiterer Mensch darunter leiden musste.

»Wie sieht es denn bei dir aus?« Mit dieser Frage hatte ich gerechnet.

Ich lächelte schmal. »Wie schon? In den anderthalb Wochen seit unserem letzten Treffen hat sich nichts verändert.«

»Warst du im Club?«, fragte Nick.

Ich schüttelte den Kopf. »Schon länger nicht mehr. Momentan habe ich darauf keine Lust.« Obwohl ich durchaus Lust auf Sex hatte. Aber ich wusste, wen ich treffen würde, und niemand war dabei, den ich in Erwägung zog. »Scheint so, als wären die seltsamen *Spedfielder* fürs Erste die einzigen Männer, die ich regelmäßig sehe.«

»Dann solltest du das beste daraus machen. Lass dich nicht ärgern, Brina. Gib den beiden noch eine Chance.«

Ich erinnerte mich an den Kick im Meeting. Er war so gut. Ein untrügliches Zeichen dafür, dass es doch Zeit wurde, mal wieder in den Club zu gehen. Mir zu holen, was ich brauchte, und zu geben, was ich rauslassen musste. Die Träume in letzter Zeit sprachen auch dafür.

Nick beobachtete mich. »Was denn?«

»Ich bin unausgeglichen«, gab ich zu.

Seine dunkle Augenbraue ruckte hoch. »Du?«

»Leider ja.«

»Das ist nicht gut. Schon gar nicht für dich.«

»Ich weiß. Lass mir noch ein bisschen Zeit, damit ich mich entschließen kann, es zu kompensieren«, bat ich und bereute schon, es angesprochen zu haben. Dadurch wurde es noch realer.

»Wenn du nicht in den Club gehen willst, sag Bescheid. Wir haben andere Möglichkeiten«, sagte Nick. Diese Möglichkeit beinhaltete einen perfekt ausgebauten Szeneraum in seinem Keller, den er mir zur Verfügung stellen würde, wenn ich es wollte.

Und wahrscheinlich wartete dort jemand auf mich, wenn ich ihn darum bat.

Nick war mindestens so gut vernetzt wie ich. Auch mich würde es nur ein oder zwei Anrufe kosten, ich hatte Leute auf meiner ›Warteliste‹.

»Das weiß ich. Und ich werde auf dein Angebot zurückgreifen, wenn es sich ergibt«, erwiderte ich lächelnd. Und bis dahin zog ich meinen Job durch und kam mit der schlechten Stimmung dort klar. Vielleicht bekam ich noch den einen oder anderen Kick, um das Ganze besser ertragen zu können.

Unsere Begegnung war an den beiden Männern nicht spurlos vorüber gegangen.

Wahrscheinlich konnten sie es für sich nicht einordnen. Ich wusste, dass ich keine außergewöhnliche Schönheit war, ich hatte keine Modelmaße oder ähnliches. Aber ich besaß eine Ausstrahlung, die ich einsetzen konnte und die Aufmerksamkeit erregte. Das war auch bei Dan Lehfeld und Tom Zill passiert.

Und vielleicht dachte der eine oder andere schon an mich. Keiner von ihnen hatte einen Ehering getragen, fiel mir ein. Wenn ich meine ›Gabe‹ einsetzte, konnte ich das ohne schlechtes Gewissen tun.

Am Ende war das heute nur ein schlechter Einstieg. Ich würde abwarten, was das nächste Meeting brachte.

Am Dienstag war ich bei K+R, weil Lehfeld und Zill spontan auf Geschäftsreise waren. Die Information erreichte mich erst abends um zehn und Edie klang aufgeregt, als sie mich anrief. Zumindest nahm ich das an, bis ich die unterdrückte Stimme ihres Praktikanten hörte.

Sie trieb es also mit ihm auf ihrem Schreibtisch.

Ich wünschte, mein Leben wäre so einfach.

Den *spedfield*freien Tag nutzte ich für andere Projekte und zwei Telefoninterviews für unsere freie Stelle. Leider war keiner dabei, der ins Team und ins Unternehmen passte. Junge Männer, die sich in zwei Jahren auf einem Chefsessel sitzen sahen, waren hier fehl am Platz. Junge Frauen, die den Job nur bis zu ihrer Hochzeit im nächsten Jahr machen wollten, aber auch.

»Andersrum wäre gut«, meinte Sora und schob die Unterlagen zusammen. »Dann käme ich mir nicht immer wie in den Sechzigern vor, wo die Frauen die Pantoffeln und das Abendessen für ihren Mann bereitstellen.« Ich bezog sie mit ein, das Vier-Augen-Prinzip war mir wichtig. Wenn wir uns für jemanden entschieden, musste er ins Team passen. Sora hatte einen guten Riecher für Bewerber. Heute war meine Stellvertreterin unzufrieden, was ich ihr nicht verdenken konnte.

»Es ist nicht jeder ein Karrieretyp und manche Dinge werden heute noch anerzogen«, meinte ich.

Sie zuckte mit den Schultern. »Selbst schuld.«

»Wahrscheinlich.« Das war auch nie mein Weg, doch ich wusste, dass es Frauen gab, deren Erfüllung darin lag. Sollten sie das tun, aber ihre Halbwertszeit in Edies Dunstkreis wäre kürzer als die eines Kartenhauses bei Sturm. Seitdem Edies Mann sie mit seiner Sekretärin betrogen hatte, sah sie noch schneller rot als vorher.

»Hier arbeiten Frauen, keine Weibchen«, betonte sie immer. An diesen Spruch hielt ich mich, um alle Beteiligten zu schützen.

»Soll ich dich morgen zu Spedfield begleiten?«, fragte Sora. »Vielleicht kann ich dir besser helfen als Pia.«

»Es ist noch zu früh, um überhaupt jemanden mitzunehmen«, winkte ich ab. »Die Inhaber reden kaum mit mir. Ich denke, wenn wir zu zweit auftauchen, geht gar nichts mehr.«

Sie nickte schulterzuckend. »Wir halten uns bereit.«

Und genau das erwartete ich auch.

Kapitel 4

Am Mittwoch fand ich mich wieder in ›meinem‹ Konferenzraum ein. Für neun Uhr war ein Meeting terminiert, zu dem mich der eifrige Xander am Dienstag eingeladen hatte. Die Einladung kam so spät, dass es fast eine Frechheit war, aber ich beschloss, mich nicht darüber zu ärgern. Ich sagte mir einfach, dass es Zufall war und nichts damit zu tun hatte, dass man mich nicht dort haben wollte.

Ich fand, dass ich an meinem zweiten Tag nicht einfach durchmarschieren konnte, also meldete ich mich wieder an. Der Assistent holte mich am Empfang ab.

»Wie geht es Ihnen?«, fragte er. Sein Lächeln war unsicher. Das triggerte mich heute.

»Könnte besser sein.« Ich sah ihm in die Augen. Sofort sanken seine Schultern herab.

»Das tut mir leid. Kann ich etwas für Sie tun?« Er war in seinem Job definitiv richtig.

»Wenn Sie einen doppelten Espresso mit einem Schuss Mandelmilch für mich hätten, würde das meinen Tag retten«, sagte ich. Ich musste es einfach ausprobieren.

Seine Wangen färbten sich rosa. »Ich werde sehen, was ich organisieren kann, Frau Glaser.«

»Danke, das ist nett.« Ich schenkte ihm das Lächeln. Es funktionierte. Seine Schultern strafften sich und die Röte nahm zu.

Warum konnte er nicht mein Ansprechpartner sein? Dann wäre ich schon einen großen Schritt weiter.

Er brachte mir den Kaffee innerhalb von fünf Minuten. Dan Lehfeld war pünktlich um neun im Konferenzraum und bemühte sich mit Small Talk wettzumachen, dass Zill sich verspätete.

Nach zehn Minuten sah ich auf meine Uhr. »Kommt er noch?«

»Natürlich. Er steht wahrscheinlich im Stau.« Dans Lächeln war angespannt. Ich presste die Lippen zusammen und dachte nach. Das war nicht gut. Das schlechte Gefühl, das ich schon erfolgreich verdrängt hatte, kehrte zurück.

»Tom ist immer ein bisschen *grumpy*. Das hat nichts mit dir zu tun.« Er versuchte, mich mit seinem Sunnyboy-Ding einzuwickeln. »Ich war schon eine Stunde vorher da, um ja nicht zu spät zu kommen, aber Tom ... Er meint es nicht böse und es ist keine Absicht.«

Ich nickte, als würde ich zustimmen, aber innerlich ärgerte ich mich. Mich warten zu lassen war einfach unhöflich, nichts anderes. Daran konnte auch Dan nichts ändern, denn er war der falsche Ansprechpartner für mich. Dass er sich bemühte, rechnete ich ihm aber an.

Es dauerte noch einmal zehn Minuten, bis Zill zur Tür hereinkam. »Ich hab noch einen dringenden Anruf bekommen«, murrte er. »Habt ihr schon angefangen?«

»Nein, Tom, ohne dich kommen wir nicht weiter.« Dans Stimme war freundlich, aber ich hörte den Frust trotzdem. Das war offenbar nicht das erste Mal, dass es deswegen schlechte Stimmung gab.

»Entschuldigen Sie«, machte er jetzt in meine Richtung. Wenigstens etwas. »Was brauchen Sie?«

›Eine Peitsche und Nippelklemmen, damit ich dir deine Unhöflichkeit austreiben kann‹, dachte ich. Ein kleines Lächeln stahl sich auf mein Gesicht. Er würde sich wundern, wie freundlich er sein könnte, wenn ich ihn richtig erzog.

»Mir fehlen noch einige Details und Übersichten zu den Vermögenswerten der Firma«, sagte ich und sah auf meine Notizen. Die Liste war lang. Das sah auch Zill und seine ohnehin nicht sehr freundliche Miene verfinsterte sich noch weiter.

»Warum brauchen Sie das alles? Die Bilanzen sind doch aussagekräftig genug«, knurrte er.

»Nein, sind sie nicht«, konterte ich. »Und wenn Sie wollen, dass ich meinen Job richtig machen kann - in Ihrem Interesse - brauche ich weitere Informationen.«

»Tut mir leid, ich habe keine Zeit, Ihnen das alles herauszusuchen.«

»Dann sagen Sie mir, an wen ich mich wenden kann. Die Buchhaltung? Das Controlling?«, fragte ich, mein Tonfall wurde schärfer.

Sein Mund war nur ein schmaler Strich. »Wir wünschen nicht, dass Sie mit den Fachabteilungen sprechen.«

»Herr Zill, ich bin in Ihrem Auftrag hier. Ich kann ihn nur für Sie erfüllen, wenn Sie mir die entsprechenden Zahlen an die Hand geben.« Ich fühlte mich unwohl - ich! - und fragte mich, warum ich überhaupt hier war. Tom Zill wollte mich hier nicht haben, aber warum hatte er uns dann beauftragt? Ich sah zu Dan hinüber, der sich genötigt sah, einzuschreiten.

»Tom, das ist doch Unsinn. Wir haben darüber gesprochen und ...«, begann er.

»Das ist alles nur deine Schuld!«, fuhr Zill ihn an. »Deine Idee und deine Schuld! Sieh zu, wie du klar kommst! Ich wollte das alles nicht und ich werde meine Zeit auch nicht damit verschwenden. Schönen Tag noch!« Er drehte sich um und verließ den Raum.

Wie vom Donner gerührt starrte ich ihm hinterher. Das hatte ich noch nie erlebt. Ich wusste nicht einmal, was ich davon halten sollte. Ich war nicht leicht zu schockieren, doch jetzt war ich es.

»Brina, es tut mir leid«, sagte Dan. »Ich weiß auch nicht, was mit Tom los ist. Wir haben uns gemeinsam dazu entschieden, K+R zu beauftragen. Es tut mir so leid, was gerade passiert ist. Ich glaube, heute ist der falsche Tag, um weiterzumachen.«

»Ich weiß nicht, ob der richtige Tag kommen wird. Hör zu, wenn Tom dem ganzen so ablehnend gegenübersteht, hat der Auftrag keinen Sinn. Ihr solltet darüber nachdenken, ob ihr das Mandat kündigt«, sagte ich.

»Wenn ich mich an den Vertrag richtig erinnere, müssen wir dann trotzdem vierzig Prozent des Honorars zahlen.« Er lächelte schwach.

»Das musst du mit Edie besprechen. Mit Frau Kellermann, meine ich. Eventuell kommt sie dir entgegen.« Würde sie niemals tun. »Aber selbst wenn nicht, wäre das immer noch eine geringere Summe, als wenn ich hier die Zeit absitze und ihr am Ende das ganze Honorar für nichts zahlt.«

»Ich rede noch einmal mit ihm«, lenkte Dan ein. »Das Ganze hat einen anderen Hintergrund und ich bekomme das wieder hin. Mir ist es wichtig, dass wir deine Einschätzung bekommen. Die Zukunft der Firma hängt davon ab.« Sein Blick strich über mein Gesicht und hinunter über meinen Körper. »Außerdem fände ich es schade, wenn du nicht mehr vorbeischaust.«

Ich konnte solche Schmeicheleien für gewöhnlich nicht leiden, aber gerade taten sie gut. Zills Auftritt war starker Tobak und Dans Aufmerksamkeit verfehlte ihre Wirkung nicht. Das musste er nicht wissen, aber ich merkte es deutlich.

Wieder tauchten Bilder vor meinem geistigen Auge auf. Wieder sein Kopf zwischen meinen Schenkeln. Seine blauen Augen hielten mich fest, während er mich auf meine Anweisung leckte.

Ob er folgsam wäre? Oder müsste ich ihn erst ein wenig erziehen, damit er gehorchte? Letzteres würde mir noch besser gefallen.

Ich wurde bei dem Gedanken daran, ihn zum Stöhnen zu bringen, feucht.

Es wäre köstlich.

Absolut notwendig.

Und vollkommen unangemessen.

»Ich möchte den Auftrag auch gern zum Ende bringen«, erwiderte ich. »Hier zu sein hat ja auch seine guten Seiten.« Wenigstens ein Bröckchen konnte ich ihm hinwerfen. »Rede mit Tom und ruf mich dann an. Ich hatte geplant, morgen wieder zu kommen, deswegen bin ich zeitlich flexibel. Melde dich einfach, wenn du etwas weißt.«

»Das mache ich. Danke, dass du nicht hinschmeißt. Nach der Aktion eben könnte ich es verstehen«, sagte Dan, ein schwaches Lächeln kräuselte seine Lippen.

»Ich bin härter im Nehmen, als du denkst.« *Und härter zu nehmen*, fügte ich in Gedanken hinzu. Aber egal, was ich mir einfallen ließ, gegen die geballte Ablehnung von Tom Zill war auch ich machtlos. Selbst ich benötigte ein Mindestmaß an Kooperation, ich konnte und wollte niemanden zwingen.

Das verstand auch Dan, der noch einmal lächelte und mich dann erneut zum Fahrstuhl begleitete.

Auf dem Weg zurück zum Dammtor versuchte ich zu verstehen, was gerade passiert war. Die Akte *Spedfield* lief nicht im Ansatz so ab, wie ich es mir vorgestellt hatte. Im schlimmsten Fall versaute es mir die Beförderung.

Ich hörte am Mittwoch nichts mehr von Dan und fuhr am Donnerstag zu K+R. Edie war noch nicht da, als ich als Erstes zu ihrem Büro ging. Ich bat ihre Assistentin Isa, sich bei mir zu melden, sobald sie eintraf. Ich musste mit ihr über *Spedfield* sprechen. Dies war einer der seltenen Fälle, in denen ich allein nicht weiterkam.

Es war schon zehn Uhr und ich hatte immer noch nichts gehört. Ich saß wie auf glühenden Kohlen an meinem Schreibtisch und ignorierte die fragenden Blicke meines Teams.

»Du möchtest anscheinend nicht darüber reden«, sagte Stellan und hielt mir meinen Kaffeebecher hin. Ich nahm ihn dankend an.

»Doch, unbedingt sogar, aber als Erstes muss ich mit Edina sprechen.«

»Die gestrenge Frau Kellermann wird dir sicher helfen können«, meinte er nickend.

»Stellan, hast du eigentlich einen Schrein mit ihrem Bild zuhause, das du abends anbetest?«, fragte Alexia augenrollend.

»Nein, aber ihr Bild steht auf meinem Nachttisch.« Stellan klimperte mit den hellblonden Wimpern.

»Ich weiß nicht, ob ich das lustig oder widerlich finden soll.« Sie schüttelte sich.

»Liebe Alexia, wir sind uns so ähnlich. Dreifache Eltern, wir mögen Männer und wir verehren Frau Kellermann. Du müsstest das doch am besten verstehen.« Stellan liebte es, Alexia aufzuziehen.

»Wenn dein Freund damit einverstanden ist, bitte. Und wenn du meine Kinder noch einmal mit deinen Hunden vergleichst, drehe ich durch«, fuhr Alexia ihn an.

Stellan lachte. »Das ist der Neid. Meine Hunde wollen nicht ständig neue iPhones.«

Mein Telefon klingelte, bevor Alexia etwas sagen konnte.

Isa. Endlich.

»Sie ist jetzt da.« Die Worte waren wie ein Rettungsanker.

»Ich möchte, dass ihr alle noch lebt, wenn ich zurückkomme«, sagte ich. »Reißt euch zusammen.«

»Jawohl, Herrin!«, salutierte Stellan. Ich grinste schief. Er wusste nicht, wie oft ich diesen Satz schon im vollen Ernst gehört hatte.

Ich lief schneller als sonst den Flur zu Edies Büro hinunter. Isa winkte mir zu, dann stand ich schon vor Edie. Sie sah müde aus. Wahrscheinlich mal wieder eine lange Nacht mit dem Praktikanten.

»Oh, dein Gesichtsausdruck gefällt mir gar nicht«, stöhnte sie und warf eine Aspirin ein.

»Mir auch nicht. Wir haben ein Problem.«

»Fuck, das habe ich befürchtet. Die Speddys?« Sie spülte mit Wasser nach. Ich hoffte zumindest, dass es Wasser war.

»Der Name wird der Scheiße nicht gerecht.« Ich ließ mich auf ihren Besucherstuhl sinken und berichtete von meinem gestrigen Meeting. Ihre Augen wurden immer schmaler.

»Was für ein kleiner Wichser«, sagte sie. »Was soll denn das?«

»Das frage ich mich auch«, erwiderte ich matt.

Sie machte ein saures Gesicht und strich ihr Haar zurück.

»Wenn die das Mandat kündigen, werde ich richtig sauer. Vielleicht bestehe ich darauf, dass sie das ganze Honorar zahlen. Verdammt.« Sie sah aus dem Fenster und lehnte sich stöhnend zurück.

»Ich frage lieber nicht«, sagte ich.

»Nein, besser nicht. In manchen Ländern würde ich dafür in den Knast gehen. Hat sich aber gelohnt. *Anyway*, ich bin nicht bereit, sie so einfach vom Haken zu lassen.«

»Ich auch nicht, aber Lehfeld hat sich noch nicht bei mir gemeldet«, meinte ich. Das frustrierte mich zusätzlich.

»Mit ihm kommst du aus?«, fragte Edie.

»Er flirtet mich die ganze Zeit an.«

»Immerhin. Stell dir vor, die wären beide so bescheuert.« Sie spitzte die Lippen. »Er wird dich anrufen und bitten, dass du es noch einmal versuchst. Zumindest bei ihm habe ich das Gefühl, dass er den Bericht unbedingt will. Vielleicht will er verkaufen und Zill zieht nicht mit.«

»Die Idee ist mir auch schon gekommen«, nickte ich.

»Das ist ihre letzte Chance. Wenn die noch einmal eine solche Scheiße mit dir abziehen, stehe ich da auf der Matte und verhandle den Vertrag nach.« Ihr Blick war hart. »Brina, ich erwarte von dir, dass du den Wichsern Feuer unterm Arsch machst. Kriegst du das hin?«

»Wenn ich irgendeine Aussicht auf Erfolg sehe, ja. Ansonsten nehmen wir die Kohle und ich entfalte mein Talent an anderer Stelle.«

»Hach, du bist so pragmatisch. Gut für uns.« Sie seufzte.

»Halt mich auf dem Laufenden. Ich drehe hier noch durch.«

»Ist es das wert?«

»Auf keinen Fall. Aber weißt du, manchmal tut es ganz gut, sich mal gehen zu lassen. Dazu war gestern der passende Zeitpunkt. Jetzt sammle ich wieder auf, was übrig geblieben ist.« Sie strich eine schwarze Locke zurück und seufzte.

»Viel Erfolg dabei. Ich bin dann an meinem Schreibtisch.« Ich stand auf.

»Wenn Lehfeld sich nicht meldet, ruf du ihn an. Unverbindlich drohend. Du kriegst das schon hin«, rief sie mir nach.

»Na klar.« Ich winkte und verließ ihr Büro. Wenigstens sie stand hinter mir. Im schlimmsten Fall hätte sie mir vorgeworfen, wie es schlecht es lief. Trotz aller Sympathie war eine kleine Sorge da gewesen, dass das passieren könnte.

Wieder an meinem Platz setzte ich dem Team kurz auseinander, wie der Stand bei *Spedfield* war. Außerdem hatten wir ein kleineres Mandat übernommen, das Sora und Alexia betreuten. Es lenkte mich so weit ab, dass ich nicht ständig auf mein Smartphone starrte.

Unsicherheit. Ich hasste dieses Gefühl.

Am Freitagnachmittag bekam ich eine Mail von Dan. Er bat mich, am Montag wieder zu *Spedfield* zu kommen. Also hatte er seinen Geschäftspartner doch noch überzeugen können.

Zum ersten Mal hatte ich bei einem Auftrag ein schlechtes Gefühl, das einfach nicht besser wurde. Ich war es aber auch leid, darüber nachzudenken. Stattdessen freute ich mich auf mein Treffen mit Kira und Lola. Sie konnten mich ablenken. Spätestens, wenn Lola von Neuigkeiten aus ihrem Sprachkurs anfing.

Wir hatten uns gestern beim Sport verpasst, aber das machte nichts. Um die Informationen würde ich nicht herumkommen.

Kira war schon da, als ich das Restaurant erreichte. Sie tippte mit finsterer Miene auf ihrem Smartphone herum und fluchte leise.

»Alles okay?«, fragte ich und setzte mich ihr gegenüber. Sie krauste die Nase und zeigte mir ihr Display. Ich sah einen rosa Kalender und einen Storch. Das war eine andere als beim letzten Mal. Diese App sah beängstigend aus.

»Was ist das?«

»Ein Eisprungkalender.« Sie sprach das Wort mit größter Verachtung aus. »Er meint, wenn, dann sollten wir planmäßig vorgehen und die App, die er mir herausgesucht hatte, entsprach nicht unseren Ansprüchen.« Wenn diese Aussage zu jemandem passte, dann zu Kiras Mann. Er war der mit Abstand pragmatischste (und leider auch unromantischste) Mensch, den ich kannte. Deswegen passte er so gut zu ihr, doch dieses Mal störte es sie.

»Es erhöht den Druck«, erklärte sie. »Und so gern ich regelmäßig Sex mit ihm habe, einen Monat im Voraus zu planen ist doch krank. Er hat sogar schon gegoogelt, welche Stellungen am erfolgversprechendsten sind. Als würden nicht irgendwelche dummen Tussis im Stehen hinterm Traktor geschwängert werden.« Ich konnte nicht anders, ich prustete los. Sie bedachte mich mit einem indignierten Blick. »Du hast gut lachen.«

»Ach Süße, ich hätte gar nichts dagegen, in deiner Lage zu sein. Ich finde, es gibt Schlimmeres als Eisprungkalender«, sagte ich schulterzuckend.

»Darüber unterhalten wir uns, wenn du in diese Lage kommst.« Sie schaltete das Display aus und schnaubte frustriert.

»Wird schon. Ich habe schon komplizierteres hinbekommen. Schwanger werden sollte ein Leichtes sein.«

Ich zwinkerte ihr zu und orderte einen Drink bei der Kellnerin. Kira bestellte ein Glas Wasser.

»Alkohol reduziert die Wahrscheinlichkeit, schwanger zu werden«, dozierte sie. Offenbar hatte ihr Mann sich bereits ein breites Wissen angelesen. Das zog sicher viele Weisheiten nach sich. Ich freute mich schon darauf.

»Sag das den Traktor-Girls.« Wir lachten erneut, da kam Lola herein.

»Entschuldigt die Verspätung.« Sie warf ihren Mantel mit Schwung auf den freien Stuhl.

»Hallo Lola. Hallo Lolas Hintern«, sagte Kira zu ihrem winzigen Rock. »War heute das Meeting mit den Norwegern?«

»Pff, bei denen nützt auch der kürzeste Rock nichts«, sagte Lola wegwerfend. »Selten so spaßbefreite Leute erlebt. Zahlen, Zahlen, Zahlen. Sonst nichts. Konversation gleich null. Gegen die bist du eine Witzmaschine.«

»Witzmaschine«, wiederholte Kira bedächtig. »Das lass ich mir in den Perso schreiben.« Ich biss mir auf die Lippe. Genau das hatte ich gebraucht.

»Viel Spaß. Nein«, Lola warf ihre braunen Locken über die Schulter. »Ich bin heute noch mit Haldór verabredet. Er hat mich am Mittwoch im Kurs mit den Augen förmlich ausgezogen. So habe ich das gern.«

»Was, wir gehen heute nicht auf die Piste?« Kira betrachtete eine Laufmasche in ihrem Pullover. »Und ich hab mich extra fein gemacht.«

»Das ist eine mega Idee«, sprang Lola darauf an und strahlte mich an. »Das haben wir schon lange nicht mehr gemacht. Lasst uns morgen einen draufmachen. So richtig.

Tanzen bis morgens um fünf und dann ein Brötchen auf dem Fischmarkt. Geil.«

»Lass mich darüber nachdenken«, bat ich.

»Ich bin dabei«, sagte Kira. Damit war die Sache beschlossen. Auch gut, das würde mir helfen, die Sache mit *Spedfield* bis Montag zu verdrängen.

»Okay, also morgen«, lenkte ich ein.

»Das Gute ist ja, dass wir dich im Schwarzlicht in deinem weißen Kleid immer finden«, witzelte Lola.

Ich schnitt eine Grimasse. »Vielleicht überrasche ich dich und komme ganz in schwarz.«

»Ich bin gespannt. Und dann suchen wir dir morgen jemanden, der dir diese Falte zwischen deinen Augenbrauen wegvögelt. Die gefällt mir nämlich gar nicht. Was ist los?«, fragte Lola.

»Der neue Mandant ist schwierig, aber das bekomme ich ihn«, wiegelte ich ab.

»Weißt du, Süße, wenn es eins gibt, woran du an einem Freitagabend um halb neun nicht denken solltest, dann sind es irgendwelche bescheuerten Mandanten. Glaub mir, ich weiß, wovon ich rede.« Lola zog die Augenbrauen hoch.

»Großes Wikingerehrenwort«, sagte Kira feierlich.

Ich versprach es und es gelang mir fast. Wir orderten Essen und Kira rang sich doch noch zu einem Gin Tonic durch.

»Ich werde ja nicht sturzbetrunken sein, auch wenn ich das gerade gut gebrauchen könnte«, meinte sie.

»Die Burritos sind sicher eine gute Grundlage. Je fettiger, desto besser.« Lola prostete ihr mit ihrem Cosmopolitan zu, trank und schüttelte sich. »Ich vergesse immer wieder, dass ich das Zeug nicht mehr trinken kann.«

Wir drei waren mal böse damit abgestürzt. Aber bis dahin war der Abend lustig.

Wir machten uns über das mexikanische Essen her, als Lolas Handy klingelte. Ihre Miene verfinsterte sich, als sie auf das Display sah. Ich erhaschte einen Blick auf den Namen und wusste, wieso: »Enrique«, knurrte sie. Ihr Ex-Mann. Sie lehnte den Anruf ab und widmete sich wieder ihrem Essen, doch ihre Miene blieb düster.

»Ich frag mich, was er will«, murmelte sie.

»Das erfährst du nur, wenn du mit ihm sprichst«, sagte ich.

Sie schnaubte. »Alles, was der Kerl sagt, ist sowieso gelogen.«

Leider hatte sie damit recht. Die beiden waren acht Jahre verheiratet. Zum Ende hatte sich herausgestellt, dass er es mit der Wahrheit nicht so genau nahm und gern Zeit mit anderen Frauen verbrachte, zumindest virtuell. Wir wussten bis heute nicht genau, ob er Lola fremdgegangen war oder ob es bei Chats und Fotos geblieben war, aber der Vertrauensverlust war schlimm genug.

Lola litt sehr darunter, vor allem, weil sie sich so sehnlichst ein Kind mit ihm gewünscht hatte. Seit zwei Jahren waren sie getrennt und bald, so hofften wir alle, war auch die Scheidung endlich durch. Es dauerte bereits ewig, sich durch seine Vermögensverhältnisse durchzuarbeiten. Er hatte Anteile an mehreren Firmen und keiner wusste, wie viel er besaß, verdiente und wie viele Kredite er aufgenommen hatte. Ich hoffte, dass das bald ein Ende fand.

»Ich bin auf seine Kohle nicht angewiesen«, sagte Lola. »Wahrscheinlich denkt er immer noch, dass er Alimente zahlen soll, aber ich will ihn einfach nur los sein. Von mir aus kann er zwanzigjährige Tussis daten, es interessiert mich nicht mehr. Die sind zu bedauern, dass sie sich auf ihn einlassen. Aber vielleicht findet sich ja eine, die ihn gnadenlos abzockt.« Sie trank einen großen Schluck Cosmo. »Das würde mir gefallen.«

Mir auch.

Kiras Mann rief an und erkundigte sich, wann sie nach Hause kam. »Nicht vorm Nachtjournal, tut mir leid.« Sie liebte es, ihn aufzuziehen. Das war der Kern ihrer Beziehung. »Aber setz dich doch mit einer Erstausgabe vor den Kamin und trink einen guten Whiskey.«

Gott sei Dank konnte er darüber lachen, auch wenn ich vermutete, dass er genau das tat.

Wir orderten noch eine Runde Drinks und stießen auf den Abend an, als Lolas Handy erneut klingelte. Sie fluchte auf Spanisch.

»Ich wünschte, ich wäre nicht so neugierig.« Sie verließ den Tisch und nahm das Gespräch an. Noch auf dem Weg nach draußen wurde ihre Stimme so laut, dass ein paar Gäste erschrocken aufsahen. Ich vermutete, dass Enrique sich auf etwas gefasst machen konnte.

»Was gibt's sonst Neues?«, fragte Kira, dabei beobachtete sie Lola durchs Fenster.

Sie stand an der Straße und gestikulierte wild. Ich konnte ihre Stimme durch die Scheibe hören. Jetzt riss sie die Augen auf und ließ die Arme sinken.

»Scheiße, das sieht nicht gut aus«, murmelte Kira.

Nein, sah es nicht. Lola auszubremsen war ein Ding der Unmöglichkeit, wenn sie richtig in Fahrt war. Sie jetzt mit schockiertem Gesichtsausdruck draußen stehen zu sehen, machte mich nervös. Sie ignorierte sogar die Typen, die an ihr vorbeiliefen und ihr provokativ auf den Hintern stierten. Was auch immer Enrique ihr sagte, es konnte nichts Positives sein.

Kira und ich saßen schweigend am Tisch und warteten. Endlich legte Lola auf und kam wie eine Schlafwandlerin zurück. Mit leerem Gesichtsausdruck sank sie auf ihren Stuhl und schwieg.

»Lola?« Ich tippte gegen ihre Schulter. »Bitte sag was.« Sie machte den Mund auf und zu wie ein Karpfen, doch es kam kein Ton heraus.

»Was wollte Enrique?«, fragte Kira. »Geht es um die Scheidung?« Lola befeuchtete ihre Lippen mit der Zungenspitze und schüttelte den Kopf. »Nicht? Aber trotzdem um Kohle?« Lola nickte.

Mir schwante Übles.

»Will er Geld von dir?«, fragte Kira weiter.

»Er nicht.« Lola schüttelte sich, als fröre sie. »Aber Leute, denen er Geld schuldet.«

»Wie bitte?« Ich nahm ihre Hand. Sie war eiskalt. »Was bedeutet das?«

»Eine der Firmen, die er gegründet hat, ist pleite. Dafür hatte er einen Riesenkredit aufgenommen. Das war eine seiner ersten Firmen und er haftet als Privatmann. Hat vergessen, umzufirmieren.« Lolas Stimme versagte.

Mein Herz klopfte mir bis zum Hals.

»Er hat die Firma während unserer Ehe gegründet und irgendwo taucht mein Name auf, anscheinend hat er mich als zweite Geschäftsführerin eintragen lassen, als Sicherheit für die Bank. Sie machen mich haftbar. Und sie wollen dreihunderttausend Euro von mir.« Sie brach ab.

Wir starrten sie sprachlos an. Ihr Gesicht war fahl, alles Leben war aus ihm gewichen.

»Das kann doch nicht rechtens sein«, flüsterte Kira. Lola zuckte hilflos mit den Schultern.

»Er meint, es lässt sich nicht ändern. Er hätte schon mit seinem Anwalt gesprochen, um mich da rauszuhalten, aber das wäre nicht möglich.« Ihr Gesicht war bleich und ihre Stimme beinahe tonlos. So hatte ich sie in den zehn Jahren, die wir uns kannten, noch nie erlebt. Meine Eingeweide verkrampften sich.

»Es muss einen Weg geben, das aufzulösen«, sagte ich. »Wenn du absolut nichts mit dieser Firma zu tun hast ...«

»Aber mein Name steht im Handelsregister«, kiekste Lola. In ihren Augen schwammen Tränen. »Ich habe keine dreihunderttausend. Ich habe nicht mal dreißigtausend. Die Einrichtung der Wohnung hat mich fast meine ganzen Reserven gekostet. Ich hasse diesen Mann so sehr. Immer, wenn ich denke, ich habe mich halbwegs von ihm erholt, kommt die nächste Katastrophe auf mich zu.«

»Hey«, machte Kira. »Tief durchatmen. Wir finden einen Weg, okay? Du bist nicht allein. Brina und ich helfen dir dabei, das durchzustehen.«

Lola lächelte und wischte sich übers Gesicht. »Du bist süß und ich weiß, dass ich mich auf euch verlassen kann.« Sie schnaubte ihre Nase aus. »Ich rufe meinen Anwalt an. Vielleicht hat er ja noch eine Idee.«

»Oder er kennt jemanden, der sich mit so was auskennt. Sprich am besten mit einem Fachmann. Und lass dir von Enrique schriftlich aufdröseln, was da passiert ist. Ich denke, die Alimente werden immer höher«, sagte ich.

Lola machte ein grimmiges Gesicht und prostete mir zu. »Das Arschloch kann sich auf was gefasst machen.«

Kapitel 5

Der Gedanke an Lolas Probleme begleitete mich noch das ganze Wochenende. Wir ließen das Tanzengehen am Samstag aus, keiner von uns war nach dieser Sache noch danach zumute. Stattdessen blieb ich zuhause und ging früh ins Bett.

Meine Gedanken kreisten ununterbrochen um Lola und ich suchte nach einer Möglichkeit, ihr zu helfen. Doch alles Googeln half nichts. Ich war keine Expertin, was Unternehmensrecht und Finanzierungen anging.

Alles, was ich für sie tun konnte, war für sie da zu sein. Und das wollte ich.

Ich telefonierte auch mit Kira, die ebenso wildentschlossen, aber genauso ratlos war. Lola selbst fuhr am Samstagmorgen nach Kiel zu ihren Eltern. Ich war mir nicht einmal sicher, ob sie überhaupt noch zu Haldór gefahren war. Wir wollten am Montagabend sprechen.

Ich hingegen fuhr am Morgen direkt zu *Spedfield*. Dan hatte mich darum gebeten, schon um neun da zu sein, also ließ ich das Meeting bei K+R aus.

Ich war gespannt, was mich erwartete.

Heute ließen sie nicht auf sich warten, auch Zill war pünktlich und rang sich sogar ein Lächeln ab. Offenbar hatte Dan etwas bei ihm erreicht.

Ich schöpfte neue Hoffnung und machte mich daran, die nötigen Informationen aus ihm herauszupressen.

»Wozu brauchen Sie die ganzen Berichte?«, fragte er schließlich, nachdem er sich den zehnten Punkt notiert hatte. Auf *Spedfields* Steuerberater kam einiges an Arbeit zu. Viele Berichte und Übersichten, die ich brauchte, existierten noch gar nicht.

»Daraus kann ich die Wertfindung ermitteln«, erklärte ich. »Aus der Betrachtung der aktuellen Zahlen bekomme ich nur eine Momentaufnahme. Diese ist abhängig von Ihren derzeitigen Forderungen und Verbindlichkeiten. Wenn ich aber die Berichte der letzten Jahre hinzuziehe, kann ich Regelmäßigkeiten im Zahlungsverkehr ableiten und einen Durchschnitt ermitteln. Das ist eine verlässlichere Zahl, als wenn ich nur den letzten Monatsabschluss berücksichtige. Außerdem kann ich so eine bessere Prognose für die Entwicklung errechnen.«

Zu meiner Überraschung verfinsterte sich Zills Miene. Was war nur mit ihm los? Diese Herangehensweise hatte noch keinem Unternehmen geschadet.

»Sie sehen unzufrieden aus«, sprach ich es direkt aus.

Er rieb sich das Kinn und machte ein saures Gesicht. »Das ist nicht das, was ich mir vorgestellt habe. Ich dachte, Sie schauen sich einfach an, wie wir momentan dastehen, vergleichen das mit den vorherigen Jahresabschlüssen und das war's. Davon, dass Sie meine Firma komplett zerpflücken, war nie die Rede.«

»Herr Zill, ich mache das nicht, um Sie zu ärgern«, erwiderte ich. »Ich nahm an, dass Sie genau das haben wollen.«

»Will ich nicht«, knurrte er.

»Tom, komm schon, was soll das?«, fragte Dan. »Wir haben gesagt, dass das professionell gemacht werden soll. Sonst hätte das auch der Steuerberater hinbekommen.«

»Ganz meine Meinung«, schnauzte Zill. »Nichts für ungut, Frau Glaser, aber Dan, wir verschwenden hier unser Geld.«

»Herr Zill, wenn das Ihre Meinung ist, dann sollten Sie mit Frau Kellermann über eine Auflösung des Vertrags sprechen«, sagte ich nachdrücklich. »Ich dränge mich niemandem mit meiner Dienstleistung auf.«

»Brina, so war das nicht gemeint«, beschwichtigte Dan. »Wir brauchen genau das, was du beschrieben hast. Tom, du weißt das. Nur so können wir fair miteinander sprechen.« Zills Miene wurde noch finsterer.

»Wenn Sie mir sagen, worauf ich achten soll, kann ich meine Arbeit darauf ausrichten«, versuchte ich es noch einmal.

Zill schüttelte unwirsch den Kopf. »Sie bekommen die Reports. Mehr muss Sie nicht interessieren. Ich kümmere mich darum. Wenn Sie etwas zu den Zahlen wissen möchten, bin ich in meinem Büro. Bis später, ich habe jetzt ein Telefonat.« Er stand auf, nickte mir zu und verließ, ohne Dan eines Blickes zu würdigen, den Raum.

»Ich bin ehrlich gesagt ratlos«, gestand ich ihm. »Wenn ihr euch so uneins darüber seid, ob meine Hilfe überhaupt benötigt wird, warum habt ihr dann den Vertrag abgeschlossen?«

»Weil sich die Dinge manchmal ändern«, sagte Dan leichthin. »Inzwischen gibt es bei uns dicke Luft. Die Aufträge sind nicht so gut wie gehofft und wahrscheinlich hat Tom davor Angst, dass die Firma nur halb so viel wert ist, wie er denkt. Das Ganze hat viel weniger mit dir zu tun, als er vorgibt. Es liegt hauptsächlich an ihm selbst und das gefällt ihm nicht. Aber mach du dir deswegen keine Sorgen. Er kriegt sich wieder ein.«

Ich wusste nicht, ob ich ihm das glauben sollte.

Zill hatte so wütend gewirkt, so abgenervt, dass ich es mir beim besten Willen nicht erklären konnte. Für jeden Unternehmer war es doch hilfreich, eine so detaillierte Übersicht zu bekommen, wie ich es plante.

Oder nicht?

Wollte Zill am Ende verkaufen und hatte tatsächlich Angst vor einem niedrigen Ergebnis? Dabei wirkte er auf mich, als hinge sein ganzes Herz an der Firma, nur so konnte ich mir die Wut erklären. Aber seine Ablehnung ärgerte mich immer mehr. Ich konnte nichts dafür, dass er und Dan ein Problem miteinander hatten. Und sicher war ich kein Teil davon.

»Was denkst du, wie lange der Steuerberater braucht, um die Reports zu erstellen?«, fragte ich.

»Ich hoffe, dass er schnell macht.« Dan zuckte mit den Schultern. Er machte auf mich nicht den Eindruck, als würde er auch nur den Namen des Mannes kennen, aber Zill hatte abgelehnt, dass ich ihn direkt kontaktierte. »Hast du noch genug Unterlagen, um vorerst weitermachen zu können?«

Ich nickte. »Ja, ich kann mich anhand der Infos, die ihr mir schon gegeben habt, um ein paar Nebenrechnungen kümmern. Das hilft mir dann bei späteren Schritten.« Ob ich damit mehrere Tage füllen konnte, war aber fraglich.

Ich unterdrückte ein Seufzen. Die winzige Hoffnung, dass ich heute den Durchbruch schaffte, war leider verpufft. Ich stand wieder genau da, wo ich am Mittwoch vergangener Woche aufgehört hatte.

Wenigstens bekam ich die notwendigen Unterlagen.

Ich versuchte, den Frust nicht an mich heranzulassen, aber es fiel mir schwer. Es ging nicht einmal um meine Kompetenz, nicht einmal darum, dass meine Arbeit als überflüssig angesehen wurde.

Mich wurmte, wie Zill sich benahm. Ich war als Dienstleisterin hier, die er engagiert hatte, und sein Verhalten war absolut unangebracht.

Ich konnte das nicht leiden und meine Dominanz schrie danach, ihn mir vorzunehmen.

Richtig. So, wie ich normalerweise nie an die Sache heranging.

Aber ich spürte in ihm etwas, eine innere Zerrissenheit, die auf mich übersprang und mir nicht gut bekam. Das gefiel mir noch weniger als sein schlechtes Benehmen.

Ich hatte keine Möglichkeit, ihm aus dem Weg zu gehen, das Mandat an eine Kollegin abzugeben kam nicht infrage. Ich würde Edie nicht enttäuschen. Und mich selbst auch nicht.

Dann musste ich eben doch auf Plan B zurückgreifen. Mal sehen, ob er dafür empfänglich war. Ich hatte das Gefühl, dass ich erfolgreich sein könnte.

Anders sah es bei Dan aus, der offensiv mit mir flirtete. Er sah gut aus, in anderer Konstellation wäre ich nicht abgeneigt, aber so kamen mehr als ein paar heiße Blicke und Anzüglichkeiten nicht infrage. So sehr ich es auch bedauerte, denn es war wirklich schon lange her.

Vielleicht machte mich auch die unfreiwillige Abstinenz dünnhäutiger als sonst.

»Wollen wir zusammen Mittagessen?«, fragte Dan. Ich sagte gern zu. So konnte ich ihn mein Ego ein wenig pflegen lassen, ohne dass es gefährlich wurde.

Am nächsten Tag war ich zum Mittagessen mit meinem Freund Sam verabredet. Er und seine beste Freundin Claire gründeten gerade eine Finanzberatung. Meine Gefühle deswegen waren anfangs gemischt, weil ich nicht mit ihm in Konkurrenz stehen wollte, doch bei ihnen ging es um Bilanzierung und Optimierung des Forderungs-managements. Keine Konkurrenz für K+R.

Wir trafen uns in der Innenstadt, weil er noch einen Termin bei der Handelskammer hatte, und ich war froh, ihn zu sehen. Sam hatte diese Art, die alles weniger schwer erscheinen ließ.

Er traf zeitgleich mit mir ein und winkte von Weitem. Ich musste immer lächeln, wenn ich sein attraktives Gesicht sah. Sam war definitiv der schönste Mann, den ich kannte. Sein Mann Tim konnte sich glücklich schätzen.

»Gut siehst du aus«, begrüßte er mich und küsste meine Wangen.

»Danke, gleichfalls. Schön, dass wir es mal wieder geschafft haben. Gefühlt haben wir uns an Silvester das letzte Mal gesehen.«

»Ich glaube, das stimmt sogar«, sagte er. »Bei all dem Stress in den letzten Monaten sind wir einfach nicht dazu gekommen.«

»Ich bin froh, dass sich die Sache mit der Kanzlei erledigt hat. Allein was du mir erzählt hast, hat bei mir Herzrasen ausgelöst. Was für ein Wahnsinn, dass sie dir und Claire unterstellt haben, Geld gestohlen zu haben.«

Ich schüttelte mich. Sams Berichte der letzten Monate waren der Horror.

Sams Lächeln wurde etwas schmaler, doch er zuckte mit den Schultern. »Eine beschissene Zeit. Aber was dabei rausgekommen ist, ist unerwartet gut.«

»Kommt ihr mit der Unternehmensgründung voran?«, fragte ich. Mir selbst fehlte der Mut dazu. Sam und ich hatten vor ein paar Wochen, als sich die Idee langsam festigte, deswegen telefoniert. Dabei hatte er mich auch gefragt, ob ich Interesse hätte, einzusteigen. Das wäre für ihn und Claire vorteilhaft, weil ich schon Erfahrungen im Consulting hatte, aber das Risiko war mir zu groß. Außerdem fühlte ich mich wohl bei K+R.

»Wir machen langsam. Noch läuft die Freistellung bei der Kanzlei.« Er lächelte entspannt. »Freizeit bei voller Bezahlung. Ich könnte mich fast dran gewöhnen. Das verschafft uns natürlich Zeit, um alles vorzubereiten. Wir besuchen ein paar Seminare und verbringen Zeit mit unseren Lieblingsmenschen.« Er zwinkerte. »Das bringt mich doch glatt zu dir. Wie sieht's bei dir aus?«

Ich erzählte ihm von meiner Chance und dem misslungenen Start bei *Spedfield*.

Seine blauen Augen wurden immer größer. »Nicht übel, liebste Peitschenschwingerin. Aber warum nutzt du das schwere Gerät nicht, um den Jungen auf Kurs zu bringen? Der klingt, als bräuchte er mal einen Lederriemen an seinen Eiern.«

Ich lachte. Sam, Nick und ich waren eine Zeit lang gemeinsam in der Szene unterwegs, Claire hatte das Quartett teilweise komplettiert. Über sie hatten sich Nick und Sonja kennengelernt. Aber Tim stand nicht darauf, deswegen hatte Sam es aufgegeben. Das änderte aber nichts an seinem Interesse an allem, was mit Sex zu tun hatte. Außerdem war er einer der indiskretesten Menschen, die ich kannte.

»Mag sein, aber ich komme schlecht an die guten Stücke ran, wenn er mir im Anzug gegenübersitzt«, winkte ich ab.

Sam wackelte mit den Augenbrauen. »Da ist dein Einfallsreichtum gefragt. Aber im Ernst, lohnt es sich für dich, dir das anzutun? Das hast du doch gar nicht nötig. Anscheinend haben die beiden Typen ein Problem miteinander und tragen es auf deinem Rücken aus. Das kann doch auch Edina nicht wollen.«

»Edie verlässt sich darauf, dass ich es entweder hinbekomme oder Bescheid sage. Ich will nur nicht aufgeben.« Ich schnaubte.

»Ich finde, einzusehen, dass etwas keinen Sinn hat und es deswegen sein zu lassen, hat nichts mit aufgeben zu tun. Ihr habt sicher genug Mandate, die ihr stattdessen bearbeiten könnt und wo sich die Auftraggeber nicht wie pubertierende Kinder aufführen.« Sam schauderte. »Die klingen fast schlimmer als Rechtsanwälte. Aber nur fast.« Die Geschichten aus der Kanzlei waren legendär.

»Es fühlt sich für mich aber so an. Normalerweise kriege ich jeden geknackt«, murmelte ich.

»Das hat dann aber mehr mit deinem Ego als mit gesundem Menschenverstand zu tun.« Er legte die Stirn in Falten. »Und das sage ich ausgerechnet dir, dem pragmatischsten Menschen der Welt.«

»Lieb von dir, aber hier lässt mich mein Pragmatismus im Stich. Er hat leider dem Ehrgeiz platz gemacht.« Dieses Geständnis fiel mir nicht leicht.

»Ach Süße, du bist alt genug, aber ich wundere mich über dich. So durch den Wind habe ich dich selten erlebt. Und ich habe mit dir schon vieles erlebt.« Sein Blick schweifte kurz ab und ich ahnte, woran er dachte. Meine Gedanken gingen in die gleiche Richtung. Womit wir wieder bei den Lederriemen wären.

Ich sollte doch mal wieder in den Club gehen.

»Ist auch schon lange her«, erwiderte ich leise.

Sam zuckte mit den Schultern. »Normalerweise würde ich dir raten, die Kerle einfach zu vögeln, damit sie mal wieder klar kommen, aber ...«

»Kommt nicht infrage«, wehrte ich ab.

»Ja, das hatte ich befürchtet. Scheiß Moral.« Sam seufzte.

»Würdest du mit einem Mandanten schlafen?«, fragte ich.

»Wenn ich dazu die Gelegenheit hätte und es keinen Ärger bedeutet, ja.« Er feixte.

»Ich denke, es würde Ärger bedeuten. Edie würde das nicht gut finden.«

»Wir reden hier von der Frau, die einen Praktikanten nur eingestellt hat, weil er sich sein Studium als Stripper finanziert und um ihn auf ihrem Schreibtisch zu vögeln.« Sam lachte.

»Das ist aber ihre Sache«, versetzte ich.

»Wenn du den Zill nagelst, ist das nur deine Sache.«

»Hast du gerade wirklich ›nageln‹ gesagt, Sam?« Jetzt musste ich auch lachen.

»Ich fand, das passt zu dir.« Er grinste.

»Ach Sam, ich habe dich vermisst.« Ich nippte an meinem Wasser.

»Trotzdem. Wenn du ihn einmal gesehen hättest, würdest du das gar nicht vorschlagen. Der Typ ist so abweisend, das käme ihm nicht mal in den Sinn.«

Er beobachtete mich. »Aber dir ist es in den Sinn gekommen.« Sam hatte eine Antenne für solche Sachen. Beinahe unheimlich.

»Kurz, ja«, gestand ich. »Bevor er mich angefeindet hat.«

»Seitdem willst du ihn nur noch züchtigen und deine Stiefel lecken lassen?«

»Das mit den Stiefeln ist mir noch gar nicht eingefallen. Gute Idee.« Ich strich meinen Zopf glatt. »So witzig dieses Gespräch ist, es ändert nichts daran, dass der Auftrag grundunangenehm ist. Ich bin froh, wenn ich es hinter mich gebracht habe.«

»Da du dir vorgenommen hast, durchzuziehen, wird dir nichts anderes übrig bleiben«, erwiderte er.

Ich versuchte, mir vorzustellen, dass ich zu Edie ging und ihr sagte, dass ich es nicht hinbekam. Sofort spürte ich einen enormen Widerstand gegen den bloßen Gedanken. Das wollte ich auf keinen Fall tun. Ich wollte, ich *musste* durchziehen, etwas anderes kam nicht infrage.

»Nein, das stimmt.« Ich lächelte ihn an. »Können wir uns bald wieder treffen? Ich habe das Gefühl, dass du mir die Antworten lieferst, für die ich selbst gerade zu feige bin.«

»*Ma chére*, ich stehe dir immer zur Verfügung. Aber ich rate dir, diesen Druck mal abzulassen. Das ist nicht gesund. Ich weiß, wovon ich rede.«

»Ich werde sehen, dass ich etwas dagegen tue«, versprach ich.

Das tat ich auch, als ich abends nach Hause kam und nach einem meiner Vibratoren angelte.

Als ich kam, fühlte ich, wie sich etwas von der Anspannung auflöste und ich loslassen konnte. Nicht so, wie ich es gebraucht hätte, aber immerhin ein wenig.

Ich sollte den Vibrator griffbereit halten, denn es sah nicht so aus, als wäre ein echter Mann in greifbarer Nähe, der seinen Job übernehmen konnte.

Zumindest keiner, den ich gerade an mich heranlassen wollte.

Am Donnerstag erhielt ich endlich die Zahlen von *Spedfields* Steuerberater. Es war ein unübersichtlicher Wust an Zahlenkolonnen, die auf den ersten Blick keinen Sinn ergaben. Fassungslos starrte ich auf meine Bildschirme und unterdrückte den Wunsch, zu schreien. Zill und Dan mussten die Berichte gesehen haben. Waren sie wirklich so ahnungslos, dass sie sie mir einfach so weiterleiteten?

Wenn ich mich da durcharbeiten sollte, saß ich noch nächstes Jahr hier. Das Projekt in zwei Monaten abzuschließen war so gut wie unmöglich.

Das hier war meine persönliche Elbphilharmonie.

Scheiße.

Ich quälte mich den ganzen Vormittag durch die Zahlen, ohne voranzukommen, dann hatte ich genug und ging hinüber zu Zills Büro.

Es war leer.

»Er ist den Rest der Woche auf Dienstreise«, sagte Xander entschuldigend.

»Warum hat mir das keiner gesagt? Ich brauche wirklich Hilfe bei den Zahlen. Es ist ...« Ich atmete tief durch. »Kann ich Herrn Zill telefonisch erreichen?«

Xander klickte mit seiner Maus und seine Miene wurde verzweifelt. »Ich fürchte, das wird schwierig. Er ist auf einem Kongress, da folgt ein Termin auf den nächsten. Die ganze Veranstaltung geht bis heute Nacht um zehn.«

Sagte ich schon ›scheiße‹?

»Könnten Sie ihn per Mail darum bitten, dass er mich in der Pause anruft? Ich könnte zumindest ein paar kurze Fragen mit ihm klären.«

»Natürlich!«, sagte Xander eifrig. »Ich schreibe ihm sofort.«

Warum nur hatte ich das Gefühl, dass er sich trotzdem nicht meldete?

Diese Vorahnung bewahrheitete sich. So saß ich mit einer Frustration, die ihresgleichen suchte, um halb sieben abends immer noch an meinem Schreibtisch und klickte mich mit zusammengebissenen Zähnen durch die Zahlen.

Ich würde nicht aufgeben.

Ich würde durchziehen.

Dann bastelte ich mir eben meine eigenen Reportings. Diese Idioten würden schon sehen, dass ich mich nicht unterkriegen ließ.

Ich wurde immer wütender und meine Anschläge auf der Tastatur ratterten wie ein Maschinengewehr.

Was für ein unglaublicher Mist!

»Brina?«

Ich fuhr zusammen und sah auf. Dan stand im Türrahmen und sah mich vorsichtig an. »Alles okay? Du siehst aus, als würdest du am liebsten jemandem wehtun.«

»Würde ich auch gern. Hast du die Nummer eures Steuerberaters? Ich habe ein Hühnchen mit ihm zu rupfen«, presste ich hervor.

»So schlimm?«, fragte er. Ich drehte den Monitor mit den Rohdaten zu ihm um und er schluckte. »Oh fuck.«

»Ja, allerdings.«

»Das tut mir wirklich leid, ich habe mir die Dateien nicht angesehen.« Er setzte sich neben mich und starrte auf den Bildschirm. »Jetzt verstehe ich deinen Gesichtsausdruck. Der Kerl hätte echt einen Arschtritt verdient.«

»Danke.« Ich streckte die Schultern und dehnte den Nacken. Meine Schlüsselbeine knackten bedenklich. Ich saß schon viel zu lange hier. Als sich warme Finger auf meine Haut legten, zuckte ich zusammen.

»Mit Verspannungen kenne ich mich aus, lass mich nur machen.« Er stand plötzlich hinter mir und massierte meine Nackenmuskulatur. Ich hätte beinahe wohlig aufgestöhnt, doch ich war zu perplex. Zu peinlich berührt. Ich!

Aber die Situation war einfach zu banal.

Zu ... klischeehaft. Mir lief es kalt den Rücken herunter.

Versuchte er ernsthaft, mich mit einer Nackenmassage klarzumachen?

Beinahe hätte ich gelacht. Das konnte nicht sein Ernst sein.

Andererseits ...

Seine Hände fühlten sich gut an.

Zu gut.

»Danke«, sagte ich rau und entwand mich seinem Griff. »Das hat schon geholfen.«

Er trat zurück und wirkte enttäuscht. Er dachte wirklich, dass er mich so rumkriegte. Unsere Blicke trafen sich. Mein Unterleib pochte und die Bilder kamen zurück.

Es war so einfach. Und ich brauchte es so dringend.

Ich befeuchtete meine Lippen mit der Zungenspitze. Seine Augen klebten an mir. Ich spürte seinen Blick beinahe körperlich. Er könnte mir nicht alles geben, war definitiv nicht auf meiner Wellenlänge, aber ihn einfach zu vögeln würde mir schon reichen.

Mein Blick wanderte hinab zu seinem Schritt, der sich bereits ausbeulte.

So einfach.

Ich konnte seinen Schwanz schon fast in mir spüren.

»Oh Gott, Dan ...« Ich wollte ihn abwimmeln und schüttelte den Kopf, die Hand hatte ich schon abwehrend erhoben, doch er missverstand mich und kam noch näher. Seine Hände umfassten meine Taille, zogen mich hoch und setzten mich auf den Konferenztisch. Gleichzeitig schob er meinen knielangen Rock hoch und entblößte meine Oberschenkel.

Seine Lippen legten sich auf meine. Seine Körperwärme war beinahe ein Schock für mich. Als seine Zunge meine Lippen teilte und sich in meinen Mund schob, stöhnte ich auf.

›Ja! Tu es einfach!‹, feuerte mich mein Unterbewusstsein an. ›Er will es, du willst es, setz das Lösungswort ein. Und wenn es nur banaler Sex ist, nimm ihn.‹

Er lehnte mich zurück, sodass ich auf meine Ellenbogen sank, und stellte sich zwischen meine Schenkel.

Es war heiß, doch schon regte sich die Eiskönigin in mir.

Eine brenzlige Situation, die ich entschärfen musste, bevor ich eskalierte.

Ich hielt mich eisern unter Kontrolle und versuchte gleichzeitig, mich fallen zu lassen. Mich auf diese Art von Sex einzulassen, in der ein Mann den Ton angab, der nicht wusste, wie er mit mir umgehen musste. Ich legte meine Hände an seine Schultern und ließ seine Küsse zu.

Es fühlte sich gut an, aber es war schwer.

Seine Hände wanderten über meine Knie zu meinen Oberschenkeln.

Ich wollte es. Ich wollte, dass er weitermachte. Ich wollte loslassen und ihn einfach machen lassen.

Er war mir so nah. Viel näher, als ich es guten Gewissens zulassen sollte, vor allem nicht, weil er mein Mandant war. Ich war dienstlich hier, verdammt. Mein Slip saugte sich an meine feuchte Haut. Ich war schon viel zu weit gegangen.

Seine Finger wanderten unter den Saum meines Rocks. Endlich. Ich musste endlich diesen Druck loswerden, der immer stärker wurde.

Ich kam nicht mehr dagegen an. Und ich wollte es auch nicht.

Ich sah ihm in die Augen und griff nach seinem Handgelenk. Ich würde ihm zeigen, wie es richtig ging. Nur ein wenig, um ihn nicht zu überfordern, aber genug, um mir zu nehmen, was ich brauchte.

Seine blauen Augen weiteten sich, als ich seine Hand aufhielt. »Brina?«

»Gib mir Zeige- und Mittelfinger«, sagte ich sanft. Er nahm die Hand wieder hoch und zeigte mir die beiden.

Ich öffnete meinen Mund und legte sie auf meine Zunge, saugte daran und nahm sie tief in meinem Mund auf. Er starrte mich an, sein Mund war leicht geöffnet. Ich gab sie wieder frei.

»Zieh meinen Slip beiseite und führ sie mir ein. Aber ganz langsam.« Er war leicht überfordert, doch die Beule in seiner Hose wurde immer größer. Er wusste nicht, wie er mich nehmen sollte. Ich würde es ihm zeigen.

»Bitte«, sagte ich mit einem Augenaufschlag, der ihm den Rest gab. Mit der freien Hand zog er die weiße Seide meines Slips beiseite und strich mit den feuchten Fingern über meine Haut. Ich stieß zischend Luft aus, als er sie in mir versenkte. Zentimeter für Zentimeter. Er machte das gut. »Ja ... oh ja ...«

»Daran habe ich schon gedacht, seit du zum ersten Mal durch die Tür kamst«, flüsterte er.

»Ich auch«, erwiderte ich, auch wenn das nicht ganz stimmte. Sonst wäre Zill jetzt auch hier und bekäme die Behandlung, die er verdiente. Der Gedanke machte mich noch schärfer. »Leg deinen Daumen auf meine Klit und lass ihn langsam kreisen.«

»Du gibst gern den Ton an, oder?«, fragte er, setzte meine Anweisung aber sofort um. Ich stöhnte auf, als seine Fingerkuppe über meine geschwollene Perle fuhr.

»Ist das in Ordnung für dich?«, flüsterte ich.

»Süße, so feucht wie du bist, mache ich alles, was du willst.«

»Dann mach weiter. Langsam und im Uhrzeigersinn. Ich will, dass du zählst, wie viele Kreise du brauchst, um mich kommen zu lassen«, wies ich ihn an.

Er riss die Augen auf.

War ich zu weit gegangen? Überforderte ich ihn?

»Das Spiel habe ich noch nie gespielt.« Er hielt mich mit seinem Blick fest und ließ seinen Daumen kreisen. Erleichterung durchflutete mich, er spielte mit. Und er machte sich gut. Er variierte den Druck und nahm seine Finger zur Hilfe, verband ihre Bewegungen mit dem Spiel. Ich war schon jetzt so scharf, dass ich es ihm leicht machen würde. Beinahe leichter, als mir lieb war.

Ich sah ihm an, dass es ihn erregte, meinen Befehlen zu folgen. Es fiel ihm leicht. Er ahnte, dass er davon profitierte.

Vielleicht hatte er eine unentdeckte Neigung, die ich nutzen konnte.

Ich saugte meine Unterlippe in meinen Mund und rieb mich an seinen Fingern. Mein Becken hob und senkte sich mit seinen Bewegungen und der Druck zog sich immer weiter zusammen.

Es war köstlich. Es war genau, was ich brauchte. Unser Blickkontakt gab mir den Rest.

Ich schnappte nach Luft und kam, als er bei sechsunddreißig angekommen war. Unsere Augen versanken ineinander, er musste sehen, was er getan hatte.

Er sollte sich gut deswegen fühlen. Stolz, dass ich ihm das erlaubte. Ich schenkte mich ihm in dieser Sekunde, die ich ganz losließ. Und er würde noch mehr bekommen.

Ich schaltete mein Denken aus, als ich sein Handgelenk nahm und seine Finger zu seinem Mund führte. Er zögerte nur kurz, dann nahm er sie auf und stöhnte leise.

»Das macht Lust auf mehr.« Er legte die Hände an meine Oberschenkel und spreizte sie weiter.

So gern ich ihn gewähren gelassen hätte, denn er beugte sich bereits vor, um mich zu lecken, desto dringender musste ich weitermachen. Ich hatte einen Plan.

»Warte.« Er hielt irritiert inne, seine Zungenspitze nur Millimeter von meiner Klit entfernt. Ein wunderschönes Bild. Ich kostete es noch ein paar Sekunden aus. »Lass uns das später tun«, sagte ich.

Ich setzte mich auf und öffnete seinen Gürtel. Dann seine Hose. Mit sanftem Druck fuhr ich über den dunklen Stoff seiner Pants und genoss die Härte seines Schwanzes darunter. Dan hielt den Atem an und verfolgte jede meiner Bewegungen.

Ich ließ den Stoff hinuntergleiten und streifte die Pants ab. Seine Erektion sprang mir entgegen. Wenn er damit halb so gut umgehen konnte wie mit seinen Fingern, würde er es mir richtig besorgen. Oder doch ich ihm?

Ich wollte kein Risiko eingehen, also zog ich ihn auf die Tischplatte und kniete mich über ihn. »Hast du ein Kondom?«

»Oh Gott, die Frage kommt fast zu spät ...« Er fummelte hektisch sein Portemonnaie aus der Tasche. Ich hätte beinahe gelacht. Typisch Mann. Zwischen Kreditkarte und Führerschein passte immer ein Kondom. Ich hatte auch welche in der Tasche, aber das musste er nicht wissen.

Ich nahm ihm das Päckchen aus der Hand und riss es auf. Während ich es ihm überstreifte, liebkoste ich die weiche Haut und den harten Strang darunter.

»Du darfst weiteratmen«, sagte ich lächelnd, als ich fertig war.

»Leichter gesagt als getan«, keuchte er.

»Wir sind noch längst nicht fertig. Leg dich hin.« Seine Augen weiteten sich. »Ich werde dich reiten, wenn du möchtest.« Er zog mich mit sich, doch ich entwand mich ihm und brachte mich in Position. Ich bestimmte, wie es weiterging.

Ich machte langsam, senkte mich in Zeitlupe auf ihn herab und vereinigte ihn mit mir.

Ja ... oh ja ...

Ich musste einsehen, dass ich Sex brauchte. Dass ich ihn wollte. Dass meine freiwillige Askese mir nicht guttat. Er war genau der richtige, um mich wieder in die Spur zu bringen.

Seine Hände legten sich auf meine Hüften, als wir endlich Haut an Haut waren, doch das wollte ich nicht.

»Nimm die Hände über den Kopf«, flüsterte ich und knöpfte meine Bluse auf. Seine Augen wurden noch größer und anstatt die Arme über den Kopf zu nehmen, griff er nach meinen Brüsten. Ich hielt ihn auf.

»Hände über den Kopf«, befahl ich.

»Aber deine Brüste sind zu schön, um sie nicht zu berühren«, widersprach er.

»Später.«

»Während ich dich lecke?« Er fuhr sich mit der Zungenspitze über die Lippen.

Ich lächelte. »Zum Beispiel.«

Er reagierte nicht sofort, doch dann nahm er die Arme hoch.

»Du wirst es nicht bereuen«, versprach ich.

Ich bewegte mein Becken, spannte meine Muskeln an und ritt ihn. Erst langsam, dann immer schneller.

Ich genoss das Gefühl seines Schwanzes in mir, wie hart er mich ausfüllte, wie gut die Reibung war, die ich erzeugte.

Ich zog meinen Rock hoch, damit er sehen konnte, wie er in mir versank. Aus mir hinausglitt und wieder eindrang. Ich spürte jeden Zentimeter, schloss die Augen, um das Gefühl noch zu intensivieren, und leckte meine Lippen. Ich zog meinen BH hinunter und massierte meine Brüste, kniff in meine harten Nippel.

Er stöhnte erneut. »Oh Gott, ist das scharf. Süße, mach weiter. Bitte. Oh Gott, ja.«

Und ich machte weiter. Mein Gehirn verselbstständigte sich und entwarf tausend Ideen, was ich noch mit ihm machen könnte. Was ich ihm beibringen könnte. Doch fürs Erste würde ich uns beide kommen lassen. Mindestens einmal.

Ich erhöhte das Tempo und lehnte meinen Oberkörper zurück, gleichzeitig presste ich meine Klit gegen seine Haut. Ich war schon ganz nah dran.

Mein Orgasmus ballte sich in mir zusammen und ließ mich vornüber kippen. Seine Hände schnellten vor und umklammerten meine Hüfte, doch ich war zu sehr dabei, um mich darüber zu ärgern. Ich wollte es auch nicht. Ich wollte nur, dass er kam.

Es dauerte nur noch Sekunden, dann war er so weit und krümmte sich unter mir zusammen. Der Griff an meiner Hüfte wurde noch fester, aber das feuerte mich nur weiter an. Ich ließ nicht nach, verlängerte meinen eigenen Orgasmus und sah in sein vor Ekstase verzerrtes Gesicht.

So musste er aussehen.

Meine Lippen verzogen sich zu einem triumphalen Lächeln. Das hatte ich gewollt. So musste es laufen.

Schweiß rann über seine Stirn und zerzauste sein blondes Haar. Sein Brustkorb hob und senkte sich mit seinem keuchenden Atem. Ich ließ meine Fingerspitzen über seine Hemdbrust laufen und erfühlte einen gut trainierten Körper. Ich ahnte, womit Dan seine Freizeit verbrachte. Auch das könnte ich nutzen. Er würde sich wundern, wozu seine Muskeln noch in der Lage waren.

»Brina ... Süße ...« Er schien langsam wieder zu sich zu kommen und schlug die Augen auf. »Wahnsinn.« Vorsichtig löste er seine Hände von meinen Hüften und verharrte, als er das Tattoo bemerkte. »*Tied* ...«, las er vor und runzelte die Stirn. »Gebunden.« Seine Lippen kräuselten sich. »Muss ich mir Sorgen machen?«

Ich schüttelte den Kopf. »Mein Lebensmotto.« Denn die Verbindung, die gemeint war, als ich es stechen ließ, bestand nicht mehr. Das Tattoo war geblieben und ich hatte es meiner Passion gewidmet. Darüber mussten wir aber jetzt nicht sprechen.

»Hast du noch mehr?« Er strich mit dem Daumen darüber.

»Nein, das ist das Einzige«, erwiderte ich. Er konnte sich geschmeichelt fühlen, dass er es zu Gesicht bekam. Das ließ ich nicht oft zu.

Er setzte sich auf und küsste mich. Wir waren noch immer vereinigt, doch ich spürte, dass er eine Pause brauchte. Mein Blick fiel auf mein Laptop, das neben uns summte.

Mir war, als hätte jemand einen Eimer Eiswasser über mir ausgeleert.

Dan war mein Mandant. Was ich hier tat, verstieß gegen alles, was mir wichtig war.

Verdammt.

Ich rutschte von seinem Schoß und zog meinen Rock hinunter. Zu spät bemerkte ich meinen verrutschten Slip, aber den konnte ich später noch richten. Meine Wangen fühlten sich heiß an, als ich meine Bluse zuknöpfte. Wie konnte ich mich so vergessen?

Was war nur los mit mir?

Seitdem ich durch diese Tür getreten war, lief nichts mehr so, wie ich es geplant hatte.

»Was machst du denn da?«, fragte er. »Ich dachte, wir machen gleich weiter.« Er fuhr mit der Zungenspitze über seine Lippen. »Ich habe noch etwas mit dir vor.«

»Ich glaube nicht, dass das eine gute Idee ist«, sagte ich. »Der Sex eben war keine gute Idee. Du hast mich für die Geschäftszahlen engagiert.«

»Das ist nicht das, was ein Mann nach Sex auf dem Konferenztisch hören will.« Er grinste schief. »Du hast ja recht, aber ich kann dich beruhigen: Tom ist dein Auftraggeber.«

»Dir gehört die Firma doch auch«, widersprach ich.

»Noch.«

Meine Augenbraue zuckte hoch. »Heißt?«

»Wir haben K+R engagiert, damit ihr den Firmenwert berechnet und Tom und ich wissen, welche Summe mir zusteht. Ich werde das Unternehmen verlassen. Tom wird mich auszahlen«, erklärte er.

»Also doch. Warum habt ihr mir das nicht gleich gesagt?« Ich schüttelte den Kopf.

»Es weiß noch niemand davon«, sagte er leise.

»Deswegen also auch die ganze Heimlichtuerei.«

»Ja, allerdings. Tom hat Angst, dass die Mitarbeiter unruhig werden, wenn sie mitbekommen, was du tust.«

»Haben sie denn einen Grund dazu?«, fragte ich.

»Ich denke nicht. Die Geschäfte laufen gut genug, dass Tom auch ohne mich weitermachen kann. Für mich ist es Zeit, etwas Neues anzufangen. Du siehst also, es spricht nichts dagegen, wenn ich deinen Rock wieder hochschiebe.« Er trat heran und legte die Hände auf meine Hüften. Meine Pussy pochte erwartungsvoll, sein Angebot war verlockend, aber ich musste mich zügeln.

»Solange ich den Firmenwert nicht berechnet habe, ist das ein Interessenkonflikt. Ich will mir nicht vorwerfen lassen, dass ich zu deinem Vorteil gerechnet habe«, wehrte ich ab.

»Würdest du das denn tun, nur weil wir vögeln?«, fragte er provokativ.

»Nein.«

Er lächelte bedauernd. »Dann spricht aus meiner Sicht nichts gegen eine zweite Runde, aber ich habe den Verdacht, dass ich dich nicht überreden kann.«

»Nein, kannst du nicht.«

Er zog mich an sich und küsste mich. »Dann solltest du dich mit der Berechnung beeilen, denke ich. Ich wollte nächste Woche raus.« Sein Daumen strich über meine Brüste und mir wurde heiß.

»Ich überlege es mir«, versprach ich.

Er beobachtete mich, als ich meine Sachen zusammensuchte und meinen Mantel überzog. Dann winkte er zum Abschied und warf mir eine Kusshand zu. »Gute Nacht, chérie!«

Kapitel 6

Ich schlief wie ein Stein, doch als ich am nächsten Morgen aufwachte, fühlte ich mich beschissen.

Was hatte ich mir gestern Abend bloß gedacht?

Wie hatte ich Dan einfach nachgeben können?

Nie im Leben hätte ich damit gerechnet, dass ich mich zu so etwas hinreißen lassen könnte. Das war so unprofessionell. Es verstieß gegen all meine Prinzipien. Ich war wütend auf mich selbst, weil ich mich so gehen gelassen hatte. Das hätte mir nicht passieren dürfen.

Ja, ich hatte den Sex gewollt. Ich hatte ihn dringend nötig, aber doch nicht mit *Dan*.

Und das Schlimmste war, dass ich, als ich mit meinem verrutschten Slip nach Hause kam, nichts Besseres zu tun hatte, als es mir noch einmal selbst zu machen und den Sex dabei Revue passieren zu lassen. Mir fielen noch so viele Dinge ein, die ich mit ihm machen könnte. Er schien aufgeschlossen, hatte nur kurz gezögert. Ich wollte schon immer einen Schüler. Keinen Gast, sondern jemanden, der ganz mir gehörte. Vielleicht wäre er der Richtige.

Ich schüttelte den Kopf.

Was für ein Bullshit.

Wie sähe das denn aus?

Von dem Gerede ganz abgesehen.

97

Es war unwahrscheinlich, dass er überhaupt ein Interesse daran hätte.

Ich ...

Ich unterbrach meine Gedanken und ging duschen.

Es gab andere Dinge, um die ich mich kümmern musste. Und sicher wäre es am besten, wenn ich endlich bei *Spedfield* den Sack zumachte. Dann wühlte ich mich eben durch die widerlichen Exceltabellen. Irgendwie würde ich mir Zill schnappen und die notwendigen Informationen aus ihm herauspressen. Es war schließlich in seinem Interesse, dass ich so wenig schätzen musste wie möglich.

Erster Schritt.

Und dann, wenn Dan *Spedfield* verlassen hatte, konnte ich mir überlegen, ob ich sein Angebot annahm.

›*Ich wollte dich noch lecken ...*‹

Ich stellte das Wasser kälter und schnaubte unter dem Strahl.

Und ich sollte meinen Job machen. Punkt.

Als ich eine Stunde später bei *Spedfield* ankam, war die Tür zu Zills Büro zu meiner Überraschung offen und Licht brannte. Ich ging hinüber und begrüßte ihn. »Ich dachte, Sie wären die ganze Woche auf einer Konferenz.«

»Hab's mir anders überlegt«, sagte er. »Der zweite Tag ist sowieso immer nur Gequatsche.«

Ich verzichtete auf den Hinweis, wie wichtig Networking in der Geschäftswelt war. Das musste er selbst wissen.

»Glück für mich. Ich habe noch einige Fragen zu den Zahlen vom Steuerberater«, ergriff ich die Gelegenheit.

Er seufzte. »Er hat Ihnen doch alles geschickt, oder nicht?«

»Haben Sie sich die Tabellen mal angesehen?«

»Wofür bezahle ich Sie?«, erwiderte er unfreundlich.

»Touché. Aber in diesem Fall wäre es sinnvoll.«

Leise murrend griff er nach seiner Maus und klickte ein paar Mal. Dann weiteten sich seine Augen (sie hatten ein interessantes Grau, stellte ich dabei fest, denn jetzt sah er zum ersten Mal nicht grimmig aus). »Ach du ...«

»Genau. Ich nehme an, Sie haben ein paar Minuten Zeit für mich?«, fragte ich und bemühte mich um einen neutralen Tonfall.

»Ja.« Er klang erschöpft. »Setzen Sie sich, jetzt passt es.« Ich nahm ihm gegenüber Platz und holte meine Liste hervor. Er machte ein unglückliches Gesicht, als er sah, wie viele Punkte ich notiert hatte. »Mit ein paar Minuten werden wir wohl nicht auskommen.«

»Das kommt auf Sie an. Ich musste mir so viele Punkte notieren, weil ich immer noch sehr breit gefächert arbeiten muss.« Zumindest war das gestern der Fall, bis ich Dan nebenan gevögelt hatte. »Je mehr Details Sie mir geben, worauf ich achten soll, desto schneller geht es.«

Seine dunkle Augenbraue hob sich. »Soll heißen?«

»Wenn Sie mir jetzt ein bisschen helfen und mir sagen, worauf Sie hinauswollen, kann ich schneller arbeiten. Dann kann ich mein Team einspannen und Gas geben.«

Er stand auf und schloss die Tür zu seinem Büro. Mit vor der Brust verschränkten Armen kam er zurück, seine Miene war finsterer als je zuvor. »Sie berechnen den Wert von Dans Firmenanteilen. Er steigt aus.« Seine Stimme klang abgehackt und ich sah seine Wut.

Das hier war keineswegs eine friedliche Trennung. Jetzt endlich verstand ich auch die miese Stimmung in den

Meetings. Ich nickte stumm. Jedes Wort wäre zu viel, dazu kannten wir einander nicht genug.

»Hält er exakt fünfzig Prozent?«

»Neunundvierzig Komma acht.« Normalerweise hätte ich dazu eine Bemerkung gemacht, aber das wäre deplatziert. Ich sah ihm an, wie sehr ihn die Situation belastete. Wie wütend und enttäuscht er war.

»Gut. Dann lassen Sie uns anfangen und ich tue mein bestes, Ihnen bald das Ergebnis vorzustellen.«

»Damit können Sie jetzt schneller arbeiten?«, fragte er skeptisch.

»Allerdings. Herr Zill, ich bin gut in meinem Job und wenn Sie schon früher mit der Sprache rausgerückt wären, lägen hier schon die ersten Zahlen auf dem Tisch. Wenn Sie mich unterstützen und ich mein Team einbeziehe, sind wir nächste Woche fertig.«

Ich sah Erleichterung in seinem Gesicht. Er wollte es einfach nur hinter sich haben.

Ich auch.

Das Honorar fiel kleiner aus, wenn ich den Auftrag in einem Viertel der Zeit erledigte, aber das wäre zu verschmerzen. Wahrscheinlich hatte er den gleichen Gedanken, denn seine Miene klarte etwas auf und er nickte: »Lassen Sie uns anfangen.«

Zwei Stunden später waren all meine Fragen beantwortet und ich rief mein Team an, damit sie sich vorbereiteten. Dann fuhr ich zurück ins Büro und saß lange mit ihnen zusammen. Als Pia, Sora und ich um halb sechs Feierabend machten, waren wir schon einen gewaltigen Schritt weiter. Jetzt lag leider das Wochenende vor uns.

»Wenn wir Montag auch so gut durchkommen, kann ich spätestens Mittwoch die ersten Ergebnisse präsentieren. *Good job, girls.*« Wir klatschten uns ab.

»Wenn du willst, kann ich morgen wieder herkommen«, sagte Pia eifrig. »Mir macht eine Wochenendschicht nichts aus.«

»Weiß ich, aber das muss bis Montag warten«, sagte ich, obwohl mir der Gedanke auch schon gekommen war. Aber ich konnte von Stellan und Alexia nicht erwarten, dass sie am Wochenende arbeiteten, und Sora wollte bis Sonntag verreisen. Deren Gesichtsausdruck war angespannt, in Gedanken stornierte sie bereits das Hotel an der Ostsee. So war das, wenn man ein Workaholic war und sich nur mit anderen Workaholics umgab.

»Wirklich nicht?« Pia war enttäuscht.

»Wirklich nicht. Wir liegen jetzt super in der Zeit und das ist für die Kunden in Ordnung. Wenn wir nächste Woche durchkommen, liegen wir gut in der Zeit. Zu schnell dürfen wir auch nicht sein. Und du fährst an die Ostsee«, sagte ich zu Sora. Sie legte ihr Handy weg.

»Dann gilt das aber auch für dich«, forderte sie. »Keine Alleingänge.«

Ich zögerte, nickte dann aber. Gleiches Recht für alle. Sie würden sich schlecht fühlen, wenn ich allein weitermachte. Ich war Teil des Teams, also galten für mich die gleichen Regeln. »Einverstanden.«

Sie machten Feierabend und ich ging zu Edies Büro, um nachzusehen, ob sie noch da war. Die halbwegs guten Nachrichten wollte ich ihr heute noch überbringen.

Mein Diensthandy vibrierte. Eine SMS kam an. Ich runzelte die Stirn. Wer bitte schrieb heute noch SMS?

Hallo Brina, wollen wir uns morgen sehen? Ich muss noch mein Versprechen einlösen. - Dan

Ich schluckte und musste mir eingestehen, dass ich mich über seine Nachricht freute. Als ich aufsah, war Edies Türschild direkt vor mir: *K+R, Edina Kellermann, Geschäftsführung.*

Ich wollte, dass dieser Titel auch auf meinem Türschild stand. Ich durfte nicht riskieren, dass etwas dazwischenkam.

»Brina, bist du das?«, hörte ich Edie. »Was lungerst du vor meiner Tür rum? Komm rein und trink einen mit uns.«

Ich machte die letzten zwei Schritte und stand Edie, Henni und Sissi gegenüber, die es sich in Edies Sitzgruppe bequem gemacht hatten. Edie mixte gerade einen vierten Gin Tonic.

»Auf eine gute Woche oder auf eine Scheißwoche?«, fragte sie, als sie mir das Glas reichte. Ich setzte mich neben Henni auf die Couch.

»Auf eine durchwachsene Woche«, meinte ich.

»Dass diese kleinen Pisser sich so anstellen, ist mir unbegreiflich«, murmelte sie. Anscheinend hatte sie schon ein oder zwei Drinks intus.

»Da gibt es gute Nachrichten. Zill hat heute endlich gesagt, was los ist. Lehfeld verlässt die Firma, ich berechne jetzt den Wert der Inhaberanteile«, erwiderte ich.

Edie hob verblüfft die Augenbrauen. »Deswegen dieser Eiertanz? Aber dafür brauchst du keine zwei Monate.«

»Eher nicht. Ende nächster Woche bin ich fertig.«

»Fuck, dann werden sie das Honorar nachverhandeln wollen.« Sie setzte ihr Glas an und trank es in einem Zug leer. Sowas konnte sie auf den Tod nicht leiden.

»Warte es doch erst mal ab«, sagte Henni. »Meistens zieht so was noch einen Rattenschwanz nach sich.«

»Rattenschwanz«, knurrte Edie. »Das ist das passende Wort für die beiden. Na gut, dann warten wir eben ab.«

Henni prostete ihr zu. »Halt die Augen offen, Brina, und wenn sich noch etwas ergibt, stürz dich einfach drauf. Ich bin nicht bereit, denen Geld für ihre Unschlüssigkeit zu zahlen. Gib einfach alles, was du hast.«

»Versprochen.« Ich trank meinen Gin Tonic aus und verabschiedete mich, ich war noch mit Lola und Kira verabredet. Auf dem Weg nach draußen antwortete ich Dan: *Ich habe morgen Zeit.*

Ich würde meine Augen offen halten. Wenn ich mich mit ihm traf, hatte das keinen Einfluss auf meine Arbeit.

Ich fühlte mich leicht beschwipst, als ich in der Bar ankam. Das merkte ich schon daran, dass ich das Wort *beschwipst* verwendete. Außer meiner Großmutter hatte ich es noch nie einen Menschen sagen hören.

Kira war schon da, Lola ließ, wie so oft, auf sich warten.

»Was gibt es Neues an der Babyfront?«, fragte ich.

»Folsäurekapseln und Kieselerdegel.«

Damit hatte ich nicht gerechnet, »Was?«

»Hör bloß auf. Der Mann macht mich wahnsinnig.« Kira krauste die Nase und schüttelte sich.

»Er hat Newsletter und Zeitschriften abonniert und liest mir jeden Abend daraus vor. Gestern kam ein Riesenpaket mit Nahrungsergänzungsmitteln an, damit wir ja ein gesundes Baby zeugen.« Sie rollte mit den Augen. »Manchmal wünschte ich, ich wäre eins von den Trecker-Girls. Die haben es gut.«

»Ich würde mit dem Neid noch warten. So schlimm können Folsäure und Kieselerde doch nicht sein.«

»Kieselerdegel schmeckt wie Schleim mit Staub«, informierte sie mich. »Wer davon nicht schwanger wird, ist selbst schuld.«

»Vielleicht solltet ihr euch auf den Sex konzentrieren«, schlug ich vor.

»Das tun wir ja auch.« Kira schüttelte den Kopf. »Aber nicht jetzt. Die Spermienqualität ist am besten, wenn man sie ein paar Tage im Körper anreichert. Nebenbei bekomme ich auch noch ein Fernstudium in Fertilitätsmedizin.«

»Ich verstehe deinen Neid auf die Trecker-Girls«, sagte ich lächelnd.

Kira machte ein indigniertes Gesicht. »Na also.«

»Hast du noch mal mit Lola gesprochen?«, fragte ich.

»Nur in unserer Gruppe geschrieben. Ich hatte so arschviel zu tun diese Woche, dass ich die meisten Abende erst um neun zuhause war.« Sie rieb sich die Nasenspitze. »Und ja, ich habe ein schlechtes Gewissen deswegen.«

»Geht mir ähnlich«, gab ich zu.

Sie sah mich von der Seite an. »Aber bei dir hat sich was getan. Du bist nicht mehr so angespannt wie letztes Mal.«

»Es geht bei dem Auftrag endlich voran«, wich ich aus.

»Du hast die Typen geknackt?«, hakte sie nach.

»Sozusagen.«

Sie starrte mich an. »Du hast einen der Typen gevögelt.« Ich starrte zurück. »J-ja.«

»Was? Wirklich?« Sie riss die Augen auf. Ich fühlte mich, als hätte ich mir selbst den Boden unter den Füßen weggezogen. »Ich hab nur Spaß gemacht. Brina, echt jetzt?«

Ich kam aus der Nummer nicht mehr raus, also nickte ich.

»›Brina, echt jetzt‹, was?«, fragte Lola, die sich in diesem Moment an den Tisch setzte.

»Brina hat einen der Speddys gevögelt. Oder waren es gleich beide?«, fragte Kira.

»Einer«, stellte ich klar.

»Na ja, du hast ja Zeit«, sagte Lola vergnügt. Ich warf ihr einen langen Blick zu. Sie lachte. »Ausgerechnet du.«

»Ich weiß.«

»Ich check's ehrlich gesagt noch nicht ganz. Warum?«, fragte Kira.

Ich suchte nach passenden Worten. Es fiel mir unerwartet schwer. »Es hat sich einfach so ergeben. Ungeplant.«

»War es denn gut?«, fragte Lola.

Ich zögerte und überlegte, wie ich die Frage beantworten sollte. »Für ungeplanten spontanen Sex außerhalb der Szene war es gut.«

»Mann, waren das viele Einschränkungen.« Lola schüttelte den Kopf.

»Was soll ich denn sagen?« Ich zuckte mit den Schultern. »Ich weiß doch selbst nicht, was ich davon halten soll.«

»Einfach noch mal machen«, riet sie mir.

»Tue ich. Morgen. Danach sehen wir weiter. Danach!«, wiederholte ich, als sie erneut ansetzte. »Erzähl uns lieber, was es bei dir Neues gibt, das ist viel wichtiger.«

Lolas breites Grinsen verschwand, als sei es ausgeknipst worden. Mir schwante Böses.

»Erzähl es einfach«, sagte Kira. »Wir sind für dich da.«

»Das weiß ich doch, *chica*. Aber ihr könnt auch nichts daran ändern. Enrique hat meinem Anwalt erst ein paar Bröckchen hingeworfen. Ich habe das Gefühl, dass er selbst noch nicht weiß, was da auf uns zurollt. Wir haben noch ein paar Mal telefoniert. Er weiß, wie ich die ganze Sache finde.«

»Beschissen?«, bot ich an.

»Untertreibung des Jahrhunderts. Jedenfalls meinte er, dass er alles gibt, um mich da raus zu halten. Ich glaube ihm kein Stück. Wenn er kann, lässt er mich die ganze Kohle bezahlen und verschwindet auf die Caymans.« Lolas Stimme bebte.

»Was hat deine Familie dazu gesagt?«, fragte ich.

»Meine Eltern haben mir angeboten, mir mein Erbe vorzeitig auszuzahlen. Ich habe Angst, dass sie dafür einen Kredit aufnehmen. Zuzutrauen ist es ihnen. Pablito hat angeboten, Enrique zusammen mit seinen Jungs krankenhausreif zu schlagen.«

»Wie die Mafia«, meinte Kira.

»Wie es ein spanischer Bruder seiner *hermana* eben anbietet.« Lola strich eine Locke zurück. »Ich habe ihn vorerst vertröstet. Den Baseballschläger können wir rausholen, wenn die Scheiße überkocht.«

»Wie ist dein Gefühl?«, erkundigte ich mich vorsichtig.

»Ach, Brina, ich weiß es nicht«, seufzte Lola. »Es schwankt zwischen nackter Angst und Wut. Manchmal mischt es sich auch. Die Angst ist schlimmer. Ich dachte, dass ich mit der ganzen Scheiße durch bin.« Sie sah aus dem Fenster, ihre grünen Augen waren trüb. »Ich dachte, die Trennung wäre das Schlimmste, aber ich hätte damit rechnen müssen, dass Enrique noch ein Ass im Ärmel hat. Ich hasse ihn so sehr, ihr glaubt es nicht. Und mit dem Mann wollte ich Kinder.«

»Das ist ja glücklicherweise nicht passiert, aber ja, ich versteh dich.« Kira nippte an ihrem Drink. »Es tut mir so leid für dich. Das hast du nicht verdient.«

»Ich weiß. Scheiß drauf, wenigstens für heute Abend, ja?«, bat Lola.

»Was hält den Haldór davon?«, fragte ich.

»Mit dem rede ich über so was nicht«, winkte sie ab. »Er bringt mir alle schweinischen Wörter bei, die es im Norwegischen gibt, und besorgt es mir ausführlich. Mehr will ich von Männern nicht. Zumindest aktuell nicht.«

»Verständlich.« Ich trank einen Schluck von meinem Moscow Mule und spürte die Blicke der beiden auf mir.

»Und du? Was versprichst du dir vom Sex mit ... warte, lass mich raten. Mr. Sunny war es sicher, oder?«, wollte Lola wissen.

»Ja, war er. Und ich verspreche mir davon nur Sex. Eigentlich nicht mal das. Ich sollte mich gar nicht mit ihm treffen. Das kann nur zum Problem werden.« Ich hoffte, dass sie mir das abnahmen.

»Warum tust du es dann?«, fragte Kira stirnrunzelnd. Natürlich ließen sie mich damit nicht durchkommen.

»Weil ich dämlich bin«, gab ich zurück.

»Das ist ein Wort, das ich für dich niemals gebrauchen würde.« Lola zog die Augenbrauen hoch. »Ich glaube, du magst ihn. Sonst würdest du das Risiko nicht eingehen.« Sie hob die Hand, als ich protestieren wollte. »Schon gut, du weißt es selbst am besten. Triff dich mit ihm, vögel ihn, mach deinen Job, wie du ihn immer machst, und mach dir vor allem keinen Kopf. Und sollte Edie dir deswegen den Hals umdrehen - was ich mir beim besten Willen nicht vorstellen kann - ist sie eine Heuchlerin.«

»Ich hatte nicht vor, mit ihr darüber zu sprechen«, winkte ich ab. Obwohl die Gefahr bestand, dass sie es dennoch herausfand. Sie hatte einen sechsten Sinn für solche Dinge. Wahrscheinlich, weil sie sie selbst mit Vorliebe tat.

»Lola hat recht«, sagte Kira. »Mach einfach dein Ding, wie sonst auch. Du wirst einen Grund dafür haben, auch wenn du ihn vielleicht selbst noch nicht siehst.«

»Machen wir nicht alle unser Ding?«, fragte ich. Sie lächelten mich an.

»Sonst tut's ja keiner für uns, was bleibt uns anderes übrig?«, fragte Lola.

»Guter Punkt.« Und ich fühlte mich etwas besser.

Es war schon lange her, dass ich vor einem Date nervös war. Andererseits war mein letztes Date schon lange her. Doch als ich am Samstagabend vor dem Restaurant stand, das ich Dan vorgeschlagen hatte, spürte ich eine unwillkommene Anspannung.

Der Abend lief auf Sex hinaus. Daran bestand kein Zweifel. Trotzdem war ich froh, dass ich ein Essen vorgeschoben hatte. Das ließ mir etwas mehr Zeit, um diese Entscheidung bewusst zu fällen. Und es ließ mir eine Fluchtmöglichkeit, falls die Gewissensbisse zu groß wurden.

Ich strich mein weißes Stretchkleid glatt und richtete die Jacke, die ich darüber trug. Das Outfit war sexy und versprach nur so viel, wie ich es durch meine Bewegungen zuließ. Genau wie ich es mochte.

»Brina!« Er kam vom Parkplatz auf mich zu. Im Gegensatz zu mir war er mit dem Auto hier. Ich war so an die öffentlichen Verkehrsmittel gewöhnt, dass ich solche

Dinge wie Parkmöglichkeiten immer vergaß. Noch mehr, seitdem ich mein Auto vor drei Jahren abgeschafft hatte.

Er begrüßte mich mit einem Kuss auf jede Wange. Das kam mir nach unserem enthemmten Sex auf dem Konferenztisch grotesk brav vor. Aber gut, er behandelte mich wie jemanden, den er noch erobern musste. Der Ehrgeiz stand ihm.

»Ich freue mich, dass du zugesagt hast«, sagte er und geleitete mich an der Schulter hinein.

»Ich musste überlegen«, gab ich zu. »Und dir muss klar sein, dass ich deswegen nicht anders agieren werde.«

»Glasklar«, versprach er. Ein Zweiertisch war im hinteren Bereich des Restaurants für uns reserviert.

»Warst du hier schon einmal?«, fragte ich, als er beim Weinkellner eine Flasche Sauvignon blanc bestellte, ohne in die Karte zu sehen. Normalerweise wählte ich den Wein aus, aber ich zügelte mich. Das war nicht der Sinn unseres Treffens. Zumindest für Dan nicht.

»Vor ein paar Wochen erst mit Kunden«, erwiderte er. »Aber noch nie mit einer so hübschen Frau.«

Ich schenkte ihm ein neutrales Lächeln. Mit Komplimenten über mein Aussehen konnte ich nicht viel anfangen. Ich kannte mein Spiegelbild, aber das war nicht, was mich ausmachte. Doch er schien in diesem Punkt noch auf dem Stand von vor dreißig Jahren zu sein. Ich ignorierte das. Es änderte auch nichts.

»Kommst du gebürtig aus Hamburg?«, fragte er.

»Ja. Hier geboren und die meiste Zeit aufgewachsen.« Ich gab mir einen Ruck, ihm ein paar private Details zu verraten. »Als ich siebzehn war, sind wir nach

Eckernförde gezogen, aber ich bin zum Studium zurückgekommen. Und du?«

»Ich komme gebürtig aus Bremen. Die verbotene Stadt, ich weiß«, scherzte er.

»Ich sehe darüber hinweg«, erwiderte ich gelassen. So was interessierte mich nicht.

»Lebt deine ganze Familie an der Ostsee?«, fragte er weiter.

»Nein, nur meine Eltern. Mein Bruder lebt mit seiner Familie in München, meine Schwester in Köln.«

»Also weit verteilt. Ist bei mir ähnlich«, erzählte Dan.

Der Kellner kam mit dem Wein und schenkte mir einen Schluck zum Probieren ein. Er war perfekt.

»Ich habe drei ältere Brüder«, setzte Dan wieder an. »Ist gar nicht so leicht als Jüngster. Glücklicherweise bin ich gewachsen und jetzt der Größte, ab dem Zeitpunkt verstanden wir uns besser.« Und ich bekam eine Ahnung, warum er sich selbstständig gemacht hatte. Er war also doch ehrgeiziger, als ich gedacht hatte. Er erzählte, dass er und Tom sich seit dem Studium kannten. Beide hatten Betriebswirtschaft studiert, Tom mit Schwerpunkt Finanzierung und Dan war schon immer der geborene Vertriebler. Aus einer Idee an einem bierseligen Abend war ein Geschäft geworden und aus dem Versand von Spirituosen wurde eine Spedition für Kleidung.

»Die Spirituosen fahren wir nur noch für unsere ersten fünf Kunden«, erzählte er. »Aus Tradition und weil sie uns gut mit ihrer Ware versorgen. Also falls du Interesse am besten Gin Deutschlands hast, sag Bescheid.«

»Für Gin bin ich immer zu begeistern«, erwiderte ich.

Ich erzählte ihm auch, wie ich Edie kennengelernt hatte - auf einem Steuerseminar für Unternehmer, das ich damals leitete. Sie hatte mich in der Pause einfach angequatscht und mir zu verstehen gegeben, dass mein Talent verschwendet sei. Sie hätte eine viel bessere Idee für mich und die ideale Firma für kompetente Frauen. Damit hatte sie absolut recht. Eine Woche später unterschrieb ich den Arbeitsvertrag bei K + R.

»Die Verhandlungen mit Frau Kellermann waren ziemlich hart«, meinte Dan. »Ist sie als Chefin auch so?«

»Sie erwartet viel, aber das darf sie auch«, sagte ich. »Wer bei ihr anfängt, weiß, was er leisten muss. Wenn man das will und kann, ist man genau richtig bei K + R und sie steckt viel Energie in die Förderung.«

»Schön, dass du so gern für sie arbeitest. Da habe ich doch gleich ein noch besseres Gefühl.«

Ich lächelte und kämpfte mit mir, ob ich ihm von meiner Aufstiegsmöglichkeit erzählen sollte. Ich entschied mich dagegen. Diese Information half ihm nicht weiter und machte ihn im schlimmsten Fall misstrauisch, was meine Motivation bei *Spedfield* anging.

Ich genoss das Gespräch mit ihm. Er war locker und ungezwungen, stellte viele Fragen und gab mir das Gefühl, dass er ehrlich an mir interessiert war.

Das gefiel mir. Es war beinahe, als lernten wir uns kennen, weil wir eine Beziehung in Erwägung zogen.

»Warst du mal verheiratet?«, fragte er plötzlich. Mit dieser Frage hatte ich nicht gerechnet.

»Nein, wieso?«

»Ich kann kaum glauben, dass noch kein Mann die Chance genutzt hat.«

»Danke für die Blumen, aber ich müsste schließlich ja sagen.«

Er feixte. »Touché.«

»Wie sieht's bei dir aus?«, fragte ich.

»Ich war mal verlobt, aber wir haben rechtzeitig gemerkt, dass das keine gute Idee ist.« Wieder dieses schiefe Grinsen. Es gefiel mir immer besser. »Umso schöner, dass wir hier heute sitzen.« Seine blauen Augen fixierten mich und ich wusste, worauf er hinauswollte. Er hatte sein Versprechen noch nicht vergessen. Mir wurde heiß und meine Gedanken verselbstständigten sich.

Er auf den Knien vor mir, sein Kopf zwischen meinen Schenkeln. Er unter mir, mit verbundenen Augen und gefesselten Händen. Er hinter mir, mir hilflos ausgeliefert.

Schon hörte ich sein Stöhnen und sein Flehen nach mehr.

Er beobachtete mich. »Ich möchte gern wissen, woran du denkst.«

»Ich kann es dir nachher zeigen«, hauchte ich. Seine Hand fuhr unter dem Tisch über meinen Oberschenkel und tastete sich zur Innenseite. Ich fing sie auf. »Nachher, Dan.«

»Du hast gern das Sagen, oder?«

»Magst du das?«, fragte ich offensiv.

»Es ist mal was Neues.«

Das hatte ich mir schon gedacht. »Wenn du möchtest, kann ich es dir zeigen.«

Kurz verengten sich seine Augen. Mein Mut sank. Wenn er es kategorisch ablehnte, kamen wir über dieses Treffen nicht hinaus. Ich brauchte es. Ich konnte nicht darauf verzichten.

Ich schluckte. Hatte ich nicht selbst Nick geraten, sich auf Sonja einzulassen und nicht alles vom BDSM abhängig zu machen? Tappte ich jetzt in die gleiche Gedankenfalle?

»Ich bin gespannt«, sagte Dan.

Mir fiel ein Stein vom Herzen, gleichzeitig stieg meine Aufregung und Hitze sammelte sich zwischen meinen Schenkeln. Ich widerstand dem Drang, seine Hand zu nehmen und sie doch unter meinen Rocksaum zu schieben.

»Möchtest du ein Dessert?«, fragte ich.

»Keins, das sie hier anbieten.«

Ich befeuchtete meine Lippen mit der Zungenspitze. Er stöhnte und zog mich zu sich heran. Unsere Münder berührten sich und ich spürte die Hitze seiner Haut. Ich konnte es kaum noch erwarten.

»Lass uns gehen«, sagte ich.

Ich erwartete nicht von ihm, dass er zahlte, doch er war so schnell mit seiner Kreditkarte beim Kellner, dass ich ihn nicht einmal darauf ansprechen konnte. Also zog ich meinen Mantel über, griff nach meiner Handtasche und ging ihm entgegen. Er hatte die Autoschlüssel schon in der Hand. »Zu mir oder ...«

»Zu mir«, unterbrach ich ihn. Er nahm mich an der Hand und lief mit mir zu einem parkenden Audi. Er hielt mir die Tür auf und sprintete dann auf die Fahrerseite. Ich sagte ihm die ersten paar Straßen an, bis er das Navi programmiert hatte. Es war nicht weit bis zu mir, aber weit genug, um mir einen Plan zu überlegen.

Erneut tastete seine Hand zu meinem Oberschenkel, dieses Mal ließ ich ihn gewähren und genoss die Berührung.

Er konnte mir noch viel mehr geben heute Nacht. Mit dem großen Wagen dauerte es ein paar Minuten, einen Parkplatz zu finden, aber dann standen wir endlich vor meiner Tür und ich schloss auf.

»Möchtest du vorher etwas trinken?«, fragte ich, während ich meinen Mantel an die Garderobe hängte und ihm seinen Parka abnahm. Er sah sich um und entdeckte die offene Schlafzimmertür.

»Später vielleicht.« Erneut ergriff er meine Hand und zog mich hinein. Seine Augen wurden größer, als er mein weiß lackiertes Himmelbett sah, dessen Pfosten mit dezenten Ringen aus Metall verziert waren. »Oh, wow.«

»Danke.« Ich drehte ihm den Rücken zu. »Hilfst du mir mit dem Reißverschluss?« Sofort spürte ich seine Hände auf mir. Ich lächelte ihn über meine Schulter an und ging zu meinem Rattansessel neben dem Bett. Das Teil war uralt, mit einer hohen Lehne, die an das Rad eines Pfaus erinnerte. Er hatte meiner Urgroßmutter gehört und ich liebte ihn. Heute würde ich ihn einbinden. »Komm mit.« Ich strich das Kleid über meine Schultern und präsentierte ihm den weißen Spitzenbody, den ich darunter trug.

Er wollte mich berühren, doch ich hielt ihn auf. »Stehst du immer noch zu deinem Versprechen?« Seine Augen leuchteten.

»Natürlich.«

»Sehr gut. Dann knie dich hin.« Ich nahm das Lammfell vom Sessel und legte es davor auf den Boden. Dann setzte ich mich und spreizte die Beine. Dan folgte mir wie ein Schlafwandler und ließ sich langsam auf die Knie nieder.

»Du lässt nichts aus, oder?« Sein Blick ging hinüber zu meinem Bett.

»Dort wirst du heute auch noch kommen«, versprach ich ihm. »Aber das musst du dir erarbeiten.« Ich sah hinunter zu seiner Hose, deren Schritt sich bereits ausbeulte. Ich erinnerte mich an das Gefühl seines Schwanzes in mir und spürte, dass ich feucht wurde. Doch Geduld war eine meiner Stärken.

»Dann kann ich jetzt mein Versprechen einlösen«, sagte er rau und streichelte die Innenseiten meiner Schenkel. Ich beobachtete ihn genau und erschauderte, als er mir einen Finger in den Mund schob und ihn dann in mir versenkte. Dann strich seine Zunge über meine geschwollene Haut. Ich lehnte mich zurück und genoss es. Das hatte mir gefehlt. So sehr.

Er saugte meine Klit in seinen Mund und bearbeitete sie mit der rauen Oberseite seiner Zunge. Ich rieb mich an ihm und stöhnte, als er einen zweiten Finger in mir versenkte.

»Oh, du machst das gut«, seufzte ich. »Mach weiter.«

»Ich lasse dich jetzt kommen«, versprach er mir und schaltete noch einen Gang rauf. Druck baute sich zwischen meinen Zähnen auf und ich legte meine Füße auf seine Schultern. Seine Finger machten immer schneller und trieben mich auf den Rand zu, doch es war seine Zunge, die mich mit einem Keuchen kommen ließ.

Ich warf mich nach hinten und drückte meine Pussy gegen seinen Mund. Meine Hände krallten sich an den Armlehnen fest und ich sah Sterne. Oh Gott ja, das fühlte sich so gut an!

Dan löste sich vorsichtig von mir und grinste wie eine Katze, die eine Maus verspeist hatte. »Habe ich zu viel versprochen?«

»Glücklicherweise nicht. Sonst müsste ich dich bestrafen.« Ich hielt seinen Blick fest. Er war leicht verunsichert, lächelte das aber weg.

»Da hab ich ja Schwein gehabt.« Er strich mit den Fingern über meinen feuchten Venushügel. »Davon habe ich seit neulich geträumt. Ich konnte es kaum erwarten.« Er richtete sich auf und befreite seinen Schwanz. Er ragte mir hart und lang entgegen. Meine Unterleibsmuskeln zogen sich erwartungsvoll zusammen. »Zweite Runde?«

»Gerne.« Ich stand auf und deutete ihm, platz zu nehmen. Ich knöpfte sein Hemd auf, strich es ihm über die Schultern und entledigte ihn seiner Hosen. Ich hatte schon geahnt, dass er viel Aufwand mit seinem Körper betrieb. Langsam strich ich über seine Bauchmuskeln und fuhr dann mit dem Mittelfinger über seine Eichel. »So schön, wie ich ihn in Erinnerung hatte.«

Er rieb mit seinen Daumen über meine Brüste, meine Nippel wurden hart unter seiner Berührung. Ich schauderte. »Das wäre doch eigentlich mein Text.«

»Du kannst dir ja noch etwas überlegen.« Ich reckte mich nach meinem Nachttisch. Dan nutzte die Gelegenheit, meinen rechten Nippel in seinen Mund zu saugen und mich erneut zu fingern.

Ich stöhnte, schaffte es aber trotzdem, die Handschellen zu angeln. Ohne ihn aufzuhalten fesselte ich seine rechte Hand an die Lehne des Rattanstuhls. Er hielt inne und sah mit großen Augen hinunter.

»Oh, ähm ...«

»Psst«, raunte ich in sein Ohr und ließ mich auf seinem Schoß nieder. Die Breite der Sitzfläche reichte gerade aus, um meine Knie neben ihm abzulegen.

Sein Schwanz ragte vor mir auf. So groß wie seine Erektion konnten seine Vorbehalte nicht sein. »Lass mich nur machen.«

Ich holte das Kondompäckchen hervor und rollte den Latex langsam ab. Er folgte jeder meiner Bewegungen mit den Augen.

»Würdest du dich umdrehen?«, fragte er. Ich legte den Kopf schief und dachte darüber nach. Dann nickte ich. Gute Idee.

Ich erhob mich wieder und setzte mich auf seinen Schoß. Dabei spreizte ich die Beine und brachte mich gleich in die richtige Position. Er umfasste seinen Schwanz mit der freien Hand und grunzte, als ich mich auf ihn herabsenkte.

Ich seufzte und genoss die Dehnung. Mein Orgasmus war noch frisch genug, um die Muskeln jetzt mit sanfter Gewalt wieder zu dehnen. Ich liebte dieses Gefühl. Ich lehnte mich zurück, sodass er mir über die Schulter schauen konnte. Seine freie Hand legte sich auf meine Klit und er keuchte, als ich mein Becken bewegte. Ich massierte meine Brüste und zwirbelte meine Nippel, während unsere Reibung immer intensiver wurde. Der Druck seiner Finger nahm stetig zu und er traf den richtigen Punkt.

Ich hielt es nicht mehr aus, ich musste mich vorbeugen und meine Bewegungsfreiheit erhöhen. Mit den Händen auf seinen Knien vögelte ich ihn hart, seine Finger krallten sich an meine Hüfte.

»Brina, oh Gott«, stöhnte er. Sein Gesicht sank gegen meinen Rücken. Nur mit viel Mühe verlangsamte ich mein Tempo wieder. Wenn ich mich jetzt vergaß, war der ganze Spaß vorbei.

»Ich wollte dich im Bett kommen lassen«, sagte ich mit rauer Stimme und öffnete den Sicherheitsverschluss der Handschellen. Er packte mich an der Taille, hob mich hoch und trug mich hinüber zum Bett. Dort legte er mich auf den Rücken und spreizte meine Schenkel.

Die Missionarsstellung gab mir normalerweise nichts, aber heute war ich gewillt, ihn machen zu lassen. Er hatte leichtes Spiel. Meine Pussy pochte sehnsüchtig und wartete, dass er sich wieder in ihr versenkte.

»Tu es«, flüsterte ich und beobachtete, wie er in mich eindrang. Er legte mein rechtes Bein über seine Schulter und stieß tief zu. Ich umklammerte seine Oberarme und bog mich ihm entgegen. »Mach's mir, Dan.«

»Nichts lieber als das.« Er beschleunigte das Tempo, auch er war schon viel zu nah am Abgrund, um noch lange durchzuhalten. Ich empfing jeden seiner Stöße und nahm ihn tief in mir auf. Mein Unterleib schlug Funken und als er mit einem Brüllen kam, war auch ich so weit. Ich drückte meine Oberschenkel zusammen und presste ihn an mich. Seine Lippen fanden meine und nahmen meinen Mund in Besitz.

Schweratmend sank ich zurück auf das Laken und schlang meine Arme um seine Schultern.

»Das müssen wir unbedingt wiederholen«, sagte er und strich zärtlich über meinen Hüftknochen.

Ich musste ihm zustimmen, mir blieb keine Wahl.

Kapitel 7

$\mathbf{A}$m Montagmittag trat ich mit einem flauen Gefühl im Magen durch die Eingangstür von *Spedfield*. Die Rezeptionistin grüßte und stellte keine Fragen mehr, doch ich sah ihr an, dass sie sich fragte, warum ich beinahe jeden Tag da war.

Ich hielt auf Zills Tür zu, dabei kam ich an Dans Büro vorbei. Stirnrunzelnd blieb ich stehen. Es war leer bis auf die Möbel.

»Dan kommt nicht zurück«, sagte Zill, der aus seinem Büro trat. »Wir haben Freitag beschlossen, dass er die letzten Tage freinimmt. Die Belegschaft ist informiert.«

Davon hatte er mir nichts erzählt und meine Verwirrung war echt. »Ich dachte, ich sollte erst den Firmenwert berechnen ...«

»Sollen Sie auch immer noch, aber in unserem Strategiemeeting hat er sich verplappert. Also haben wir die Teamleiter informiert und einen Schlussstrich gezogen. Ich werde die Summe sowieso nicht kurzfristig auszahlen können, also machen Sie sich keinen Druck.«

Das klang letzte Woche noch anders, aber ich sah keinen Sinn darin, zu widersprechen. Es ließ sich sowieso nicht ändern.

»Gut, dann mache ich einfach weiter. Ich habe schon einen Zwischenstand für Sie.«

»Schicken Sie ihn mir per Mail. Ich bin heute in Meetings und weiß noch nicht, wann ich reinschauen kann. Ich habe eben auch mit Frau Kellermann wegen des Auftrags gesprochen.«

Wie aufs Kommando summte mein Smartphone. Das war todsicher Edie.

»Wir haben beschlossen, dass Sie die restlichen Stunden für eine Potenzialanalyse verwenden«, sagte Zill.

Hieß übersetzt, dass Edie ihm keinen Cent entgegengekommen war. Meine Augenbraue hob sich. Zills Gesicht war angespannt.

»Es wird sich einiges in der Firma ändern, jetzt, wo Dan weg ist. Wir werden Leute brauchen und uns neu ausrichten müssen. Ich möchte gern, dass Sie zusammen mit Xander verschiedene Prognosen erarbeiten, wie es mit uns weitergehen kann. Legen Sie gern Ihren Zwischenstand als Schätzwert zugrunde. Dieser Auftrag hat jetzt Priorität.«

Und sorgte dafür, dass Dan sein Geld noch später bekam. Ich durfte mich davon nicht irritieren lassen. Das mussten die Männer unter sich klären. Ich machte hier nur meinen Job.

»Gerne. Wann sollen wir uns wegen der ersten Ergebnisse zusammensetzen?«

»Ich bin diese Woche stark eingebunden, also gern nächste Woche. Xander kann einen Termin für Sie heraussuchen.« Seine Mundwinkel zuckten. Das war anscheinend seine Version eines Lächelns. »Danke Ihnen. Bis später«, sagte er und ging an mir vorbei.

Ich sah ihm hinterher und versuchte, aus ihm schlau zu werden. Wenigstens war er jetzt nicht mehr so unfreundlich. Auch, wenn er sein Verhalten nur geändert hatte, um mich gegen Dan auszuspielen.

»Hallo Frau Glaser.« Xander stand hinter mir, sein Laptop unter dem Arm. »Ich habe mir den Nachmittag für Sie freigehalten. Möchten Sie gleich anfangen?«

»Gerne.« Ich ging vor ihm in den Konferenzraum.

»Möchten Sie Kaffee?«, fragte er, die Tasse schon in der Hand. Er nahm das Ding mit der Assistenz ernst.

»Gern. Nur einen Schuss Milch, keinen Zucker.« Er schenkte eifrig ein und hielt mir die Tasse hin.

»Ist das so in Ordnung, oder noch etwas mehr Milch?«

Okay, er nahm es sehr ernst. Ich sah ihm zum ersten Mal richtig ins Gesicht. Es war oval mit hohen Wangenknochen, doch am auffälligsten war sein dichtes schwarzes Haar, das er kaum gebändigt bekam. Die Locken am Oberkopf waren ein wilder Wust. Ich konnte nicht einmal sagen, ob das Absicht war oder einfach nicht anders ging. Seine blauen Augen strahlten mich durch seine Brille an.

Niedlich. Solche Typen waren mir schon dutzendfach im Club begegnet. Sie bettelten quasi darum, dass man sie erzog.

Zu leicht, zu wenig herausfordernd.

Andererseits ...

Ich verharrte überrascht bei diesem Gedanken. Mein Mundwinkel zuckte. Warum eigentlich nicht? Einen Versuch war es wert.

»Nein, noch etwas mehr. Das Mischungsverhältnis sollte eins zu drei sein.«

Seine Augen weiteten sich und er brauchte einen Moment, um sich zu konzentrieren. Dann goss er wie in Zeitlupe noch etwas Milch nach. Dabei behielt er mich die ganze Zeit im Auge. Ich kannte diesen Gesichtsausdruck.

»So?«

»Danke, sehr gut.« Ich nahm die Tasse entgegen.

Das konnte Zufall sein. Vielleicht aber auch nicht.

»Hätten Sie einen Keks?«, fragte ich.

»Natürlich.«

»Ich mag keine Schokolade«, sagte ich, als er eine Dose aus dem Schrank unter der Kaffeemaschine holte. Seine Hand verharrte.

»Dann organisiere ich welche ohne für Sie.« Ich testete mein Lächeln bei ihm. Es funktionierte. Er verließ den Raum in einem atemberaubenden Tempo, ich hörte seine Schritte auf dem Flur. Amüsiert fuhr ich mein Laptop hoch und nippte an meinem Kaffee. Es war zu viel Milch darin. Das musste er noch lernen.

Es war heikel, dieses Spiel mit ihm zu spielen, doch ich konnte vorsichtig vorgehen. Ihn testen. Es war lange her, dass ich jemanden erzogen hatte, und es reizte mich. Ich konnte es spielerisch tun, ohne Sex. Das war eine schwierige Trennung, die ich aber hinbekam. Dan hatte mir schon gesagt, dass er mich wiedersehen wollte. Dabei konnte ich mir den Rest holen.

Obwohl er am Samstag gut mitgemacht hatte, war mir sein Zögern nicht entgangen. Er war nicht so gelehrig, wie ich es mir wünschte. Das musste ich akzeptieren und herausfinden, wozu er bereit war.

Vielleicht ging es ihm wie Nicks Freundin und er entdeckte seine Aufgeschlossenheit für mich und meine Welt, während ich sie ihm zeigte.

Xander kam zurück und brachte eine neue Schachtel Kekse ohne Schokolade. Ich nahm sie entgegen und lächelte. »Vielen Dank.«

»Gerne.« Seine Wangen röteten sich. »Tom sagte, ich soll Sie unterstützen, also ... gerne.« Er schenkte sich Kaffee ein und klappte sein Laptop auf. »Ich habe mir schon ein paar Gedanken gemacht, welche Berichte Sie brauchen könnten. Tom hat mir die Unterlagen vom

Steuerberater geschickt. Ich habe sie überarbeitet, damit Sie sie besser verwenden können.«

Ich setzte mich neben ihn und vertiefte mich in die Zahlen. Die neue Möglichkeit verstaute ich in meinem Hinterkopf. Griffbereit, damit ich ihn bei der nächsten Gelegenheit wieder testen konnte.

Wir kamen mit dem Bericht gut voran. Ich leitete die aufbereiteten Zahlen an mein Team weiter und musste am Dienstagmorgen ein ernstes Gespräch mit Sora und Pia führen. Beide hatten sich, entgegen unserer Vereinbarung, am Wochenende an den Bericht gesetzt.

»Mädels, so geht das nicht«, sagte ich kopfschüttelnd. Sie sahen beleidigt aus. Anscheinend hatten sie mit einem Lob gerechnet. Das bekamen sie von mir nicht. »Ihr habt aneinander vorbei gearbeitet und ich hatte euch gesagt, dass wir diese Woche gemeinsam weitermachen. Der Auftrag hat sich geändert und der Aufwand war umsonst.«

»Umsonst«, echote Pia schwach. Ich konnte mir gut vorstellen, dass sie das ganze Wochenende daran gesessen hatte.

»Ja, umsonst.«

»Fuck«, murmelte Sora. Dem war nichts hinzuzufügen. »Tut mir leid, Brina.«

»Hey, bei mir musst du dich nicht entschuldigen«, sagte ich. »Und ich weiß zu schätzen, dass ihr euch reinhängt. Aber wir hatten es anders vereinbart.« Das sahen sie beide ein. Immerhin etwas.

Ich setzte mich an meinen Schreibtisch und erinnerte mich daran, dass ich ähnlich überambitioniert war.

Immer noch. Aber ich konnte meine Stunden vor Edie rechtfertigen, Soras und Pias nicht. Wenn sie Pech hatten, lehnte sie es ab, die freiwilligen Überstunden zu bezahlen.

Am Mittwoch war ich wieder bei *Spedfield*. Xander erwartete mich, die Kaffeetasse und die Kekse standen bereit. Dieses Mal bekam er den Kaffee perfekt hin.

»Genau so muss er sein«, lobte ich ihn und besah die Unterlagen, die er bereitgelegt hatte. »Sind das die besprochenen Berichte?«

»Ja.« Er streckte die Hand danach aus, verharrte aber mitten in der Bewegung und sah mich an. Auf mein Nicken schlug er den ersten Ordner auf. Sehr brav.

»Ich habe noch ein paar ergänzende Informationen hinzugefügt. Vielleicht helfen sie Ihnen«, sagte er.

»Gute Arbeit, vielen Dank.« Er strahlte mich an.

»Freut mich, dass ich das für Sie tun konnte.« Er schlug die Augen nieder und ich betrachtete ihn. Er war süß auf eine unschuldige Art. Ich fragte mich, wie weit ich ihn treiben könnte. Wie viel er aushielt und was er bereit wäre, zu tun. Für mich.

Mein Blick glitt hinunter über seine Hemdbrust. Mir war schon aufgefallen, dass er groß war, jetzt sah ich, dass die Proportionen stimmten. Er war eher etwas schlaksig als breitschultrig, aber das sagte nichts aus. Ich betrachtete seine Hände, die über die Tastatur seines Laptops fuhren, er mied meinen Blick. Gleichzeitig spürte ich, dass er auf eine erneute Anweisung wartete.

Erregte es ihn auch oder war er nur hilfsbereit und der geborene Assistent? Falls es ihn erregte, warum arbeitete er dann für zwei Männer? Oder war er schwul? Bisexuell?

Es interessierte mich brennend und doch turnte es mich an, so wenig über ihn zu wissen. Das gab mir mehr Interpretationsspielraum. Ich hatte schon bisexuelle Männer dominiert, dann zusammen mit einem männlichen Dom.

Meine Lippen wurden trocken, als ich mich an diese Abende erinnerte. Gleichzeitig sammelte sich Feuchtigkeit zwischen meinen Schenkeln.

Ich atmete diese Art von Sex, es ließ sich nicht leugnen.

Ich versuchte, mich mit den Berichten abzulenken, doch mir fehlten trotz seiner Ergänzungen ein paar Zahlen. Xander sprang auf, um nach dem entsprechenden Ordner zu suchen. Ich sah ihm nach und spürte die Erregung. Sie war noch immer da.

Unter dem Tisch tastete ich unter meinen Rocksaum und hoch zu meinem Slip. Ich stöhnte auf, als ich mit den Fingerspitzen den nassen Stoff erreichte.

Das durfte doch nicht wahr sein!

Mein letzter Sex war kaum vier Tage her und schon reagierte mein Körper in dieser Intensität.

Ich hatte zu wenig Zeit, um etwas dagegen zu unternehmen, denn schon hörte ich Schritte auf dem Flur.

Verdammt.

Xander kam zurück, den Ordner unter dem Arm. Ich holte tief Luft durch die Nase und schenkte ihm ein neutrales Lächeln. Ich durfte mich da nicht hineinsteigern.

Mehr als ein kleines Spiel durfte das hier nicht werden.

Ich konnte nicht noch mehr mit meinen Prinzipien brechen.

Das interessierte meine pochende Klit kein bisschen.

Es wurde Zeit, dass ich ein weiteres Date mit Dan ausmachte.

Einen Termin mit ihm zu finden gestaltete sich allerdings schwieriger als gedacht. Er musste nach München zu einem Sondierungsgespräch, wie er es geheimnisvoll nannte.

»Hinterher erzähle ich dir mehr«, versprach er, als wir telefonierten. »Aber jetzt ist es noch so heiß, dass ich kaum darüber nachdenken mag. Sobald es etwas zu berichten gibt, werde ich dir alle Details geben. Aber Brina, ich freue mich, wenn wir uns wiedersehen. Der Abend hat mir sehr gefallen. Vielleicht organisiere ich ja auch noch mal einen Konferenztisch.«

Es gefiel mir nicht, aber ich musste mich gedulden. Überhaupt hatte ich das Gefühl, dass ich nicht vorankam.

Kira war mit ihrem Mann auf einem Kurzurlaub an der Nordsee. Er hatte gelesen, dass sich Seeklima positiv auf die Fruchtbarkeit auswirkte. Lola war auf Dienstreise und besuchte übers Wochenende Verwandte in Rheinland-Pfalz. Wir hatten mehrmals telefoniert und uns auch einmal im Kardiokurs gesehen, doch sie wusste immer noch nichts. Enrique ließ sie zappeln und ich sah ihr an, dass es sie fertigmachte. Sicher war es gut für sie, wenigstens für kurze Zeit etwas anderes zu sehen.

Nick war auf einer Messe in England und konnte mich auch nicht treffen. Also blieb nur das Fitnessstudio, um meine aufgestaute Energie abzubauen.

Am Samstagabend war ich kurz davor, mich fertigzumachen und in den Club zu gehen, doch ich blieb vor meinem Kleiderschrank stehen und seufzte. Wenn ich daran glauben wollte, dass es mit Dan und mir trotz seiner Unerfahrenheit klappen konnte, wäre es dumm, mich jetzt im Club anzufeuern. Je mehr ich mich in dieser Hinsicht zurückhielt, desto leichter fiel es mir hoffentlich, mich auf ihn und sein Tempo einzulassen.

Ich schloss die Schranktüren und starrte in den Spiegel. Ein verzweifeltes Lächeln umspielte meinen Mund.

»Reiß dich zusammen«, flüsterte ich und griff nach meinem Vibrator. Dann musste er eben Abhilfe schaffen. Und ich würde mich in den Griff bekommen.

Offen sein.

Mich einlassen.

Kompromissbereit sein.

Ich hoffte nur, dass es sich lohnte.

Bis zum Mittwoch, als wir endlich unser Date hatten, bekam das Gerät viel zu tun. Meine Ungeduld stieg immer weiter. Das nervte mich, denn so kannte ich mich nicht. Es fiel mir immer schwerer, diszipliniert zu bleiben und wann immer wir telefonierten, merkte ich, dass ich ihn gern sehen wollte.

Unerwartet war Dan eine Chance für mich. Ich spürte, dass zwischen uns mehr sein konnte, wenn ich es zuließ. Er ließ es immer wieder durchblicken, wenn wir telefonierten und uns Nachrichten schrieben. Ich hatte es in der Hand.

Zum ersten Mal seit Langem war ich wegen eines Mannes nervös. Ich machte mir Gedanken darüber, was er über mich dachte. Welche Auswirkungen meine Vorliebe auf unsere Beziehung hätte. Ich hatte Angst davor, einen Fehler zu machen. Ich musste ihn endlich sehen und mir ein besseres Bild verschaffen. Dann ging es mir sicher besser. Und ich konnte herausfinden, wohin es sich mit uns beiden entwickelte. Vielleicht war er der Mann, auf den ich seit fünf Jahren wartete.

›Nicht so schnell. Das ist erst unser zweites Date. Lass locker. Lass es auf dich zukommen. Überfordere ihn nicht. Überfordere *dich* nicht‹, sagte ich mir selbst, als ich meine Haare zum Pferdeschwanz band.

Ich zog meinen Lippenstift nach und rückte meine Ohrringe gerade. Noch ein letzter Griff an meinen Ausschnitt, um ihn akkurat zu zentrieren, dann war ich bereit. Ich hoffte, dass ihm das knielange weiße Kleid gefiel. Es hatte einen Cut-out am Rücken, den er erst sah, wenn er mir die Jacke auszog.

Später.

Hitze breitete sich zwischen meinen Schenkeln aus, als ich mir ausmalte, was wir heute tun könnten. Ich hatte schon ein paar Ideen - nichts zu Ausgefallenes. Aber es würde reichen, um uns beide vollkommen zu befriedigen. Dessen war ich mir sicher.

Dieses Mal hatte er das Restaurant ausgesucht. Ich aß gern asiatisch und hatte schon gehört, dass das Essen hier hervorragend war.

Als ich ankam, war er schon da. Er stand auf und küsste mich auf den Mund, dabei legte er eine Hand an mein Kreuz und die andere in meinen Nacken. Ich lehnte mich an ihn und genoss die Berührung. Sie war besitzergreifender, als ich sonst zugelassen hätte, doch ich hatte mich so auf ihn gefreut.

Außerdem musste ich nicht wie ein rohes Ei behandelt werden. Ich würde ihm zeigen, wie er mich anfassen konnte.

»Schön, dich zu sehen«, flüsterte er an meinen Lippen. »Ich habe mich schon die ganze Woche darauf gefreut. Endlich klappt es.«

»Geht mir genauso«, erwiderte ich. Er nahm meine Hand und führte mich zu unserem Tisch, auch als wir uns setzten, ließ er sie nicht los. Als wären wir ein richtiges

Paar. Mein Herz klopfte und ein Lächeln breitete sich auf meinem Gesicht aus.

»Erzähl mir von deinen Gesprächen.«

Seine Augen leuchteten. »Wir sind noch nicht durch, aber sie liefen gut. Meine Idee ist bei den Leuten gut angekommen und sie haben mir schon signalisiert, dass sie mit mir zusammenarbeiten möchten.«

»Verrätst du mir, welche Idee du hattest?«, fragte ich. Er zwinkerte.

»Hab noch ein kleines Bisschen Geduld mit mir, dann erzähle ich dir alles. Ich werde dir auch alles zeigen, wenn du möchtest.« Er zog mich an sich und küsste mich. Ich strich mit den Fingern durch sein Haar und führte seine Hand zu meinen Knien.

Er löste sich von mir und lächelte bedauernd. »Die Sache hat einen Haken.«

»Und der wäre?«

»Ich muss morgen früh mit dem ersten Flug nach London, dort habe ich einen Anschlusstermin. So gern ich die Nacht mit dir verbringen und mich dir ausführlich widmen möchte, ich muss fit sein, um keinen Mist zu machen. Nicht, dass mir die Worte fehlen, wenn ich vor den Leuten stehe. Es tut mir leid, aber ich wollte dich unbedingt sehen.«

Enttäuschung breitete sich in mir aus, aber ich schluckte sie hinunter. Wenigstens war er ehrlich und ich sah ihm an, wie gern er bei mir bleiben wollte. Seine Hand auf meinem Knie wanderte nach oben.

»Schon in Ordnung. Das hier ist nicht unser letztes Treffen, oder?«, fragte ich.

»Ich hoffe nicht.« Er sah mir ins Gesicht. »Ich hoffe, dass noch viele folgen. Ich mag dich sehr, weißt du das? Du bist so eine tolle Frau ... Mann, als du zum ersten Mal durch die Tür kamst, ist mir fast das Herz stehen geblieben. Und dann dieser Abend im Büro ... Ich wäre beinahe durchgedreht.« Er küsste mich erneut.

Ich schwieg, mein Herz pochte. Damit hatte ich nicht gerechnet. Weder, dass ich solchen Eindruck auf ihn gemacht hatte, noch, dass er es auch für möglich hielt, dass zwischen uns etwas sein konnte.

»Dann freue ich mich umso mehr darauf, dass du aus London wiederkommst.«

Ich sah ihm an, dass auch er mit der Situation haderte. Der Griff an meinem Bein unter dem Tisch wurde fester. Fordernder. Er sehnte sich ebenso danach wie ich.

Wir aßen und versuchten, uns durch Gespräche abzulenken. Ich erzählte ihm mehr von meiner Familie und meinem Studium. Das Thema verflossener Liebschaften ließen wir aus. Ich fragte mich, ob ihn meine Vergangenheit interessierte. Wie ich zum BDSM gekommen war. Ob er schon ahnte, wie tief ich drin hing.

Ich wollte nicht danach fragen. Ich wollte es lieber Stück für Stück herausfinden und ihn nicht verschrecken. Mich lieber langsam vortasten in einem Tempo, das er halten konnte.

Das war eindeutig der bessere Weg, als mit der Tür ins Haus zu fallen.

Obwohl es mir schwerfiel.

Viel zu schnell hatten wir aufgegessen. Trotz der Enttäuschung wollte ich noch nicht, dass der Abend vorbei war. Ich hatte mich so lange darauf gefreut.

»Ich bringe dich gern nach Hause«, bot er an.

»Danke, aber das kostet dich noch mehr Zeit.« Ich sah in sein Gesicht und es machte ›Klick‹ in meinem Kopf. *Diesen* Umweg wollte er machen. Und ich auch.

Wir liefen zu seinem Auto und er fuhr los. Dabei schob er mein Kleid über meine Schenkel nach oben und streichelte meine Haut. Ich bekam Gänsehaut und beschloss, ihn machen zu lassen. Heute gab es kein Spiel. Heute ließ ich mich auf ihn und auf seine Idee ein.

Ich wollte nur zu gern mitmachen.

Er tastete sich unter das Bündchen meines Spitzenslips und entdeckte die Feuchtigkeit, die sich bereits gebildet hatte. Ein triumphales Lächeln umspielte seinen Mund. Er sah stur geradeaus und konzentrierte sich auf den Verkehr, dennoch wusste ich, dass er alles genau mitschnitt. Ich rutschte ein wenig nach vorn und spreizte meine Beine.

Jetzt konnte er einen Finger in mich schieben. Ich sog zischend Luft ein.

»Wie gut, dass du nicht schalten musst«, sagte ich so unbeteiligt wie möglich. Er versenkte den Finger tiefer.

»Du bist mir lieber als jeder Schalthebel.«

Ich streckte meine Hand aus und strich über die Beule zwischen seinen Beinen. Mir hätte ein lederüberzogener Knüppel durchaus Freude bereitet. Ein andermal.

»Süße, nicht so hastig, sonst baue ich noch einen Unfall«, keuchte er. Ich ertastete seine Eichel und glitt mit meinen Fingerspitzen darüber. Dann zog ich die Hand weg. Ich würde gleich noch genug davon bekommen. Oder zumindest ein bisschen.

»Fahr in den Wendehammer, dort ist es dunkler«, sagte ich, als er in meine Wohnstraße einbog.

Er hielt in der dunkelsten Ecke. Es war schon nach neun, aber ein paar Hundehalter waren bestimmt noch unterwegs. Die mussten uns nicht sehen.

Ich kroch zwischen den Vordersitzen auf die Hinterbank und brachte mich in Position, während er noch ausstieg und die hintere Tür öffnete. Ich hörte ihn tief durchatmen, dann schlug die Tür und er kniete hinter mir. Sein Atem strich wegen des niedrigen Wagenhimmels über meinen Nacken. Zwei Finger versenkten sich in meiner Pussy und dehnten sie.

Ich wimmerte und reckte ihm meinen Hintern entgegen. Das Kleid war bis zu meiner Taille hochgerutscht und den Slip hatte er schon beiseitegeschoben. Er sollte sich alles nehmen, was er wollte. Ich war so scharf, dass ich keine Geduld mehr hatte.

Heute nicht. Heute ließ ich mich gehen. Kurz und heftig.

Ich griff zwischen meine Beine und tastete nach seinem Reißverschluss. Mit sicheren Bewegungen befreite ich seinen Schwanz und rieb mich an ihm, während er mich fingerte. Ich biss mir auf die Unterlippe, um nicht zu laut zu stöhnen. Er machte das gut. Ließe ich ihn, kam ich unweigerlich, doch so viel Zeit hatten wir heute nicht.

Aus meiner Handtasche hatte ich schon ein Kondom geholt, das ich ihm jetzt überstreifte. Er zog seine Finger aus mir und versenkte sich zwischen meinen Schenkeln. Jetzt stöhnte ich doch auf.

»Ja, besorg es mir.«

Und das tat er. Er stieß zu, immer wieder, immer härter. Seine Hände schlossen sich um meine Oberschenkel und ich musste gegenhalten, um unser beider Gewicht zu tragen. Das machte mich noch schärfer. Ich konnte keine

Hand benutzen, um es mir gleichzeitig selbst zu machen, aber auch das war in Ordnung. Er vögelte mich hart und tief, genau wie ich es mochte.

»Mach weiter. Ja, mach härter.«

Meine Muskulatur krampfte und ich kam im gleichen Moment wie er. Ich schluchzte laut auf und sank auf die Unterarme. Er schaffte noch ein paar tiefe Stöße, dann brach er über mir zusammen. Seine Zunge fuhr über meine Ohrmuschel.

»Oh Gott, Brina.«

Ich hielt still und genoss die Nachwehen meines Orgasmus'. Das war nicht das, was ich mir erhofft hatte, aber es reichte, um das brennende Verlangen zu stillen.

Fürs Erste.

»Wann kommst du zurück?«, fragte ich. Er zog sich langsam aus mir zurück und strich mit den Fingern über meinen Po. Ich rieb mich an ihm und stöhnte, als er erneut seine Finger in mir versenkte.

»Am liebsten möchte ich gar nicht aufhören.« Er küsste meine blanke Haut und zog meinen Rock hinunter. »Aber wir sollten es uns nicht so schwer machen. Ich komme am Sonntagabend zurück, wenn alles gut geht. Ich besuche noch Freunde in London.«

»Dann sehen wir uns nächste Woche.« Ich wollte mir nicht anmerken lassen, dass es mir schwerfiel, so lange zu warten.

Er rutschte neben mich, dabei zog er mich in seine Arme. »Ich kann es kaum erwarten, dich wiederzusehen.«

»Gleichfalls. Melde dich einfach, wenn du Zeit für mich hast. Gute Nacht.« Ich küsste ihn und verließ das Auto.

Ein kühler Windzug fuhr unter meinen Rock.

Ich war immer noch scharf und hätte weitermachen können. Das musste warten.

Hoffentlich nicht zu lange.

Dan rief mich am Donnerstagabend aus London an. Er war müde und erschöpft von den Meetings. Ich hatte mit dem Gedanken gespielt, ihn zu Telefonsex zu überreden, musste aber einsehen, dass das keinen Sinn hatte. Er schlief während des Sprechens beinahe ein.

Am Freitag schafften wir es nicht, zu telefonieren. Ich saß bis neun Uhr abends mit Pia und Stellan an den Berichten (Sora hatte ich einen Urlaubstag aufgezwungen) und versuchte, die Potenzialanalyse fertigzustellen.

Ein schier aussichtsloser Plan, denn die Listen des Steuerberaters waren trotz Xanders guter Arbeit lückenhaft und unlogisch. Ich hätte durchdrehen können.

Den anderen ging es nicht besser, sogar Pias Strahlen verschwand langsam.

»Sind wir eigentlich die Ersten, die sich mal mit den Zahlen auseinandersetzen?«, fragte Stellan und raufte sich die Haare. »Das sieht eher nach *Mannis Kiosk und Tabakladen* aus, als nach einem Logistikunternehmen mit Millionenumsatz.«

»Irgendwie sind sie die letzten zehn Jahre durchgekommen«, meinte ich, doch mir ging es genauso. Ich musste mich zügeln, um über diesen Frust nicht wütend auf Dan zu werden. Er hatte mit den Zahlen nichts zu tun. Das war Zills Metier, der schon wieder durch Abwesenheit glänzte.

Xander unterstützte mich nach Leibeskräften, doch auch sein Wissen war begrenzt. Wenigstens erhellte er mir ein wenig den Tag, indem er sich mit Feuereifer um jeden meiner Wünsche kümmerte. Wie ein kleiner Welpe, der gestreichelt werden wollte. Mindestens einmal hatte ich eine Erektion bei ihm gesehen, wenn ich ihn lobte. Er genoss das Spiel mindestens so wie ich.

Es war ungefährlich, zwischen uns würde nichts passieren, aber es erregte mich. Diese Energie hätte ich nur zu gern an Dan ausgelassen.

Stattdessen rannte ich fast jeden Abend ins Fitnessstudio, was mir nicht den geringsten Ausgleich bot. Als ich am Freitagabend um halb zehn nach Hause kam, warf ich mich einfach nur auf die Couch und sah mir eine sinnlose Sendung im Fernsehen an. Zu mehr reichte es nicht.

Lola fehlte bei unserem Kardiokurs, aber ich verstand das. Wir sahen uns am Samstag zum Essen. Ihre Textnachrichten verhießen leider nichts Gutes.

Mich traf beinahe der Schlag, als sie die Bar betrat. Statt wie üblich in kurzem Rock und tiefem Ausschnitt kam sie in Jeans und Pullover. Sie trug nicht einmal Lippenstift. Ein ganz schlechtes Zeichen.

Ich stand auf und schloss sie fest in meine Arme. Erst wollte sie sich schnell wieder losmachen, dann sank sie in sich zusammen und atmete tief durch.

»Wenn du mich nicht loslässt, heule ich«, flüsterte sie.

»Also bitte hab Mitleid.« Ich ließ sie los. Ihre Augen waren gerötet, doch sie lächelte stoisch.

»Vor mir brauchst du dich nicht zurückhalten«, sagte ich sanft.

»Weiß ich, aber ich habe schon genug geweint. Ich habe darauf keinen Bock mehr.« Sie schnaubte. »Diese gottverdammte Scheiße kotzt mich dermaßen an.«

Kira kam herein und wiederholte das Ganze bei Lola. Dieses Mal bekam sie sich schneller in den Griff.

»Ich muss das Thema wechseln. Schnell. Kira, was gibt's bei dir Neues an der Babyfront?«, sagte Lola.

»Pfff... Ich hatte heute Morgen ein ernstes Gespräch mit meinem Mann. Ich habe meine Periode bekommen, also fehlt mir seiner Meinung nach der nötige Ehrgeiz, um schwanger zu werden«, berichtete sie. Ich sah ihr an, wie sehr sie das Thema abfuckte.

»Ja, daran liegt es sicher. Oder deine Eizellen stoßen das Klugscheißer-Sperma ab.« Lola schüttelte den Kopf. Kira lachte.

»Das nennt man dann natürliche Selektion, oder? Ich habe versucht, ihm zu erklären, dass es ein bisschen dauern kann. Ich bin schon sechsunddreißig. Die stufen mich als Risikoschwangere ein, egal, wie es mir geht, wusstet ihr das?« Lola und ich nickten, aber für Kira war die Info neu. »Frechheit und Altersdiskriminierung. Aber gut, wenigstens kann ich auf diese Scheißwoche mit euch trinken.«

»Was gab es bei dir außer Blut?«, fragte ich.

Kiras Miene wurde noch finsterer. »Eine missglückte Zertifizierung. Unser Team hat einen Riesen-Anschiss deswegen bekommen, dabei lag es nicht mal an uns. Wir müssen schnellstmöglich nachbessern, sonst verlieren wir einen Großkunden.«

»Ich habe dir schon immer gesagt, dass Qualitäts-management scheiße ist, aber du hast nicht gehört«, sagte Lola.

»Das Gleiche könnte ich über deinen Controlling-Mist auch sagen«, schoss Kira zurück.

»Das ist nichts verglichen mit dem Zahlenchaos bei *Spedfield*«, winkte ich ab.

»Ist dein Liebster ein Fall für die Steuerfahndung?«, fragte Lola.

»Bisher noch nicht, aber ich würde es nicht einmal ausschließen. So was habe ich noch nie gesehen.« Ich schüttelte mich.

»Trefft ihr euch?« Jetzt war Lola in ihrem Element. Ihre Miene hellte sich auf und sie wirkte viel lebhafter.

»Wir haben uns am Mittwoch gesehen, ja.«

»Und gevögelt?«

»Ja, aber leider nicht so, wie ich es erwartet hatte. Er musste am nächsten Morgen nach London fliegen«, erzählte ich.

»Auch das noch. Manchmal ist Sex das Einzige, was mir den Tag rettet. Von euch mal abgesehen«, seufzte Lola.

»Ich habe zwei Fragen: Du treibst es also noch mit dem Sprachlehrer und zweitens, wesentlich wichtigere Frage: Was gibt es Neues von deinem Riesenberg Scheiße?«, fragte Kira.

»Erstens: Ja.« Lola lächelte. Wenigstens etwas. »Haldór macht seinem Namen alle Ehre und befördert mich regelmäßig nach Walhalla. Wir wollen nächstes Wochenende nach Oslo fliegen, damit er mir seine Kultur näher bringen kann.«

»Ich wusste gar nicht, dass Schwänze als Kultur zählen, aber danke für die Aufklärung«, sagte ich trocken. Sie zwinkerte mir zu.

»Und zweitens?« Kira ließ nicht locker. Lolas Gesicht wurde lang.

»Müssen wir darüber reden?«

»Ja, müssen wir.« Wenn es so weit war, würde Kira eine wunderbare Mutter abgeben.

»Wir haben endlich einen Großteil der Unterlagen bekommen. Bisher fehlten immer Geschäftsunterlagen und Bilanzen. Mein Anwalt will jetzt einen Wirtschaftsprüfer hinzuziehen, der sich das ganze anschaut. Das kostet mich wieder Unsummen.« Sie schniefte. »*Merde.*«

»Ich möchte dir nicht zu nahe treten, aber warum fragst du mich nicht?«, wandte ich ein.

Ihr Kopf ruckte hoch und ihre Wangen röteten sich. »Hab ich vergessen.«

»Ernsthaft?«

»Ich bin bescheuert und mit der Situation vollkommen überfordert«, erklärte sie.

Ich lächelte begütigend. »Einverstanden. Ich würde es für dich machen. Wenn du willst.«

»Natürlich. Wenn jemand nach jeder Möglichkeit sucht, damit ich da rauskomme, bist du das. Entschuldige bitte.«

»Schon vergessen. Wir sind an deiner Seite, weißt du? Ich kann dir auch gern einen Teil der Summe leihen«, bot ich an.

»Ich auch«, sagte Kira, doch Lola schüttelte vehement den Kopf.

»Auf gar keinen Fall. Ich werde mir bei euch keine Kohle leihen.«

»Und stattdessen lieber horrende Zinsen bei Banken zahlen?« Kira rollte mit den Augen. »Wir bieten es dir nur an.«

»Weiß ich. Und danke. Aber das möchte ich nicht. Bei Geld hört die Freundschaft auf, das wisst ihr doch.« Sie nippte an ihrem Glas. »Ich gebe die Hoffnung einfach noch nicht auf, dass ich aus der Sache herauskomme. Aber mein Anwalt hat schon gesagt, dass es schlecht aussieht.« Sie zuckte mit den Schultern und rang sich ein Lächeln ab. »Wir werden sehen. Lasst uns bitte das Thema wechseln.«

So ungern ich das wollte, zwingen konnten wir sie nicht. Das sah auch Kira ein, die sich mir zuwandte: »Erzähl uns von Dan.«

»Da gibt es gar nicht viel zu erzählen. Ich mag ihn. Er mag mich. Wir sehen mal, wo uns das hinführt. Ohne Druck.« Die beiden zogen die Augenbrauen hoch. »Sprecht euch aus.«

»Alles gut«, winkte Kira ab. »Ich freu mich für dich, dass ihr euch gut versteht. Und darüber, dass du dir sogar mehr vorstellen kannst.«

»Es geht also doch«, sagte Lola. Ich runzelte die Stirn. »Na, dass du einen Normalo datest, der nicht plötzlich in Lederkluft vor dir steht und dich anbettelt, ihn auszupeitschen.«

»Du sagst das so, als wäre daran etwas Verwerfliches oder Lächerliches.«

»Ist es für dich nicht«, beschwichtigte sie. »Aber aus diesen nietengespickten Typen ist noch nie was geworden. Seit Max suchst du vergeblich nach jemandem, der dir das geben kann, aber jetzt siehst du dich endlich ein bisschen um.«

»Das mit Max ist ewig her.« Ich rieb mir die Schläfe. Meine letzte längere Beziehung lag fünf Jahre zurück und ich dachte nur noch selten daran. Und ja, sie war daran zerbrochen, dass wir das Extrem unseres Liebeslebens nicht vom Alltag trennen konnten. Ich atmete tief durch und schüttelte diese schmerzliche Erinnerung ab. Wieder zwei Jahre für nichts.

»Ein neuer Ansatz kann doch etwas sehr Gutes sein«, meinte Kira. »Zumindest kommen die gleichen Probleme nicht mehr hoch. Und da er jetzt bei *Spedfield* so gut wie raus ist, ist doch alles in Ordnung.«

»Solange Zill davon nichts mitbekommt«, wandte ich ein, denn ich ahnte, dass es Riesenärger geben würde. Nicht nur mit ihm, sondern auch mit Edie. Ich spielte schon wieder mit dem Feuer. Auch ohne Lederkluft und Peitschen. Diese Gefahr war viel realer.

»Hey, wenn du immer nur die Probleme siehst, kommst du nie einen Schritt weiter. Sieh mich an«, sagte Kira.

»Bei dir hat sich das Rauszögern wenigstens gelohnt. Du führst eine glückliche Ehe.« Lola zuckte mit den Schultern.

»Der Mann würde das anders sehen. Er hat nicht gern sechs Jahre darauf gewartet, dass ich ja sage«, erwiderte Kira. Sie hatte ihren Mann ewig zappeln lassen.

»Ich wünschte, ich hätte auch länger mit dem Heiraten gewartet, dann säße ich heute nicht in der Scheiße«, sagte Lola. Sie sah mich an. »Aber mir gehts wie dir: Jeder Mann ist Chance und Gefahr zugleich. Du entscheidest.«

Ich lächelte die beiden an. »Ich konzentriere mich fürs Erste auf die Chance.«

»Tun wir das nicht alle?«, fragte Kira und stieß ihr Glas gegen meins. Lola machte mit.

»Cheers.«

Kapitel 8

Es war schon Mittwoch, als Dan und ich uns endlich sahen. Er nahm am Montag und Dienstag noch Termine in London wahr und kam erst Dienstagnacht zurück.

Aber heute war es endlich so weit.

Er lud mich zu sich ein, also fuhr ich mit der Bahn in die HafenCity. Immer, wenn ich hier war, hatte ich das Gefühl, in einer anderen Welt zu sein. Die Häuser bei mir in Barmbek waren viel älter und der Stadtteil gewachsen. Ich fand die HafenCity im Vergleich dazu beinahe künstlich, auch wenn ich die Nähe zum Wasser mochte.

Mein Puls beschleunigte sich, als ich seine Straße erreichte. Ich freute mich, ihn zu sehen. Ich war gespannt, wie er der Sache gegenüberstand. Ich hoffte auf Sex. Meine Tasche mit ein paar frischen Kleidungsstücken hatte ich dabei.

Ich war zu allem bereit.

Er erwartete mich an der Wohnungstür, als ich den zweiten Stock erreichte, und begrüßte mich mit einem Kuss auf den Mund. Ich schlang meine Arme um ihn. Unser letztes Treffen war viel zu lange her.

»Schön, dass du da bist«, sagte er und zog mich hinein.

»Ich freue mich auch. Und auch darüber, hier bei dir zu sein.«

»Deine Wohnung kenne ich ja schon«, sagte er. »Also wird es Zeit, dass du meine kennenlernst.« Ich lächelte und sah mich um.

Dan hatte eine geräumige Drei-Zimmer-Wohnung, die stylisch eingerichtet war. Viel dunkles Holz, klare Formen, Ledersessel und zwei petrolblaue Wände im Wohnzimmer. Ich vermutete, dass ihm jemand geholfen hatte, der etwas davon verstand. Obwohl meine Farbwelt anders gelagert war, fühlte ich mich sofort wohl. Die Wohnung strahlte Gemütlichkeit aus, hier wollte ich gern Zeit verbringen. Ich entdeckte Fotos von seiner Familie an den Wänden. Noch ein gutes Zeichen.

Vor einem Bild von ihm auf einem Boot blieb ich stehen.

»Ich segle gern, das hatte ich noch gar nicht erzählt, oder?« Er stellte sich hinter mich. Seine Augen leuchteten.

Ich schüttelte den Kopf. »Nein, das hast du bisher verschwiegen. Ist das dein Boot?«

»Das eines Freundes, aber irgendwann hätte ich gern ein eigenes. Kannst du segeln?«

»Ein wenig. An der Ostseeküste bietet sich Wassersport ja an«, sagte ich.

Er strahlte. »Das freut mich sehr.«

Er hatte Sushi bestellt und wir nahmen an seinem Esstisch platz. Die Stühle waren bequem, mit einer recht breiten Sitzfläche. Sofort kam mir eine Idee.

»Wie sieht es bei *Spedfield* aus? Kommst du gut voran?«

Ich hatte auf diese Frage gewartet. »Es geht langsam voran«, erwiderte ich und versuchte, nicht zu defensiv zu wirken. »Zill hatte noch ein paar Wünsche, die zeitintensiv sind. Daran sitzen mein Team und ich jetzt.«

Er sah mich lange an. »Du willst nicht darüber reden, oder?«

Ich atmete durch. »Ich fühle mich damit unwohl. *Spedfield* ist der Job und ich bin hier privat. Ich verstehe dich ja, aber ...«

»Schon okay«, unterbrach er mich. »Ich verstehe es. Interessenkonflikt und so. Ich rufe Tom an.«

Mir fiel ein Stein vom Herzen. »Danke.«

»Du hast deinen Standpunkt klargemacht und ich weiß, dass du nicht zu meinem Nachteil rechnen wirst.«

»Aber auch nicht zu deinem Vorteil«, erklärte ich ihm.

Sein Augenlid zuckte kurz, dann lächelte er wieder. »Obwohl ich es mir anders wünsche. Nein, im Ernst. Ich versuche, mit Tom im Guten auseinanderzugehen. Mir liegt auch noch viel an *Spedfield* und den Leuten und es soll dort weitergehen. Wenn die Berechnung fair abläuft, ist allen geholfen.«

Ich nickte erleichtert. »Erzähl mir von London«, bat ich.

»Die Gespräche waren super. Ich habe ein gutes Gefühl bei der Sache.« Er sah mich an. »Nicht nur beruflich geht es gut voran.« Er streckte die Hand aus und streichelte meine. »Privat bin ich auch optimistisch.« Ich zog ihn zu mir heran und küsste ihn. Seine Finger wanderten über meinen Körper und über meinen Hals zu meinen Wangen. Er verharrte an meinem Haar, das ich zu einem hohen Pferdeschwanz zusammengebunden hatte.

Ich wartete ab, ob er sich traute, weiterzugehen, doch stattdessen küsste er mich. Es machte mir nichts aus, die Führung zu übernehmen. Im Gegenteil.

Ohne von ihm abzulassen, stand ich von meinem Stuhl auf und schob nacheinander beide Füße unter die Außenseite seiner Oberschenkel, dann drückte ich mich hoch. Er verfolgte mit großen Augen, wie ich mich aufrichtete und, als ich das Gleichgewicht fand, die Hände von seinen Schultern löste. Seine Finger legten sich an meine Hüften.

Langsam zog ich den Saum meines Strickkleids nach oben, entblößte zentimeterweise Haut. Ich lächelte über seinen gebannten Blick. Jetzt erreichte der Saum meinen Schritt. Dan sog zischend Luft ein, als er meinen durchsichtigen Slip erblickte. Ein Hauch von Nichts.

»Oh Gott, Brina ...«, stöhnte er und sah zu mir auf.

»Tu, was du möchtest.«

Er beugte sich vor und strich mit der Zunge über den Stoff. Ich verfolgte jede Bewegung genau. Mir sollte nichts entgehen. Er ließ die Zungenspitze kreisen, konzentrierte sich auf meine Klit.

Ich biss mir auf die Lippe und streichelte sein blondes Haar. »Mach weiter«, hauchte ich.

Seine rechte Hand löste sich von meiner Hüfte und bahnte sich ihren Weg zwischen meine Pobacken. Die Finger glitten unter das Bündchen und streichelten mich. Er konzentrierte sich genau auf den Eingang meiner Pussy, versenkte sich nur wenige Millimeter in mir und verteilte die Feuchtigkeit. Der Stoff meines Slips war nass.

Vorn leckte er mich immer weiter, seine Bewegungen wurden größer, drängender. Sein Atem beschleunigte sich synchron zu meinem. Ich drückte sein Gesicht zwischen meine Schenkel und rieb mich an seinen Lippen.

»Ja, genau so«, wimmerte ich, als er seine Zunge in mir versenkte.

Er widmete sich nun meiner ganzen Pussy, fuhr von vorn nach hinten und wieder zurück. Mir entwich ein heiserer Schrei, als er meine Klit in seinen Mund saugte und sie leicht mit seinen Vorderzähnen stimulierte.

Oh Gott, war das scharf.

»Mach weiter, hör nicht auf. Ich komme gleich«, stieß ich hervor und rieb mich stärker an ihm. Er packte mich fest. Ich hatte keine Chance. Ich musste mich an seinen Schultern festhalten, um nicht umzukippen, und streckte den Rücken durch. Er folgte unmittelbar mit dem Kopf und ließ mich nicht entkommen.

Ich kam.

Der Orgasmus explodierte in meinem Kopf und meine Finger verkrampften sich in seinem Hemdstoff. Ich seufzte laut auf und konzentrierte mich mit letzter Kraft darauf, nicht vom Stuhl zu fallen. Es war fantastisch. Genau, worauf ich gewartet hatte.

»Dan ...« Mit weichen Knien ließ ich mich auf seinem Schoß nieder. Seine Finger fuhren zwischen meine Schenkel und streichelten mich. Ich küsste ihn und öffnete gleichzeitig den Knopf seiner Jeans.

»Jetzt bist du dran. Halt still.« Ich stieg von ihm hinunter und beugte mich vor. Er griff nach mir und drehte uns beide ein Stück zur Seite. Ich erinnerte mich: Hinter mir war ein großes Glasbild an der Wand. Er sah die Spiegelung meiner Rückseite darin. Dann blieb ich also stehen, damit er etwas zu sehen hatte.

Ich befreite seinen Schwanz und fuhr mit den Fingerspitzen darüber. Das hatte ich mir in den vergangenen zwei Wochen mehrmals ausgemalt.

Ich tat es gern, aber nicht oft. Er kam in den Genuss.

Ich befeuchtete meine Lippen mit der Zunge und leckte über seine Eichel, bevor ich sie in den Mund nahm.

Dan schluckte geräuschvoll. »Oh Süße, wirklich?«

Er kannte anscheinend Frauen, die nicht gern bliesen. Dazu gehörte ich nicht. Ich liebte es. Aber es war eine große Belohnung, die sich nicht jeder verdiente.

Ich bewegte den Kopf auf und ab und erzeugte ein feuchtes Geräusch, das ihn laut aufstöhnen ließ. Sein praller Schwanz in meinem Mund machte mich unfassbar an. Das letzte Mal war lange her. Viel zu lang. Es erregte mich dermaßen, dass ich mit der Hand zwischen meine Schenkel tastete und meinen Slip beiseite zog.

»Oh mein Gott«, machte Dan, der alles in der Spiegelung beobachten konnte.

Ich führte mir einen Finger ein und nahm seinen Schwanz gleichzeitig tiefer in meinem Mund auf. Ich passte meine Handbewegung an meinen Saugrhythmus an und variierte ihn. Unter mir drehte Dan beinahe durch.

Seine Hände wanderten zu meinem Kopf. Ich hielt ihn auf. »Ich sagte, stillhalten.« Ich sah ihm in die Augen und er ließ die Hände wieder sinken, also machte ich weiter. Ich saugte an seiner Eichel und ließ die Zungenspitze über die Vertiefung kreisen.

Er krampfte unter mir und ich musste mich entscheiden. Machte ich weiter, kam er. Schätzungsweise innerhalb der nächsten Minute. Aber ich war längst nicht fertig mit ihm.

Ich saugte seinen Schwanz komplett in meinen Mund, so tief ich konnte, dann gab ich ihn millimeterweise frei. Dabei beobachtete ich ihn genau. Er hatte sich bereits die gleiche Frage gestellt.

»Lass uns ins Schlafzimmer gehen.« Er zog mich hoch und führte mich nach nebenan. Sein Bett war Kingsize und hatte ein hölzernes Kopfteil. Nicht so viele Möglichkeiten wie mein Himmelbett, aber genug. Zumindest für heute.

Ich kniete mich vor ihm aufs Bett und küsste ihn erneut. Dabei griff ich nach seinen Handgelenken.

»Ich könnte dich ans Kopfteil fesseln.«

»Nicht nötig.« Er zog mich näher an sich.

»Aber das würde mir gefallen«, versuchte ich es noch einmal. Er ließ mich los, zwischen seinen Augenbrauen bildeten sich zwei steile Falten.

»Brina, was soll denn das?«

»Ich dachte, dir gefällt das auch.« Ich wusste nicht, wie ich es anders sagen sollte. Sein Gesicht war angespannt, ich sah seine Ablehnung. Verdammt. Mein Herz schlug mir bis zum Hals. Er schnaubte frustriert.

»Ich hab ja verstanden, dass du das scharf findest, aber doch wohl nicht immer, oder?«

»Doch, eigentlich schon.« Warum fühlte ich mich in die Enge getrieben?

»Komm schon, muss das sein? Unser Sex ist doch gut, warum also dieses Tamtam?«

»Dan, für mich ist das kein Tamtam.« Ich sprach so ruhig wie möglich. Ich wollte keinen Streit. Ich war hier mit ihm im Bett und wollte eine gute Zeit mit ihm. Trotzdem musste er mich verstehen und wie ich tickte.

»Diese blöde Modeerscheinung«, knurrte er. »Dieses Scheiß-Buch.«

»Das hat bei mir nichts mit irgendwelchen Büchern zu tun«, erklärte ich und zog die Beine unter.

»Für mich gehört es seit über fünfzehn Jahren einfach dazu. Das ist es, wie ich Sex habe. Das ist mein Ding, verstehst du?«

Er atmete tief durch. »Das ist doch nicht normal. Soll ich dir den Hintern versohlen, oder wie stellst du dir das vor?«

»Ich bin dominant, also eher andersherum.«

Er schüttelte lachend den Kopf. »Auf gar keinen Fall.«

Mein Herz sank und mir wurde immer kälter. Genau das hatte ich befürchtet. Jetzt trat ein, wovor ich am meisten Angst hatte. Es passte nicht. Er lehnte mich ab. Er machte sich über mich lustig.

»Süße, hör mal.« Er nahm meine Hand, sein Gesicht war sanft. »Ich bin gern mit dir zusammen, aber das geht mir zu weit. Kann ich dich nicht einfach vögeln, von mir aus auch härter, wenn du das willst? Ich bin mir sicher, dass ich dich auch ohne Fesseln kommen lasse. Du musst nur deinen Kontrollzwang ein bisschen runterfahren.«

Ich riss die Augen auf. »Kontrollzwang? Was soll das heißen?«

»Süße, das weißt du doch selbst. Wenn du so darauf stehst, jemand anderes zu kontrollieren, ist das ein Zwang. Bei mir brauchst du nicht unsicher sein, ich gebe dir alles freiwillig.«

Mein Brustkorb fühlte sich eng an und mir fehlten die Worte. Ich schlug die Augen nieder, da beugte Dan sich vor und küsste mich erneut. Seine Fingerspitzen glitten über meine Brüste und stimulierten meine Nippel.

»Ich bin sehr gern mit dir zusammen«, sagte er. »Bitte, lass es uns versuchen.«

Ich beobachtete, wie er mir das Kleid über den Kopf zog und meine Unterwäsche verschwinden ließ.

Dann zog er sich aus. Mein Blick glitt über seinen sportlichen Körper, seine glatte Brust und die schönen Schultern.

Ich wollte es.

Aber mein Magen fühlte sich wie ein Eisklumpen in meinem Bauch an.

Seine Finger schoben sich in mich und streichelten meine Pussy. Ich spürte seinen heißen Atem auf meiner Haut und schloss die Augen, um mich fallen zu lassen.

Ich genoss seine Berührungen.

Er knisterte mit einem Kondompäckchen, dann spürte ich erneut seine Zunge zwischen meinen Schamlippen. Ich strich mit den Händen über meine Brüste und zwirbelte meine Nippel zwischen den Fingerkuppen.

Dann kniete er sich vor mich, hob meine Beine an und versenkte sich in mir. Ich seufzte laut auf und bog den Rücken durch. Er legte meine Beine über seine Schultern und beugte sich zu mir herab. Als unsere Münder sich berührten, begann er zu stoßen, tief und langsam. Dabei sah er mir in die Augen.

Er machte kontrolliert schneller, seine Stöße wurden härter. Er machte alles richtig, besorgte es mir so, wie ich es mochte. Ich verdrängte den Gedanken daran, dass ich ein anderes Setting wollte.

Ich war offen für unsere Beziehung.

Ich war offen für seine Art von Sex.

Ich würde für mich einen Weg finden.

Für uns.

Er traf den richtigen Punkt und brachte mich zum Schreien. Ich umklammerte seine Schultern und sah ihm tief in die Augen, bis er kam.

Dann war auch ich so weit und sank zuckend auf das Laken zurück. Um mich herum drehte sich alles und ich gab mich dem Gefühl hin, genoss sein Gewicht auf mir, seinen Schwanz in mir.

Der Moment war perfekt.

Beinahe.

Mitten in der Nacht wachte ich auf und fuhr hoch. Mein Schädel brummte und ich brauchte einen Moment, um mich zu orientieren. Neben mir atmete jemand.

Dan.

Schlagartig schoss wieder dieses kalte Gefühl in meine Eingeweide. Durch das Fenster fiel das Licht der Straßenlaterne ins Zimmer und beleuchtete sein Gesicht. Er sah so friedlich aus. Mit sich im Reinen.

So, wie ich mich bis heute Abend gefühlt hatte.

Ich musste dringend mit jemandem reden.

Ich nahm mein Handy und schrieb eine Nachricht: *Wir müssen uns treffen. Ich brauche deinen Rat.*

Es war drei Uhr nachts und ich erwartete keine Antwort, doch den Text zu schreiben, nahm mir ein wenig Last.

Ich strich Dans Haar aus seiner Stirn, küsste ihn und kuschelte mich an ihn. Sein Atem strich über meine Wange.

Ich fand einen Weg.

Der Geruch von Kaffee weckte mich. Ich rieb mir die Augen und setzte mich auf. Dan stand in der Tür: »Erst duschen oder erst Kaffee?«

»Kaffee bitte. Für den Weg ins Bad.«

Er reichte mir eine dampfende Tasse. Dankbar trank ich einen Schluck und ging dann duschen.

Als ich zurückkam, checkte ich mein Handy. Er hatte geantwortet: *Morgen um acht im Fischis?*

›*Ich bin da*‹, schrieb ich zurück.

»Die Arbeit?«, fragte Dan, der mich nackt im Schlafzimmer stehen sah. Er betrachtete mich und lächelte bedauernd. »Ich wünschte, wir hätten mehr Zeit.«

»Ich auch, aber es reicht nur noch für den Kaffee.«

»Ich habe Toast.«

»Noch besser.« Ich zog mich schnell an und verstaute mein Handy in meiner Handtasche. »Nicht die Arbeit. Mein bester Freund.« Er sah mich irritiert an. Hatte ich noch nichts von Nick erzählt?

Ich holte das beim Toast nach und ließ die pikanten Details aus. Das Thema wollte ich vermeiden, bis ich mit Nick gesprochen hatte.

»Und lerne ich Nick auch mal kennen?«, fragte Dan betont gelassen. War er etwa eifersüchtig?

»Wenn das mit uns gut läuft, auf jeden Fall. Nick und seine Freundin Sonja wirst du mögen. Sie sind auch beide Unternehmer. Dann stelle ich dir auch Lola und Kira vor, meine engsten Freundinnen. Auch die beiden magst du bestimmt.« Zumindest war mir noch niemand über den Weg gelaufen, der von Lola nicht elektrisiert war. Kiras trockene Art bedurfte meist einiger Treffen, aber dann lief es auch immer gut.

Als ich Sonja erwähnte, entspannte sich Dans Gesicht. Ich ahnte, wohin seine Gedanken gingen. Die Richtung stimmte, dennoch waren sie falsch.

Das brauchte ich ihm nicht erzählen.

Dan bestand darauf, mich zur Arbeit zu fahren.

Als er mich zum Abschied küsste, fühlte es sich an, als wären wir ein richtiges Paar.

Ich musste schnellstmöglich mit Nick sprechen.

Als ich am Freitag durch die Tür des Fischrestaurants kam, das wir liebevoll »Fischis« nannten, fühlte ich mich wie erschlagen. Bis vor einer halben Stunde saß ich mit Sora an Zills Analyse und war quasi rausgerannt, um nicht zu spät zu kommen.

Nick war schon da.

Mein Herz hob sich, als ich sein attraktives Gesicht erblickte. Ihn zu sehen war, wie nach Hause kommen. Wir hatten miteinander schon so viel Scheiß durchgestanden, dass uns nichts mehr umhauen konnte.

Nicht seine Scheidung, nicht meine Trennung von Max, nicht seine Unsicherheit wegen Sonja ... wir verstanden einander einfach. Deswegen wusste ich, dass er mir helfen konnte.

»Du siehst aus, als könntest du einen ganzen Eimer Gin Tonic vertragen«, begrüßte er mich und küsste mich auf beide Wangen.

»Mindestens«, seufzte ich und setzte mich zu ihm. »Danke, dass du Zeit hast.«

»Wenn du um drei Uhr nachts eine Nachricht schreibst, weiß ich, dass ich mir die Zeit nehmen sollte. Wo brennt's denn?«

Ich erzählte es ihm. In allen Details. Dabei zogen sich seine dunklen Augenbrauen immer weiter hoch. Als ich endete, brauchte er ein paar Sekunden, um zu überlegen.

»Und, was denkst du?«, fragte ich und angelte nach meinem Weinglas.

Riesling vertrug sich besser mit Fisch als Gin, aber ich ahnte, dass ich nach dem Essen umsteigen würde.

»Ich bin überrascht«, gab Nick zu.

»Dass ich mich mit ihm treffe?«

»Nein, das nicht. Was du von ihm erzählst, sagt mir, dass er dich mag. Das ist eine gute Sache. Mich überrascht, dass du dich darauf eingelassen hast.«

»Wie könnte ich nicht, nachdem ich dir die Moralpredigt wegen Sonja gehalten habe?«

Er nickte lächelnd. »Wohl wahr. Weißt du, ich freue mich für dich. Es klingt gut.«

»Aber was er gestern zu mir gesagt hat ...«

»Ist normal für jemanden, der sich mit der Thematik nicht auskennt«, unterbrach er mich sanft. »Solche Gespräche habe ich sowohl mit Sonja als auch mit Marie geführt. Du solltest nicht so viel darauf geben.«

»Es hat mich verletzt, dass er mich einen Kontrollfreak genannt hat.«

»Verständlich. Aber du hast ihm gegenüber einen enormen Wissensvorsprung und ihm fehlt es an Erfahrung und Vorstellungskraft. Erklär es ihm. In Ruhe, sodass er es verstehen kann. Führ ihn langsam an die Sache heran.«

»Hast du Sonja schon alles erzählt?«

»Nein und das werde ich auch nicht tun. Sie würde manche Dinge nicht verstehen und da sie vorbei sind, bringt es uns nicht weiter, wenn sie sie weiß. Ich weiß auch nicht alles von ihr und das ist okay für mich. Mich interessiert, wer sie heute ist, nicht so sehr, wer sie mal war.«

»Weise Worte eines weisen Mannes«, lächelte ich.

»Ein Mann, der noch weise wird«, korrigierte er gut gelaunt und prostete mir zu. »Auch dank dir. Wie siehst du also die Sache?«

»Jetzt positiver.« Ich atmete durch. »Ich glaube, dass das mit uns was werden könnte.«

»Das freut mich für dich. Wenn es dir ernst ist, häng dich rein. Er ist ein Idiot, wenn er dich nicht festhält.«

Ich schwenkte mein Weinglas und starrte in die goldene Flüssigkeit. Ich ahnte, dass es nicht leicht wurde, aber ich wollte es riskieren. Neben Dan aufzuwachen fühlte sich gut und richtig an. »Ich gebe mein Bestes.«

Wir schafften es am Wochenende nicht mehr, uns zu sehen. Ich traf mich am Samstagabend mit Kira bei ihr zuhause. Der Abend endete damit, dass ihr Mann uns stundenlang mit seinen Fruchtbarkeitsrecherchen unterhielt. Mir blieb nur noch die Flucht in mein Weinglas.

Entsprechend verkatert war ich am Sonntagnachmittag, als ich mich mit ein paar Frauen aus dem Fitnessstudio zum Kardiokurs und anschließendem Essen traf. Lola war mit Haldór in Oslo und postete stündlich Pärchenbilder.

Ich freute mich, dass sie dadurch ein bisschen Ablenkung fand.

Die Geschäftsberichte hatte sie mir geschickt, also hing ich abends auf der Couch und schaute mir die Mails von Lolas Anwalt an.

Auch diese Berichte waren eine Katastrophe, durch die ich mich erst einmal durcharbeiten musste. Für Lola tat ich es gern, auch wenn ich Dan deswegen nicht sehen konnte.

Wir verabredeten uns für Dienstagabend.

Ich hatte erst am Mittwoch meinen nächsten Termin bei *Spedfield*, also arbeitete ich Montag und Dienstag von K+R aus. Der Bericht nahm dank Xanders unermüdlichem Einsatz langsam Gestalt an, gleichzeitig hatte ich das Gefühl, dass sich die Wertanalyse nicht mehr lange aufschieben ließ. Wenn Dans Gespräche weiter so gut verliefen, brauchte er sicher bald sein Geld. Doch das mussten die Männer unter sich klären.

Dan kam zu mir nach Hause. Ich machte zu einer annehmbaren Uhrzeit Feierabend und schaffte es sogar, einzukaufen. Jetzt stand ein Topf mit Pasta auf dem Herd und ich würzte gerade die Soße, als es klingelte.

Ein Lächeln breitete sich auf meinem Gesicht aus. Ich freute mich auf diesen Abend.

Schnell strich ich mein Oberteil glatt. Unter dem Blazer trug ich eine Corsage aus Lackleder, die ihm sicher gefiel. Ich hatte schon einen Plan gemacht, wie ich heute vorgehen wollte. Behutsam, so, dass er mithalten und verstehen konnte, welche Möglichkeiten ihm BDSM bot, wenn er sich darauf einließ. Ich würde mich seinem Tempo anpassen.

Ich öffnete die Tür und sah ihn die Treppe herauf kommen. Er sah wieder gut aus in seinem schwarzen Poloshirt, der Lederjacke und den Jeans. Ihm stand der sportliche Stil ausgezeichnet und er gefiel mir immer besser.

»Hallo meine Hübsche«, sagte er und küsste mich. Ich schmiegte mich an ihn und legte den Kopf in den Nacken. Ich hatte ihn vermisst, obwohl unser letztes Treffen nicht einmal eine Woche her war. Ich zog ihn hinter mir in die Wohnung und bot ihm Wein an.

»Das Essen ist gleich fertig. Ich hoffe, du hast Hunger.«

»Ich bin auf deine Kochkünste gespannt«, sagte er.

»Erwarte nicht zu viel«, winkte ich im Rausgehen ab. »Pastasaucen klappen gut, aber begnadet bin ich nicht.« Er folgte mir in die Küche.

»Macht nichts. Ich koche gern, dann teilen wir uns die Aufgaben einfach.«

Ich lächelte ihn an. »Das klingt gut.« Ich befüllte die Teller und Dan trug sie an den Esstisch. Als wir uns zuprosteten, fühlte es sich richtig gut an. Während wir aßen, erzählte er mir von seiner Woche.

»Ich habe übrigens auch mit Tom gesprochen wegen meiner Auszahlung.« Seine Augenbraue hob sich. »Der hat doch echt versucht, mich hinzuhalten. Bitte klemm dich auch noch einmal dahinter, wenn er sich sträubt, ja?«

»Ich versuche es«, versprach ich, auch wenn mir das nicht recht war.

»Danke.« Er nahm meine Hand und küsste die Innenseite meines Arms. Mein Blazer hatte halblange Ärmel und er schob sie weiter hoch, bis er kurz entschlossen die Knöpfe öffnete und ihn über meine Schultern zog.

Er sah hinunter und verharrte mitten in der Bewegung.

Ich lächelte und legte den Kopf schief. »Gefällt es dir?«

Er holte tief Luft und lehnte sich zurück, seine Miene war angespannt. »Ehrlich gesagt, nein.«

Ich blinzelte. »Was?«

»Nein, es gefällt mir nicht«, wiederholte er. »Was soll denn das schon wieder?«

»Ich habe einfach schöne Unterwäsche für dich angezogen«, erwiderte ich.

»Das ist doch keine Unterwäsche, sondern wieder dieses SM-Ding«, schnaubte er. »Ich dachte, wir hätten das beim letzten Mal geklärt.«

»Das dachte ich auch.« Ich nahm nur mit Mühe die Schärfe aus meiner Stimme. »Ich bin auf dich eingegangen und dachte, dass wir heute noch einmal darüber sprechen können.«

»Worüber?«

»Inwieweit wir uns hier annähern können.«

»Brina, ich habe da echt keine Lust zu. Das ist doch Quatsch für gelangweilte Hausfrauen, die denken, dass man mit Kabelbindern wieder Schwung ins Bett bekommt. Das haben wir nicht nötig. Ich finde den Sex mit dir toll. Ich brauche das alles nicht.«

Ich schluckte den Ärger hinunter und erinnerte mich an Nicks Worte. Ich war diejenige, die mehr wusste.

An mir war es, ihn mitzunehmen. Wenn mir das gelang, war alles gut.

»Ich aber. Und ich würde es dir gern erklären und zeigen.«

»Brina, echt ...«

»Dan«, unterbrach ich ihn. »Bitte. Mir ist das wichtig.« Er presste die Lippen zusammen und dachte nach. Ich sah seinen Widerwillen.

»Gut«, sagte er dann. »Wenn es dir so wichtig ist, lass uns darüber sprechen.«

»Danke.« Ich nahm einen Schluck Wein. »Es geht mir nicht darum, dass du Sachen tun sollst, die dir nicht gefallen. Es geht mir auch nicht darum, dich zu erniedrigen oder dir wehzutun.«

»Das würde ich dich auch nicht machen lassen.«

»Genau deswegen. Ich möchte, dass es uns beiden gefällt. Sieh es als Spiel. Ich erkläre dir gern die Regeln. Und wenn wir die Lage sondiert haben, schauen wir, ob es ein nächstes Level gibt.« Ich holte tief Luft.

»Warum ist dir das so wichtig?«, fragte er.

»Weil es für mich einfach dazugehört. Ich bin da auch reingestolpert. Als ich meinen Lehrer damals kennengelernt habe, wusste ich nicht, dass er so tickt. Er hat mich langsam herangezogen. Über zwei Jahre hat er mich erzogen, bis wir festgestellt haben, dass ich auf der falschen Seite stehe.«

»Heißt?«

»Er hat meine devote Seite bedient, aber es stellte sich schließlich heraus, dass ich mich als dominanter Part wohler fühle.«

Er starrte mich an, seine Miene war unbewegt. »Jetzt bekomme ich Angst.«

»Brauchst du nicht. Ich habe noch nie etwas getan, das derjenige nicht wollte«, erwiderte ich. Jetzt wurde es brenzlig. Ich musste mich darum bemühen, sachlich zu bleiben.

»Und dann habt ihr euch einfach abgewechselt, du und dein Freund? Mal hat er dir den Arsch versohlt, dann du ihm?« Dan war alles andere als sachlich. Ich atmete durch.

»Nein, er ist ausschließlich dominant, das hätte nicht funktioniert. Dafür gibt es ja die Szene und die Clubs.«

»Brina, mein Gott.« Dan schloss die Augen und lehnte sich zurück. »Bitte sag mir, dass du nicht in irgendwelchen SM-Clubs Leute ausgepeitscht und gevögelt hast.«

»Kann ich nicht.«

»Okay, das ist gar nicht meins und das werde ich auch nie tun.«

»Das erwarte ich auch nicht von dir«, sagte ich neutral. ›Bitte‹, dachte ich. ›Bitte versteh mich doch endlich.‹

»Gut, denn ich finde es verstörend, um ehrlich zu sein. Mir läuft es eiskalt den Rücken runter, wenn ich nur daran denke.« Dan schauderte.

»Das wollte ich nicht, aber du hast gefragt. Mir geht es darum, mit dir auszutesten, inwieweit du hier auf mich eingehen kannst. Stück für Stück. Ohne Druck. Ich erwarte nichts von dir«, schob ich vorsichtshalber hinterher.

»Das ist auch besser, denn da mache ich nicht mit. Ich finde es einfach nur abstoßend.«

Das hatte ich befürchtet und mein Mut sank. Schnell trank ich noch einen Schluck Wein. Als ich aufsah, betrachtete er mich. Fand er mich jetzt auch abstoßend? Ich konnte mir denken, was er sich ausmalte. Und er hatte keine Ahnung.

»Warum machst du das?«, fragte er. »Welchen Kick gibt dir das, der dir sonst fehlt? Kompensierst du damit irgendwas?«

»Es gefällt mir einfach.«

»Im Ernst, es ist krank.«

Ärger stieg in mir hoch, gepaart mit Frust. Er machte es sich zu einfach und ging nicht im Geringsten auf mich ein. So hatte ich mir das nicht vorgestellt.

»Ich würde nicht über Dinge urteilen, von denen ich keine Ahnung habe«, schoss ich.

Seine Augenbraue rutschte nach oben. »So?«

»Ich wollte mit dir darüber sprechen, aber deine Ablehnung ist verletzend. Du kennst dich in der Materie nicht aus. Mir ist sie wichtig und ich wünschte, du würdest dich mir zuliebe zumindest damit beschäftigen. Ich erwarte nur etwas Aufgeschlossenheit von dir, weiter nichts.«

»Gut, du hast recht.«

Ich starrte ihn an. »Was heißt das?«

»Ich hab keine Ahnung und du fährst drauf ab. Also dann: Dominiere mich, Brina.« Er stand auf und zog mich mit sich hoch. »Gib's mir und zeig mir, wie toll deine BDSM-Welt ist.«

Ich spürte Widerwillen, aber er wollte es so. Das konnte er haben. Ich nahm ihn an der Hand und führte ihn nach nebenan ins Schlafzimmer.

»Zieh dich aus.« Er gehorchte und ließ mich keine Sekunde aus den Augen. »Zieh mir Blazer und Hose aus.« Seine Hände legten sich auf meinen Körper. Unser Blickkontakt war seltsam. Er fühlte sich wie ein Kräftemessen an. Ich hatte es in der Hand.

»Lass locker, Dan«, sagte ich sanft. »Du bist bei mir in Sicherheit.«

Sein Mund verzog sich zu einem höhnischen Grinsen. Mir schwoll der Kamm. Ich wartete, bis er mit mir fertig war, dann befahl ich ihm, sich auf das Bett zu setzen. Ich griff nach Riemen und einem Band, mit dem ich ihm die Augen verband.

»Leg dich auf den Rücken.« Er gehorchte. Gänsehaut überzog seine Arme und seine Brust.

Ich fesselte seine Hände an die oberen Bettpfosten, trat zurück und beobachtete mein Werk. Die Position stand ihm, doch mein Trotz war entfacht und ich wollte ihm eine Lektion erteilen.

Ich war nicht krank und auch nicht abstoßend. Ich tickte einfach nur anders als er.

Jetzt griff ich nach einer schweren Kette und strich langsam mit ihr über seine nackte Haut. Er schauderte und stöhnte, wand sich. Ich kniete mich über ihn und folgte der kalten Kette mit meiner Hand. Ich legte sie um seinen Schwanz und schloss meine Finger darum. Jetzt rührte sich zumindest etwas.

Ich machte weiter, bis er prall wurde und sich gegen meine Haut drückte. Dann beugte ich mich hinunter und fuhr mit der Zunge von der Wurzel bis zur Eichel und wieder zurück. Dan stöhnte erneut und stemmte sich gegen seine Fesseln. Ich behandelte ihn viel zu gut. Ich setzte mich rittlings auf ihn und drehte seinem Gesicht den Rücken zu, so nah, dass ich seinen Atem auf meinen Pobacken spürte. Er merkte es auch, doch er hielt still.

Ich spürte seine Ablehnung. Er war komplett passiv und ging nicht auf mich ein. Er ließ es über sich ergehen.

Ich lehnte mich zur Seite und holte einen Cockring und ein Kondom aus meiner Nachttischschublade. Der Ring war aus Edelstahl und saß ziemlich eng, als ich ihn über seinen Schwanz zog. Sofort staute sich das Blut.

»Verdammt, Brina«, knurrte Dan mit zusammen-gebissenen Zähnen.

»Ruhe, oder ich kneble dich«, sagte ich kalt. Er kniff die Lippen zusammen und drehte den Kopf beiseite. Ich drehte mich um und beugte mich über ihn. Mit der Zungenspitze fuhr ich über seinen Hals bis zu seinem Ohrläppchen. »Soll ich dich vögeln, Dan?« Er presste die Lippen weiter zusammen und drehte den Kopf weg, doch sein Schwanz wurde immer praller.

»Ich denke, das heißt ja.«

Ich positionierte mich über ihm und rieb mich an seinem Schwanz. Trotz der Umstände fühlte es sich verboten gut an und ich wurde endlich feucht. Ich ließ seine Eichel zwischen meinen Schamlippen vor und zurückgleiten und rieb meine Klit an ihr. Dan stöhnte erneut. Er konnte sich der Sache nicht entziehen, egal, wie sehr er es versuchte.

Jetzt senkte ich mich herab und nahm ihn in mir auf. Mir entwischte ein langer Seufzer, als sein Schwanz mich dehnte und immer tiefer in mich eindrang. Es war so lange her, dass ich die ganze Kontrolle übernommen hatte. Es fehlte mir. Das Setting war nicht perfekt, aber wie er hilflos unter mir lag und mir ausgesetzt war, erregte mich.

So sollte es sein.

Diese Art von Hingabe wollte ich geschenkt bekommen.

Dafür war ich bereit, alles zu geben. Alles zu nehmen.

Ihm unvergessliche heiße Nächte zu bescheren, die uns beiden alles abverlangten. Ich wollte uns beide über Grenzen treiben und ihm Dinge zeigen, von denen er nicht einmal träumte.

Ich ritt ihn mit all meiner Leidenschaft, mit aller Kontrolle. Ich zeigte ihm mich, wie ich war. Ich reagierte auf jede kleine Regung in seinem Gesicht und trieb ihn so immer weiter. Dann hörte ich auf, ließ ihn verschnaufen und begann das Spiel von vorn. Funken schlugen in meinem Unterleib und ich wurde immer schärfer, konnte es selbst kaum noch ertragen, nicht zu springen.

Ich wollte mit ihm zusammen kommen.

Wenigstens noch dieses letzte Mal.

Er zuckte unter mir und zerrte erneut an seinen Fesseln. Sein Brustkorb war schweißüberströmt und hob sich hektisch mit seinem Atem. Er stellte die Füße auf und kam mir entgegen, trieb seinen Schwanz noch härter in mich.

Ich kam mit einem Schrei und kippte vornüber. Er machte weiter und krampfte mit einem unterdrückten Aufbrüllen. Feuchtigkeit sammelte sich auf seiner Haut. Ich hatte ihm wirklich alles gegeben.

Wie in Trance küsste ich ihn auf den Mund, dann nahm ich ihm Augenbinde und Fesseln ab.

Er mied meinen Blick und rieb sich die Gelenke.

Als ich den Cockring von seinem Schwanz zog, schauderte er und rollte sich auf die Seite.

»Das mit uns ist keine gute Idee«, sagte er leise. Obwohl ich ihm recht gab, trafen mich seine Worte wie Pfeile in der Brust.

»Ich weiß.«

»Ich glaube nicht, dass wir uns noch weiter treffen sollten.«

Ich ließ Dan allein und ging ins Badezimmer, um mich frisch zu machen. Als ich herauskam, stand er vollständig angezogen im Flur. Seine Miene war unbeweglich.

»Es tut mir leid«, sagte er.

»Mir auch«, flüsterte ich, auch wenn ich nicht genau wusste, was mir am meisten leidtat. Dass es mit uns nicht geklappt hatte? Dass ich mich ihm aufgezwungen hatte? Dass er mich nicht so wollte, wie ich war?

Er machte einen Schritt auf mich zu, als wolle er mich küssen, ließ es dann aber und öffnete die Tür.

»Alles Gute, Brina.«

»Dir auch, Dan.«

Dann war er zur Tür hinaus und ich lehnte mich an die Wand. Tränen stiegen in meine Augen und meine Brust fühlte sich kalt und eng an.

Wütend wischte ich mir übers Gesicht. Es hatte doch keinen Sinn, ihm hinterher zu trauern.

Es passte einfach nicht!

Und trotzdem fühlte ich mich, als hätte ich gerade einen riesigen Verlust erlitten.

Scheiße.

Kapitel 9

Ich schlief beschissen in dieser Nacht.

Schuldgefühle und Wut auf mich selbst hielten mich wach.

Was hatte ich mir nur dabei gedacht?

Wie konnte ich mich so vergessen?

Immer wieder stiegen mir Tränen in die Augen und irgendwann bekam ich sie nicht mehr unterdrückt. Ich zog mir die Decke über den Kopf und weinte, bis ich endlich einschlief.

Der Wecker riss mich aus dem Schlaf, doch ich war froh, aus der Wohnung herauszukommen.

Ich ignorierte das schmutzige Geschirr auf dem Esstisch und in der Küche und holte mir Frühstück beim Bäcker. Aufräumen konnte ich immer noch, wenn ich etwas Abstand gewonnen hatte.

Ich machte mir Vorwürfe. Was ich getan hatte, durfte einfach nicht passieren. Es war das oberste Gebot, nie jemandem etwas aufzuzwingen, sondern ihm nur zu geben, was er wollte.

Dieses Gebot hatte ich gestern missachtet. Das nagte fast so sehr an mir wie die Tatsache, dass es mit Dan aus war, bevor sich etwas entwickeln konnte.

Vielleicht war es besser so.

Vielleicht wäre die Enttäuschung in ein paar Wochen, Monaten oder Jahren noch viel größer gewesen. Trotzdem schmerzte mein ganzer Brustkorb vor Verlust. Ich mochte ihn. Immer noch. Ich hatte so sehr auf diese Chance gehofft. Aber ich war nicht Nick. Wie ungeduldig und unkontrolliert ich war, erschreckte mich selbst. So wäre es immer schief gegangen. Meinetwegen.

Diese Erkenntnis war das Allerschlimmste.

Ausgerechnet heute musste ich wieder zu *Spedfield*.

Obwohl Tom Zill nichts mit meinen Erlebnissen mit Dan zu tun hatte, hätte ich am liebsten abgesagt.

Ich fuhr trotzdem hin. Es wurde Zeit, dass ich diesen Auftrag auf die Zielgerade brachte. Ich würde Zill sagen, dass ich die Unternehmensbewertung fertigstellen musste, um diesen Punkt abzuhaken. Danach würde ich alle Kapazität, die wir im Team hatten, zusammenwerfen und die Potenzialanalyse durchziehen. Je schneller ich einen Haken an die Sache machen konnte, desto besser. Drei Wochen blieben noch, bis der Auftrag auslief. Mir wäre es recht, schneller fertig zu werden.

Xander war noch nicht da, als ich den Flur mit dem Konferenzraum erreichte. Ich blieb an Zills Tür stehen und begrüßte ihn. Unser Termin war in einer halben Stunde, dennoch bat er mich herein.

Seine Miene war feindselig. Ich schloss die Tür hinter mir und nahm vor ihm platz.

»Ich habe mich gestern Nachmittag mit Dan getroffen«, teilte er mir mit.

»Ja?«

Er betrachtete mich, als wäre ich ein gefährliches Tier, das ihn jederzeit angreifen könnte. Was wollte er?

»Er hat mir erzählt, dass er sich mit Ihnen trifft.« Das kam so unvorbereitet, dass ich blinzelte.

Scheiße, Dan, das kann doch nicht dein Ernst sein!

Ich legte meine Hände flach auf meine Oberschenkel.

»Ja, das stimmt.«

»Sie können sich vorstellen, dass das bei mir Fragen aufwirft.«

»Ja, allerdings. Und ich habe ihm gleich bei unserem ersten Treffen mitgeteilt, dass ich berufliches und privates strikt trenne. Das hat Dan Ihnen sicher erzählt, oder?« Zills dunkle Augenbraue hob sich. Er glaubte mir nicht. »Wir haben auch nicht über meinen Auftrag gesprochen, seitdem er das Unternehmen verlassen hat. Ich nehme meinen Job ernst und halte mich an alle Vorgaben. Ausnahmslos.«

Zills Mund war nur noch ein schmaler Strich. Scheiße, ich hatte gewusst, dass mir die Sache mit Dan auf die Füße fiel. Das hatte ich jetzt davon.

In mir wuchs der Wunsch, mich noch weiter zu erklären, doch jemand wie Tom Zill würde das nur zum Anlass nehmen, noch misstrauischer zu werden. Ich musste abwarten, statt mich zu rechtfertigen. Ich hatte schon alles gesagt.

Er schwieg und ich sah die Rädchen in seinem Kopf arbeiten. Ihm gefiel das alles nicht. Mir auch nicht.

»Ja, das hat er«, erwiderte er schließlich. Immerhin etwas, trotzdem blieb das schlechte Gefühl. Ich hätte mich ohrfeigen können.

»Ich würde den Auftrag gern innerhalb des Zeitraums beenden, den Sie mit Frau Kellermann ausgemacht haben«, sagte ich. »Ich arbeite mit meinem Team zusammen, somit greift das Vier-Augen-Prinzip bei den Berechnungen. Übrigens, auch wenn das für den Auftrag irrelevant ist, aber ich möchte offen mit Ihnen sein: Dan und ich treffen uns nicht mehr. Ich habe ihm keine Details zu den Berichten gegeben, dabei wird es auch bleiben.«

Er sah mich unbewegt an. »Danke für Ihre Offenheit.«

»Gerne.« Ich stand auf. »Ich komme um zehn zu Ihnen wegen unserer Besprechung.«

»Die muss ich leider auf nächste Woche verschieben, ich habe noch einen dringenden Termin dazwischen bekommen. Ich habe Ihre Unterlagen aber gestern schon mit Xander gesichtet und ihm meine Gedanken mitgeteilt. Er bringt Sie ins Bild.«

»Natürlich.« Ich schenkte ihm ein professionelles Lächeln und verließ den Raum. Gleichzeitig war ich mir sicher, dass das noch nicht alles gewesen war.

Ich ging hinüber in den Konferenzraum, legte meine Tasche ab und fuhr mein Laptop hoch. Dann stellte ich mich ans Fenster und starrte hinaus. Ich fühlte mich furchtbar, als wäre mir alles entglitten.

›Ist es doch auch‹, dachte ich und beobachtete blicklos, wie ein Flugzeug am nahe gelegenen Airport landete. ›Du wusstest, dass das Risiko besteht. Du wusstest, dass es im schlimmsten Fall deinen Job beeinträchtigt. Wenn Zill dir nicht glaubt, kannst du deine Beförderung vergessen.‹

Scheiße. Was hatte Dan sich nur dabei gedacht? Als er sich gestern mit Zill traf, war zwischen uns noch alles in Ordnung. Er hätte doch damit rechnen müssen, dass er mich damit in die Scheiße ritt.

Ich hätte schreien können.

Schön, dass er vor seinem Freund damit angab, dass er die Finanzberaterin vögelte. So viel dazu, dass es ihm ernst war. Am liebsten hätte ich ihn angerufen und ihm meine Meinung gesagt, aber was änderte das?

Mir blieb nur, meinen Job mit äußerster Professionalität auszuüben und Zill so zu beweisen, dass ich die Wahrheit gesagt hatte.

›Letzte Chance, Brina.‹

Die Tür ging auf und Xander kam herein. Als er mich sah, breitete sich ein Lächeln auf seinem Gesicht aus. Wenigstens er freute sich, mich zu sehen.

›Professionalität, hörst du?‹

»Ich habe Ihnen Kaffee mitgebracht.« Er stellte einen Becher vor mir ab. »Die Maschine in der Kantine ist neu. Und, da Sie ja keine Schokolade mögen, habe ich Ihnen einen Muffin mitgebracht.« Er präsentierte mir einen Blaubeer-Muffin. Wie süß von ihm.

»Danke, das ist sehr aufmerksam.« Dieses Mal war mein Lächeln echt.

Xander strahlte mich an und beobachtete, wie ich in den Muffin biss. »Das mache ich gerne. Ich kann mich immer um Frühstück kümmern, wenn Sie möchten.«

Ich sah ihm ins Gesicht. Es war ihm ernst. Ich las die unausgesprochene Bitte darin, doch ich konnte nur freundlich lächeln. Die Ereignisse der letzten zwölf Stunden wogen zu schwer.

»Das werde ich mir merken.« Ich hörte ein Geräusch an der Tür und sah Zill weggehen.

Hatte er zugehört? Warum? Überwachte er mich etwa?

Auf keinen Fall wollte ich ihm noch mehr Angriffsfläche bieten und konzentrierte mich auf die Zahlen vor mir.

Ich bemühte mich, doch meine Gedanken drifteten immer wieder ab, bis ich frustriert aufstand und erneut an die Fensterfront trat.

»Ist alles in Ordnung?«, fragte Xander.

»Ja, danke«, sagte ich und atmete durch. »Ist nicht mein Tag heute.«

»Kann ich etwas für Sie tun?«

Tausend Ideen rasten durch meinen Kopf. Er war so aufmerksam. Er lechzte nach einem Auftrag oder einer Aufgabe. Ich hatte Spaß daran, ihm ein paar Brocken hinzuwerfen.

Ich fragte mich, wozu er noch bereit wäre. Ob das, was er mir manchmal zeigte, ernst gemeint war oder nur eine Andeutung. War er sich dessen bewusst, was er anbot?

War es einfach Freundlichkeit oder Interesse?

Und wenn es Interesse war: Woran?

Ich würde es nur zu gern herausfinden. Er triggerte meine dominanten Antennen. Und doch nicht genug, um mir sicher zu sein. Ich müsste mich mehr um ihn kümmern.

Mich mehr darauf einstellen.

Mehr spielen.

Ich liebte es, zu spielen.

Genau das hätte ich gern mit Dan getan.

Es wäre so einfach. Und würde wieder so schief gehen.

Ich schüttelte den Kopf. »Momentan nicht. Aber danke, dass Sie fragen.«

Er ließ mich nicht aus den Augen. »Gerne. Dafür bin ich ja da.«

Ich lächelte und sah wieder in Richtung Flughafen.

Wenn ich eine Sache nicht tun würde, dann mich noch mal mit jemandem von *Spedfield* einzulassen.

Egal, wie verlockend es war.

Ich brachte den Tag irgendwie herum und rief auf dem Weg nach Hause Nick an. Lange herrschte Schweigen am anderen Ende der Leitung, als ich mit meiner Schilderung fertig war. »Nick?«, fragte ich leise.

Er seufzte. »Das ist ja richtig nach hinten losgegangen.«

»Das kannst du laut sagen.«

»Tut mir leid für dich. Wie geht es dir?« Er wusste, wie es mir ging. Er selbst hatte einmal bei Sonja die Beherrschung verloren und war sich hinterher sicher, dass sie ihn nicht mehr wollte. Das war falsch, sie wollte ihn trotzdem. Bei Dan und mir sah die Lage anders aus.

»Nicht so gut. Er hat mit seinem Ex-Geschäftspartner darüber gesprochen. Ich habe ein ganz dummes Gefühl.«

»Verstehe ich, aber spar dir die Sorgen für den Fall auf, dass wirklich etwas kommt.«

»Leichter gesagt als getan.«

»Ich weiß. Tut mir leid, dass wir uns nicht sehen können.« Er war auf einer Messe in Thüringen und kam erst am Samstag zurück. Ich wusste, dass er, wenn ich ihn darum bat, sein geplantes Treffen mit Sonja absagte, aber das wollte ich nicht. Auch ein Treffen half mir nicht weiter und ich wollte ihm den Abend nicht versauen.

Vielleicht hatte Lola Zeit, dann konnten wir uns gegenseitig bemitleiden, wie mies es bei uns lief. Am besten mit so vielen Drinks, dass wir den Mist vergaßen.

Am Montagmorgen saß ich im Meeting bei K+R und kämpfte mit den Nachwirkungen des Samstagabends mit Lola. Der Plan war aufgegangen. In vielerlei Hinsicht.

Mir war übel. So viel hatte ich schon lange nicht mehr getrunken. Jetzt wusste ich wieder, wieso.

Edie warf mir einen seltsamen Blick zu, als sie hereinkam. Wir hatten uns am Freitag nicht gesehen. Ein ungutes Gefühl gesellte sich zur Übelkeit.

Da war was im Busch.

Henni und Sissi schienen nichts zu wissen, sie wirkten gelassen. Ich ahnte, dass Edie, wenn etwas war, zuerst mit mir allein sprechen wollte. So hätte ich es auch gemacht.

Und wie schlimm konnte es schon sein?

Ich hörte während des Meetings nur mit halbem Ohr zu, was mich zusätzlich frustrierte. Ich wollte meinen Job gut machen, verdammt. Es passte nicht zu mir, nachlässig zu sein. Das war ich einfach nicht.

Endlich war das Meeting vorbei und wir standen auf.

»Brina, hast du eine Minute für mich?« Da war sie, die Frage, mit der ich gerechnet hatte.

»Natürlich.« Ich folgte ihr in ihr Büro und zur Sitzgruppe. Edie sah mich fragend an, ein Gesichtsausdruck, den ich so von ihr nicht kannte. Sie schien sich unsicher, wie sie mich lesen sollte.

»Sag es doch einfach«, meinte ich nach ein paar Sekunden. Ihr Schweigen machte mich nur noch nervöser. »Es ist wegen *Spedfield*, oder?« Ich konnte mich nicht mehr zurückhalten. Edies Augenbraue ruckte hoch, dann nickte sie. »Tom Zill hat dich angerufen.«

»Richtig.« Sie holte tief Luft. »Mann, Brina, was ist da los? Der Typ ruft mich an und beschwert sich, weil du seinen Geschäftspartner vögelst. Ich dachte, ich werde ohnmächtig!«

Sie riss die Augen auf und schüttelte den Kopf. »Dein Ernst? Ich meine ... dein Ernst? Ich weiß gar nicht, was ich dazu sagen soll.«

Ich schluckte, mir fehlten die Worte. Es gab nichts zu meiner Verteidigung zu sagen. »Es tut mir leid.«

Edie rollte mit den Augen. »Immer diese Scheiß-Macho-Allüren. Wenn du beide gevögelt hättest, gäbe es das Problem wahrscheinlich gar nicht.« Okay, die Idee war mir noch nicht gekommen.

»Jedenfalls hat er mir die Ohren vollgeheult, dass er nicht glaubt, dass du unvoreingenommen bist, bla. Da kam ich in Erklärungsnot, obwohl ich dich kenne. Scheiß-Situation, um es freundlich auszudrücken.«

»Es tut mir leid«, wiederholte ich kleinlaut.

»Ach weißt du, muss es nicht.« Sie zuckte mit den Schultern. »Den Auftrag werden wir trotzdem beenden, auch wenn es jetzt wahrscheinlich länger dauert. Du bist raus, Anna übernimmt.«

Ich fühlte mich, als hätte sie mich geohrfeigt. Mein Mund klappte auf und wieder zu. Edie sah es und ihre braunen Augen wurden etwas sanfter.

»Hey, ich musste das machen. Irgendeinen Knochen musste ich ihm hinwerfen. Ich weiß, dass du durchgezogen hättest.«

»Scheiße«, murmelte ich. Das war das Schlimmste, was noch hatte passieren können. Abgesehen von einer Kündigung.

»Nein, ich kündige dir natürlich nicht, bist du wahnsinnig?« Edie hatte meine Gedanken erraten. »Aber ich muss Henni und Sissi sagen, warum ich das so mache. Den anderen sage ich nichts und lasse mir was einfallen.

Wir haben noch andere Mandanten, um die du dich kümmern kannst.«

»Scheiße«, wiederholte ich.

»War der Sex wenigstens gut?«, fragte sie. Meine Mundwinkel zogen sich nach unten. »Oje, so schlecht? Dann hat es sich wirklich nicht gelohnt.«

»Es ist nicht so gelaufen, wie ich gehofft hatte.« Ich wollte es ihr wenigstens kurz erklären. »Ich mochte Lehfeld, wir hatten ein paar Dates. Da war was zwischen uns. Aber es passt nicht ... meinetwegen.«

Es dauerte ein paar Sekunden, dann verstand sie. »Was für ein Lappen.«

Ich biss mir auf die Lippe und musste grinsen, obwohl mir zum Heulen zumute war. »Es ist nicht jedermanns Sache.«

»Ach Süße, *starke Frauen* sind nicht jedermanns Sache. Ich glaube, der hat sich einfach in die Hosen gemacht, als er gemerkt hat, wie toll du bist. Tut mir leid, dass das noch dazu kommt. Dann sei froh, dass du da nicht mehr hinmusst.« Edie schüttelte den Kopf.

»Danke, dass du es so locker nimmst«, sagte ich kleinlaut.

Sie zuckte mit den Schultern. »Mir kommt keine Kohle abhanden und bei deiner Vorarbeit wird das für Anna ein Spaziergang. Mich ärgert, was da abgegangen ist. Dass Männer sich voreinander immer so aufgeilen müssen. Hätte Lehfeld nicht der letzte Gentleman der Welt sein und seine Fresse halten können?«

»Wäre mir auch lieber gewesen.«

»Glaub ich.« Sie lächelte mich mit ihren roten Lippen an.

»Okay, bevor wir uns jetzt reinsteigern, wie scheiße Männer sind, sollten wir an die Arbeit gehen. Ach so, eine Sache: Mit deiner Beförderung werde ich jetzt noch warten. Ich weiß nicht, was Sissi und Henni zu der Sache sagen, aber stell dich darauf ein, dass wir das jetzt noch nicht machen.«

»Ich könnte es verstehen, wenn ihr es gar nicht mehr macht«, murmelte ich.

»Den falschen Typen zu vögeln ist hier nicht das Karriereende, Brina. Ich muss nur ein bisschen Gras über die Sache wachsen lassen und bei deinem nächsten Coup machen wir den Sack zu.«

»Danke.« Ich sah zu, dass ich rauskam, bevor ich einen Hechtsprung aus dem Fenster machte. Ich suchte das nächste Klo auf, schloss ab, machte das Licht aus und heulte los.

Alles, was ich mühsam unterdrückt hatte, suchte sich jetzt seinen Weg hinaus.

Es dauerte lange, bis ich das Licht wieder anmachen, mein Make-up richten und zu meinem Team gehen konnte, um ihnen die schlechte Botschaft zu überbringen.

Die langen Gesichter sprachen mir aus der Seele.

In der Mittagspause rief mich unverhofft Sam an und fragte, ob ich abends Zeit zum Essen hatte.

»Gerne«, sagte ich. Wenn jemand bestens dafür geeignet war, mich von der ganzen Scheiße abzulenken, war er es. Er hatte einen Termin in der Handelskammer und wollte mich auf dem Rückweg abholen. Das war mir recht.

Ich musste hier schnellstmöglich raus, vor allem, nachdem Henni und Sissi zu mir kamen und mir sagten, dass sie mit Edies Entscheidung einverstanden waren. Ich sah ihnen an, dass sie die Sache nicht so locker nahmen wie sie. Natürlich nicht, beide waren seit Ewigkeiten in festen Beziehungen und hatten keine Ahnung, was auf dem Single-Markt abging.

Ich wünschte, mir ginge es genau so.

Pünktlich um fünf fuhr Sam vor dem Gebäude vor und ich stieg zu.

»Du sahst schon mal besser aus«, begrüßte er mich.

»Charmant wie immer.«

»Ich habe nicht gesagt, dass du nicht gut aussiehst. Nur halt nicht so gut wie sonst.«

Er fuhr uns zu einem Vietnamesen. Ich widerstand dem Drang, den landestypischen Schnaps als ganze Flasche zu bestellen, und erzählte ihm alles. Er riss die Augen auf und schüttelte den Kopf.

»Ich bin von so klugen Frauen umgeben und trotzdem macht ihr manchmal so saudämliche Sachen«, murmelte er. »Wobei du am wenigsten dafür konntest. Er ist ein Arschloch. Du hast dich leider von deiner Pussy leiten lassen.«

»Ich wünschte, es wäre nur das«, seufzte ich. Er brauchte noch einen Moment, dann fiel bei ihm der Groschen.

»Ach Brina ... Tut mir leid.«

»Schon gut. Neuer Tag, neues Glück.«

»Am besten finde ich aber nach wie vor Edinas Reaktion. Die Frau ist echt ein Unikat«, feixte er.

»Was hätte sie denn auch tun sollen?«, hielt ich dagegen.

»Schwer zu sagen. In manchen Firmen fliegt man, wenn man die Mandanten vögelt, aber dann hätte sie sich ja selbst schon kicken müssen.« Womit er recht hatte, aber Edie war das auch noch nie um die Ohren geflogen. Für diese Dinge hatte sie einen sechsten Sinn und genau das richtige Timing.

Ich nicht. Ich hatte es nicht drauf angelegt und wollte die Chance ergreifen. Die Chance, die keine war.

Ich schüttelte den Kopf, um die Gedanken zu vertreiben. Es war sowieso sinnlos.

»Was gibt es denn bei dir Neues? Wie läuft die Firmengründung?«, fragte ich.

»Gut, wir kommen in Schwung. Unsere Kündigungsfrist läuft ja noch, aber wir sind trotzdem schon auf Mandantensuche. Mal schauen, wie viele wir für das dritte Quartal akquirieren können. Hast du Interesse? Ich biete dir eine ganz neue Welt, Baby.« Er breitete die Arme aus.

Ich schluckte. Der Gedanke, etwas anderes zu machen, war verlockend. Vor allem nach dem Stress der letzten Tage. Dennoch schüttelte ich den Kopf. »Ich warte erst einmal ab. Frag mich in einem Jahr noch mal.« Sam grinste, doch ich sah Anspannung. »Du hast doch was. Erzähl es mir, Sam.«

»Ja, Herrin.« Er zwinkerte, dann sanken seine Schultern hinab. »Es ist wegen Tim. Er hat ein fantastisches Angebot bekommen. Ein Bau in Abu Dhabi. Er hat seinen Entwurf auf die Ausschreibung aus Spaß eingereicht und den Zuschlag bekommen. Es ist der Hammer.« Er schloss die Augen. »Zumindest auf den ersten Blick. Auf den Zweiten bedeutet es, dass er jahrelang im Ausland ist und ich mit der Kleinen hierbleibe. Das Angebot kommt zur Unzeit.«

»Und wenn du mitgehst?«, fragte ich.

»Als schwules Paar mit farbigem Kind in Abu Dhabi?« Er warf mir einen langen Blick zu.

»Hast recht, ich merke es selbst.«

»Abgesehen davon kann ich Claire hier nicht hängen lassen und remote zu arbeiten kommt nicht infrage.« Er seufzte.

»Tim weiß das alles auch, aber ich will ihm diese Chance nicht nehmen. Das könnte ihn ganz nach vorn bringen. Du kannst dir nicht vorstellen, wie seine Chefs abgegangen sind, als sie davon erfahren haben.«

»Es ist ja auch eine tolle Sache«, sagte ich vorsichtig. »Die vermutlich Folgeaufträge nach sich zieht.«

Sam nickte. »Weltweit, genau. Dann kommen wir aus der Nummer nie wieder raus.«

»Muss er die Entscheidung schnell fällen?«

»Eigentlich gibt es da nichts zu überlegen. Für die Firma ist die Sache zumindest geritzt.« Und ich sah Sam seine innere Zerrissenheit an.

»Verdammt.« Mehr fiel mir dazu nicht ein.

»Jupp.« Er zuckte mit den Schultern. »Wir finden einen Weg. Hat bis jetzt immer geklappt. Am Ende unterstützen wir einander, wo es nur geht.«

»Klingt jetzt vielleicht dumm, aber ich wäre gern an deiner Stelle.«

Er legte den Arm um meine Schultern. »Nicht aufgeben, meine Liebe. Für dich läuft einer da draußen rum, da bin ich mir ziemlich sicher. Jetzt nicht verzagen, sondern weiter offen bleiben, ja?«

»Ich versuche es. Fällt nur gerade schwer.« Ich rang mir ein dünnes Lächeln ab.

»Es gibt bessere Männer als Dan Lehfeld. Viel bessere. Sei einfach offen. Er war so dumm, sich nicht auf dich einzulassen, den Fehler werden andere nicht machen. Nein«, unterbrach er mich, als ich etwas sagen wollte. »Es lag nicht hauptsächlich an dir. Ja, dass du ihn dir vorgenommen hast, war nicht deine klügste Aktion, aber irgendwann wäre es doch eh passiert, oder?«

»Ja, wahrscheinlich«, räumte ich ein.

»Und was den Rest angeht: Steh einfach drüber. Du hast es nicht nötig, dich deswegen selbst zu zerfleischen. Die nächste Gelegenheit kommt bestimmt und dann bekommst du deine verdiente Beförderung.«

Ich lächelte. »Das klingt doch gut.«

Und mit etwas Disziplin gelang es mir sicher auch.

Kapitel 10

Es gab genug in der Firma zu tun, aber darüber machte ich mir auch keine Sorgen.

Mein Team war wegen *Spedfield* enttäuscht, doch schon in der Woche darauf bekamen wir vier neue Aufträge, sodass uns keine Zeit blieb, deswegen Trübsal zu blasen. Ich war rund um die Uhr in Meetings und hängte mich rein. Ich musste Edie, Henni und Sissi beweisen, dass sie sich weiter auf mich verlassen konnten. Auch in meiner aktuellen Position.

Sie mussten wissen, dass ich trotz meiner Fehlleistung immer noch wertvoll für sie war.

Drei Wochen nach meinem Abzug von *Spedfield* kam Henni in mein Büro. »Hast du eine Minute für mich?«

»Natürlich.« Ich folgte ihr in den Meetingraum gegenüber. Sie fummelte an einer braunen Haarsträhne herum, strich sie immer wieder hinters Ohr, holte sie hervor und wiederholte das. Am liebsten hätte ich ihr die Hand hinterm Rücken gefesselt, so was machte mich rasend.

»Was kann ich für dich tun?«, fragte ich und sah woanders hin.

»Hast du am Mittwochabend Zeit?«, fragte sie gepresst. Ich sah ihr den Stress an.

»Ja ... Jetzt machst du es spannend.«

Sie setzte sich auf den Tisch und zupfte am Ärmel ihres Blazers. Wenigstens ließ sie jetzt die Haare in Ruhe. »Am Mittwoch findet der Hamburger Mittelstandsball statt«, sagte sie. »Normalerweise gehe ich da mit Edie hin, aber sie fliegt morgen nach München. Ich kann da nicht allein hingehen, Brina. Begleitest du mich?«

»Natürlich.«

Sie stieß Luft aus. »Gott sei Dank. Alleine überstehe ich das nicht.«

Henni war diejenige, die die Strippen im Hintergrund zog. Sie war die Strategin an Edies Seite, die die Zahlen im Blick behielt. Edie hingegen war die *Social Bee*, die jeder kannte, und die schnell Kontakte knüpfte.

Ich war darin nicht so gut wie sie, aber ich fühlte mich vor Leuten nicht unwohl. Das hatte mir mein Lehrer aberzogen. Und Henni zu begleiten war selbstverständlich für mich. Und eine Möglichkeit, meinen Fehler noch etwas glatter zu bügeln.

Am Mittwochabend stand ich vor meinem Spiegel und richtete den Kragen meines Kleides. Ich hatte mich für ein wadenlanges Blazerdress entschieden, weiß mit goldenen Knöpfen. Dazu band ich meine Haare zu einem hohen Pferdeschwanz und trug dezentes Make-up auf. Business und nicht zu sexy. Das passte.

Ich griff nach meinen goldenen Ohrringen und meinem Armband, dazu Pumps und ich war fertig.

Im Gegensatz zu Henni hatte ich keine Angst vor dem Event. Sie hatte mir heute noch dreimal gesagt, wie dankbar sie für meine Begleitung war.

Ich war entspannt. Kanapees, Sekt und ein wenig Small Talk. Das schaffte ich mit links.

Edie hatte mich angerufen und ein wenig instruiert, also würde ich Ausschau nach drei Leuten halten, die sie auf ihrer Wishlist hatte. Auch das war kein Problem.

Ich traf mich mit Henni vor der Location in der Speicherstadt. Sie sah schick aus, aber unglücklich. Ich hoffte, dass *das* nicht zum Problem wurde.

»Nein, alles gut«, wiegelte sie ab. »Ich kriege das hin. Ich kenne ja auch schon viele Leute. Kein Problem, ich kriege das hin.« Sie wiederholte das auf dem Weg ins Innere noch sechsmal. »Jessica meinte, ich solle als Erstes einen Sekt trinken«, murmelte sie.

»Deine Frau hat recht.« Ich winkte einen Kellner heran und drückte ihr das Glas in die Hand. »*Cheers.* Auf einen netten Abend.« Henni prostete mir zu und bemühte sich um ein Lächeln.

Es dauerte nicht lange, bis ich die ersten bekannten Gesichter ausmachte. Ich lotste Henni zu einem langjährigen Mandanten, den sie gut kannte, und war froh, sie untergebracht zu haben. Dann machte ich mich auf die Suche nach Edies Wishlistern.

»Brina!« Ich drehte mich um und entdeckte Sonja, Nicks Freundin. Natürlich war sie auch hier, ihr Unternehmen stellte hochwertige Holzmöbel her. Sie wurde von einem großen bulligen Mann begleitet.

»Mein Geschäftspartner Vincent Ziegler«, stellte sie vor. »Und das ist Sabrina Glaser, Nicks beste Freundin. Mit dir hatte ich gar nicht gerechnet.« Sie schien ebenfalls froh, ein bekanntes Gesicht zu sehen.

Ich nahm mir gern die Zeit für sie. Ich mochte Sonja, sie war eine toughe Frau, die toll zu Nick passte. Ihr Gesicht mit den Sommersprossen war offen und freundlich, ihre Ausstrahlung warm. Genau, was ich mir für ihn wünschte.

Ich hätte mich gern länger mit ihr und dem schlagfertigen Vincent unterhalten, doch ich entdeckte einen potenziellen Mandanten. »Ich muss mal kurz über jemanden herfallen, bevor er mir entgeht. Anweisung meiner Chefin.«

Ich lächelte über Sonjas aufgerissene Augen. Sie war noch zu neu in unserer Szene, um den Witz als solchen direkt zu erkennen. Aber sie bemühte sich.

Der Kontakt zu dem potenziellen Mandanten war schnell gefunden und es stellte sich heraus, dass er schon von uns gehört hatte. Wir tauschten Visitenkarten aus und ich versprach ihm, am Freitag anzurufen. Mit etwas Glück hatte ich gerade einen neuen Kunden akquiriert.

Ich machte mich auf die Suche nach Henni, da trat mir plötzlich jemand in den Weg. Ich dachte, mich träfe der Schlag, als ich Tom Zill erkannte.

Ich machte auf dem Absatz kehrt. Auf keinen Fall wollte ich ihm über den Weg laufen. Der ganze Frust Sache kam wieder hoch und mir wurde heiß. Meine Eingeweide verkrampften sich zu einem Knoten. Ich hätte ahnen müssen, dass er sich hier herumtrieb.

Nichts wie weg.

»Frau Glaser!«

Der hatte Nerven, mir hinterherzurufen!

Scheiße. Warum hatte ich nicht einmal Glück? Der Abend hatte doch so gut angefangen.

Ich blieb stehen, setzte ein unverbindliches Lächeln auf und drehte mich zu ihm um. Im Gegensatz zu ihm war ich professionell. Zumindest heute. Er sollte nicht bemerken, wie sehr ich mich ärgerte.

»Herr Zill. Wie nett, Sie zu sehen. Ich habe gehört, dass die Betreuung durch meine Kollegin gut läuft.«

Er brauchte ein paar Sekunden, um zu antworten. »Es ist in Ordnung«, sagte er dann. »Frau Chtina hat eine andere Herangehensweise als Sie.«

Was sollte das denn bedeuten?

Mein Lächeln war eiskalt. »Dann hoffe ich, dass Sie bald zu einem guten Abschluss kommen. Schönen Abend noch.«

»Warten Sie!«

Ich lachte fassungslos und schüttelte den Kopf. Was fiel ihm ein? Wie konnte er einfach davon ausgehen, dass ich meine Zeit an ihn verschwendete?

Jetzt trat er an mich heran.

Zu nah für meinen Geschmack. Wie er mit mir verfahren war, nahm ich ihm übel. Das konnte er ruhig merken. Ich funkelte ihn an und machte demonstrativ einen Schritt zurück. Er folgte mir.

»Lassen Sie das.«

»Sie sind wütend auf mich«, stellte er fest.

»Wie kommen Sie darauf? Ich kann es nur nicht leiden, wenn man mir so auf die Pelle rückt.«

»Ich verstehe Ihre Wut. Mir ginge es ähnlich.« Er ließ einfach nicht locker.

»Ich freue mich immer, wenn Menschen zur Selbstreflexion fähig sind. Das wird Ihnen im Leben noch weiterhelfen.« Meine Stimme klirrte vor Kälte.

Ich wollte einfach nur gehen und diesen Idioten niemals wiedersehen.

»Hören Sie, es tut mir leid«, sagte er unbeirrt.

Ich starrte ihn an. »Bitte?«

Ich sah ihm an, dass ihm die Worte nicht leicht über die Lippen kamen. Seine Miene war angespannt, doch er bemühte sich um ein schmales Lächeln.

»Das war eine Kurzschlussreaktion wegen Dan. Ich bin dünnhäutig, was ihn betrifft. Er hat unsere Firma einfach hingeworfen. Wir haben so lange daran gearbeitet, uns kaum Pausen gegönnt und dann haut er einfach ab. Ich habe mir Ihre Unterlagen noch einmal angesehen. Es gab nichts zu beanstanden.«

»Das hatte ich Ihnen ja auch versprochen.«

»Weiß ich. Aber ich wusste nicht, wie ernst es Ihnen ist. Es ist ja nicht von der Hand zu weisen, dass private Kontakte Sichtweisen verändern können.« Das hatte er elegant ausgedrückt.

»Da haben Sie recht. Und Sie kennen mich nicht genug. Danke für Ihre Entschuldigung. Alles Gute.« Dieses Mal war mein Lächeln nicht ganz so frostig, aber ich konnte es kaum erwarten, endlich zu gehen.

»Ich glaube, Xander vermisst Sie.«

Warum ließ er mich nicht in Ruhe?

»Wie nett. Grüßen Sie ihn.«

»Mache ich. Aber er vermisst wohl eher, wie Sie ihn *behandelt* haben.« Er sagte das mit einem Unterton, der mich aufhorchen ließ. Mein Mund fühlte sich trocken an. Was kam als Nächstes?

»Was bedeutet das?«, wollte ich wissen.

Er trat noch näher an mich heran. »Ich habe es ein paar Mal mitbekommen. Du bist eine besondere Frau. Es fällt nicht auf den ersten Blick auf, wie du tickst, aber wenn man genauer hinsieht, macht alles einen Sinn.«

Ich bekam Gänsehaut, doch ich wehrte mich.

»Und was willst du mir damit sagen?«

Seine Augen verdunkelten sich. »Ich habe es gern beobachtet, wenn du dich um Xander gekümmert hast. Ich habe selbst schon mitbekommen, dass er dafür empfänglich ist. Und mich erregt es auch.«

Ich hatte es geahnt. Tom Zill war der klassische Manager, der sich nach Feierabend ein paar Peitschenhiebe zum Runterkommen wünschte. Solche hatte ich während meiner Zeit als Domina ständig zu Gast.

Und trotz seiner ungeschickten Worte regte sich etwas in mir. Mein letzter Sex - der Sex mit Dan - lag schon einen guten Monat zurück. Ich sehnte mich danach, das Feuer zu entfachen. Ich sehnte mich danach, mich hinzugeben.

Endlich wieder ich zu sein und zu tun, was mich anmachte. Ohne Hemmung und ohne Reue.

Er bot es mir quasi an.

Konnte ich das tun?

Mit Tom Zill?

Ausgerechnet er. Das war doch ein schlechter Witz.

»Was sagst du?«, fragte er lauernd.

»Ich muss noch zwei potenzielle Mandanten sprechen«, erwiderte ich. Meine Stimme war kratzig. Er ließ mich nicht aus den Augen.

»Und dann?«

»Dann muss ich noch Frau Rosenberg suchen, meine Chefin. Ich begleite sie.«

Ich musste wirklich nach Henni sehen, bevor sie auf die Idee kam, dass ich sie hängengelassen hatte.

Zill nickte. »Natürlich.« Mein Blick glitt nach unten. Unter dem dunklen Stoff seines Anzugs hatte sich etwas geregt. Es sah groß aus. Das Kribbeln in meinem Unterleib nahm zu.

Scheiße.

Es war zu verlockend.

Ich sah auf meine Uhr. Viertel nach neun. »Wir treffen uns in einer Stunde am Eingang. Sei pünktlich.«

Ich drehte mich um und suchte Henni. Meine Gedanken schwirrten wie ein Bienenschwarm.

›Scheißidee, Brina. Eine Riesenscheißidee.‹

Doch Feuchtigkeit sammelte sich zwischen meinen Schenkeln.

Das Mandat bei *Spedfield* hatte ich abgegeben. Ich hatte nichts mehr mit diesem Unternehmen zu tun. Abgesehen von meiner Wut wegen seiner Behandlung stand nichts zwischen Tom und mir.

Jetzt bekam ich die Möglichkeit, mich genussvoll dafür zu rächen.

Er sagte, dass es ihn erregte, wenn ich mit Xander spielte. Ich würde ihm nachher zeigen, welches Ausmaß dieses Spiel annehmen konnte. Wenn er so tickte, wie ich es vermutete, kamen wir beide voll auf unsere Kosten.

Ich freute mich schon darauf.

Er war pünktlich. Ich hatte Henni soeben ins Taxi gesetzt, als ich ihn zur Tür herauskommen sah. Mein Puls stieg. In der letzten Stunde hatte ich die Aufregung erfolgreich verdrängt, doch jetzt kam sie zurück.

Mit voller Wucht.

»Mein Wagen steht drei Straßen weiter«, sagte er. Ich folgte ihm und betrachtete sein Profil. Es war scharfgeschnitten, das war mir gleich bei unserem Kennenlernen aufgefallen. Er war gut aussehend, ohne dass es so offensichtlich war wie bei Dan. Eher spröde und rau, doch das mochte ich bei Männern. Mir gefiel auch, dass er sich die Haare abrasierte, anstatt daran festzuklammern. Sein Gesicht war interessant genug.

Er erwiderte meinen Blick und zum ersten Mal sah ich ihn ehrlich lächeln. »Ich hatte Angst, dass du dich einfach umdrehst und gehst.«

»Ich habe darüber nachgedacht«, erwiderte ich.

Er nickte. »Danke, dass du es nicht getan hast.«

»Bedank dich nachher, wenn du weißt, was du von mir willst.«

»Das weiß ich schon lange.«

Ich runzelte die Stirn und blieb stehen. »Was heißt das?«

»Dass du mir von Anfang an gefallen hast«, erwiderte er.

»Davon war nichts zu spüren.«

»Das lag an Dan, nicht an dir. Er hat mich gedrängt, K + R zu beauftragen. Das zusammen mit seiner Ankündigung war ein harter Brocken für mich.«

»Verstehe ich«, sagte ich. »Trotzdem war der Einstieg bei euch unangenehm für mich.«

Er trat noch näher und beugte sich zu mir herab. Seine Bartstoppeln kratzten über meine Haut, als er seine Lippen auf meine legte. Sie waren schmal und fest, beinahe hart, wie alles an ihm. Auch das mochte ich.

Sein Kuss war fordernd, lauernd. Ich merkte, dass er herausfinden wollte, was er von mir erwarten konnte.

Doch eine Straße in der HafenCity war nicht der richtige Ort für mich. Stattdessen genoss ich seinen Kuss, nahm ihn auf und fand mehr über Tom heraus. Er war forsch, zeigte keine Unsicherheit, aber ich spürte, dass da mehr war. Nahm ich mir die Führung, überließ er sie mir sofort. Das war gut. Die richtige Einstellung.

Seine Hände strichen über meine Oberarme. Langsam, bedächtig. Er wartete darauf, dass ich aus der Deckung kam. »Nicht hier«, flüsterte ich an seinen Lippen.

»Warum nicht?«

Ich rückte von ihm ab und lächelte. »Weil ich dich sonst dafür bestrafen müsste, dass du mich unaufgefordert geküsst hast. Wir fahren zu mir. Dann klären wir alles und fangen an.«

»Was willst du klären?«

Ich war ein Abenteuer für ihn. Trotz seines nachdrücklichen Auftritts hatte er keine Ahnung, worauf er sich einließ. Nur ein paar Pornos zu sehen hieß nicht, dass er eine Vorstellung hatte. Und ich hatte keine Lust, jetzt zu diskutieren.

»Das erzähle ich dir dann.« Ich fesselte ihn mit meinem Blick. Testete ihn. Er sträubte sich kurz, dann nickte er.

»Gut.«

Wir erreichten sein Auto und ich navigierte ihn zu mir.

Meine Gedanken überschlugen sich. Womit sollte ich anfangen? Wie weit konnte ich gehen?

Er war nicht so erfahren, wie ich anfangs gehofft hatte, aber immerhin aufgeschlossen.

Ich durfte den Fehler, den ich bei Dan begangen hatte, nicht wiederholen. Diese Erfahrung war mir eine Lehre.

Wenigstens musste ich mir hier keine Gedanken darüber machen, was nach dieser Nacht kam, denn die Antwort kannte ich: nichts.

Ein weiterer Fehler, den ich nicht wiederholen würde.

Er fand einen Parkplatz und ich führte ihn in meine Wohnung. Kurz überlegte ich, ob ich ihn ins Wohnzimmer bitten sollte, entschied mich aber anders und öffnete die Schlafzimmertür. Keine Zeit verlieren. Keine unnötige Nähe schaffen.

»Setz dich.« Ich schob ihm meinen Schreibtischstuhl zu und ließ mich auf dem Rattansessel nieder. Ich schlug die Beine übereinander und ließ den Schlitz des Kleides auseinanderrutschen. Sein Blick glitt über meine nackte Haut. Ich lächelte. »Bevor wir anfangen, möchte ich kurz mit dir darüber sprechen, was für dich okay ist und was nicht. Du hast das vorher noch nie gemacht, oder?«

»Wie kommst du darauf?«, fragte er.

»Weil du dieses Gespräch nicht einforderst.«

»Dann habe ich mich also verraten.«

Ich lächelte. »Wenn du sagst, dass du ganz offen bist, taste ich mich langsam heran. Ich werde ausprobieren, wie viel du aushältst und was dich erregt. Ich werde deine Grenzen ausloten und dich in ihnen fordern. Wichtigste Frage: Willst du auch Sex mit mir?«

Seine Augen weiteten sich. »Ich dachte, das gehört dazu.«

»Tut es nicht automatisch. Ich bin davon ausgegangen, aber ich will kein Missverständnis. Mit Xander, was du vorhin angesprochen hast, habe ich keinen Sex. Das ist ein reines Spiel. War«, korrigierte ich mich.

Sein Lächeln wurde schmal. »Ich hoffe, du verkraftest den Verlust.«

»Du kannst ihn wettmachen. Durch deinen Gehorsam. Dazu bist du doch hier, oder?«

»Ich bin hier, weil ich mit einer interessanten Frau interessanten Sex auf ihre Art haben will.«

»Dazu muss ich dir noch etwas sagen. Über mich, damit du es richtig einordnen kannst. Ich bin dominant. Nicht von Anfang an, aber schon lange. Ich kann mich nicht mehr unterordnen, zu versuchen, mich dorthin zu treiben, ist keine gute Idee. Sprich mit mir, wenn du etwas möchtest, aber tu nie etwas ohne Absprache.« Ich strich eine Haarsträhne zurück. »Ich habe mich gut im Griff, aber das ist ein Trigger, den zu beherrschen mir schwerfällt. Vor allem, wenn vorher etwas anderes vereinbart war. Ich kann Sex nicht genießen, wenn mir die Zügel aus der Hand genommen werden. Verstehst du das?«

»Ja.«

»Ist das in Ordnung für dich?«

»Du bist der Boss.« Er lächelte. »Genau so stelle ich mir das vor.«

»Gut. Fangen wir an.« Ich überlegte, dann stand ich auf und knöpfte mein Kleid auf. Ich musste langsam machen, trotz meiner klaren Worte war er ein Anfänger. Ich wollte es dieses Mal richtig machen. Diese Nacht war einmalig und würde uns beiden im Gedächtnis bleiben, wenn alles glatt lief.

»Du siehst nur zu.« Er nickte und legte die Hände auf seine Oberschenkel. Ich öffnete das Kleid und zeigte ihm das seidene Unterkleid, das ich darunter trug. Dann griff ich in den Rückenausschnitt, öffnete meinen BH und zog ihn heraus. Danach entledigte ich mich meines Slips. Ich knüllte ihn zu einer Kugel zusammen. »Wie gehorsam willst du sein?«

»Finde es heraus.«

»Mund auf.« Ich schob ihm den Spitzenstoff zwischen die Zähne. Es fiel mir noch leichter, meine Dominanz auszuleben, wenn ich mit dem Mann anschließend Sex hatte. Ich konnte es trennen - problemlos - doch diese Variante war mir lieber. So kam ich voll auf meine Kosten.

Ich griff nach einem weichen Seil und fesselte seine Hände hinter der Stuhllehne. Er verfolgte jede meiner Bewegungen mit den Augen. Gleich würde ich wissen, wie sehr es ihn erregte.

Ich ging vor ihm auf die Knie und öffnete seinen Gürtel und seine Hose. Seine Erektion sprang mir entgegen.

Sie war wirklich groß. Ich hatte Glück.

Sofort kehrte das Ziehen zurück und als ich mich bewegte, spürte ich, dass ich bereits feucht war. Das brachte mich auf eine Idee.

Ich hob mein Kleid an und zeigte ihm meine nackte Haut. Seine Augen saugten sich daran fest, als ich mit den Fingerspitzen über meinen Venushügel strich. Ich drehte mich um, beugte mich vor und zeigte es ihm von hinten. Ich hörte ihn in seinen Knebel stöhnen.

Langsam versenkte ich einen Finger in mir und seufzte dabei. Es fühlte sich gut an. Ich liebte es, wenn man mir zusah. Mit der freien Hand ergriff ich einen Flogger, der auf dem Bett bereitlag. Ich fuhr mit der Spitze zwischen meinen Schamlippen entlang und rieb mich an ihm. Dann drehte ich mich um und versetzte seinem Schwanz den ersten Schlag.

Seine Augen weiteten sich und er zuckte zurück, dabei war er nicht einmal hart. Ich tastete mich vorsichtig heran. »Ist das in Ordnung für dich?«, fragte ich dennoch. Er nickte. Seine Augen hefteten sich auf meine Pussy, als ich den Saum meines Kleides erneut anhob. Abermals strich ich mit dem Leder des Floggers durch meine Feuchtigkeit und versetzte ihm einen zweiten Hieb. Dieses Mal war er darauf vorbereitet. Er nahm den Schlag an und keuchte. Es gefiel ihm, das zeigte mir sein harter Schwanz deutlich.

Mir gefiel es auch.

Ich wiederholte die Prozedur noch drei Mal, dann legte ich den Flogger beiseite und schloss meine Finger um seinen Schwanz. Er fühlte sich wunderschön an, ich konnte es kaum erwarten, ihn in mir zu spüren. Das Vorspiel hatte mich scharfgemacht.

Ich trat hinter ihn, sodass er mich nicht sehen konnte, und rieb mich an seinen Fingern. Dabei strich ich mit der Zunge über seinen Nacken. Er bekam Gänsehaut und seine Finger zuckten in meine Richtung. Abermals stöhnte er, die Feuchtigkeit war nicht zu übersehen. Ich gewährte ihm den Moment, ließ ihn mich streicheln und rieb mich an seinen Kuppen. Mit meiner Zunge hinterließ ich eine nicht minder nasse Spur unter seinem linken Ohr.

Dann trat ich vor ihn, setzte mich auf seinen Schoß, sodass sein Schwanz direkt vor meiner Klit aufragte, und öffnete sein Hemd. Seine Brust war dezent mit dunklen Haaren bedeckt, die pfeilförmig in seinem Hosenbund verschwanden, ohne unten anzukommen. Ich lächelte darüber, dass er ein solcher Pflegefetischist war. Das hätte ich ihm nicht zugetraut.

Mit den Fingernägeln kratzte ich über seine Haut und hinterließ hellrote Striemen. Er holte Luft durch die Nase. Ich hielt seinen Blick fest.

»Ist das okay für dich?« Er nickte, also machte ich weiter. Ich umkreiste seine harten Nippel und widmete mich dann seinen seitlichen Bauchmuskeln.

Dabei rieb ich mich langsam und genüsslich an ihm. Seine Eichel glänzte feucht in der schummrigen Beleuchtung meines Schlafzimmers. Er hielt sich gut. Ich fand immer mehr Gefallen an ihm. Vielleicht konnte er mir doch mehr geben, als ich gedacht hatte.

Hinter ihm auf dem Schreibtisch lagen noch ein paar Spielzeuge in Reichweite. Ich hatte ursprünglich heute Nacht andere Pläne mit mir, doch die warf ich gern seinetwegen über den Haufen.

Ich griff nach den Nippelklemmen, stellte sie ein und brachte sie an. Er zuckte zusammen und stöhnte auf. Seine Muskeln spannten sich an und er lehnte sich zurück. Ich rieb meine Pussy an seinem Schwanz. Er blinzelte nicht einmal, als er das beobachtete. Mir gefiel unser Spiel auch immer besser.

»Alles okay?« Eine steile Falte bildete sich zwischen seinen Augenbrauen, doch er nickte. Ich lächelte. Die Klemmen waren herausfordernd und ich war gespannt, wie er sie aufnahm. Er hielt sich erfreulich gut und ich konnte es kaum noch erwarten.

Geduld.

Ich erhob mich und deutete ihm, mir zu folgen. »Stell dich ans Fußende.« Er gehorchte und sah in Richtung Kopfteil. Ich befreite seine Hände, aber nur, um sie an den Ringen am oberen Ende der Bettpfosten anzubinden.

Er sah mich an. Ich liebte dieses Bild. Besser konnte ein Mann nicht aussehen.

Ich kletterte vor ihm auf die Matratze, zog den Knebel heraus und küsste ihn, dabei schloss ich meine Finger um seinen Schaft und massierte ihn mit sanftem Druck. Tom stieß keuchend Luft aus. Ich platzierte den Slip wieder in seinem Mund. Er stand ihm so gut.

Jetzt beugte ich mich herunter, zog mein Kleid hoch über meine Hüften, legte die Hände auf das Laken und brachte mich in Position. Ich kniete nun genau vor ihm und sah zu ihm auf. Langsam schloss ich meine Lippen um seine Eichel und strich mit der Zunge über seine weiche Haut.

Er atmete zitternd ein. Ich lächelte und gab ihm noch ein paar Sekunden, bis er richtig heiß war, dann ließ ich von ihm ab und rollte mich auf den Rücken. Ich fuhr mit den Fingern zwischen meine Schenkel und machte ihn auf den Spiegel am Kopfende aufmerksam.

Sein Schwanz wurde noch härter.

Ich streichelte mich selbst und wölbte mich ihm so entgegen, dass meine Zungenspitze seine Hoden streifte. Er stieß seinen Schwanz auf mich herab und ich leckte darüber. Gott, ich war so bei der Sache, dass es nicht lange dauern konnte, bis ich kam!

Meine Finger wurden immer schneller, ich musste mich zurückhalten. Es fiel mir so schwer. Er beobachtete mich mit steinerner Miene, Schweißperlen liefen über sein Gesicht. Ihm gefiel es mindestens so gut wie mir.

»Bist du bei mir?«, fragte ich.

Tom nickte. Ich ließ meine linke Hand über seine Brust wandern, zog an den Nippelklemmen und ergötzte mich an dem dumpfen Stöhnen, das er ausstieß.

Ich stemmte meine Fersen in die Matratze, mein Becken hob sich unter meinen Bewegungen.

Ich musste aufhören, sonst war es zu spät.

Schweratmend ließ ich von mir ab und kam wieder auf die Knie. Am liebsten hätte ich noch ewig weitergemacht, aber ich hielt es nicht mehr aus. Ich brauchte jetzt seinen Schwanz in mir.

Ich lehnte mich mit dem Rücken an seine Brust und rieb seine Erektion zwischen meinen Pobacken, dabei massierte ich meine Brüste. Meine harten Nippel zeichneten sich deutlich durch die dünne Seide ab. »Es ist so weit«, flüsterte ich und nahm ihm den Knebel ab.

»Machst du mich los?«

»Nein.«

Seine Augen verdunkelten sich, als ich ihm ein Kondom überstreifte, mich dann vorbeugte und platzierte. Er hielt gegen, als ich ihn in mir versenkte. »Oh Gott, ja!« Es war perfekt. Er dehnte mich mit einem köstlichen Schmerz, von dem ich nie genug bekam. Endlich füllte er mich ganz aus, tief und prall.

Ich schluchzte, als ich mich bewegte. Vor und zurück. Er glitt aus mir und wieder hinein. Jetzt nahm Tom den Takt auf. Ich musste aufpassen, damit wir uns nicht verloren, doch die Bewegungen wurden immer schneller, unkontrollierter.

Ich schrie und feuerte ihn an. Er stieß immer härter zu und ich wünschte mir, ich hätte seine Hände doch losgemacht, um sie auf meinen Hüften zu spüren.

Egal. Scheißegal. Er sollte mich einfach nur vögeln.

»Mach weiter, oh bitte, mach weiter!«, rief ich. Er gehorchte und trieb mich immer weiter auf den Abgrund zu. Ich sprang nur zu gern und kam mit einem schrillen Schrei. Er war nur Sekunden später so weit.

Ich sah Sterne und meine Muskeln zuckten unkontrolliert. Nur knapp verhinderte ich, dass er aus mir rutschte. Ich wollte ihn noch nicht hergeben. Ich brauchte ihn noch.

Langsam sank ich dennoch auf den Bauch und genoss die Nachwehen meines Orgasmus'. Feuchtigkeit breitete sich zwischen meinen Schenkeln aus. Mein Gott, hatte er mich rangenommen! So was war mir schon ewig nicht mehr passiert.

Es war beinahe schade.

Ich kam wieder hoch und machte ihn los, entfernte auch die Nippelklemmen. Er rollte sich neben mich auf die Matratze und starrte an die Decke. Seine Finger tasteten zwischen meine Beine und kreisten auf meiner Klit.

Ich wimmerte. »Das habe ich dir nicht erlaubt.«

»Ich wollte dich wenigstens einmal aus eigener Initiative berühren.« Er fuhr mit der Zunge über seine Fingerspitzen und verzog genießerisch das Gesicht. »Das war fantastisch.«

»Besser, als du es dir vorgestellt hast?«

»Anders. Und viel besser.« Er sah mir ins Gesicht, erneut stahlen sich seine Finger zu meiner Pussy. »Ich würde dich gern wiedersehen und das wiederholen. Wenn du Interesse hast.« Er versenkte seine Finger in mir.

Ich stöhnte. »Das ist Manipulation.« Er beugte sich vor und leckte meine Klit. »Oh Gott, ja. In Ordnung.« Ich starrte an die Decke, als ich ein weiteres Mal kam, seine Zunge gab mir den Rest.

Ihn zu erziehen würde mir besonderen Spaß machen.

Kapitel 11

Tom fuhr noch in der Nacht nach Hause. Wir beide mussten am nächsten Tag arbeiten und ich tröstete mich damit, dass wir uns bald zu einer Wiederholung sahen.

Als ich am Morgen aufstand, blieb ich einen Moment am Bettrand sitzen und starrte in den Spiegel meines Kleiderschranks. Ich sah mich in der Reflexion und trotzdem ... In letzter Zeit hatte ich manchmal das Gefühl, mich selbst nicht mehr zu kennen.

Ausgerechnet Tom Zill.

Mein Unterleib zog sich lustvoll zusammen, wenn ich an den letzten Abend dachte.

Wie konnte das passieren?

Ich tat das einzig Richtige: Ich griff nach meinem Handy und schrieb Kira und Lola, wann wir uns schnellstmöglich sehen konnten. In den letzten Wochen gab es wenig Erbauliches bei uns. Ich brauchte sie an meiner Seite und musste mit ihnen reden. Ich wollte Nick anrufen, doch ich wusste, dass er heute Nachmittag mit Sonja verreiste. Es war nicht so akut, dass ich ihn auf Biegen und Brechen damit behelligen musste.

Kira und Lola verstanden mich zwar nicht so gut wie er, aber sie würden mich auch mit aller Kraft unterstützen.

›Morgen Abend? Mexikanisch?‹, schrieb Lola.

›*Passt bei mir*‹, antwortete Kira prompt.

Ich sagte erleichtert zu. Auf meine Mädels war Verlass.

Den restlichen Tag verdrängte ich die Erinnerung an Tom und kniete mich in die Arbeit. Dieses Mal musste ich mir keine Gedanken machen. Er war zwar ein Mandant, aber da Anna ihn betreute, hatte das nichts mit mir zu tun. Wenigstens etwas. Und, das musste ich mir eingestehen, ich freute mich auf unser Wiedersehen.

Wir hatten immens viel zu tun, Edie hatte uns noch drei weitere Mandate übertragen, deren Volumen hoch war. Ich hatte das Gefühl, dass sie mich testete. Wahrscheinlich lag ich damit falsch, aber vielleicht ging sie die Sache mit meiner Beförderung jetzt erneut an. Henni hatte nie wieder etwas zu mir deswegen gesagt, aber ich wusste, dass sie Edie in solchen Fällen den Vortritt ließ.

Freitagmittag bestellte ich deswegen Essen fürs Team und nahm mir Zeit für sie. Sie leisteten so viel, dass ich mich wenigstens ein bisschen erkenntlich zeigen wollte.

»Ich ärgere mich immer noch wegen der *Spedfield*-Geschichte«, sagte Sora und nagte an ihrem Nigiri.

Stellan schüttelte sich. »Man beißt von Sushi nicht ab«, rügte er sie.

»Nicht jeder bekommt so ein Riesending ganz in den Mund«, fauchte sie.

»Dein armer Freund. Wenn das das Maximum ist ...«

»Nur weil du drei auf einmal schaffst, muss das ja nicht jeder können!«

»Leute! Ich bitte um Frieden.« Sie holten beide Luft, dann schob Sora sich den restlichen Fisch mit beleidigter Miene in den Mund.

»Wie die Kinder«, sagte Alexia kopfschüttelnd. Ich beeilte mich, das nächste Stück mit meinen Stäbchen aufzunehmen und hoffte, dass das Thema *Spedfield* damit erledigt war. Mein Handy klingelte.

Mein Mund wurde trocken, als ich den Anrufer sah.

Tom.

Konnte er Gedanken lesen?

»Bin gleich wieder da«, sagte ich und ging hinüber ins Büro. »Hey.«

»Hallo Brina.« Seine raue Stimme jagte mir Schauder über den Rücken. Erneut sammelte sich Hitze zwischen meinen Schenkeln. Ich trat schnell ans Fenster und sah hinunter auf die Straße. »Tut mir leid, dass ich mich jetzt erst melde.«

»Keine Ursache.« Ich hatte es auch nicht erwartet.

»Deine Kollegin hat heute den Auftrag bei mir beendet. Ich werde Frau Kellermann anrufen und einen Folge-auftrag vergeben.« Die altbekannte Anspannung kehrte in seine Stimme zurück. Da war etwas im Busch. Er rief nicht an, weil er ein Sex-Date mit mir ausmachen wollte.

»Das wird Edina freuen«, sagte ich wachsam.

»Ich möchte gern, dass du mich wieder betreust.«

Ich schluckte. »Das halte ich für keine gute Idee.«

»Warum nicht?«

»Weil wir dann wieder am Anfang stehen. Deswegen arbeite ich doch nicht mehr für dich.«

»Du bist professionell genug, um beides zu tun. Und ich auch«, hielt er dagegen.

»Da bin ich mir nicht sicher.«

»Brina, es ist mir wichtig.«

»Tom, es geht nicht.« Ich starrte hinunter auf den Grindelhof und verfolgte die Fußgänger mit den Augen. »Wegen der Sache mit Dan hatte ich hier großen Ärger am Hals. Das will ich nicht noch mal.«

»Das ist meine Schuld, es tut mir leid.«

»Ist nicht mehr zu ändern. Aber wiederholen will ich es nicht.«

Er atmete tief ein. »Das verstehe ich. Aber deine Kollegin ist bei Weitem nicht so kompetent wie du.«

»Sie macht ihre Sache gut«, widersprach ich.

»Ich habe zwei Fehler in ihren Berechnungen gefunden. Deine waren immer einwandfrei.«

Ich schloss die Augen. »Tom ... Bitte.«

Er schwieg lange. Mein Gehirn war wie gelähmt.

Ich wollte das Mandat wieder übernehmen.

Ich wollte nicht noch mal solchen Ärger haben.

Ich wollte Tom sehen.

Ich wollte ihn vögeln.

Ich wollte ihm zeigen, dass ich die Beste war.

Ich wollte Edie zeigen, dass ich die Beste war.

Ich wollte meine Beförderung endlich haben.

Ich wollte eine Beziehung eingehen.

Ich wollte alles riskieren.

Ich wollte sicher sein.

Das war viel zu viel.

»Fuck«, murmelte ich.

»Nächste Woche«, versprach er. »Wegen der anderen Sache lasse ich mir etwas einfallen. Ich freue mich auf dich. Mach dir keinen Kopf.« Er legte auf.

»Brina?« Sora stand in der Tür. »Ist alles in Ordnung?«

Ich rang mir ein schwaches Lächeln ab. »Alles gut. Nichts Wichtiges.«

Sie sah mich kritisch an, sagte aber nichts. Ich folgte ihr zurück in den Meetingraum und hoffte, dass das Thema damit erledigt war.

Ich war pünktlich im mexikanischen Restaurant und hielt Ausschau nach meinen Freundinnen. Wenn ich sie sah, ging es mir immer besser. Wir hatten uns über eine Woche nicht getroffen und ich vermisste sie. Bei all dem Trubel brauchte ich sie an meiner Seite.

Ich wusste, dass es ihnen genauso ging.

Lola drückte mir einen Kuss auf die Wange. Sie sah abgekämpft aus und ihre Augenwinkel glitzerten.

»Was ist los?«, fragte ich.

Kira kam herein und Lola wartete, bis wir uns begrüßt hatten. Auch Kira war blass und ich erkannte sofort ihre Reizbarkeit.

Oh oh.

»Haldór ist verheiratet«, schluchzte Lola los.

»Nicht dein Ernst!« Kira sah mich an. »Das darf doch nicht wahr sein.«

»Doch!«, heulte Lola. »Seine Frau und die *drei* Kinder leben in Dänemark, weil sie dort Lehrerin ist. Das muss man sich mal vorstellen!« Tränen liefen über ihre Wangen. »Die Arme denkt, dass er seine Abende und Wochenenden mit seinem Studium zubringt, stattdessen vögelt er mit mir und wer weiß wie vielen anderen noch.«

»Wie hast du es rausgefunden?«, fragte ich und legte den Arm um sie.

Lola hatte sich viel ausgerechnet und schon übers Zusammenziehen gesprochen. Kira saß neben uns, in ihrem Gesicht arbeitete es.

»Sie hat angerufen, als wir Sex hatten.« Lolas Stimme zitterte. »Wieder und wieder. Irgendwann musste er rangehen. Eins der Kinder ist krank und er musste los. Ich habe ihm gesagt, dass ich ihn nicht wiedersehen will. Er sagte dann, er wäre auch nicht zurückgekommen.« Sie schluchzte und vergrub ihr Gesicht in ihrer Serviette.

»Was für ein Arschloch.« Ich zog sie an mich.

»Wie konntest du das nicht bemerken?«, fragte Kira. Ich sah sie warnend an, doch sie ignorierte mich.

Lolas Kopf ruckte hoch. »Es steht ihm nicht auf der Stirn geschrieben. Und er hat nirgendwo Fotos von ihnen.«

»Trotzdem«, beharrte Kira.

»Er ist einfach ein Schwein, Kira«, schnaubte Lola. »Ein mieses verheiratetes Schwein, das drei Kinder hat.«

»Aber ...«

»Was ist los mit dir?«, fragte ich. Kira zuckte zusammen und wurde noch blasser.

»Ich ...«

»Hast du deine Tage, oder warum bist du so mies drauf?« Lola angelte nach ihrem Weinglas und stürzte den ganzen Inhalt hinunter.

»Ja. Ich bin wieder nicht schwanger.« Kiras Miene war aggressiv, ihre Lippen zusammengepresst.

»Tut mir leid«, sagte ich.

»Ist doch kein Grund, so blöd zu sein«, knurrte Lola. Kiras Miene wurde noch finsterer.

»Ich finde, es gibt nie einen Grund, dass wir uns anmachen«, sagte ich schnell. »Erzähl es uns einfach,

Kira. Wir sind für dich da, okay? *Save Haven*, du weißt es doch.« Kira atmete frustriert ein und stieß die Luft aus, dann sackte sie in sich zusammen.

»Ist doch genauso kacke wie bei Lola«, murmelte sie. Lola legte den Arm um sie. Wenn das so weiterging, brauchten wir mehr Alkohol. Ich winkte den Kellner heran. Sicher ist sicher. »Es hat wieder nicht geklappt, trotz aller Bemühungen.« Sie imitierte den Tonfall ihres Mannes und zog die Augen hoch, wie er es immer machte, wenn ein Klugschiss folgte. »Also haben wir wohl ein medizinisches Problem.«

»Was ist *sein* fucking Problem?«, fragte Lola. »Ihr versucht es seit gerade einmal drei Monaten.«

»Er hat eine Studie gefunden, in der steht, dass die ersten drei Monate sehr aussagekräftig für die Fruchtbarkeit sind«, erwiderte Kira. »Also hat er jetzt Termine in einer Kinderwunschklinik gemacht und sich vorsichtshalber Informationen von einer Adoptionsagentur besorgt. Falls es weiterhin nicht klappt.«

»Ich wiederhole mich: Was ist sein fucking Problem?«, sagte Lola. »Ich fasse es nicht, wie man so ein Theater nach einem Vierteljahr machen kann. Wenn er dich so weiter stresst, wirst du nie schwanger. Kann der sich nicht einfach lockermachen und dich vögeln, wenn ihr Lust habt?«

»Du redest über den Mann, der seine Bücher nach ISBN sortiert«, erinnerte ich sie.

»Und seine Kleidung nach Fasern und Waschtemperatur«, ergänzte Kira.

Lola lehnte sich zurück und seufzte. »Ich vergaß. Tut mir leid, dass es so stressig bei dir ist.«

Kira zuckte mit den Schultern. »Es fällt mir gerade schwer, damit locker umzugehen. Als ich es heute Morgen bemerkt habe und er ins Badezimmer kam, hatte ich das Gefühl, die letzte Versagerin zu sein. Er hat dann ohne mit mir zu sprechen in der Klinik angerufen. Wir hatten deswegen einen Riesenstreit.«

»Aber das ist doch kein Thema, um sich zu streiten.« Ich schüttelte den Kopf. »Und warum ist da so ein Druck hinter?«

»Er hat einen Projektplan erstellt«, schnaubte Kira und trank einen großen Schluck Wein. »Nächstes Jahr wird er vierzig und er will unbedingt, dass das Baby vorher geboren wird.«

»Ach so, na wenn das so ist ...« Ich rollte mit den Augen. Kira schüttelte sich.

»Ich muss mit ihm sprechen.« Ihre Wangen röteten sich vom Wein. »Immer nur Ärger mit den Männern.«

»Wem sagst du das?«, murmelte Lola. »Und was gibt es bei dir Neues, Brina?«

»Ich hatte Sex mit Tom Zill.«

Sie starrten mich an.

»Dem Speddy?«, fragte Lola vorsichtshalber nach. Ich nickte. »Oh Mann, Brina ... echt?«

»Wir sind doch alle bekloppt«, schnaubte Kira.

»Es hat sich am Mittwoch einfach so ergeben. Wir haben uns auf einer Veranstaltung gesehen und er hat sich entschuldigt. Dann hat er mir gesagt, dass er auf mich steht und mitbekommen hat, dass ich seinen Assistenten ein wenig erzogen habe. Ich konnte nicht widerstehen.« Ich starrte auf mein Glas.

»War er gut?«, fragte Lola.

»Der Beste seit Langem.« Sie stieß ihr Glas gegen meins.

»Er hat gefragt, ob wir uns wiedersehen können.«

»Für Sex oder ist er der Nächste, der dir mehr verspricht?«, fragte Kira mit schmalen Augen. Lola schniefte und leerte ihr Glas.

»Für Sex. Und heute rief er an und bat mich, das Mandat wieder zu übernehmen. Ich habe abgelehnt«, schob ich schnell hinterher, als Kira den Mund öffnete.

»Immer nur Ärger mit den Männern«, wiederholte Lola und füllte unsere Gläser.

»Hältst du das für eine gute Idee?«, fragte Kira. »Nach der Nummer, die er mit dir abgezogen hat?«

»Nein«, gab ich zu. »Aber ich kann nicht widerstehen.«

»Der muss ja einen enormen Schwanz haben«, meinte Lola und spitzte die Lippen.

»Hat er.« Ich erschauderte wohlig bei dem Gedanken daran. Wie es sich angefühlt hatte, als er in mich eindrang. Wie sich meine Muskeln um ihn geschlossen hatten, als ich kam. Sofort wurde mir heiß.

Kira seufzte. »Das Gefühl hätte ich auch gern mal wieder. Aber sei vorsichtig, ja? Ich kann euch nicht gleichzeitig pflegen, wenn ihr Liebeskummer habt.« Sie strich Lola eine Locke zurück, als sie schniefte.

»Bin ich. Es ist nur Sex, sonst nichts«, versprach ich und hoffte, dass ich es halten konnte.

Am Montagmorgen bekam ich eine Nachricht von Edie auf mein Handy: ›*Komm bitte vor der Besprechung bei mir vorbei.*‹

Ich ging direkt zu ihr und klopfte. Henni war noch nicht da und Edina winkte mich zu sich.

»Mach ruhig die Tür zu.«

Sie sah angespannt aus. Genervt.

»Alles klar?«, fragte ich vorsichtig.

»Also ...« Sie zuckte mit den Schultern. »Um ehrlich zu sein bin ich gerade etwas ratlos.«

»In Bezug auf was?«

»Auf *Spedfield*. Tom Zill hat mich angerufen. Er besteht darauf, dass du den Folgeauftrag übernimmst, ansonsten will er den Vertrag nicht verlängern.«

»Das kann doch nicht sein Ernst sein.« Ich wurde wütend, doch plötzlich fehlte mir die Kraft, mich darüber aufzuregen.

»Er sagte, Anna arbeite ihm nicht sauber genug und er hätte schon mit dir gesprochen.« Edie beobachtete mich nachdenklich.

»Ja, er hat mich am Freitag angerufen und ich habe ihm gesagt, dass ich es nicht machen werde«, stellte ich klar.

»Henni hat erzählt, dass du dich auf dem Mittelstandsball mit ihm unterhalten hast«, sagte Edina langsam. Henni hatte nach mir gesucht und mich mit ihm gesehen, also hatte ich ihr erzählt, wer er war.

»Ja, das stimmt. Er hat mich angesprochen und sich für seine Scheißaktion entschuldigt.«

»Und danach hast du ihn gevögelt.«

»Bitte?« Mein Gesicht rötete sich.

Edina riss die Augen auf. »Oh Mann«, stöhnte sie dann. »Ich dachte, ich mach einen Spruch, aber du hast es ja wirklich getan. Brina, ich weiß nicht, was ich sagen soll.«

»Mir fällt dazu auch gerade nichts ein.« Ich verschränkte die Arme vor der Brust.

»Es war alles in Ordnung. Ich hatte das Mandat abgegeben und es war klar, dass wir beruflich nichts mehr miteinander zu tun haben. Kein Risiko, weder für mich, noch für dich. Freitag rief er an und fragte, da habe ich ihm klar gesagt, dass ich das nicht vermischen werde. Er sagte mir, das sei in Ordnung für ihn. Verdammt noch mal.«

»Männer sind das Letzte.« Edina rieb sich die Stirn und sah zur Decke. »Okay, du hast recht, aus der Warte hast du nichts falsch gemacht. Du wirst dir etwas dabei gedacht haben, den Typen zu vögeln, nachdem er sich so scheiße benommen hat.«

»Er hat eine angemessene Strafe dafür bekommen, die mich entschädigt hat.«

Sie grinste. »Ich würde gern nachfragen, aber wir müssen gleich ins Meeting. Leider. Eines Tages lasse ich mir von dir mal genau erklären, was du da eigentlich tust.« Ihr Gesicht wurde ernst. »Leider haben wir noch das Problem mit dem Mandat. Er war deutlich, dass er nur dich als Betreuerin akzeptiert. Wie soll ich's machen, Brina?«

»Ich werde ihm noch einmal sagen, dass ich es nicht übernehmen werde.« Und ihm gleich die Hölle heißmachen.

»Dann springt er mir als Kunde ab. Das wäre sehr ärgerlich.« Edina zog die Augenbraue hoch.

»Aber ich kann ihn nicht betreuen, Edie. Das wäre einfach unprofessionell.«

»Hey, das entscheide immer noch ich, okay?« Sie schnaubte. »Ich finde solche Begriffe wenig hilfreich. Ich weiß, dass du auch einen guten Job machst, wenn er gleichzeitig unter deinem Schreibtisch kniet.«

»Danke, auf die Idee bin ich noch gar nicht gekommen«, sagte ich trocken.

»Ich schon, überleg es dir.« Sie griff nach ihrer Kaffeetasse. »Ich bin diesen Hickhack mit *Spedfield* leid und ich schlage dir Folgendes vor: Du übernimmst das Mandat als freie Beraterin und bekommst dein Gehalt als Honorar ausgezahlt. Sissi rechnet das so hin, dass dir dadurch kein Nachteil entsteht. Ich will die Firma da so lange raushalten, bis ein bisschen Gras über die Sache gewachsen ist. Normalerweise wäre es mir egal, aber wenn ich dich jetzt gegen Anna ersetze, gibt das Stress. Ihre Zusammenarbeit mit Zill war auch nicht einfach und er hat mich ein paar Mal deswegen angerufen. Der Typ mischt den Laden hier ganz schön auf.«

»Tut mir leid.«

»Muss es nicht, aber ich muss versuchen, den Schaden gering zu halten. Also: Machst du es als Beraterin? Die Differenz wird er ja drauflegen, weil es ihm ja so wichtig ist.« Und Edie freute sich schon auf das Gespräch, das sah ich ihr an. Ihre Augen funkelten.

»Darüber muss ich einmal mit Sam sprechen«, sagte ich. »Ich habe keinen Gewerbeschein oder Ähnliches, um das ordentlich abzurechnen. Er kann mir hoffentlich sagen, wie das möglich wäre.«

»Verstehe ich. Dann rede mal mit Sam darüber und grüß schön. Vielleicht sehen wir uns ja demnächst mal wieder auf einer Party.« Edina lächelte und sah schon deutlich entspannter aus. Fast, als hätte sie Spaß an der Sache.

»Ich denke darüber nach.« Das letzte Mal hatte ich Silvester gefeiert.

Der Inhaber meines Clubs hatte noch eine zweite Location, die er mir zu einem Spitzenpreis angeboten hatte, weil die ursprüngliche Buchung geplatzt war. Die Feier war wirklich gut, eine der besten ›normalen‹ (O-Ton Lola), die ich je veranstaltet hatte.

»Ach so: Ich werde so tun, als wäre der Vertrag ausgelaufen, damit du Bescheid weißt. Wegen des Wordings lasse ich mir was einfallen, falls es weitergeht«, sagte Edina.

»In Ordnung«, erwiderte ich. Wir standen auf und ich ließ meine Jacke und Tasche in ihrem Büro. Die anderen hatte ich schon über den Flur zum großen Meetingraum laufen sehen.

»Seht ihr euch wieder?«, fragte Edie.

»Wenigstens einmal, damit ich ihm meine Meinung zu der ganzen Sache sagen kann«, grollte ich. Das verzieh ich ihm so schnell nicht.

»Ich würde sagen, er hat sich eine weitere Runde verdient.« Wieder trat dieses Glitzern in Edies Augen. Sie liebte es, das Sagen zu haben. Sicher auch im Bett.

»Allerdings.«

Sam hatte nichts gegen die Lösung einzuwenden und versprach mir, sich um alles Nötige zu kümmern. Er hatte genug Zeit. Alles Weitere zu erklären dauerte wesentlich länger. Er hatte hörbar Spaß an der Geschichte.

»Ich bin froh, dass du noch die Sau rauslässt«, sagte er. »Nachdem sich meine Mädels alle an nette Männer gebracht haben, ist es langweilig bei uns geworden. Zumindest in dieser Hinsicht. Danke, dass du mir dieses Geschenk machst.«

»Ich mache das doch nur deinetwegen«, feixte ich.

»Ginge es nach mir, wäre ich verheiratet und hätte vier Kinder, aber das kann ich dir ja nicht antun.«

»Ich danke dir. Mal abgesehen davon, dass ich Schwierigkeiten habe, mir dich als Vierfach-Mutti vorzustellen. Hättest du dann einen Latex-Hauskittel an?«, fragte er scheinheilig.

»Ich dachte eher an den Fifties-Style mit Petticoat und Strapsen«, erwiderte ich todernst.

»Und nachmittags um drei einen Martini. Ich bin dabei.«

»Gut, dann mache ich Tom mal einen Heiratsantrag und beeile mich.«

Sam lachte schallend. »Eine Frau, ein Wort. Süße, du machst das schon. Der Typ klingt nicht ganz koscher, nimm ihn dir noch mal vor.«

»Das werde ich. Danke, Sam.«

»Nicht dafür. Ich melde mich, wenn ich alles für dich fertig habe.« Er machte ein Kuss-Geräusch und legte auf.

Das war das leichte Gespräch. Jetzt stand mir noch das Schwierige bevor. Ich hätte das gern persönlich geklärt, doch ich konnte nicht warten. Ich drückte auf wählen.

»Ich habe geahnt, dass du mich heute anrufst.« Seine tiefe Stimme strich wie Schmirgelpapier über meine Haut. Erinnerungen an unsere Nacht kamen zurück. Das Gefühl seinetwegen ... es war zu gut. Ich wollte es unbedingt wiederholen.

»Warum hast du das getan?«, fragte ich, die Hitze zwischen meinen Schenkeln ignorierend.

»Weil ich dich als Betreuerin will.«

»Das habe ich verstanden, aber wir hatten uns am Freitag geeinigt, dass ich es nicht machen werde.«

»Stimmt, aber ich habe am Wochenende noch einmal darüber nachgedacht und mir die Berichte deiner Kollegin angesehen. Ich habe zwei weitere Fehler entdeckt.« Er atmete tief. »Brina, dass Dan nicht mehr da ist, ist schlimm genug für mich. Ich brauche Hilfe. Die beste, die ich bekommen kann, und das bist du. Ich kann keine zweitklassige Beraterin akzeptieren. Nicht, wenn es um meine Firma geht. Dafür hängt zu viel davon ab.«

Ich dachte nach.

Ich verstand ihn ja. Wäre ich in seiner Situation, ginge es mir ähnlich.

Trotzdem war da eine Sache, dir mir gewaltig gegen den Strich ging: »Wir hatten etwas anderes abgesprochen. Ich muss mich auch auf dich verlassen können.«

»Kannst du. Und es tut mir leid, dass ich das ohne deine Zustimmung getan habe. Ich wusste, wenn ich die Kellermann nicht ins Boot hole, sagst du nie zu.« Seine Stimme war angespannt.

»Hätte ich auch nicht. Wir haben eine Lösung gefunden, die dich allerdings etwas kosten wird«, informierte ich ihn.

»Das habe ich mir schon fast gedacht«, knurrte er. »Deine Chefin ist sehr geschäftstüchtig.«

»Ist sie. Aber so kommen wir alle unbeschadet aus der Sache raus.«

»Von mir aus.« Er zögerte. »Ich freue mich, dass du zurückkommst. Wann fängst du an?«

»Sobald alle steuerlichen und organisatorischen Fragen geklärt sind.«

»Gut. Können wir uns am Samstag sehen?«

Die Frage kam wie aus der Pistole geschossen. Ich wollte ihn gern zappeln lassen, doch ich schaffte es nicht.

»Ja. Dein Handeln wird Konsequenzen haben«, sagte ich deswegen streng.

Er lachte kurz. »Ich freue mich schon darauf. Sehr. Ich muss ständig an Donnerstagnacht denken.«

»Ich auch.«

»Gut. Dann lass es uns am Samstag wiederholen. Ich kann es kaum erwarten.«

Das ging mir genauso und die Hitze wurde immer stärker. Ich musste los zum Sport mit Lola, auch wenn ich ihn lieber sofort gesehen hätte. Sogar Telefonsex hätte zur Not gereicht. Ich musste mich im Fitnessstudio auspowern.

Ich packte zusammen und flocht mein Haar.

Toms Verhalten verstand ich, aber ich durfte nicht zulassen, dass er so etwas noch einmal mit mir machte.

Ich ließ mich nicht gern übergehen und er musste verstehen, dass ich nicht spurte, nur weil er etwas wollte.

Zur Not musste ich hier deutlicher werden.

Sam hatte alles am Mittwochabend erledigt und rief mich an, um mir Bescheid zu sagen.

Zwei Anrufe mit Edie und Tom später hatten wir vereinbart, dass ich gleich am nächsten Tag zu *Spedfield* gehen würde. Mit meinem Team hatte ich schon gesprochen und von meiner teilweisen Selbstständigkeit erzählt. So konnten wir *Spedfield* aus der Sache heraushalten, auch wenn das für mich bedeutete, dass ich das Mandat allein betreute.

Mein Team war verwundert und ich sah ihnen die Sorge an, ich könne gehen. Ich bemühte mich, sie ihnen zu nehmen, aber es war nicht leicht.

Ich musste es ihnen beweisen und an den drei Tagen, die ich bei K+R war, alles geben. Die anderen zwei war ich bei Tom.

Bei *Spedfield*, korrigierte ich mich, als ich aus der U-Bahn stieg. Das hier war der Job und obwohl alles leichter und gleichzeitig komplizierter war, war es am besten, wenn ich die Dinge strikt trennte. Ich würde nichts schönrechnen, weil wir miteinander Sex hatten. Ich würde keine Besprechungen über Zahlen zulassen, wenn wir uns privat trafen.

Das musste ich ihm noch sagen.

Xander holte mich am Empfang ab. »Schön, dass Sie wieder da sind, Brina.« Er strahlte übers ganze Gesicht. Auch darüber musste ich mit Tom noch sprechen, denn ich ahnte, dass sein Assistent sich ausrechnete, dass ich mit ihm weitermachte.

»Ich freue mich auch. Sie sehen gut aus.« Das stimmte. Der blasse junge Mann war förmlich aufgeblüht. Er trug die Haare anders und sein Gesicht war rosig. Jetzt röteten sich seine Wangen.

»Danke ... ich ... ich habe seit Kurzem eine Freundin.«

»Glückwunsch, das freut mich für Sie.« Ich spürte gleichzeitig Enttäuschung und Erleichterung. Einerseits hatte ich gehofft, unser Spiel weiterzuspielen, doch wenn er so offensiv von ihr sprach, ließ ich das. Ich drängte mich nie in fremde Beziehungen.

Andererseits konnte ich mich so voll auf Toms Erziehung konzentrieren.

Auch, wenn mir die kleinen Situationen mit Xander sicher fehlen würden.

Aber damit hatte sich das Thema erledigt. Zwei Schüler gleichzeitig wären zu viel auf einmal, obwohl Xander so gelehrig war. Dann besuchte ich meinen neuen Sexfreund eben öfter in seinem Büro, dazu war ich schließlich hier.

Meinen Gewerbeschein hatte ich bei K+R abgegeben und ich wusste, dass mir deswegen kein finanzieller Nachteil entstand. Was auch immer Sissi, die ihn entgegennahm und die Abrechnung machte, über die ganze Sache dachte, sie sagte nichts.

Jetzt war ich also wieder hier und machte das, was ich am besten konnte: meinen Job.

In zweierlei Hinsicht.

Tom war in seinem Büro.

»Der Tag wird besser«, sagte er, als er mich sah.

»Das klingt, als wäre er bisher nicht gut gewesen.« Ich blieb vor ihm stehen und wusste nicht recht, wie ich ihn begrüßen sollte. Mein Körper verlangte Hautkontakt, doch das verbot sich von selbst.

Strikte Trennung.

Egal, wie verlockend sämtliche Gedanken waren, die durch meinen Kopf rasten. Das Büro bot viele Möglichkeiten für sehr viel Hautkontakt.

Sein Blick glitt über meinen Körper und blieb an meinem Gesicht hängen. »Ich weiß.« Er riss sich los. »Ich habe den ganzen Tag Meetings mit Kunden, die sonst Dan übernommen hat. Zwar begleiten mich die beiden Vertriebler, aber ... Ich fühle mich unwohl in solchen Gesprächen. Das ist nicht mein Ding.«

»Manchmal muss man es einfach machen, um besser darin zu werden.«

Er lächelte freudlos. »Ich fürchte, mir bleibt auch nichts anderes übrig. Du kannst gern von Dans Büro aus arbeiten, dann musst du nicht im Konferenzraum sitzen.«

»Das wird Gerede geben, wenn eine Fremde das Büro des Exinhabers bezieht«, gab ich zu bedenken.

»Xander hat heute Morgen eine Rundmail geschrieben, um dich anzukündigen. Dieses Mal wissen alle Bescheid.«

Ich nickte. Das war gut so. »Ich versuche, heute Nachmittag bei dir vorbeizuschauen, aber ich weiß nicht, wie lange sich die Termine ziehen. Xander ist da und hilft dir bei allem weiter.«

»Also alles beim Alten.«

»Ja.« Er trat nun doch einen Schritt näher an mich heran. »Du kannst da weitermachen, wo du aufgehört hast.«

»Genau da?«, fragte ich.

Sein Blick wanderte hinüber zu Xanders Tür. »Das würde mich sehr freuen.«

»Ich werde sehen, was sich machen lässt.«

Er lächelte und küsste mich schnell auf den Mund. Hitze breitete sich in meinem Körper aus, die unbedingt gestillt werden musste.

Samstag.

Ich musste mich disziplinieren. Das sollte mir nicht so schwerfallen.

Kapitel 12

Es war wirklich, als sei ich nie weggewesen.

Ich verbrachte den Vormittag damit, mir Annas Unterlagen noch einmal genau anzusehen. Ja, es waren vier kleine Schnitzer drin, doch die verfälschten das Gesamtergebnis nicht. Tom war penibel, sein gutes Recht, aber das war nichts schwerwiegendes.

Ich verstand ihn dennoch.

Xander bemühte sich weiterhin um mich, doch nicht mehr mit der gleichen Aufmerksamkeit und dem brennenden Eifer, den ich von ihm kannte.

Ob Tom ihm von uns erzählt hatte?

Dafür war er jetzt selbstbewusster und schien sich in meiner Gegenwart wohler zu fühlen. Zumindest wirkte er weniger gehemmt. Er brachte seine Ideen und Gedanken mehr ein und stellte mir öfter Fragen. Auch das war mir recht, so funktionierte die Zusammenarbeit noch besser.

Wir kamen voran. Seine Freundin tat ihm gut.

Die neue Aufgabe erforderte allerdings eine andere Herangehensweise, als wir es bisher gewohnt waren.

Abermals musste ich mich durch die Zahlen wühlen und diesmal Details beachten, die ich zuvor ignoriert hatte. Es würde mindestens ein Vierteljahr dauern, bis ich Tom die Prognose erstellen konnte.

»Es ginge sicher schneller, wenn Sie täglich hier wären«, meinte Xander und starrte seufzend auf seinen Monitor. »So dauert das ewig.«

»Wenn ich Unterstützung hätte, würde das auch helfen, aber das ist momentan nicht vorgesehen«, versetzte ich. Er lächelte mich schüchtern an.

»Ich bemühe mich, Ihnen etwas Arbeit abzunehmen.«

»Das tun Sie. Es ist gut, dass ich Sie habe.« Seine Wangen röteten sich und er vertiefte sich schnell wieder in seinen Bericht. Ich betrachtete ihn und verkniff mir ein Grinsen. Er war wirklich süß. Ich bedauerte es fast, dass ich mit ihm nicht weitermachen konnte. Aber Tom war das interessantere Projekt.

Wir saßen lange zusammen. Zwischendurch telefonierte ich noch ein paar Mal wegen anderer Aufträge mit meinem Team. Ich wollte sie nicht hängen lassen und war selbstverständlich erreichbar. Die Stunden musste ich eben im Nachgang mit Sissi auseinander dröseln.

Schließlich war es halb sieben und ich verabschiedete mich mit schweren Lidern.

Die ewige Bildschirmarbeit machte mich müde und ich freute mich auf mein Sofa und ein Glas Wein.

Zuhause duschte ich und zog mir eine bequeme Hose und ein Shirt an, den BH ließ ich weg. Jetzt war Entspannung angesagt.

Ich kochte mir Abendessen und goss gerade den Wein ein, als es an der Haustür klingelte.

Ich sah auf die Uhr: fast acht. Wer konnte das sein?

War es Lola? Ich checkte mein Handy, doch es war keine Nachricht eingegangen.

Oder doch Tom?

Mein Herzschlag beschleunigte sich. Hatte er Sehnsucht und beschlossen, auf einen Überraschungsbesuch vorbeizukommen? Das war zwar so nicht verabredet, würde mir aber gefallen. Mein Unterleib zog sich zusammen und mein Kopf entwarf Strategien, wie ich es uns beiden gleich besorgen würde.

Ich öffnete die Tür, bereit, in sein hungriges Gesicht zu sehen.

Stattdessen stand meine Schwester im Hausflur.

»Hey«, machte sie und brach in Tränen aus.

Ich starrte sie an. Bekam sie und den Ort nicht in meinem Kopf zusammen.

»Anina?« Sie schluchzte statt einer Antwort laut.

Ich fühlte mich mit der Situation komplett überfordert und stand da wie vom Donner gerührt. Sie fiel mir um den Hals und weinte in den Stoff meines Shirts. Ich wusste nicht, was ich sagen sollte.

»Gott sei Dank bist du zuhause!«, heulte sie und schob sich an mir vorbei in die Wohnung. Sie ging in die Küche, griff nach meinem Weinglas und trank einen großen Schluck. Ich schloss wie betäubt die Tür und folgte ihr.

Sie stand wirklich hier. In meiner Küche. Meine Schwester, die ich sonst nur drei-, viermal im Jahr sah. Die mich nie in Hamburg besuchte, weil sie Köln viel szeniger und cooler fand.

»Anina, was machst du hier?«

Sie wischte sich übers Gesicht und verteilte ihre Mascara auf ihren Wangen. Stumpf sah ich auf mein weißes Seidenshirt, das ebenfalls einen schwarzen Fleck hatte.

Scheiße.

Anina setzte sich an meinen kleinen Esstisch.

Das Nudelwasser kochte über und ich stellte den Herd aus. »Kailen hat mit mir Schluss gemacht.« Sie brach erneut in Tränen aus. Kailen, ihr irrwitzig fantastischer irischer Freund, mit dem sie seit anderthalb Jahren zusammen war. Seit ein paar Monaten wohnten sie sogar zusammen. Mir war er noch nie begegnet, ich kannte ihn nur von Fotos und ein paar Videoanrufen. Das hatte sich jetzt also erledigt.

Trotzdem stand ich noch auf dem Schlauch. Was hatte das mit mir zu tun?

»Das tut mir leid. Aber warum bist du hier?«, fragte ich vorsichtig. Anina leerte mein Weinglas und hielt es mir hin. Ich schenkte nach und holte mir ein zweites aus dem Schrank.

»Danke. Ich musste raus aus Köln. Hab's nicht mehr ausgehalten. Ich wollte auch nicht bei einer Freundin unterkommen, das ging einfach alles nicht.«

Mir schwante Böses. *Unterkommen*?

»Da dachte ich, dass ich zu dir komme. Wir sehen uns so selten und ich vermisse dich.« Sie schniefte. »Und ich dachte mir, wenn mich eine versteht, dann du. Meine große Schwester.«

»Paul ...«, setzte ich an, doch sie winkte ab. Unser Bruder war offenbar keine Alternative.

»Wenn ich eins nicht gebrauchen kann, dann in München in Pauls Bonzenwohnung zu sitzen und mir sein *perfect life* reinzuziehen. Eher nehme ich mir einen Strick. Ich dachte, Kailen macht mir einen Antrag.« Sie starrte auf ihr Glas. »Ich hab's echt nicht kommen sehen. Gar nicht. Stattdessen sagt er mir, dass er zurück nach Dublin geht und sich nicht vorstellen kann, dass ich mitkomme.«

»Autsch.«

»Mehr als das. Vor Wut habe ich mein Handy nach ihm geworfen. Tausend Teile. Habe ihn wenigstens getroffen. Er hat ein blaues Auge, der blöde Arsch.« Sie lächelte traurig. »Tut mir leid, dass ich hier so reinplatze. Ich konnte nicht anrufen, ich habe deine Nummer nicht im Kopf. Und ich wollte sie auch nicht bei Mama und Papa abfragen, die hätten mich sonst gezwungen, nach Eckitown zu kommen.«

»Es gibt Schlimmeres als Eckernförde«, wandte ich ein.

»Sicher, aber da lerne ich niemand neues kennen.« Sie prostete mir zu.

»Wie wäre es, wenn du erst einmal die letzte Beziehung verarbeitest, anstatt dich gleich nach einer neuen umzusehen?«, fragte ich. Ich brauchte dringend auch einen Schluck.

»Ich weiß, dass du das nicht brauchst. Du bist so tough und emanzipiert, dass du es schon echt lange allein aushältst. Aber ich bin so'n Beziehungstyp.« Sie zuckte mit den Schultern. »Ich möchte, dass abends jemand da ist, wenn ich nach Hause komme. Ich möchte mit jemandem die schönen Momente teilen, weißt du?«

»Das geht mir genauso«, gab ich zu.

Sie stieß mit mir an. »Das Ding ist eben, dass man sich trauen muss.«

»Wahre Worte.« Ich starrte an ihr vorbei aus dem Fenster.

Was sollte ich machen?

Ich konnte sie doch nicht einfach abweisen und zu unseren Eltern schicken.

»Wie lange willst du denn bleiben?«

Sie strahlte mich an. »Nicht lange. Ich versuche, dir nicht zur Last zu fallen. Danke, Brina, dass du für mich da bist.«
Ich lächelte sie hilflos an. Einerseits wollte ich das gern tun, andererseits wünschte ich, es wäre nicht notwendig. Anina hatte die Angewohnheit, sehr viel Raum einzunehmen. Das würde hier, in meiner Zweizimmerwohnung, schnell auch so sein.

Ich sah in ihr verheultes Gesicht, dessen Ähnlichkeit zu meinem sich nicht abstreiten ließ. Ihr blondes Haar war zerzaust und ihre Kleidung zerknittert.

Ich brachte es nicht übers Herz, sie abzuweisen.

Ich hatte keine Wahl.

In dieser Nacht schlief ich schlecht.

Zu viel ging mir im Kopf herum und ich bekam es immer noch nicht auf die Reihe, dass meine Schwester nebenan auf dem Sofa schlief. Sie war wie ein Fremdkörper in meinem Leben, so leid es mir tat. Sonst sahen wir uns immer nur auf Familienfeiern und jetzt blieb sie auf unbestimmte Zeit in meiner Wohnung.

Ich fürchtete mich vor dem Streit, den es geben konnte, und davor, dass ich es nicht aushielt, sie ständig um mich zu haben.

Als ich damals von zuhause auszog, war sie noch mitten in der Pubertät, die sechs Jahre Altersunterschied zu krass für ein gutes Verhältnis.

Seitdem wir erwachsen waren, lief es besser zwischen uns, doch wir telefonierten kaum und jede lebte ihr eigenes Leben. Ich hatte mir öfters ein engeres Verhältnis gewünscht, doch so eng und so plötzlich hatte ich es mir nicht ausgemalt.

Nach unserem Date am Samstag hatte ich Tom eigentlich herbringen wollen, um ihm seine zweite Lektion zu erteilen, aber das wurde nichts, wenn sie nebenan saß.

In meiner Familie wusste niemand von meiner Neigung. Ich fand, dass es sie nichts anging, denn sie würden es eh nicht verstehen. Ich hatte auch keine Lust, es ihnen zu erklären.

Sie verstanden bis heute nicht, warum mein Lehrer und ich uns getrennt hatten, für sie ergab es keinen Sinn. Sie dachten, ich hätte mir mein Studium mit Kellnern finanziert. Dass ich als Domina Leute erzogen und ihnen gegeben hatte, worum sie mich anflehten, würde ich ihnen niemals erzählen.

Auch Anina nicht.

Ich musste aufpassen, sie war furchtbar neugierig und alles, was sie hier erlebte, trug sie unweigerlich an unsere Eltern und unseren Bruder weiter.

Darauf hatte ich keine Lust, auch wenn ich bei ihr die kleinsten Probleme hätte, darüber zu reden. Wegen Tom musste ich mir etwas einfallen lassen. Erwähnte ich ihn, ging sie automatisch davon aus, dass er mein Freund war, was Einladungen zu Kaffee und Kuchen in Eckernförde nach sich ziehen würde.

Ich wurde nächstes Jahr vierzig, meine Mutter sah noch einen schmalen Ehestreifen für mich am Horizont.

Ich musste die entsprechenden Sachen einpacken und schauen, wie ich in seiner Wohnung improvisieren konnte. Ich seufzte. Das zog Erklärungen nach sich, auf die ich keine Lust hatte.

Deswegen hatte ich seit der Trennung von Max damals nie über mein Liebesleben gesprochen.

Andererseits hatte ich auch keine Lust, Anina anzulügen und ihr zu erzählen, ich wäre bei Lola. Ich musste mir etwas einfallen lassen.

Am nächsten Morgen hatte sie schon Kaffee gekocht, als ich aus dem Bad kam, und war fertig für den Tag. Sogar ihr Bettzeug hatte sie weggeräumt.

Überrascht sah ich sie an. »Ich hatte dich eher im Schlafanzug vor dem Fernseher erwartet.«

Sie winkte mit finsterer Miene ab. »Schön wär's, aber ich habe meinen Jahresurlaub schon verplant. Gut, dass ich problemlos von Zuhause arbeiten kann.« Anina war Mediengestalterin, ihr Laptop stand auf dem Küchentisch.

»Du kannst an meinem Schreibtisch arbeiten.« Ich hielt inne. »Ich räume vorher schnell das Schlafzimmer auf.«

»Oje, musst du erst deinen Vibrator verschwinden lassen?« Sie kicherte. »Wie schockierend.«

Womit wir beim Thema waren.

Sie hatte keine Ahnung, aber ich lächelte schwach und ließ das unkommentiert. Trotzdem räumte ich alles in die abschließbare Schublade meiner Kommode. Es war nicht ausgeschlossen, dass sie sich meine Schränke und Schubladen ansah, wenn ihr langweilig wurde.

Ich wollte weder mit ihr noch mit unseren Eltern über meine Ausstattung sprechen.

Wir frühstückten zusammen und machten bemühten Small Talk. Dabei fiel mir unangenehm auf, wie wenig wir einander zu erzählen hatten. Das gab sich sicher im Laufe der Tage, aber ich hatte ein schlechtes Gewissen deswegen. Ich meldete mich zu selten bei ihr.

Mit einem mulmigen Gefühl fuhr ich schließlich zu *Spedfield* und vergrub mich mit Xander in der Arbeit.

Ich fühlte mich neben der Spur, daran konnte auch der perfekte Kaffee nichts ändern, den er mir anbot. Er hatte nichts vergessen.

Tom war auf Geschäftsreise. Ich hätte ihn gern gesehen, doch das Glück war mir nicht vergönnt. Ich musste bis zum nächsten Tag warten.

»Ist alles in Ordnung bei Ihnen?«, fragte Xander. Ich lächelte hilflos. Wir kannten uns nicht genug, um über meine Schwester zu reden. Stattdessen rief ich Lola an, als ich mich auf den Weg ins Büro machte.

»Normal ist das nicht«, meinte sie, ich konnte ihr Kopfschütteln förmlich hören. »Aber lieb, dass du ja gesagt hast.«

»Ich hatte keine Wahl«, hielt ich dagegen.

»Auch wieder wahr. Komm vorbei, wenn du es nicht mehr aushältst.«

»Danke. Jetzt muss ich sie nur noch von Tom fernhalten. Und von meinem Schlafzimmerschrank.«

»Viel Erfolg.« Lola lachte.

Ich erreichte K+R und traf mich mit Edie, um ihr zu berichten, wie der Neustart abgelaufen war. Sie war zufrieden und langsam freundete ich mich auch mit dieser Lösung an. Am Ende bekamen wir so alle, was wir wollten.

Als ich nach Hause kam, war die Wohnung leer. Anina war nach Feierabend zu unseren Eltern gefahren (»Ich hatte keine Wahl«, schrieb sie auf dem Zettel, der in der Küche lag) und kam erst am Sonntag zurück.

Erleichtert sank ich auf mein Sofa. Das machte vieles einfacher. Und gab mir doch die Chance, Tom morgen herzubringen.

Am Samstagabend machte ich mich für unser Date fertig und stand vor meinem Kleiderschrank. Das Outfit, das ich anziehen wollte, lag auf dem Bett.

Ich starrte es an.

Dans Reaktion bei unserem letzten Treffen saß mir immer noch in den Knochen. Sein Blick, als er die weiße Corsage aus Lackleder gesehen hatte. Das Outfit auf dem Bett sah ähnlich aus.

Ich wollte das nicht noch einmal erleben.

Tom hatte mir zwar seine Offenheit signalisiert, aber auch er war unerfahren. Ich durfte den gleichen Fehler kein zweites Mal machen. Das ertrug ich nicht.

Ich griff stattdessen zu einem weißen Body aus Spitze im Ouvertstil und streifte halterlose Strümpfe über. Darüber zog ich ein hellblaues Etuikleid mit tiefem Ausschnitt.

Besser. Sicherer.

Ich trug Lippenstift auf und tuschte mir die Wimpern, dabei mied ich meinen eigenen Blick im Spiegel.

Ich war nicht ich selbst. Ich war noch immer aus der Bahn geworfen. Es wurde Zeit, dass ich einen Weg zu mir zurückfand, bevor ich noch durchdrehte. Die letzten Wochen waren aufreibend, sowohl was mein eigenes Leben betraf, als auch wegen der Menschen, die mir nahestanden.

Ich flocht mein blondes Haar zu einem dicken Zopf und seufzte. Mit einem Partner an meiner Seite wäre es leichter zu ertragen.

Zum ersten Mal seit Langem war der Wunsch so ausgeprägt, doch dass Tom der richtige Mann war, bezweifelte ich. Wir wollten uns nicht nur zum Sex treffen, sondern vorher etwas essen gehen.

Ein richtiges Date.

Ich war gespannt, wie es lief. Zur Not konnte ich es jederzeit abkürzen und ihn zu mir bringen. Den Sex brauchte ich unbedingt, alles andere war Zugabe, entschied ich, als ich in meine Pumps stieg.

›Mach dir jetzt keinen Druck‹, dachte ich und sah mir doch noch in die Augen.

Das half, ich wurde ruhiger. Besann mich auf mich selbst.

Ich wagte mich vor, aber das war mein Ding. Ich hatte schon viel verrücktere Sachen gemacht, als mit einem Mann essen zu gehen. Lächerlich, dass ich deswegen Herzklopfen bekam.

Ich zog meinen Trenchcoat über und verließ die Wohnung. Wir waren in der Nähe verabredet und Tom hatte angeboten, mich abzuholen, doch ich wollte die kurze Strecke lieber laufen. Dadurch wurde mein Kopf noch etwas klarer.

Er war bereits da und stand auf, als ich hereinkam. Zum ersten Mal sah ich ihn in Freizeitkleidung, einem blauen Hemd und sandfarbenen Chinos. Ich mochte seine strenge Ausstrahlung im Anzug, aber so gefiel er mir auch.

Er überließ mir die Auswahl des Weins und sah entspannter aus als je zuvor. »Ich habe mich auf heute Abend gefreut.«

Ich lächelte. »Ich mich auch. Wie war dein Tag?«

Seine Miene flackerte und wurde vorsichtig. »Gut.«

»Überschütte mich bloß nicht mit den ganzen Details«, sagte ich lächelnd.

Er sammelte sich. »Ich habe heute meine Tochter besucht.«

Ich brauchte ein paar Sekunden, um das zu verstehen. Darüber, dass er ein Kind haben könnte, hatte ich mir bisher keine Gedanken gemacht. Ich musste an Nick denken und wie er sich wegen Sonjas Sohn fühlte. Bevor ich darüber zu viel nachdachte, bat ich ihn, mir von ihr zu erzählen.

»Sie ist neun und lebt bei ihrer Mutter in Schwerin. Wir sind seit drei Jahren geschieden.«

»Seht ihr euch häufig?«

»Leider nein, aber einmal im Monat fahre ich hin. Ich hoffe, dass es mehr wird, wenn sie älter wird.«

»Tut mir leid«, sagte ich.

»Macht es dir etwas aus?«

»Natürlich nicht«, antwortete ich wahrheitsgemäß. Es wäre etwas anderes, wenn sie bei ihm gelebt hätte. Dann hätte ich mir mehr Gedanken machen müssen. Aber so, mit einhundert Kilometern Distanz, war sie einfach ein Teil von Toms Leben, der mich nicht betraf. Für ihn schien das Thema damit abgeschlossen.

»Wie sieht es bei dir familiär aus?«, fragte er.

»Gerade enger als mir lieb ist«, sagte ich und berichtete von Aninas Auftauchen am Donnerstag. Ihm konnte ich davon erzählen und endlich die ganzen Gedanken loswerden, die mir im Kopf herumspukten. Ich sprach nur zwanzig Prozent davon aus, aber das half, um die restlichen achtzig zu verarbeiten.

Er verstand sofort, wo mein Problem lag.

Während wir redeten, entspannte er sich wieder, ich bemerkte, dass er nicht gern von sich erzählte. Er war vorsichtig und ich spürte ein untergründiges Misstrauen. Es war nicht persönlich gegen mich gerichtet, eventuell war es ihm nicht einmal bewusst.

Ich akzeptierte das. Auch ich öffnete mich nicht jedem und umschiffte heikle Themen. Mit seiner Tochter waren wir bereits tief genug vorgedrungen und Anina war immer für eine Geschichte gut.

Es war besser, wenn wir uns auf das konzentrierten, weswegen wir hier waren: Eine nette Atmosphäre schaffen, bevor wir Sex hatten.

Das machte es mir leichter, mich ebenfalls zu entspannen und das Gespräch laufen zu lassen. Tom war nicht der unterhaltsamste, aber er war gebildet und brachte Dinge gut auf den Punkt. Anders als Dan ging es ihm nicht darum, sich selbst darzustellen. Er war durch und durch authentisch, entweder mochte man das oder nicht.

Mir gefiel es, auch seine raue Schale, die ich, zumindest für meine Zwecke, knacken würde. Alles andere durfte er für sich behalten, wenn ihm das lieber war. Er ließ mir den gleichen Freiraum.

Ich verzichtete auf das Dessert und wir teilten die Rechnung, dann liefen wir zu mir.

Aus dem Augenwinkel sah ich, dass er mich betrachtete. »Alles in Ordnung?«

»Ja.« Er vergrub die Hände in den Hosentaschen. »Ich überlege die ganze Zeit, was du gleich mit mir machst.«

»Das habe ich noch nicht entschieden. Lass dich überraschen und denk nicht zu viel nach.«

»Leichter gesagt als getan.«

»Tom.« Ich blieb stehen und sah ihm in die Augen. »Ich werde dich kommen lassen. Du wirst um mehr betteln. Mehr brauchst du nicht zu wissen.«

Das Grau verdunkelte sich und er trat näher an mich heran. Ich presste mich gegen ihn und rieb meine Hüfte an seinem Schritt. Er war mehr als bereit. »Lass uns hochgehen«, flüsterte ich an seinen Lippen.

Er folgte mir zu meiner Wohnungstür und in mein Schlafzimmer.

Ich wollte keine Zeit verlieren. Der Plan in meinem Kopf stand und ich brannte darauf, ihn umzusetzen.

Wenn er mitmachte.

»Ich habe eine Idee«, sagte ich und knöpfte sein Hemd auf. »Die Frage ist, ob du dich traust, mich machen zu lassen.«

Er holte zischend Luft, als ich meine Finger über seine nackte Haut gleiten ließ.

»Was hast du vor?«

Ich lenkte seinen Blick hinüber auf den Schreibtisch, wo eine Wachskerze und eine Peitsche lagen. Seine Augen weiteten sich.

»Ich bin sehr gut darin.« Ich küsste seine Lippen und fuhr mit der Zungenspitze die Kontur seines Mundes nach. »Versprochen.«

»In Ordnung«, sagte er nach kurzem Zögern. Mein Herz flatterte.

Endlich!

Ich zog ihn aus und stellte ihn ans Fußende meines Bettes. Dann legte ich ihm Handfesseln an und fixierte sie an dem Bettpfosten.

Zärtlich strich ich über seinen Hintern und küsste ihn erneut, dabei griff ich mit der anderen Hand nach seinem Schwanz, der sich hart gegen meine Finger drängte. Tom stöhnte. Gleich würde er viel lauter werden.

Ich ließ von ihm ab und zog mein Kleid aus. Seine Augen saugten sich an mir fest. Der Body gefiel ihm. Vor allem, dass er an den Brüsten durchsichtig und im Schritt offen war. Ich drehte vor ihm eine Pirouette, präsentierte mich ihm von allen Seiten. Er befeuchtete die Lippen mit der Zunge.

Es war Zeit, anzufangen. Ich entzündete die Wachskerze. Sie war für solche Anlässe gedacht und das Wachs minimierte die Verbrennungsgefahr. Meine Umsicht zeichnete mich aus. Schon immer.

Tom hielt geduldig still und ich sah, dass es ihn erregte, als es so weit war und ich das flüssige Wachs auf seine nackte Haut tropfen ließ. Gänsehaut überzog seinen Hintern und seine Oberarme.

Seine Nippel wurden hart und sein Schwanz noch praller. Ich nahm mir Zeit, unterbrach immer wieder und küsste ihn, stimulierte ihn mit meiner Hand.

Als ich fertig war, kniete ich mich vor ihn und strich mit der Zunge über seine Eichel.

»Es ist so weit.« Seine Augen wirkten im Kerzenlicht beinahe schwarz. »Bist du bereit?« Er nickte und beobachtete, wie ich seine Eichel zwischen die Lippen nahm. Lust und Schmerz mussten sich verbinden. Das war meine Spezialität, wenn der Sex ein Teil des Spiels war. Ich vermisste das.

Jetzt nahm ich meine Peitsche zur Hand und liebkoste das glatte Leder.

Mein Lieblingswerkzeug.

Ich platzierte mich links hinter ihm, sodass ich die Schläge mit meiner rechten Hand ausführen konnte. Ich streckte mich noch einmal und wärmte mich auf. Tom bekam wegen des Geräuschs Gänsehaut. Er sah über seine Schulter zu mir herüber. Ich lächelte und konzentrierte mich. Jetzt durfte ich mich nicht ablenken lassen.

Was ich jetzt tat, war richtungsweisend für seine weitere Entwicklung.

Ich holte aus und schlug zu. Er zuckte erst eine Sekunde später zusammen, als das lederne Ende bereits den ersten Placken Wachs von seiner linken Pobacke heruntergeschält hatte. »Oh!«

Ich lächelte. Ich hatte den Schlag so platziert, dass er ihn kaum berührte, aber dennoch ein Prickeln verursachte. Toms Gänsehaut intensivierte sich. Seine Erektion wurde härter. Genau so hatte ich es mir vorgestellt.

Für richtige Hiebe war er noch Monate zu früh dran, aber wenn wir hier eine Einigung fanden, konnte ich ihn heranführen und seine Grenzen ausloten.

Er wollte es. Ich wusste das.

Und ich konnte es ihm so geben, dass er es nehmen konnte. Niemand wurde als Hardcore-BDSM-Fetischist geboren. Es brauchte einen Lehrer, der wusste, was er tat.

Ich konnte das. Und ich teilte gern.

Ich platzierte den nächsten Hieb so, dass das Prickeln etwas stärker war. Sein Hintern rötete sich und trotz meiner Sanftheit waren zwei rote Striemen zu sehen. Die würde er noch ein paar Tage spüren, aber nicht stark. Sie würden ihn an mich erinnern. Jeder anderen zeigen, dass ich vor ihr da gewesen war.

Ich lächelte bei diesem Gedanken. Zwar ging ich nicht davon aus, dass er sich weitere Einheiten bei einer anderen holte, aber falls doch, wüsste sie sofort, dass ein Profi am Werk war.

Ich hatte das Wachs so verteilt, dass ich das meiste mit fünf gezielten Schlägen herunterholen konnte. Um den Rest wollte ich mich anders kümmern.

Ich ließ ihm Zeit zwischen den Schlägen, um nachzuspüren, zu verstehen, was ich mit ihm gemacht hatte. Nach dem Dritten ging ich zu ihm, streichelte die gerötete Haut und küsste ihn. Dabei massierte ich seinen Schaft mit meinen Fingern.

Es machte ihn an. Und mich auch.

Feuchtigkeit sammelte sich zwischen meinen Schenkeln, der Stoff des Bodys klebte an meiner Haut.

Es wurde langsam Zeit, dass ich mit einstieg.

Nach dem letzten Schlag ließ ich die Peitsche fallen, ging erneut vor ihm in die Knie und nahm seinen Schwanz in den Mund. Sein Stöhnen machte mich so heiß. Ich hielt es kaum noch aus.

Die glatte Haut in meinem Mund fühlte sich so gut an, wie er mich ausfüllte ... ich tastete zwischen meine Schenkel und seufzte. Doch ich hatte ihn nicht als Gast hier, um es mir selbst zu machen.

Das war sein Job. Und ich würde ihn nicht so einfach kommen lassen.

Ich schenkte ihm noch ein paar Sekunden, in denen er sich an meinem Mund wand, dann kletterte ich aufs Bett und stellte mich vor ihn. Sein Blick glitt über meine Brüste zu meiner Pussy, beides kaum verborgen von dem transparenten Stoff.

»Dein Mund«, befahl ich ihm. Er gehorchte sofort und saugte meinen Nippel zwischen seine Lippen.

Ich legte meine Hände auf seine Schultern und sah ihm dabei zu. Das Pochen zwischen meinen Beinen wurde immer heftiger, immer gieriger. Ich streichelte seinen Nacken und beugte mich hinab. »Leck mich, Tom. Hart. Bring mich zum Kommen mit deiner Zunge.«

Ein Schauder lief über seinen Körper. Er ließ von meinen Brüsten ab und bahnte sich seinen Weg hinab. Ich ließ ihn keine Sekunde aus den Augen. Endlich erreichte er meine Klit und strich mit der Zunge darüber. Ich stellte mich breitbeinig hin, die Hände in seinem Nacken. Ich musste den Druck nicht einmal erhöhen, er fand von allein den richtigen Punkt. Sterne tanzten vor meinen Augen, als seine Zungenspitze zwischen meine Schamlippen tauchte.

»Ja, mach weiter. Genau so.« Er erhöhte die Reibung, ich sah seine Kiefermuskeln arbeiten. Schweiß brach ihm auf der Stirn aus und rann über seine Schläfen hinunter.

So sollte es sein.

Ich lehnte mich zur Seite und genoss den Blick auf seinen Schwanz, der gegen mein linkes Knie rieb. Ich ließ ihm das, er würde nicht ohne meine Erlaubnis kommen. Sein Orgasmus war mein Geschenk, so wie meiner für ihn.

Der Gedanke an sein Sperma auf meiner Haut ließ mich kommen. Ich klammerte mich am Bettpfosten fest und befahl ihm, bat ihn, flehte ihn an, weiter zu machen. Er ließ nicht nach, ich kam ein weiteres Mal. Meine Beine gaben unter mir nach und ich sank auf die Matratze zu seinem Mund, den ich blind küsste.

Es reichte noch nicht. Ich kam wieder auf die Beine und machte ihn los. »Leg dich hier hin«, sagte ich und deutete auf die Bettkante.

Sein Oberkörper sank hinab, sodass sein Becken der höchste Punkt war und sein Kopf auf ein Kissen am Boden gebettet war. Sein Schwanz ragte auf. Ich stellte mich über ihn und rollte das Kondom über seine Haut. Seine Finger glitten an der Oberseite meiner Schenkel hinauf und drangen in mich ein.

»Das habe ich dir nicht erlaubt.«

»Verzeih mir.« Er machte weiter und ich rieb mich an seinen Fingern. Dann drehte ich mich um und suchte seinen Blick. Er beobachtete atemlos, wie ich mich auf ihn herabsenkte und in mir aufnahm. Ich machte langsam, kontrolliert und voller Genuss.

Es war exquisit.

Die Stellung forderte uns beide, sie gab mir die volle Kontrolle über unseren Sex. Seine Hände legten sich an meine Hüften und strichen über die Spitze meines Bodys.

Ich griff zum Halsausschnitt und zog ihn herunter, sodass meine Brüste freilagen. Langsam ließ ich den Stoff wieder hochrutschen und bewegte mein Becken. Er rang nach Luft und ließ mich los, seine Arme brauchte er jetzt, um uns zu stabilisieren.

»Ein gutes Bauchmuskeltraining«, keuchte er.

»Nicht nur das.« Ich drückte den Rücken durch und lenkte meine Konzentration auf meine Oberschenkel. Dann erhöhte ich das Tempo und ritt ihn hart. Tom stöhnte und stemmte die Füße gegen das Bett, sodass er gegenhalten konnte.

Ich schrie auf, als sein Schwanz tief in mich eindrang und mich endlich voll ausfüllte. Jetzt hatten wir den richtigen Rhythmus.

Ich legte meine Hände auf meine Knie und machte weiter, nachdrücklicher. Dabei ließ ich ihn keine Sekunde aus den Augen. Ich wollte sehen, wie sehr es ihn fertigmachte, wenn ich ihn vögelte. Ich verdiente diese Bestätigung genau wie den Orgasmus, der sich bereits ankündigte. Es war so gut, so verboten gut.

Ich sah in sein kantiges Gesicht. Sein Kiefer war angespannt und Schweiß rann über seine Haut, doch er hielt meinen Blick fest. Auch er beobachtete mich genau, registrierte jede meiner Bewegungen und reagierte auf sie. Er saugte mich gierig wie ein Schwamm auf und nahm alles, was ich ihm geben konnte.

Wir waren noch ganz am Anfang.

Ich biss mir auf die Unterlippe und kam. Meine Bewegungen wurden unkontrolliert, meine Hüften verselbstständigten sich. Toms Hände legten sich wieder an mein Becken und er stieß tief zu. So hart, dass ich noch einmal kam. Jetzt war auch er so weit und seine Finger gruben sich in mein Fleisch. Ich schluchzte.

»Oh Gott, ja ...«

Er rutschte vom Bett und zog mich mit sich auf den Boden. Noch immer vereint lag ich auf seinem Bauch und legte mein Gesicht auf seine Brust. Sein Herz hämmerte unter meiner Wange. Er schloss die Arme um mich.

»Süße, ich ...«, setzte er an, da ging die Tür auf und Anina stand mit aufgerissenen Augen im Raum.

Tom und ich starrten sie entgeistert an.

»Ups.« Sie machte die Tür wieder zu.

»Hattest du nicht gesagt, dass sie erst morgen zurückkommt?«, fragte Tom.

»Ja, das war meine letzte Info.« Ein Kichern stieg in mir auf. »Wenigstens stimmte das Timing.« Denn so dürfte sie kaum etwas gesehen haben. Ganz anders hätte es ausgesehen, wenn sie während meiner Peitschenübungen hereingekommen wäre.

Ich konnte nicht anders, ich lachte.

Wie entsetzt sie ausgesehen hatte!

Tom brauchte noch einen Moment, dann lachte er auch. Wir lösten uns voneinander und zogen uns an.

»Ich muss ihr etwas sagen«, meinte ich, als wir uns anschickten, nach nebenan zu gehen. Mein Blick fiel auf die Peitsche und die Handfesseln, die gut sichtbar auf dem Bett lagen. Hoffentlich hatte sie das vor Schreck übersehen.

Er zog mich an sich.

»Wenn dir das recht ist, sag ihr, dass wir uns daten. Ich möchte dich gern wiedersehen, Brina.«

Ich küsste ihn. »Das ist mir sehr recht.«

Anina nahm die Info gut auf. Ihr Gesicht war noch flammend rot, als wir rüberkamen, aber sie schaffte es, drei gerade Sätze mit Tom zu wechseln. Er ging kurz darauf. Obwohl ich ihn gern über Nacht dabehalten hätte, sah ich ein, dass es so besser war.

»Du hast mir nicht erzählt, dass du einen Freund hast«, sagte meine Schwester vorwurfsvoll.

»Ist alles noch sehr frisch«, winkte ich ab. Sie nickte nachdenklich.

»Schicker Body.«

Ich blinzelte. »Den hast du gesehen?«

»Jupp. Ich habe sehr viel gesehen, wie du dir vielleicht vorstellen kannst. Darf ich mir den mal ansehen, wenn er in der Wäsche war?«

»Das Gespräch ist merkwürdig, Anina.«

»Nicht weniger merkwürdig als die Ringe an deinen Bettpfosten und die Ketten, die eben dranhingen.«

Scheiße.

»Ich ...«

»Hey, ich hatte echt einen anstrengenden Tag, lass uns morgen darüber sprechen, ja?« Sie zwinkerte. »Über die Ereignisse eben muss ich erst mal hinwegkommen.«

»Wäre nett, wenn du damit nicht als Erstes zu Mama und Papa rennst.«

»Ich wüsste noch gar nicht, was ich ihnen erzählen sollte.« Ihr Lächeln wurde breiter, als sie aufstand. »Meine Schwester hat Ketten an der Wand und eine Peitsche auf dem Bett, dabei ist sie nicht mal Cowboy ...«, sang sie schief auf dem Weg ins Badezimmer.

Ich rollte mit den Augen und rieb mir die Schläfe.

Mein Gott, was für eine Woche!

Kapitel 13

Ich bin zufrieden«, sagte Tom und schaute von seinem Monitor auf. »Vor allem, weil ich die Berichte verstehe.«

»Wir haben auch alles gegeben in den letzten zwei Wochen«, sagte ich und nickte Xander zu, der wegen des Lobs strahlte. Das hatte er sich verdient. An den drei Tagen pro Woche, an denen ich nicht bei *Spedfield* war, hatte er weitergemacht und er wurde immer besser.

Wenn das so weiterging, sollte Tom darüber nachdenken, ihm das Controlling zu übertragen.

Ich hatte mich mittlerweile an meine Zweiteilung im Job gewöhnt und kam immer besser damit klar. Bei K+R lief es gut, mein Team machte sich großartig und kompensierte meine zwei fehlenden Tage, als hätten wir das schon immer so gemacht. Das machte es mir noch leichter und Edie hatte mir bereits signalisiert, dass sie zufrieden war. Ich sollte nur nicht auf dumme Gedanken kommen.

»Wann kommt die abschließende Prognose?«, fragte Tom. Er machte noch immer wenige Worte, aber daran war ich mittlerweile mehr als gewöhnt. In den Firmen wusste niemand von uns (außer Edie, die es hin und wieder zum Sticheln benutzte) und dabei wollte ich es belassen.

Heute Abend trafen wir uns zu unserem vierten Date.

»Ich vermute, dass wir spätestens übernächste Woche die erste erstellen können.« Ich scrollte über meinen Bildschirm. »Ein paar Details zu den Verbindlichkeiten fehlen noch und wir müssen das zweite Quartal abschließen. Dann können wir schon eine valide Aussage treffen.«

»Ich bin gespannt.«

Ja, das war ich auch. Seit Dans Weggang vor zweieinhalb Monaten hatte sich etwas in den Zahlen getan. Ich wusste nicht, ob Tom es schon bemerkt hatte, aber bevor ich ihn darauf ansprach, wollte ich mir erst die Berichte ansehen. Xander wusste davon und es behagte ihm nicht. Er sah aber ein, warum ich abwartete. Auf keinen Fall wollte ich unnötigen Ärger verursachen.

Xander und ich kehrten in Dans ehemaliges Büro zurück und vertieften uns wieder in die Zahlen.

»Kann ich etwas für dich tun?«, fragte er. Seit Kurzem duzten wir uns, es war mir dumm vorgekommen, Tom weiter zu siezen, und so hatte ich einfach beiden ›offiziell‹ das Du angeboten.

»Ich nehme einen Kaffee«, antwortete ich.

»Wie immer?« Sein Tonfall verursachte ein Prickeln in meinem Nacken.

»Ja, bitte.«

»Ich habe auch die Riegel besorgt, von denen du gesprochen hast.«

Unsere Blicke trafen sich. Ich hatte die Riegel nebenher erwähnt, um zu testen, wie gut er aufpasste. Ich hob die Augenbraue und schenkte ihm das Lächeln. Seine Belohnung. Die Wirkung zeigte sich sofort und er wandte schnell den Blick ab, um sich um den Kaffee zu kümmern.

Ich legte meine Hände flach auf den Tisch, um den Impuls zu unterdrückten, Hautkontakt herzustellen.

Das wäre der nächste logische Schritt.

Manchmal war die Verlockung groß.

Fast zu groß.

Letzte Woche hatte er mir erzählt, dass es mit seiner Freundin aus war. Seitdem hatte das Spiel wieder angefangen. Intensiver als je zuvor.

Es prickelte und es machte mich nervös. Wäre da nicht die Sache mit Tom, wäre ich voll auf seine Andeutungen und die Gelegenheiten eingestiegen, doch ich hielt mich zurück. Es blieb beim Kaffee. Bei Keksen und Fitnessriegeln. Bei kleinen Gefälligkeiten, für die ich ihn verbal und mit dem Lächeln belohnte.

Ich hätte ihm gern mehr gegeben. Er triggerte mich manchmal so stark, dass ich kurz davor stand.

Ich tat es nicht.

Egal, wie schwer es mir fiel.

Ich hörte ein Geräusch und sah Tom im Türrahmen stehen. Er hatte die Episode mitbekommen. Sein Blick sagte mir, dass er mit mir über das Thema sprechen wollte.

Später.

Ich war gespannt, was es war.

Wir verbrachten den Abend bei ihm. Wir waren beinahe die Letzten im Büro und Tom schickte Xander nach Hause. Er warf mir im Rausgehen einen Blick zu, den ich nicht deuten konnte.

Ahnte er etwas oder bildete ich mir das ein?

Ja, ich nahm die Sehnsucht wahr, aber da war noch etwas anderes, das ich nicht zu fassen bekam.

»Du möchtest mit mir über Xander sprechen«, sagte ich zu Tom, als wir losfuhren.

»Ja, das auch. Aber später, beim Essen.« Er sah zu mir herüber und lächelte. Das fiel ihm immer leichter, auch wenn er noch nicht ganz gelöst war. Diesen Knoten hatte ich noch nicht zum Platzen gebracht. Ich arbeitete daran.

»In Ordnung.« Ich entspannte mich und sah aus dem Fenster. Wir hatten Ende Juni und es war heiß. So heiß, dass ich nur ein dünnes Baumwollkleid trug. Es war Tom und auch Xander aufgefallen. Ich zog mich gern für die beiden an.

»Wie geht es Anina?«, fragte Tom.

»Sie ist heute Abend verabredet. Ich habe ihr gesagt, dass ich erst morgen zurückkomme.«

»Immer noch keine Abreise in Sicht?«

Ich seufzte. »Ich mag sie nicht danach fragen, aber ich habe das Gefühl, dass sie es sich bequem bei mir macht.« Und mir machte das zu schaffen, denn ich fühlte mich eingeschränkt in meiner Wohnung. Sie wusste von Tom, wenn auch nur, dass wir Dates (und Sex) hatten, und ich wollte sie heraushalten.

Das Gespräch über die Ketten und die Ösen hatte bis heute nicht stattgefunden, ich ging ihm aus dem Weg, aber ich wusste, dass sie lauerte. Ein paar beiläufige Bemerkungen hatte sie gemacht, doch ich wich ihr aus.

Ich fragte mich, wie lange ich damit noch durchkam. Sie war geduldig, aber nur bis zu einem gewissen Grad.

Die meiste Zeit wälzte sie sich in meiner Wohnung in ihrem Selbstmitleid. Und wenn es nicht das war, wollte sie raus und sich die Seele aus dem Leib tanzen.

Ein paar Mal hatte sie mich schon zum Ausgehen überredet und war auch mitgekommen, wenn ich mich mit Lola und Kira traf.

»Immer noch so schlimm?«, fragte Tom.

»Die Abende, an denen sie heulend neben mir auf der Couch sitzt, werden seltener. Wir müssen auch weniger Rosamunde Pilcher sehen.« Ich schauderte.

»Das ist bestimmt genau deins, oder?«, meinte er trocken.

»Ich drehe durch bei diesem Geschmalze und es hilft ihr kein Bisschen. Jedes Mal bricht sie zusammen, wenn die Hauptfiguren zusammen kommen, und fragt mich, warum sie kein solches Glück hat.«

»Liegt vielleicht an den Filmen.«

»Das habe ich ihr auch gesagt.« Leider ohne Erfolg. Ich seufzte.

Wir erreichten sein Wohnhaus in Eimsbüttel. Tom besaß eine schöne Altbauwohnung, ein Glücksgriff, der nur mit dem nötigen Geld gelang. Ich fühlte mich hier wohl und nahm am Esstisch platz. Das Essen wurde in den nächsten Minuten geliefert, Toms Zeitmanagement war ausgezeichnet.

In der Zwischenzeit entkorkte er den Wein und schenkte ihn in zwei Gläser ein. Er setzte sich zu mir, sein Gesicht war angespannt.

»Sag es einfach«, meinte ich.

»Das ist jetzt unser viertes Date«, sagte er. »Ich sehe dich gern und wollte dich fragen, ob wir aufhören wollen, andere zu treffen.« Ich dachte darüber nach. Es ging nicht um andere Dates, ich sah niemanden außer ihm. Auf mehr als einen Mann wollte ich mich nicht konzentrieren.

Tom fragte mich nach einer Beziehung.

War ich dafür bereit?

War er der Mann, mit dem ich mir eine Partnerschaft vorstellen konnte?

Was bedeutete das für mich?

Für unsere weitere Entwicklung?

Es war ein Risiko.

Und, das wurde mir klar, ich wollte es eingehen. Ich wollte herausfinden, wohin es mit uns führte.

Es passte.

Er war nicht einfach, aber das war ich auch nicht. Es fiel mir leicht, mich auf ihn einzustellen, nicht nur, was den Sex anging. Ich verbrachte gern Zeit mit ihm, ich war gern in seiner Nähe.

Und jedes Mal, wenn wir uns sahen, mochte ich ihn etwas mehr. Es war nicht leicht, an Tom Zill heranzukommen, aber ich wollte es tun und mir die Zeit dafür nehmen.

»Ja.« Ich küsste ihn. »Das ist eine gute Idee und ich freue mich darüber.«

»Dann zeige ich dir jetzt mein Beziehungsgeschenk.« Er zog mich hoch und führte mich ins Schlafzimmer. An der hohen Decke hing eine Liebesschaukel. In weiß. Mir stockte der Atem. »Gefällt sie dir?«

»Ja, sehr sogar.«

Sein Blick strich heiß über meinen Körper. »Darf ich?«

»Bitte.« Er trat hinter mich und streifte mir das Kleid von den Schultern. Meine Wäsche darunter war zart, dem Wetter angemessen, und meine Nippel zeichneten sich deutlich ab.

Ich betrachtete die Schaukel und bekam eine Idee.

Das hatte ich schon lange nicht mehr gemacht und bekam immer mehr Lust darauf, je länger ich darüber nachdachte.

Jetzt war die Frage, was er davon hielt.

»Die Schaukel lässt sich gut für ungewöhnliche Positionen nutzen«, tastete ich mich vor. »Ich mag es besonders von *hinten*.« Ich betonte das Wort, damit er es verstehen konnte, wenn er wollte. Es dauerte ein paar Sekunden, dann weiteten sich seine grauen Augen.

»Das habe ich noch nie gemacht.«

»Soll ich es dir zeigen?«

Er brauchte noch ein paar Sekunden, dann nickte er. »Wenn es dir gefällt, lass es uns tun.«

Ich küsste ihn und trat zurück. »Ich bin gleich wieder da und mache mich schnell frisch.«

Im Badspiegel sah ich in mein glühendes Gesicht. Nächster Punkt geschafft. Wieder ließ er sich widerstandslos darauf ein.

Ich lächelte mich an. Das fühlte sich so gut an.

Als ich zurückkam, wartete Tom auf mich. Er war nackt und streckte mir die Hand entgegen, um mir in die Schaukel zu helfen. Ich justierte die Höhe und zeigte ihm, wie er die Gurte zu platzieren hatte, damit ich einsteigen konnte. Er schob die Fußschlaufen bis zu meinen Knien und stabilisierte mich, sodass ich mich positionieren konnte. Gar nicht so einfach, aber ich wusste, wie ich es machen musste.

Jetzt ergriff er auf meine Anweisung das Gleitgel und ließ ein dünnes Rinnsal zwischen meine Pobacken laufen. Ich stöhnte wohlig auf, als die Tropfen über meine Haut perlten. Alles prickelte und ich konnte es kaum erwarten.

»Jetzt das Kondom, aber lass dir gern Zeit. Es ist alles nur für dich.« Er zögerte einen kurzen Moment, dann strichen seine Fingerspitzen über meine Klit, meine feuchte Pussy und hinauf zu meinem Anus. Ich seufzte und genoss die Berührung.

Ich liebte das. Ich machte das viel zu selten.

»Trau dich«, flüsterte ich und stöhnte, als er einen Finger in mir versenkte. Meine Muskeln schlossen sich um ihn, ich empfing den Druck und wurde noch feuchter. Erinnerungen stiegen in mir auf, als ich regelmäßig alles bekommen hatte, was ich wollte.

Und noch mehr. Und dann noch mehr.

Ich kämpfte die Gedanken energisch nieder. Diese Zeiten waren vorbei. Jetzt stand mein Partner hinter mir und versenkte einen zweiten Finger in meinem Anus.

Mir entwich ein leiser Schrei. Er kam gerade auf den Geschmack. Mit der anderen Hand stimulierte er meine Pussy, führte mir auch hier Finger ein und bewegte beide Hände abwechselnd.

Es war so scharf, so gut, ich sah Sterne.

»Tu es jetzt«, wimmerte ich, bevor ich die Beherrschung verlor. Wir hatten noch Zeit. Seine Hände zogen sich aus mir zurück und spreizten meine Pobacken. Ich entspannte meine Muskulatur und bereitete mich auf seinen Schwanz vor. Noch einmal rann Gleitgel über meine Haut, dann positionierte er sich. Ich stöhnte laut auf, als er sich in mir versenkte, und stemmte mich in die Schaukel.

Es war fantastisch. Er machte das genau richtig, auch, als er jetzt behutsam begann, sich zu bewegen. Ich empfing jeden seiner Stöße und ermutigte ihn, sich mehr zu trauen. Über meine Schulter sah ich in sein Gesicht.

Er war hoch konzentriert und sein Blick fest auf unsere Vereinigung gerichtet. Es gefiel ihm, das sah ich genau.

Wahrscheinlich fragte er sich, warum er es nicht schon früher versucht hatte. Das hatte ich mich damals nach meinem ersten Mal auch gefragt.

Er machte schneller und versetzte die Schaukel in Bewegung. Ich schloss die Augen und gab mich dem Schwingen hin, liebte es, wie es unseren Sex intensivierte. Toms Griff wurde fester. Ich riss die Augen auf und drehte mich zu ihm um.

»Warte.« Er verharrte und sah mich erschrocken an. Ich hatte etwas anderes mit ihm vor. Diese Sache konnten wir an einem anderen Tag zu Ende bringen. »Komm her und nimm das Kondom weg.«

Er zog sich aus mir zurück und gehorchte. Als er vor mir stand, senkte ich den Kopf und nahm seinen harten Schwanz tief in meinem Mund auf. Dabei hielt ich seinen Blick fest. Heute hatte er es sich mehr als verdient.

Er brauchte nicht lange, mein Mund gab ihm den Rest. Ich musste mich wegen seiner Größe besonders anstrengen, aber das war es wert. Schon spannten sich seine Muskeln an und sein Schwanz zuckte.

»Brina ...« Er kam und sein heißes Sperma füllte meinen Mund. Seine Hände fuhren durch mein Haar und er warf den Kopf zurück. Das mussten wir noch üben. Er sollte den Blickkontakt halten.

Ich gab ihn frei und richtete mich mit Geschick auf, sodass ich in den Fußschlaufen kniete. Dann öffnete ich den Mund, sodass die weißen Rinnsale über meine Brüste tropften, meinen Bauch hinab.

Seine Lippen öffneten sich, sein Körper war schweißüberströmt. Seine Finger folgten den Spuren auf meiner Haut.

»Ich bin noch nicht gekommen«, erinnerte ich ihn. Er kniete sich vor mir auf den Boden und versenkte seine Zunge in mir. Dieses Mal war er ungehemmter als sonst, ich sah, dass er mir alles geben wollte. Finger drangen in meine Pussy und meinen Anus ein und besorgten es mir hart. Sein Mund saugte meine Klit ein. Es gab kein Entkommen und das wollte ich auch nicht.

Ich kam mit einem lang gezogenen Schrei, der mich fast aus der Schaukel fallen ließ. Tom drückte sich gegen mich und machte immer weiter. Er traf den Punkt und Feuchtigkeit tropfte zu Boden. Ich sah ihm an, dass ihn das nur noch schärfer machte.

Er kam auf die Beine und küsste mich fordernd. Ich schlang die Arme um ihn und erwiderte seinen Kuss, schmeckte mich auf seiner Zunge, wie er sich selbst schmeckte. Zwischen meinen Schenkeln loderte es.

Er half mir aus der Schaukel heraus und holte unsere Weingläser. Das war nur die erste Runde. Wir legten uns aufs Bett und sahen einander an.

»Du wolltest mir noch etwas sagen. Wegen Xander«, erinnerte ich ihn. Keine Ahnung, warum mir das gerade jetzt einfiel.

Seine Augenbrauen ruckten hoch. »Stimmt.« Er fuhr mit den Fingern über meine feuchten Brüste und hinunter zu meiner Pussy. »Es macht mich an, was du mit ihm tust. Mach bitte weiter damit.«

»Es ist nur ein Spiel«, sagte ich.

»Ihm gefällt es auch.« Er versenkte drei Finger in mir. »Und mir würde es auch gefallen, wenn du es in allen Facetten spielst.«

Ich sah ihn an. Damit hatte ich nicht gerechnet.

Niemals.

Hatte er mir gerade wirklich gesagt, dass ich mit seinem Assistenten vögeln sollte, wenn es sich ergab?

Die Bewegungen seiner Finger wurden drängender, mir fiel das Denken schwer.

»Ich sehe, was sich machen lässt«, keuchte ich und kam erneut.

Am nächsten Mittag kam ich zurück in meine Wohnung. Ich lief wie auf Wolken und fühlte mich fantastisch. Wir hatten es noch die halbe Nacht getrieben und ich war in seinen Armen eingeschlafen. Es war beinahe unwirklich, wie gut es mir damit ging.

Wie richtig es sich anfühlte.

Nach all der Zeit führte ich wieder eine Beziehung mit einem Mann, der auf meiner Wellenlänge war. Er könnte der Richtige sein.

Ausgerechnet Tom Zill. Wer hätte das gedacht?

Ich schloss meine Wohnungstür auf und hörte ein eiliges Geräusch. Jemand sprang auf und kam zur Wohnzimmer-tür. Anina öffnete sie einen Spalt, ich sah sofort, dass sie nackt war. »Ich hab noch gar nicht mit dir gerechnet, Schwester-herz«, flötete sie mit roten Wangen. Sie hatte also einen Mann da.

»Ich bin kurz im Schlafzimmer«, sagte ich und schloss die Tür hinter mir. Nebenan hörte ich es rumpeln, leise Stimmen und Schritte.

Offenbar komplimentierte sie ihren Besucher gerade hinaus. Schade, ich hatte gehofft, dass es jemand war, den sie länger sah und bei dem sie mehr Zeit verbringen könnte.

Ich legte meine Handtasche auf meinen Schreibtisch und sah zu meinem Bett hinüber. Ich schluckte.

Wenn sie schon in meinem Bett jemanden vögelte, konnte sie es wenigstens frisch beziehen und herrichten. Stattdessen sah ich zerknüllte (fleckige!) Laken. Die Tür meines Kleiderschranks stand sperrangelweit auf. Die Schublade, in der ich das schwere Gerät aufbewahrte, war herausgezogen.

Gut, jetzt wusste sie also alles Offensichtliche. Wie kam sie dazu, einfach meine ganzen Sachen zu durchwühlen?

Ich wurde wütend und riss die Tür wieder auf. Im gleichen Moment fiel die Haustür ins Schloss, Anina stand mit aufgerissenen Augen im Flur. Sie trug nur ein T-Shirt und einen verdrehten Slip, ihr Make-up war unter den Augen verwischt. Durch die offene Wohnzimmertür sah ich das Chaos, das sie dort angerichtet hatte, und roch ranziges Fett. Auf dem Boden lagen Pizzakartons, alles war voller Krümel und leerer Bierflaschen.

Ich drehte fast durch. Das hier war nicht ihre Wohnung, sie hatte kein Recht, sich hier so aufzuführen. Ich wollte das nicht, ich wollte, dass alles an seinem Platz war und sich niemand durch meine Sachen wühlte, verdammt!

»Räum das auf!«, schnauzte ich sie an.

»Wollte ich ja, aber ich habe später mit dir gerechnet«, verteidigte sie sich.

»Später? Es ist dreizehn Uhr!«

»Was weiß ich denn? Hätte doch sein können, dass du länger bei Tom bleibst.« Sie zuckte mit den Schultern. Ihre blonden Haare waren ein Nest. »Jetzt stell dich doch nicht so an, ich habe auch nichts gesagt, als ich euch beim Vögeln überrascht habe.«

»Du hast einiges dazu gesagt und das hier ist meine Wohnung.« Ich holte tief Luft, um mich zu beruhigen. »Du kannst von mir aus Männer herbringen, das macht mir nichts aus, aber das«, ich deutete auf die Couch und das Chaos. »Und das«, ich zeigte in Richtung meines Schlafzimmers. »Ist nicht okay. Und das will ich auch nicht.«

»Tut mir ja leid!« Sie zuckte mit den Schultern. »Ich räum es ja auch auf, okay?«

»Das ist auch das Mindeste.« Ich warf das Haar zurück. »Wie lange willst du eigentlich noch bleiben?«

»Willst du mich loswerden?« Ihre Augen füllten sich mit Tränen. Auch das noch.

»Ich will wissen, auf welchen Zeitraum ich mich einstellen muss«, sagte ich. »Die Wohnung ist nicht dafür gemacht, dass wir so zusammenleben, und du willst doch sicher auch mal wieder nach Hause, oder?«

Sie schluchzte. »Wenn ich heimkomme, hat Kailen seine Sachen gepackt und ist ausgezogen.«

»Aber das ist doch gut! Oder wolltest du weiter mit ihm zusammenleben?« Sie hatte überhaupt keinen Plan, wurde mir klar, als ich in ihr blasses verweintes Gesicht sah. Bis eben hatte sie sich gut ablenken können, der Slip war ja nicht umsonst verdreht, aber jetzt kam es wieder hoch.

Und mir tat es schon wieder leid, weil ich mich erinnerte, wie schlimm es war, jemand Geliebtes aus dem Leben zu streichen.

»Ich kümmere mich ums Schlafzimmer«, sagte ich mit kratziger Stimme. Ich brauchte dringend etwas Abstand. Das war nicht unser erster Streit, nicht das erste Mal, dass sie Chaos verbreitete. Wir waren uns seit ihrem Einzug nähergekommen und es gab auch schöne Abende, an denen ich mich freute, dass sie da war. Trotzdem wurde es Zeit, dass sie wieder in ihr altes Leben zurückkehrte. Oder sich eine eigene Wohnung hier in Hamburg suchte.

»Brina?« Sie stand hinter mir. Ihr Blick war auf die Schublade gerichtet.

»Ja?« Ich zog das Laken vom Bett.

»Diese ganzen Sachen ...« Sie brach ab.

»Was ist damit?«

»Das wollte ich dich fragen.«

»Das sind meine und du hast nicht darin herum zu schnüffeln.« Ich warf das Laken zu Boden und machte mich an die Bettwäsche.

»Können wir darüber reden?«

»Wieso?«

»Weil es mich interessiert.«

Ich holte tief Luft und sah sie an. »Anina, im Ernst.«

»Ja, im Ernst. Vielleicht hätte Kailen mich nicht verlassen, wenn ich das machen würde.« Ich zuckte mit den Schultern. Woher sollte ich das wissen. »Machst du das schon länger?«, fragte sie weiter.

»Ja.«

»Seit Max?«

»Länger.« Ihre Augenbrauen ruckten hoch, doch ich war zu genervt, um sie anzulügen.

»Seit Arvid?« Arvid war der Grund, warum ich meinen Job als Domina aufgegeben hatte. Mein letzter Kunde. Wir waren drei Jahre zusammen.

»Länger.«

Ihre Augen wurden rund. »Seit ...«

»Ja. Und nein, ich möchte dir nicht die ganze Geschichte erzählen.«

»Es interessiert mich aber wirklich.« Ich warf einen strengen Blick auf ihren verrutschten Slip. »Schon gut. Ich räume auf.«

»Tu das. Und das hier«, ich machte eine ausholende Handbewegung. »Tu das nie wieder. Verstanden?«

»Jawohl, Chefin!« Sie straffte sich und ihr Blick ging erneut zum Schrank. Ich sah förmlich, wie bei ihr der Groschen fiel. Ihre Augen weiteten sich und ihr Mund formte ein kleines ›o‹.

»Die Sachen sind nicht für dich, oder?«

»Anina!« Sie verließ fluchtartig den Raum.

Ich machte mit dem Bett weiter und hörte sie nebenan singen: »Meine Schwester ist eine Domina. Falleri und Fallera.«

Eine Domina, die ihr nur zu gern eine verpasst hätte.

Meine Stimmung hatte sich noch nicht gebessert, als ich mich um halb fünf mit Lola und Kira traf. Endlich schafften wir es mal wieder, in den letzten Wochen war es schwierig, einen Termin zu finden. Zwar telefonierten und schrieben wir regelmäßig, aber das ersetzte kein Treffen.

Ich war die Erste, doch Kira kam unmittelbar nach mir an. Sie war blass, unter ihren Augen lagen dunkle Ringe.

»Muss ich mir Sorgen machen?«, fragte ich, nachdem ich sie umarmt hatte. Sie schloss die Augen und atmete durch.

»Erzähl ich euch gleich. Die Kacke ist am Dampfen.«

Das klang nicht gut. Wir setzten uns und bestellten Getränke, dann kam Lola rein. Auch sie war ein Schatten ihrer Selbst.

Mir versetzte der Anblick meiner Freundinnen einen Stich. Ich wollte ihnen helfen, doch meine Möglichkeiten waren begrenzt. Ich saß ewig mit Lola über den Geschäftszahlen, sichtete immer wieder neue Unterlagen von Enriques Anwalt, doch es blieb einfach beschissen. Egal, was ich versuchte, die Firma war bankrott und die Schulden mussten von den Inhabern beglichen werden. Zuletzt hatte Lolas Anwalt eine Klage geprüft, um gegen Enrique vorzugehen, doch es sah finster aus.

Ich schloss Lola in die Arme und drückte sie fest. Die Sache mit Haldór machte ihr auch immer noch zu schaffen.

»Gibt es etwas Neues?«, fragte Kira.

Lola schüttelte den Kopf. »Wir haben die Klage eingereicht und warten auf eine Rückmeldung, aber er hat mir gleich gesagt, dass wir es damit nur hinauszögern.« Sie lächelte gequält. »Dann habe ich mehr Zeit, mich auf meine Privatinsolvenz vorzubereiten.«

»Ist nicht dein Ernst!« Kira riss die Augen auf. Mein Gesicht fühlte sich merkwürdig starr an.

»Was soll ich denn machen? Ich müsste einen riesigen Kredit aufnehmen, um Geld zurückzuzahlen, dass ich nie ausgegeben habe.« Lola starrte auf die Tischplatte. Alles Fröhliche, was sie sonst ausmachte, war verschwunden.

Ich hasste Enrique so sehr.

»Aber eine Privatinsolvenz dauert sieben Jahre«, beharrte Kira. »Es muss eine Alternative geben!«

»Ich sehe momentan keine.« Lola nahm einen großen Schluck von ihrem Wein. »Und ich versuche, nicht so viel darüber nachzudenken, sonst heule ich ununterbrochen. Gebt mir einen Moment, ja? Ich kann nicht ständig darüber sprechen, das frisst mich auf. Erzählt ihr lieber was.«

Ich hätte gern weiter darüber gesprochen, respektierte aber ihren Wunsch. Also wandte ich mich Kira zu.

Sie rollte mit den Augen. »Was soll ich denn sagen?«

»Warum die Kacke am Dampfen ist«, half ich weiter.

»Im Gegensatz zu Lolas Problem komme ich mir lächerlich vor«, meinte sie.

»Klingt gut«, sagte Lola. »Ich kann eine Portion Lächerlichkeit gebrauchen.«

»Wie du meinst.« Sie verschränkte die Arme vor der Brust. »Ich finde es lächerlich, welchen Druck der Mann macht. Wir versuchen es jetzt vier Monate und er probt einen Aufstand, als hinge unser Leben davon ab. Ich drehe durch. Wir streiten uns ständig, weil er mir vorwirft, mich nicht an die Dinge zu halten, die er rausgesucht hat. Aber ehrlich, der Ernährungsplan macht mich fertig. Genau wie der neue Tagesrhythmus und die Termine in der Kinderwunschklinik. Die Spermiogramme. Die Gebärmutterspiegelung. Ich habe keine Lust mehr. So haben wir das nicht vereinbart.« Sie starrte auf ihre Fingernägel. Erst jetzt bemerkte ich, dass sie sie abgekaut hatte. »Ich bin kurz davor, mir einfach wieder die Pille verschreiben zu lassen und ihn zum Teufel zu jagen.«

Ich legte ihr die Hand auf den Arm. »Tut mir leid, dass das solchen Stress für dich bedeutet. Eigentlich sollte das ja etwas Positives sein.«

Sie zuckte mit den Schultern. »Ich hätte mir denken können, dass er es versaut. Dieser blöde Spießer.« Sie strich ihr kinnlanges schwarzes Haar zurück. Es bräuchte dringend einen Schnitt. Ich wollte nicht, dass sie so schlecht mit sich umging,

»Du liebst den Spießer«, erinnerte Lola sie.

Kiras Gesicht war unbewegt. »Das sage ich mir auch, aber ich glaube es immer weniger.«

»Das ist gar nicht gut«, meinte ich.

»Gib mir noch ein paar Tage, vielleicht komme ich dann klar«, sagte Kira. »Es war nur heute Morgen mega Scheiße, wir hatten wieder einen Riesenstreit wegen unseres Treffens heute Abend und dem Alkohol, den ich trinken werde, deswegen bin ich so angekotzt. Wird schon wieder. Ich mach es wie Lola und denke einfach nicht mehr darüber nach. Wenn ich mich erst einmal abgeregt habe, finde ich eine Lösung, wie ich es ihm verständlich machen kann. Wie war es gestern mit Tom?«

»Gut«, sagte ich überrumpelt. Ich wollte die beiden nicht abwürgen, aber ihre Mienen machten deutlich, dass sie keine Lust mehr hatten, über ihre Probleme zu sprechen. Wenigstens hatte ich gute Nachrichten. »Wir haben beschlossen, dass wir es offiziell machen.«

»Oh, ein großer Schritt«, sagte Lola anerkennend. »Ich freu mich für dich, dass es so gut läuft. Wenn ich den Start bedenke, ist das fast märchenhaft schön. Oder hat die Sache einen Haken?«

»Keinen Haken«, sagte ich. Ich überlegte, ob ich ihnen die Sache mit Xander erzählen sollte, entschied mich aber dagegen. Sie würden es nicht verstehen und es war besser, wenn ich es für mich behielt. Ich wusste ja selbst noch nicht, ob ich seinen Wunsch umsetzen konnte und wollte.

»Das ist schön, Brina. Endlich«, sagte Kira. »Jetzt brauchen wir noch einen netten unverheirateten Mann für Lola.« Lola nickte nachdrücklich, ein kleines Lächeln schlich sich auf ihr Gesicht. Mir fiel ein Stein vom Herzen. Meine Lola war trotz des ganzen Kummers noch da.

»Ist da etwa schon jemand?«, fragte Kira.

»Na ja, das wäre zu viel gesagt, aber ich habe am Mittwoch auf einer Veranstaltung jemanden abgeschleppt. Kein Ehering, keine Kinder, kein Zweitwohnsitz im Ausland. Hab ich alles gecheckt. Der Sex war gut, wir wollen uns wiedertreffen. Und er sieht echt gut aus. Blond, groß, genau mein Ding.«

»Foto«, verlangte Kira. »Wenn du schon mit ihm angibst, wollen wir ihn sehen.« Ich nickte nachdrücklich.

»Mein Gott, seid ihr neugierig«, meinte Lola und holte ihr Handy heraus. Sie machte von jedem, den sie abspeicherte, ein Foto, da hatte sich noch niemand rauswinden können. Sie hielt das Telefon hoch.

Mir fiel die Kinnlade runter.

»Brina, alles okay?«, fragte Kira.

»Das ist Dan.«

»Was?«

»Daniel Lehfeld, *Spedfield*.«

»Nein. Nein, nein, nein«, stammelte Lola. »Das kann doch nicht sein.«

»Er heißt nicht Daniel?«

»Doch, aber ... Oh fuck.« Lola bedeckte das Gesicht mit den Händen. »Das darf doch nicht wahr sein! Brina, es tut mir so leid ...«

»Stopp mal eben«, unterbrach ich sie. »Erstens: Entschuldige dich nicht. Zweitens: Wenn du ihn sehen willst, tu das. Ich würde dir nie Steine in den Weg legen.«

»Aber ich bin deine Freundin«, beharrte sie.

»Genau. Ich auch deine. Wenn es dir guttut, mach es.«

»Aber wie er dich behandelt hat ...«

»Könnte dir nie passieren«, unterbrach ich sie.

»Jetzt nimm es schon an, Lola«, sagte Kira.

»Aber ich habe kein gutes Gefühl dabei...«, protestierte sie. »Du warst immerhin drauf und dran, dich in ihn zu verlieben.«

»Lola«, ich griff ihre Hand. »Ihr hattet einmal Sex. Triff dich mit ihm, schlaf mit ihm, lern ihn kennen. Und sollte es mit euch was werden, bin ich die Letzte, die was dagegen sagt. Wenn er dafür sorgt, dass es dir gut geht, gebe ich all meinen Segen dazu. Das hast du mehr als verdient. Okay?«

Sie zögerte, dann nickte sie. »Ich treffe mich noch mal mit ihm. Für Sex«, sagte sie. »Ohne Druck, ohne Erwartungen.«

»Das würde eh nur in die Hose gehen, ich weiß, wovon ich rede«, meinte Kira nickend. »Mein Gott, was sind wir für Freaks.«

»Ihr seid meine Lieblingsfreaks«, sagte ich schulterzuckend. Gelächter stieg in mir hoch. Das alles war so absurd, dass ich darüber lachen musste. Solange ich die beiden an meiner Seite hatte, konnte mir doch nichts passieren.

Sie und Nick waren die Menschen, die ich unbedingt im Leben brauchte. Alle anderen waren Zugabe. Aber ich hoffte, dass Tom in diesen Kreis aufstieg. Und wenn Lola und Dan etwas miteinander hatten, war das okay für mich, solange er sie gut behandelte.

Die drei Tage bei K+R waren stressig. Die Mandate liefen gerade in die heiße Phase und ich arbeitete lange und viel. Zum ersten Mal fehlten mir die sechzehn Stunden, die ich bei Spedfield ableistete. Am Mittwochabend, als ich wieder nach acht das Büro verließ, war ich froh, dass der Tag vorbei war.

Hoffentlich war es morgen bei Spedfield entspannter. Xander und ich standen vor Vollendung der ersten Prognose, danach war es eine Sache weniger Wochen, bis mein Auftrag erfüllt war und ich wieder vollständig zu K+R zurückkehrte.

So gern ich Tom regelmäßig sah, so sehr freute ich mich schon darauf, wieder in meine alte Routine zurückzukommen. Vor allem jetzt, wo wir ein Paar waren, war es besser. Sicherer.

Dann war auch die Sache mit Xander erledigt, wegen der ich immer noch nicht weitergekommen war. Ich beschloss, es auf mich zukommen zu lassen.

Donnerstagmorgen machte Anina Frühstück. Seit Samstag bemühte sie sich um gute Stimmung und achtete peinlich genau auf Ordnung. Ich ahnte, dass sie so mehr Zeit herausschinden wollte. Nachdem meine Wut verraucht war, ging es besser mit uns, aber das änderte nichts an der Tatsache, dass es Zeit für sie wurde, in ihr altes Leben zurückzukehren.

Wir verstanden uns jetzt besser, doch die Wohnsituation war nicht gut. Weder für sie, noch für mich. Das wusste sie, aber sie traute sich noch nicht, nach Köln zurückzugehen. Ich hoffte, dass sie sich bald dazu durchrang.

Ich kam bei *Spedfield* durch die Tür, grüßte am Empfang und lief direkt zu meinem Arbeitsplatz durch. Toms Büro war leer, Xander war schon da. Ich winkte ihm im Vorbeigehen und unterdrückte mein Kopfkino. Wie fände Tom es, wenn er hereinkäme, und wir würden es auf dem Schreibtisch treiben? Wäre es ihm wirklich recht oder überschätzte er seine Toleranzgrenze?

Ich spürte dahingehend einen Zweifel und wollte nichts unnötig forcieren. Entweder es ergab sich etwas oder nicht. Eine offensive Flirtaktion wollte ich auslassen. Xander war immer noch Toms Assistent. Eine brisante Kombination. Wenn es Tom doch störte, wirkte sich das auch negativ auf die Zusammenarbeit der beiden Männer aus und Tom brauchte Xander. Noch einen Verlust verkraftete er nicht. Wenn es ihm so wichtig war, fanden wir jemand anderes. Das war kein Problem.

An der Sache mit Lola kaute ich mehr. Ich dachte seit Samstag darüber nach und spürte Unwillen.

Ich wollte nicht, dass sie sich mit Dan traf.

Ich wollte nicht, dass er sie auch schlecht behandelte. Wobei *schlecht* das falsche Wort war, denn es hatte einfach nicht gepasst und sein Verhalten war die Konsequenz daraus. Aber Lola befand sich in einer labilen Phase und er sollte es ihr nicht noch schwerer machen.

Wir hatten seit unserem letzten Sex keinen Kontakt mehr, doch in dem Fall würde ich ihn wieder aufnehmen.

Er wusste nicht, dass Lola meine Freundin war, aber ich vermutete, dass er sonst die Finger von ihr gelassen hätte. Jetzt war es zu spät und alles, was ich tun konnte, war, auf sie aufzupassen.

So gut es eben ging.

Xander kam mit meinem Kaffee zu mir herüber. Er brachte einen Muffin mit.

»Statt Keksen.« Er lächelte schelmisch. Ich stand auf und nahm es ihm ab, dabei schob ich ihn auf seinen Stuhl und beugte mich von hinten über seine Schulter.

»Danke, du sorgst sehr gut für mich.« Er bekam Gänsehaut im Nacken. Ich widerstand der Versuchung und setzte mich. Das war genug fürs Erste. Er hatte die Augen niedergeschlagen, seine Wangen waren gerötet. Ich könnte so viel mehr mit ihm machen.

Ich musste es lassen. Das war keine gute Idee.

Ich sollte mich auf Tom konzentrieren, das hatte Vorrang. Alle anderen Spiele konnten wir uns für später aufheben, wenn wir uns richtig kannten.

Fürs Erste tauchte ein anderes Problem auf. Xander und ich zogen die Zahlen des letzten Quartals zusammen und arbeiteten sie in den Bericht ein. Wir tauschten einen unruhigen Blick.

»Du siehst das auch, oder?«, fragte ich überflüssigerweise. Er nickte und starrte auf die -30 %, die hinter der Umsatzentwicklung stand. »Das ist nicht gut.«

»Möglicherweise ein Ausreißer«, sagte er lahm, aber ich sah ihm an, dass er es selbst nicht glaubte. Ich schüttelte den Kopf und scrollte zu den Aufträgen. »Wer ist für das Kundenmanagement zuständig?«

»Jetzt der Vertrieb, aber vorher ...« Er musste den Satz nicht beenden, ich wusste es auch so: Dan.

»Er fehlt im Vertrieb«, sagte ich zu Tom, dessen Miene wieder so finster wie bei unserem Kennenlernen war. »Das Defizit ist mit seinem Austritt aufgetaucht. Die Aufträge lassen nach und die Zahlungsziele werden länger. Das ist die größte Baustelle, auf die du dich konzentrieren solltest.« Er presste die Lippen zusammen und starrte auf die Zahlen. »Tom?«

»Ja, ich hab's verstanden«, knurrte er.

Ich wollte etwas Aufbauendes sagen, doch dafür hatte er keinen Kopf. *Spedfield* war sein Baby, er wollte es schützen.

Meine Nachrichten waren nicht gut. Ich nickte Xander zu, der schweigend dasaß. Ich sah ihm seinen Stress an.

»Gut, dann machen wir mal weiter«, sagte ich und stand langsam auf. »Schau es dir in Ruhe an, wir sind nebenan.« Er nickte, ohne aufzusehen. Es war besser, ihm jetzt die Zeit zu geben.

Nicht zum ersten Mal hatte ich das Gefühl, dass die Arbeit in anderen Händen besser aufgehoben wäre. Ich wollte ihm die schlechten Neuigkeiten nicht überbringen, aber das war mein Job.

Ein Interessenkonflikt.

Ich hoffte nur, dass er das trennen konnte.

Kapitel 14

Ich bekam Tom am Donnerstag nicht mehr zu Gesicht und erreichte ihn auch abends nicht. Er war auf einem Geschäftsessen und schrieb mir, dass wir uns am Freitag sahen. Wir waren für abends verabredet, aber ich hoffte nicht, dass er bis dahin warten wollte. Ich wollte *Spedfield* aus unseren Dates heraushalten.

Es war schon Nachmittag, als ich ihn am Freitag das erste Mal sah. Bis dahin saß ich mit Xander zusammen, doch die Stimmung war zu bedrückt zum Spielen. Wir suchten verzweifelt nach Geld, das es nicht gab. Schließlich sah ich ein, dass unsere Analyse stimmte. Es war noch keine Katastrophe, aber alarmierend. Wenn sich der Trend fortsetzte, war die Katastrophe absehbar.

Xander wusste das, aber unsere Optionen waren beschränkt. Tom war derjenige, der entschied, wie es weiterging. Alles hing von ihm ab.

Er kam zu uns, die Miene finster. »Wie sieht es aus?«, fragte er.

»Leider unverändert«, sagte ich. »Wir sind alle Zahlen mehrmals durchgegangen, aber das ändert nichts.« Ich zögerte. Jetzt wagte ich mich weit vor. »Vielleicht wäre eine Unternehmensberatung keine schlechte Idee.« Wie ich erwartet hatte, wurde Toms Miene noch wütender.

»Auf keinen Fall. Ich bin zehn Jahre ohne diesen ganzen Scheiß zurechtgekommen, ich brauche nicht noch mehr Leute, die hier herumrühren.« Ich schluckte den Ärger hinunter. Er meinte mich nicht. Er war aus einem guten Grund wütend. Das durfte ich ihm nicht übel nehmen.

»Macht den Bericht fertig«, sagte er. »Um alles andere kümmere ich mich.«

»Gut.« Dazu gab es nichts mehr zu sagen. Xander und ich arbeiteten weiter, doch die Stimmung war gedrückt. Ich wollte nur noch fertig werden und das Kapitel *Spedfield* beruflich abschließen.

Meine Arbeit hier war getan und alles andere war schlecht für meine frische Beziehung.

Ich sah zu Toms Assistenten hinüber. Wir schafften es nicht, weiterzugehen. So leid es mir tat, aber das war besser so.

Wir fuhren gemeinsam nach Feierabend zu Tom. Er war wortkarg und schlecht gelaunt. Kein guter Anfang für den Abend.

In seiner Wohnung entschuldigte er sich und verschwand im Schlafzimmer. Ich ging ins Bad und machte mich frisch, danach kehrte ich ins Wohnzimmer zurück und setzte mich an den Esstisch. Rotwein und zwei Gläser standen bereit, deswegen entkorkte ich die Flasche und schenkte ein. Ich wollte ihm die Zeit geben und hoffte, dass er sich dann wieder abregte.

Als er zu mir kam, hatte er seinen Anzug gegen Jeans und T-Shirt getauscht und seine Miene war etwas weicher. Ich atmete auf und reichte ihm sein Glas.

Er küsste mich, bevor er mit mir anstieß, seine freie Hand wanderte über meinen Hals zu meiner Schulter.

Ich bekam Gänsehaut.

Wenn er noch angespannt war, half ich ihm gern, den Druck loszuwerden.

Ich stellte mein Glas auf den Tisch und stand auf, ohne mich von seinem Mund zu lösen. Meine Hände wanderten unter sein Shirt und an seinem Hosenbund entlang. Ein dünner Schweißfilm lag auf seiner Haut, auch heute war es wieder unerträglich heiß.

Er griff an meine Hüften und schob meinen Rock langsam hinauf. Durch den dünnen Stoff meines Blusentops und meines BHs zeichneten sich meine Nippel ab. Ich wanderte mit meinen Lippen zu seinem Hals und kratzte mit den Fingernägeln leicht über seinen Rücken. Er schauderte und presste mich an sich.

Ich löste mich von ihm und kniete mich auf meinen Stuhl, dabei zog ich meinen Slip hinunter und drehte ihm den Rücken zu. Seine Hände wanderten über meinen Rücken hinunter zu meinen Pobacken und kneteten sie. Ich saugte meine Unterlippe ein.

»Du weißt, was du zu tun hast«, flüsterte ich über meine Schulter. Seine Jeans raschelte, als er in die Hocke ging und meine Pobacken spreizte. Ich schnappte nach Luft, als er mit der Zunge von meiner Klit aufwärts fuhr und sich meinem Anus widmete. Dann drangen Finger in meine Pussy ein, dehnten sie und nahmen ihre Arbeit auf. Ich drückte den Rücken durch und warf den Kopf zurück. Er wusste mittlerweile genau, was er tun musste.

Ein Daumen strich über meine Klit und ich wimmerte.

Ganz genau.

»Ja«, stöhnte ich und rieb mich an ihm. »Mach's mir härter.« Er erhöhte die Reibung seiner Finger und den Druck seiner Zunge. Es machte mich wahnsinnig. Meine Hände klammerten sich an die Stuhllehne und ich rieb mich an seinem Gesicht. »Oh, noch härter, Tom. Besorg es mir richtig.«

Plötzlich lagen seine Hände auf meinen Hüften. Ich stieß einen schrillen Schrei aus, als er unvermittelt in mich eindrang und mich mit harten Stößen vögelte. Meine Scheidenmuskulatur dehnte sich gierig aus und umschloss ihn, doch das war nicht, womit ich gerechnet hatte. Ich biss die Zähne zusammen, überfordert mit der Situation.

Das hatte ich ihm nicht erlaubt! Das war so nicht vorgesehen! Ich ...

Ich kam hart, bevor ich den Gedanken zu Ende führen konnte. Meine Arme wurden taub und mein Körper zuckte unkontrolliert. Tom machte immer weiter, ließ nicht locker. Seine Stöße wurden noch härter, beinahe schmerzhaft. Ich schrie auf und kam erneut.

Das war es! Das war ...

»Oh mein Gott, ja!«, schluchzte ich und spürte, dass er so weit war. Bevor ich etwas sagen konnte, zog er sich zurück und stöhnte unterdrückt. Dann spritzte warme Flüssigkeit auf meinen Hintern.

Ich riss die Augen auf. Er war einfach auf mir gekommen, ohne mich vorher zu fragen! Und er hatte mich ohne Kondom gevögelt.

Ich drehte mich fassungslos zu ihm um und sah in sein gerötetes verschwitztes Gesicht. Sein Schwanz ruhte zwischen meinen Pobacken, von denen sein Sperma tropfte.

Es hätte so heiß sein können, doch ich war einfach sprachlos.

»Was hast du getan?«, fragte ich. Meine Stimme war höher als sonst, ich bekam den Mund kaum zu.

»Ich habe es dir richtig und hart besorgt. Wie du es wolltest.« Er klang rau und mied meinen Blick.

Er wusste genau, was er getan hatte.

»Das habe ich dir nicht erlaubt.« Ich schluckte.

›Nicht hysterisch werden, das ist Unsinn‹, ermahnte ich mich streng. ›Er ist noch nicht so weit. Raste jetzt nicht aus.‹ Doch, wegen einer Sache hatte ich jedes Recht dazu.

»Du hast kein Kondom benutzt. Ich ...«

»Bei mir ist alles in Ordnung«, unterbrach er mich. »Ich wusste es vorher schon, aber ich habe mich noch einmal testen lassen. Und du machst das doch sowieso regelmäßig, oder?«

»Einigermaßen«, sagte ich. Regelmäßig war übertrieben, ich hatte außerhalb einer Beziehung nie ungeschützten Sex. Aber ja, mein letzter Bluttest war nur wenige Monate alt. Ich hatte ihn damals vorsorglich wegen Dan gemacht.

Das musste Tom nicht wissen.

»Dann ist doch alles okay.« Er zuckte mit den Schultern.

»Du hast mich kalt erwischt«, erklärte ich ihm und bemühte mich um Ruhe. »Du weißt, ich mag das nicht.«

Kurz loderte die Wut, die ich schon in der Firma gesehen hatte, wieder in seinen Augen auf. Mein Magen verkrampfte sich. Musste ich mir Sorgen machen? Doch dann wurde sein Gesicht weicher.

»Tut mir leid, ich weiß«, lenkte er ein. »Ich habs übertrieben. Der Stress der letzten zwei Tage war heftig.«

Er zog mich an sich, seine Hände glitten über die Schlieren auf meinem Hintern.

»Kann ich es wiedergutmachen, Liebes?«

»Mit Sicherheit.« Ich ließ mich von ihm küssen und war erleichtert, dass er es eingesehen hatte. Für einen kurzen Moment hatte ich es mit der Angst zu tun bekommen. Und ein bisschen von dem schlechten Gefühl war noch da.

Nick sah mich verblüfft an, seine dunklen Augenbrauen waren gehoben. Es war Samstagabend und wir trafen uns zum Essen im *Fischis*. Es war dringend an der Zeit. Sonja war mit ihrem Sohn und ihrem Ex-Mann unterwegs und ich nutzte die Gelegenheit, um Nick zu treffen. Den ganzen Tag zerbrach ich mir den Kopf, musste aber einsehen, dass er der Einzige war, der mir weiterhelfen konnte.

Jetzt war ich mit meinem Bericht durch und holte tief Luft. Es hatte mich Kraft gekostet, das Ganze ruhig und sachlich zu erzählen, denn ich war total aufgekratzt. Ich wollte nicht, dass er es merkte, auch wenn es dumm war.

»Was soll ich tun?«, fragte ich, als er schwieg.

»Rede mit ihm.«

»Habe ich doch schon. Er hat sich entschuldigt, aber der Moment davor ... Ich habe echt einen Schreck bekommen. Er wirkte so frustriert, so wütend.«

»Glaubst du, dass es etwas mit dir zu tun hatte?«, fragte Nick offensiv.

Ich sah hinunter auf meinen Teller und fühlte mich verloren. Mühsam hob ich die Schultern. »Ich hoffe nicht.«

»Meinst du, er hat versucht, dich zu dominieren?«

»Es fühlte sich so an. Und das war gar nicht gut.« Ich seufzte und sah in Nicks Gesicht. Seine braunen Augen ruhten auf mir, doch ich sah seine Sorge. »Ich habe Angst, dass es so war«, gestand ich ihm.

»Das verstehe ich. Aber du sagtest, ansonsten war es gut. Es hat dir gefallen.«

»Ja, hat es. Aber sein Gesichtsausdruck hat mich erschreckt. Ich kenne ihn ja, ich weiß, dass er nicht der Umgänglichste ist, aber so habe ich ihn selten erlebt.«

»Rede mit ihm«, wiederholte Nick.

»Ist gut.«

»Brina«, sagte er scharf.

Ich sah ihn an und hob die Augenbraue. »Ich kenne diesen Tonfall, Nicholas. Reiß dich zusammen.«

Immerhin hatte ich ihm alles beigebracht.

Sein Mundwinkel zuckte. »Touché. Die Eiskönigin sollte sich nicht so aus der Reserve locken lassen.«

»Tut sie doch, wenn sie emotional wird«, seufzte ich.

»Schön, dass er dir so wichtig ist.«

»Beinahe erschreckend.« Ich nahm mein Weinglas zur Hand. »Aber wir wissen ja beide, wie schwierig es ist, jemanden zu finden, mit dem man es sich überhaupt vorstellen kann, zusammen zu sein. Ich möchte ihn nicht verlieren, Nick.«

»Ich glaube, wegen einer schwierigen Situation musst du dir darüber noch keine Sorgen machen«, meinte er.

»Hoffen wir es. Wie sieht es bei dir aus?«

»Gut soweit. Ich muss sagen, ich mag den Kleinen.« Nick lächelte. »Er ist verrückt nach Dinosauriern und Astronomie, also habe ich mich ein bisschen damit beschäftigt. Das hat das Eis gleich gebrochen und wir kommen gut klar.«

»Hätte mich auch gewundert, wenn Sonjas Sohn kein cooles Kind wäre.«

»Ich hätte es verstanden. Wenn der eigene Vater einfach abhaut und sich ein Jahr nicht sehen lässt, hinterlässt das Spuren auf einer Kinderseele.«

Dagegen wollte ich nichts einwenden und war nur froh, dass Sonja so stark war, dass sie ihrem Kind dennoch allen Halt gab, den es brauchte. Ich dachte an Tom und seine Tochter, die er nur einmal im Monat sah. Ich hatte schon lange nicht mehr über eigene Kinder nachgedacht und es war viel zu früh für dieses Thema. Aber falls ich irgendwann so weit war, wollte ich auch von mir behaupten können, alles zu geben.

Das würde ich jetzt auch für Tom tun. Und für mich.

Ich lächelte Nick an. »Ich bin froh, dass ich dich habe, weißt du das?«

»Geht mir doch genauso. Das Leben wäre ohne Freunde ziemlich einsam, oder?«

»Nicht nur das. Ohne dich, Lola und Kira wüsste ich oft nicht, was ich machen soll.«

Er schüttelte den Kopf. »Doch, wüsstest du. Es würde nur länger dauern, bis du es machst. Dafür sind Freunde da: Zuhören und unterstützen, während jeder von uns seinen eigenen Weg geht. Apropos: Wie geht es den beiden?«

»Könnte besser sein. Und in diesen Fällen bleibt mir auch nichts anderes übrig, als immer da zu sein. Ich kann nicht helfen, egal wie sehr ich es versuche.«

»Das ist doch auch alles, was du brauchst. Oder würdest du wollen, dass Lola mit Tom spricht?«

Ich lachte. »Es gäbe keine schlechtere Kombination. Die beiden sind so unterschiedlich wie Tag und Nacht.«

Aber die Bemerkung erinnerte mich daran, dass Lola mit Dan geschlafen hatte. Sie hatte nach der Trennung von Enrique auch ein, zwei ›Begegnungen‹ mit Nick, weil beide Singles waren, aber damals war mir sofort klar, dass es nicht passte.

Bei Dan war ich mir da nicht so sicher und ich verdrängte seit Tagen den Gedanken daran, was zu tun wäre, wenn sie sich näherkamen.

Ich trank seufzend einen Schluck Wein. Am Ende wollte ich doch nur, dass es ihr wieder besser ging. Und sollte Dan derjenige sein, der dafür sorgte, würde ich ihm einen Präsentkorb schicken.

Und mich einfach für meine Freundin freuen.

Es dauerte bis zum nächsten Samstag, dass Tom und ich die Zeit für einen weiteren gemeinsamen Abend fanden. Ich hatte bei K + R einen weiteren Mandanten übernommen, der sich als zäh und zeitintensiv herausstellte.

Entsprechend kam ich immer so knapp aus dem Büro, dass ich es nur zum Sport und danach aufs Sofa schaffte.

Anina bemühte sich, sie kochte Essen und verhielt sich ruhig. Die Wohnung war blitzeblank.

Am Donnerstag und Freitag war ich zwar bei *Spedfield*, doch Tom war auf Geschäftsreise und ich verbrachte die Zeit mit Xander allein. Ich fuhr das Spiel herunter. Unsere gemeinsame Zeit neigte sich dem Ende zu und ich wollte keine falsche Hoffnung bei ihm säen.

Doch sein Blick wurde intensiver. Die Veränderung seit seiner Beziehung war auffallend und ich hätte gern mit ihm weitergemacht.

Ich ließ es.

Tom war wichtiger als dieses Verlangen.

Ich sah hinunter auf meinen Bericht. Die Zahlen sahen mies aus. Ich war keine Vertriebsexpertin und hatte keine Idee, was zu tun war. Außerdem hatte ich das Gefühl, dass Tom für meine Vorschläge nicht offen wäre. Ich durfte ihm *Spedfield* nicht wegnehmen. Zurückhaltung stand mir in diesem Fall am besten.

Ich würde einfach meinen Job machen. In spätestens zwei Wochen war ich hoffentlich fertig damit. Danach entspannte sich die Lage mit Sicherheit.

Am Samstagabend trafen wir uns bei mir. Anina wollte ausgehen, deswegen aßen wir beim Italiener um die Ecke und machten noch einen Spaziergang. Tom war entspannt, aber mir brannte unser letztes Date noch auf der Seele.

Zum ersten Mal seit Langem kostete es mich Überwindung, etwas anzusprechen, und ich kam mir dumm vor, weil ich das Thema umschiffte.

»Wie läuft es mit Xander?«, fragte er. Wir hatten noch eine Flasche Wein gekauft und ließen uns jetzt auf einer Parkbank an der Außenalster nieder.

Ich fühlte mich, als wäre ich wieder Anfang zwanzig.

Beinahe.

Denn mein damaliger Freund hätte mich nie gefragt, ob ich mit seinem Assistenten vögeln wollte.

»Ganz gut, aber es hat sich noch nichts ergeben.« Ich sah hinaus aufs Wasser und das andere Ufer.

Es sollte mir nicht schwerfallen, mit ihm darüber zu sprechen. Das Thema war zu wichtig.

»Du bist so angespannt heute«, sagte er und entkorkte die Flasche. »Was hast du?«

Ich musste etwas sagen, das war meine Gelegenheit. Ich holte tief Luft. ›Trau dich.‹

»Es ist wegen letzter Woche«, begann ich. »Was beim Sex passiert ist, beschäftigt mich. Die Sache mit dem Kondom und dass du einfach die Führung übernommen hast.« Ich sah ihm ins Gesicht. »Du weißt, dass das ein Problem für mich ist. Vor allem so, wie es abgelaufen ist.«

Er reichte mir mein Glas und sah geradeaus. Seine Augenbrauen zogen sich zusammen, sein Mund war schmal. »Wir hatten schon darüber gesprochen«, sagte er leise.

»Ich weiß, aber es beschäftigt mich seit einer Woche und ich muss mit dir darüber reden.« Er schwieg und mied meinen Blick. Ich betrachtete ihn. Es fiel ihm nicht leicht, er rang mit sich. Ich wollte ihm die Zeit geben, um sich zu sammeln. Ich hatte schließlich eine Woche Zeit, um darüber nachzudenken. Ein paar Minuten für ihn waren das Mindeste.

»Letzte Woche war scheiße«, sagte er schließlich. »Der Bericht hat mich völlig aus der Bahn geworfen. Ich habe ihn mich schon beim Insolvenz-verwalter gesehen.«

»So schlimm ist es nicht«, sagte ich.

»Mag sein, aber wenn die Zahlen nicht wieder nach oben gehen, muss ich vielleicht Leute entlassen.« Er schüttelte den Kopf. »Ich war wütend. Auf Dan, weil er mich in die Scheiße geritten hat. Und auch ein bisschen auf dich, weil du den Bericht geschrieben hast. Das verdienst du nicht.

Ich habe mich schlecht im Griff. Bitte entschuldige.« Er sah weiter geradeaus. »Die Sache mit dem Kondom tut mir auch leid. Von allem war das die größte Scheiße. Ich bin nicht so gut in Beziehungen, Brina. Ich bin seit Jahren geschieden und das hat mich nicht einfacher gemacht.«

»Wir müssen ehrlich miteinander sein«, meinte ich. »Ich bin auch schon länger Single. Ich stelle mich auf dich ein, manchmal ist das ungewohnt, aber ich tue das gern für dich. Du bist mir wichtig. Ich möchte, dass es mit uns klappt.« Ich legte meine Hand auf seine und endlich sah er mich an. Sein Gesicht war weich und doch entging mir der harte Zug um seinen Mund nicht. Ich strich mit den Fingerspitzen darüber. »Es ist riskant.«

»Ich weiß«, sagte er leise.

»Aber eigentlich können wir doch nur gewinnen, oder?«

Seine Augen waren dunkel. »Das hoffe ich.«

»Du machst dich so gut, sei nicht zu hart mit dir.« Ich strich über seine stoppelige Wange.

»Das übernimmst du.«

Ich nickte lächelnd. »Ja, das mache ich.«

»Es tut mir wirklich leid.«

Ich küsste ihn und schlang meine Arme um seinen Nacken. Mir fiel ein tonnenschwerer Stein vom Herzen.

Wie gut, dass ich mit ihm darüber gesprochen hatte. Es tat gut, das Thema aus der Welt geräumt zu haben.

Ich lehnte mich an ihn und nahm endlich einen Schluck von meinem Wein. Mein Herz flatterte, als ich seinen Geruch einatmete.

Wir konnten es schaffen. Wir mussten uns Mühe geben und uns selbst nicht im Weg stehen.

Jetzt war ich mir sicher, dass er auch dazu bereit war.

Es ging nicht mehr um Sex. Ich wollte Tom mein Herz öffnen und es ihm dann schenken. Ich wollte, dass er das gleiche für mich tat. Ich wollte mit ihm solche Momente wie diesen erleben, in denen wir zufrieden zusammensaßen und die Gegenwart des anderen genossen.

Nach diesem Gespräch war die Hoffnung, dass das möglich war, wieder da. Sie musste bleiben und wachsen.

Sie sollte zur Gewissheit werden.

Von mir aus bald.

Wir saßen noch lange auf unserer Bank. Schließlich war der Wein ausgetrunken und die Sonne ging unter. Ich legte meinen Kopf auf seine Schulter und saugte seinen Geruch ein. Mit den Fingerspitzen glitt ich über seine Brust. Seine Nippel zogen sich unter meiner Berührung zusammen und er holte Luft.

Ich freute mich auf das, was ich mit ihm vorhatte. Dieses Mal vorsichtiger, lieber nur kleine Schritte machen und dafür die richtigen. Ich wollte ihm alle Zeit der Welt geben. Wir hatten sie schließlich.

Er beugte sich zu mir herunter und küsste mich. Seine Lippen versprachen mir, dass er seinen Fehler auch in dieser Hinsicht wiedergutmachen wollte.

Ich gab ihm gern die Gelegenheit dazu.

Dass meine Wäsche nicht der Rede wert war, hatte er schon bemerkt. Ich spürte die frische Abendbrise zwischen meinen Schenkeln. Sie strich über den feuchten Stoff meines Slips.

»Ich möchte hierbleiben und es dir hier besorgen«, flüsterte er in mein Ohr. »Auf der Wiese oder direkt am Wasser. Bestimmt hättest du auch dafür gute Ideen.«

»Ich habe für beinahe jede Situation eine Idee«, erwiderte ich lächelnd und rutschte noch etwas näher. Es waren nicht mehr viele Leute unterwegs. »Gib mir deine Finger, Tom.« Er stahl sich zwischen meine Schenkel und rieb über den Stoff. Ich biss mir auf die Unterlippe und sah hinaus aufs Wasser. Ich beobachtete die Schwäne und Möwen, die darüber kreisten. Eine Barkasse fuhr an uns vorbei zu den Alsterkanälen.

Tom zog meinen Slip beiseite und streichelte meine Klit, dabei drangen sein Zeige- und Mittelfinger langsam in mich ein. Ich konzentrierte mich weiter auf die Vögel und stellte mir vor, wir könnten einfach tun, worauf wir Lust hatten. Ohne uns Gedanken wegen etwaiger Zuschauer zu machen.

Im Club war das etwas anderes, ich hatte schon viel gesehen und war selbst oft beobachtet worden. In der Öffentlichkeit ging das nicht. Egal, wie verlockend es war, es einfach zu machen. Wir wagten schon viel.

Er küsste mich erneut und fingerte mich härter. Ich stöhnte heiser an seinen Lippen und spreizte die Schenkel ein wenig mehr. Ich musste mich beherrschen. Die Eiskönigin konnte ohne eine Regung im Gesicht kommen. Ich hatte das perfektioniert. Meine Emotionen waren ein Geschenk für meine Gäste, das ich nicht jedem machte.

Tom verdiente es. Immer.

»Gefällt es dir?«, flüsterte er.

»Ja. Du machst das gut.« Ich hielt seinen Blick mit meinen Augen fest. Er durfte sehen, wenn ich kam. Ich würde ihm zeigen, wenn es so weit war.

»Ich möchte noch so viel mehr für dich tun.«

»Das wirst du auch. Nachher«, versprach ich ihm.

»Wie oft soll ich dich nachher kommen lassen?«, fragte er mit rauer Stimme.

»Das sehen wir dann.« Meine Finger verkrampften sich an seinen Oberarmen, als er den Druck auf meine Klit noch weiter erhöhte.

»Besorg es mir, Tom. Ich komme für dich.« Er kniff mich in den Nippel und konzentrierte sich auf meine Klit, nahm sie zwischen Daumen und Zeigefinger. Ich kam. Ich stieß ein kleines Wimmern aus und biss mir auf die Unterlippe, dabei hielt ich seinen Blick eisern fest.

Ich sah den Stolz in seinen Augen. Den Triumph. Ich gönnte ihm dieses Gefühl und gab mich dem Orgasmus hin. Ich wollte mehr davon. Sofort. Am liebsten hätte ich ihm die Hose heruntergerissen und ihm befohlen, mich hier auf der Bank zu vögeln.

Ich musste warten, bis wir zuhause waren.

Aber dann würde ich mir alles nehmen, was ich brauchte.

Endlich kam ich wieder zu Atem und beobachtete, wie er genüsslich über seine Finger leckte.

»Davon hätte ich gern mehr.«

»Bekommst du«, sagte ich heiser. »Wir sollten jetzt gehen. Ich glaube, die Luft ist rein.« Ich stand auf, Tom wollte nach mir greifen.

»Dein Slip.«

»Ich weiß.« Er war noch immer beiseite geschoben. »Das lassen wir so.« Ich sah hinunter zu seiner hellen Hose, unter der sich sein harter Schwanz abzeichnete. Ich konnte es kaum erwarten. Er stöhnte.

»Wir können ja Ausschau nach einer dunklen Ecke halten«, schlug er vor. Ich lächelte, nahm seine Hand und lief los. Zu mir nach Hause waren es maximal zehn

Minuten zu Fuß und der Weg bot keine dunklen Ecken, in denen wir es hätten treiben können. Leider. Gerade wäre ich dazu bereit, mich von ihm einfach im Stehen an einer Hauswand vögeln zu lassen.

›Geduld‹, ermahnte ich mich wieder. ›Wir haben noch die ganze Nacht Zeit.‹

Mit etwas Glück kam Anina erst morgen früh zurück. Seit ein paar Tagen schrieb sie ständig mit einem Mann, den sie letzte Woche kennengelernt hatte. Wir hatten noch nicht darüber gesprochen, aber ihre Laune war besser denn je und ich hoffte, dass sich etwas daraus ergab.

Wir stolperten ins Treppenhaus und ich konnte es kaum noch erwarten. Ich zog den Reißverschluss von Toms Hose auf und schob meine Hand hinein. Er war prall und groß, ich wollte ihn endlich in mir spüren. Vielleicht mussten wir gegen meine Gewohnheit mit einem Quickie anfangen und uns danach mehr Zeit lassen. Er schob seine Finger unter mein Kleid und lehnte mich gegen die Wand neben meiner Wohnungstür.

Die Kuppen fuhren über meine Schamlippen und ertasteten die Feuchtigkeit, die nie weniger geworden war.

Ich stöhnte leise und fummelte mit einer Hand meinen Schlüssel aus meiner Handtasche, die andere schloss ich um seinen Schwanz.

Ich öffnete die Tür und blieb stehen. Ich hörte Anina. Sehr deutlich. Auch sie hatte viel zu tun.

Neben mir kicherte Tom. Ich wusste nicht, was ich davon halten sollte. Schnell zog ich mein Kleid hinunter und nickte ihm zu, damit er seine Hose wieder schloss. Wir mussten es nicht noch verrückter machen.

»Warte hier«, sagte ich und machte die Tür vor seiner Nase zu, dann rief ich nach ihr. Sofort verstummte sie, dann polterte es. Ich blieb im Flur stehen und starrte an die Decke. Zwischen meinen Schenkeln pochte es, doch das musste jetzt warten. Sie nahm mir die Disziplin ab.

Endlich kam sie aus dem Wohnzimmer, das Gesicht knallrot, das Handy noch in der Hand. Sie trug nur ein Spitzenshirt, ihr Slip war auf links gedreht.

»Bist du allein?«, fragte sie dünn.

»Tom wartet draußen.«

»Hat er ...«

»Dich gehört? Laut und deutlich. Liebe Grüße an Finn.«

Sie stöhnte und verbarg das Gesicht in den Händen. »Ich möchte sterben.«

»Lass dir damit bitte noch Zeit. Warum bist du denn noch hier? Ich dachte, du gehst heute feiern«, fragte ich.

»Brina, es ist halb zehn. Wo soll ich denn sein?«

»Offenbar beim Telefonsex.«

Ihr Gesicht wurde noch röter.   »Ich mache mich jetzt fertig, okay?«

»Und dann triffst du dich mit Finn?«

Sie grinste verlegen. »Nein, deswegen haben wir ja ... telefoniert. Aber wir sehen uns bald wieder.« Sie strahlte mich an. »Er ist so toll, Brina. Ich kann es gar nicht fassen.«

»Das freut mich für dich. Ist er verreist?«

»Nein, nach Hause gefahren. Das ist ja das Ding: Er kommt aus Bonn.«

Ich brauchte ein paar Sekunden. »Oh, das ist ja ...«

»Super, oder?«, unterbrach Anina mich. Ich blinzelte. »Ich habe schon nachgeschaut, mit dem Auto sind es gerade einmal vierzig Minuten von mir zu ihm. Ich freue mich so, wenn wir uns nächstes Wochenende sehen.«

Ich fühlte mich, als wäre ich für alles zu langsam. »Das heißt ...«

»Ich gehe zurück nach Köln. Wenn du mich so lange noch hierbehältst, fahre ich am Freitag nach Hause.«

Kapitel 15

Tom und ich setzten unsere Pläne am Samstag noch in die Tat um, nachdem Anina mit knallrotem Kopf an ihm vorbeigeschlichen war. Ich war froh, dass sich dieses Kapitel dem Ende zuneigte. Es war gut, dass sie jemanden gefunden hatte. Und dass jede von uns wieder ihr eigenes Leben zurückbekam.

Am Dienstag war ich mit Lola und Kira zum Essen verabredet. Ich ging mit einem mulmigen Gefühl zu dem Treffen, hatte Angst, dass es ihnen noch schlechter ging. Ich hoffte, dass Kira und ihr Mann miteinander gesprochen hatten. Er durfte sie nicht verlieren, das musste ihm doch klar sein.

Bei Lola wusste ich nicht, worauf ich hoffen sollte. Ihr Anwalt hatte ihr gesagt, dass eine Privatinsolvenz aus seiner Sicht der beste Schritt wäre.

Ich wollte das nicht für sie. Ich wollte, dass Enrique für die Scheiße, die er mit ihr abzog, blutete. Er brach alle Regeln des Anstands und ließ sie für seine Fehler bezahlen. Er sollte mir besser nie über den Weg laufen.

Außerdem fragte ich mich, ob sie Dan noch einmal gesehen hatte. Ich war spät dran, das letzte Meeting zog sich in die Länge. Obwohl ich mich auf das Treffen freute, fühlte ich mich wie erschossen.

Sie waren schon da und winkten, als ich ins Restaurant kam. Wieder blickte ich in Gesichter, die ich sonst fröhlicher kannte.

»Hey ihr zwei.« Lola lächelte angespannt, Kira starrte auf die Tischplatte. »Okay, wer fängt an?«

»Ich, dann habe ich es hinter mir«, sagte Lola und rollte mit den Augen. »Ich habe nächste Woche einen Termin bei einem Schuldnerberater, der mir helfen wird, Privatinsolvenz anzumelden. Es wäre lieb, wenn ihr mir vorher helfen könntet, die Unterlagen herauszusuchen. Und dabei betrinken wir uns bitte.«

»Ist das wirklich die einzige Wahl, die du noch hast?«, fragte Kira.

»Mein Anwalt sieht keine andere Möglichkeit. Brina hat sich die Unterlagen ja auch angesehen und nichts gefunden. Ich werde sie dem Schuldnerberater noch einmal zeigen, aber ich komme aus der Sache nicht mehr raus.« Lola war blass, ihre Stimme mechanisch.

»Was sagt denn Enrique dazu?«, hakte Kira nach.

»›Tut mir leid, ich kann's nicht ändern‹.«

»Weißt du, wie viel Geld er abbezahlen muss?«, fragte ich.

»Er sagt, er würde zwei Drittel der Schulden stemmen, weil er die meisten Anteile gehalten hat. Aber wie ich ihn kenne, kann er das durch irgendwelche Tricks aus seinen anderen Unternehmen so lange hin und her schieben, bis er aus der Sache rauskommt. Dieser verlogene Hurensohn.« Sie stieß Luft aus und griff nach ihrem Glas. »Leute, es ist und bleibt scheiße. Ich weiß bis heute nicht, wie ich da reingerutscht bin, aber ich kann mich da nicht rauswinden. Und je länger ich Leute suchen lasse, desto mehr Geld muss ich ihnen zahlen. Ich komme um die Insolvenz nicht herum.« Sie starrte auf ihre Hände. »Ich werde wohl nach Kiel zu meinen Eltern ziehen müssen, damit ich finanziell über die Runden komme. Ich habe nächste Woche auch einen Termin mit meinem Chef deswegen.«

Bittere Galle stieg in meiner Kehle hoch. Das war so unfair! Lola hatte unter der Trennung so gelitten und jetzt setzte dieses Arschloch noch eins drauf. Meine Hände fühlten sich vor Wut taub an und am liebsten hätte ich geschrien. Ich holte Luft, doch als ich Lolas Gesicht sah, verließ mich alle Kraft. Tränen schimmerten in ihren Augen und ich nahm sie in den Arm.

»Es tut mir so leid für dich«, sagte ich. »Was für eine Scheiße.« Sie schluchzte und lehnte sich an mich. Ich sah Kira an, doch sie war genauso hilflos wie ich. Wir konnten nichts tun, als für sie da zu sein.

Es dauerte, bis Lola sich wieder in den Griff bekam. Sie lief mit gesenktem Kopf zur Toilette und richtete ihr Make-up. Kira und ich warteten schweigend. Sie kam zurück und setzte sich.

»Okay, es reicht für heute. Ich möchte nicht mehr darüber nachdenken«, sagte sie und sah Kira an. »Jetzt du.«

Kiras Mundwinkel zuckten, sie schluckte. Ihre Finger krallten sich um ihr Wasserglas. Ich bekam Angst. Sagte sie uns jetzt, dass sie ihren Mann verließ?

»Ich bin schwanger.«

Mir stand der Mund offen. Das war das Letzte, womit ich gerechnet hatte. Lola ging es ähnlich, sie machte einen Mund wie ein Karpfen.

Kira schüttelte den Kopf und lachte.

»Ernsthaft?«, fragte ich vorsichtshalber.

»Ernsthaft. Ich habe es gestern festgestellt.«

»Und was sagt ...«, begann Lola.

»Nichts. Ich habe es ihm noch nicht gesagt.« Kiras Miene wurde hart. »Wir hatten vorgestern wieder einen Riesenstreit deswegen und ich bin immer noch zu wütend auf ihn.«

»Aber meinst du nicht, dass sich die Lage entspannt, wenn du es ihm sagst?«, fragte ich vorsichtig. Kira sackte in sich zusammen und sah mich unglücklich an.

»Das ist es je gerade«, flüsterte sie. »Ich habe Angst, dass er dann den nächsten Vogel bekommt. Er redet ja jetzt schon von nichts anderem als Ernährung und was ich alles beachten muss. Was, wenn es noch schlimmer wird? Und wenn das Kind da ist, macht er dann Terror wegen der Erziehung? Was, wenn ich das nicht aushalte und wir uns trennen? Dann sitze ich mit dem Baby allein da.«

»Hey, Süße.« Lola nahm sie in den Arm. »Das ist aber pessimistisch von dir, findest du nicht? Du weißt doch, dass er dich liebt.«

»Ich habe in den letzten Monaten Seiten von ihm kennengelernt, die ich nicht lieben kann. Und ich befürchte, dass sie bleiben werden. Er ist so in seinem Tunnel, es wird von Woche zu Woche schlimmer.« Sie wand sich vorsichtig aus Lolas Umarmung.

»Hey«, ich legte ihr die Hand auf den Arm. »Ihr seid so lange zusammen und du weißt, wie er ist. Du weißt, dass er manchmal aus Hilflosigkeit komische Sachen macht. Denk an eure Hochzeit, als die Torte nicht kam. Er ist zur Tankstelle gefahren und hat für alle Leute Schokoriegel gekauft und sich schon mal informiert, wie man den Bäcker verklagen kann.« Der zwei Minuten später in der Tür stand und sich verspätet hatte, weil er ihm die falsche Adresse genannt hatte, wohlbemerkt. Das Theater war riesig.

Kira lächelte schmal. »Er ist ein Idiot.«

»Ein Idiot, der immer alles getan hat, um dich glücklich zu machen«, sagte ich. »Ich bin mir sicher, dass sich daran nichts geändert hat. Und wenn du ihm jetzt sagst, dass du schwanger bist, wird er sich unendlich freuen.«

»Und das, obwohl ich mich nicht an seinen Ernährungsplan gehalten habe«, murmelte sie kopfschüttelnd.

»Denk an die Trecker-Girls«, warf Lola ein. Kira lachte und wirkte etwas gelöster. Ich hoffte, dass er sich wieder einkriegte. Ja, er war ein komischer Kauz und kokettierte damit, aber deswegen musste er es ja nicht auf die Spitze treiben. Doch Kiras Gesichtsfarbe war wieder etwas rosiger und sie sah hoffnungsvoller aus.

»Ich freu mich für dich«, sagte ich. »Wie schön, dass Lola und ich bald Tanten werden.«

Jetzt grinste sie. »Ich brauche euch, das Kind soll schließlich cool werden.«

»Wir geben unser bestes«, versprach Lola. »Wie läuft es bei dir, Brina?«

»Gut soweit«, sagte ich und berichtete. Die Augen der beiden wurden immer größer.

»Wie gut, dass Anina wieder nach Köln geht. Ich denke, jetzt hast du alles mit ihr erlebt, was ging, oder?«, kicherte Lola, dann verschwand ihr Lächeln und sie wurde ernst. »Aber die Sache mit Tom ... Brina, ich weiß nicht. Immer gibt es wegen deiner Vorliebe Schwierigkeiten.

Willst du nicht doch darüber nachdenken, ob es auch ohne geht?« Sie sprach behutsam mit mir und ich wusste, dass sie nur mein Bestes wollte. Ich war ihr nicht böse deswegen.

»Das ist nicht so leicht«, sagte ich. »Ja, sicher ginge es irgendwie, aber mir würde etwas fehlen. Es gehört zu mir, ich hänge schon viel zu lange drin, als meine Dominanz einfach ablegen zu können wie ein Kleidungsstück. Ich habe mich damals darauf eingelassen und es ist ein Teil von mir. Ich weiß, dass das nicht der einfachste Weg ist, den man gehen kann, aber ich glaube nicht, dass es der Grund ist, warum meine Beziehungen scheiterten. Es ist nicht der Sex.«

»Es ist das, was dahinter steht.« Kira nickte. »Ich weiß. Du warst viel jünger und hattest mehrere Jahre Zeit, um dich hineinzufinden und zu entwickeln. Ich glaube, dass Tom unterschätzt, wie viel dran hängt. Und dass es einfacher gesagt als getan ist, sich einem anderen Menschen derart hinzugeben. Vor allem, wenn man ansonsten alles mit sich selbst ausmacht und eher verschlossen ist. Ich denke, es lohnt sich, noch ein wenig Geduld zu haben und ihm die Chance zu geben, da reinzuwachsen.«

»Immerhin war er einsichtig«, sagte Lola. »Aber denk dran, dass du ihm ein bisschen entgegenkommen musst, wenn es eine Beziehung sein soll.«

»Ihr habt ja recht«, räumte ich ein. »Und das will ich ja auch tun. Ich habe mich beherrscht, so gut ich konnte.«

»Die Geschichte mit dem Kondom fand ich allerdings grenzwertig«, meinte Kira. »Da hattest du jedes Recht, auszuflippen.«

»Bin ich auch, das kannst du mir glauben.«

»Gut.« Sie nickte und ihr Gesicht wurde weicher. »Anscheinend muss es immer kompliziert bei uns dreien sein, so eine einfache ›Verliebt bis in alle Ewigkeit‹- Geschichte gibt es nicht.«

»Ich wünschte, es wäre zur Abwechslung mal so«, sagte ich seufzend.

»Es könnte schlimmer sein. Er hat dich immerhin nicht finanziell ruiniert«, warf Lola ein. Dagegen konnte ich nichts sagen.

»Hast du dich noch mal mit Dan getroffen?«, fragte ich.

»Ja, letzten Samstag. Wir hatten Sex.«

»Und?«

Lola zuckte mit den Schultern. »Er war verfügbar, deswegen habe ich ihn angerufen.«

»Du brauchst dir meinetwegen wirklich keinen Kopf zu machen.«

»Brina, das weiß ich doch. Er ist nett, aber ich glaube, momentan komme ich ohne Mann ganz gut klar. Falls sich was ändert, sage ich dir Bescheid, okay?«

»Okay.« Ich sah in die Runde. Ihre Gesichter waren etwas weniger gestresst als am Anfang, aber noch zu gestresst, um erleichtert nach Hause zu gehen.

Ich wünschte, ich könnte mehr für sie tun.

Was ich geben konnte, fühlte sich nicht genug an.

Die restliche Woche raste an mir vorbei und schon war es Freitagmorgen. Anina hatte sich den Tag freigenommen, um in Ruhe nach Hause zu fahren. Am Donnerstag hatten wir uns noch einmal Essen bestellt, Wein getrunken und lange geredet. Sie stellte mir tausend Fragen und ich gab ihr Antworten, die sie verstand und akzeptierte.

Ausgerechnet an diesem Abend entstand bei mir ein Gefühl der Nähe, mit dem ich nicht gerechnet hätte.

Jetzt stand sie vor mir und ihr Koffer war fertiggepackt. Obwohl ich diesem Moment entgegengefiebert hatte, fühlte es sich jetzt komisch an, mich von ihr zu verabschieden. Ich hatte mich in den letzten Wochen an sie gewöhnt. Dass sie ab morgen wieder fünfhundert Kilometer entfernt war, gefiel mir nicht. Ausgerechnet jetzt wurde ich sentimental.

Ich holte Brötchen und wir frühstückten ein letztes Mal zusammen, doch ich musste gleich zur Arbeit und sie wollte dem Verkehr zuvorkommen. Sie zupfte am Ärmel ihrer Jeansjacke. Auch ihr fiel der Abschied nicht leicht.

»Danke, dass ich so lange hierbleiben durfte«, sagte sie schließlich unbeholfen.

Ich zuckte lächelnd mit den Schultern. »Ich hatte doch keine Wahl.«

»Nein, wohl nicht. Trotzdem, du hättest mich ja auch zu Mama und Papa schicken können.«

»Ach Anina, ich ...« Ich wusste nicht, was ich sagen sollte. Das Gespräch drohte, mir zu viel zu werden. Anina bemerkte es und umarmte mich.

»Ich hoffe, dass es mit dir und Tom was wird«, sagte sie in mein Ohr. »Ich wünsche dir von ganzen Herzen, dass du den richtigen Mann gefunden hast, der dich glücklich macht. Das verdienst du, weißt du das?«

Ein Kloß bildete sich in meinem Hals, den ich nur mühsam heruntergeschluckt bekam. »Das wünsche ich dir auch.«

»Kommst du mich bald mal besuchen?«

»Versprochen. Ich möchte Finn ja auch kennenlernen.«
Sie ließ mich los und lächelte. Heute hatte sie ihr Haar
geflochten, so wie ich es oft trug. Wir sahen uns doch
ähnlicher, als ich immer gedacht hatte. »Fahr vorsichtig«,
flüsterte ich.

»Versprochen.« Sie nahm ihren Koffer zur Hand und ich
griff nach meiner Handtasche. »Du wirst mich vermissen,
weißt du?«, sagte sie auf der Treppe.

»Mal sehen.«

Sie zwinkerte und verstaute den Koffer in ihrem Auto.
»Ich kann dich wirklich gern zur Arbeit bringen.«

»Das ist lieb, aber ein Riesenumweg, der dich eine
Stunde kostet. Fahr lieber direkt. Und sag Bescheid, wenn
du in Köln angekommen bist«, schob ich hinterher.

»Mach ich, Mama.«

»Treib es nicht zu weit.«

»Du auch nicht. Ich kenne dein dunkles Geheimnis,
Eiskönigin.« Sie stieg ein und winkte. Ich starrte ihr
hinterher, als sie losfuhr.

Okay, vielleicht würde ich sie doch ein kleines Bisschen
vermissen.

Ein kleines Bisschen mehr.

Ich erwischte die U-Bahn auf den letzten Drücker und
fuhr zu *Spedfield*.

Wenn alles gut ging, schlossen Xander und ich heute den
Bericht ab. Dann konnte ich nächste Woche die Nach-
besprechung mit Tom und Edie machen und damit war
mein Auftrag erledigt.

Ich fieberte diesem Termin entgegen. Es wurde Zeit, dass
das Ganze ein Ende nahm.

Xander stellte mir meinen Kaffee hin und hatte einen Bagel besorgt, den ich dankend entgegennahm. Er konnte ja nicht ahnen, dass ich Schoko-Croissants zum Frühstück hatte. Doch das gute Gefühl hielt nur an, bis ich den Bericht vor mir hatte. Xander stand neben mir und sah mir über die Schulter. Seine Miene war angespannt. »Mist.«

»Machst du dir Sorgen um deinen Arbeitsplatz?«

»Sollte ich?«, fragte er zurück.

»Ich hoffe nicht.«

Er machte ein nachdenkliches Gesicht. »Hmm, sonst müsste ich dich fragen, ob du einen Job für mich hast.«

Ich sah an ihm hoch.

Unsere Blicke verhakten sich ineinander.

Ohne nachzudenken legte ich meine Finger an seinen Oberschenkel. Seine Hand strich über meine Schulter zu meinem Hals. Meine Kuppen glitten zur Innenseite seines Schenkels.

Er blinzelte nicht einmal. Mein Mund wurde trocken und Hitze sammelte sich zwischen meinen Beinen.

Mein Atem beschleunigte sich. Ich ertastete etwas unter dem Stoff seiner Anzughose.

Ich musste nur noch ein paar Zentimeter ...

Ich hörte Schritte auf dem Flur und fuhr zurück. Erschrocken sahen wir einander an. Was war da gerade passiert?

Also, ich wusste, was passiert war, aber ... warum?

Ich sah zur Tür und erblickte Tom, der mich mit undefinierbarer Miene ansah.

War er wütend? Neugierig? Erfreut? Sein Gesicht war unbeweglich, ich wusste nicht, was ich denken sollte.

Er konnte nichts mitbekommen haben. Es war ja auch nichts passiert. Wir hatten uns nur berührt.

Ich hatte meine Finger fast an seinem Schwanz.

Bei dem Gedanken daran, was hätte passieren können, bekam ich einen Kick. Ich sah Xanders Gesicht direkt über mir, spürte seinen Körper. Roch ihn. Meine Unterleibsmuskeln zogen sich zusammen, als spürte ich seine Stöße schon. Unsere Blicke hingen aneinander. Er würde den Kontakt nicht abbrechen.

Ich wurde immer feuchter und riss mich gewaltsam von der Fantasie los. Er stand viel zu nahe.

Ich erhob mich und ging zu Tom hinüber. »Hast du Zeit für ein paar letzte Fragen?«

»Ja.« Er legte die Hand auf meine Schulter und behielt Xander im Blick. Wollte er ihm so zeigen, dass ich zu ihm gehörte? Er zu mir?

Er war doch nicht so aufgeschlossen, wie er dachte.

Kiras Worte hallten in meinen Ohren nach. *Es war einfacher gesagt als getan, sich einem Menschen derart hinzugeben.* Vor allem, wenn es jemandem so schwerfiel, zu vertrauen, wie Tom.

Ich ließ ihn gewähren und lächelte. Es bestand keine Gefahr, ich war seinetwegen hier. Was da eben geschehen war, bedeutete nichts. Nur, dass ich zu lange über seinen Wunsch nachgedacht hatte.

Das hatte sich hiermit erledigt. Ich wollte mich auf ihn konzentrieren. Er war mein Partner.

Er verdiente meine ganze Aufmerksamkeit.

Ich folgte ihm in sein Büro und nahm platz.

»Wie sieht der Bericht aus?«, fragte er.

»Leider unverändert. Es fehlt nur noch eine Handvoll Zahlen, aber ich kann mir nicht vorstellen, dass sie einen Unterschied machen. Ich gebe ihn dir vorab und wir besprechen ihn nächste Woche mit Edina.«

Seine Miene verfinsterte sich. »Muss das sein?«

»Das habt ihr so im Vertrag vereinbart. Sie wird dir wahrscheinlich eine weitere Betreuung anbieten.«

»Von dir?«

Ich befeuchtete meine Lippen. »Nein, eher nicht. Das ist nicht mein Schwerpunkt.«

»Aber dir vertraue ich«, beharrte er.

»Das kannst du auch, aber ich bin nicht die Richtige, wenn es um eine klassische Unternehmensberatung geht. Ich bin nur für die Zahlen zuständig und finde die Ausreißer.« Ihm gefielen meine Worte nicht und seine Miene verfinsterte sich.

»Gut, das ist dann wohl ein Thema für Frau Kellermann.« Ich widerstand dem Impuls, ihm zu sagen, dass Edies Antwort die gleiche wäre wie meine. Unsere Verabredung war klar: Ich beendete *Spedfield* und kehrte in meinen alten Vertrag zurück. Wir hatten ein Team, das solche Analysen und Beratungen machte, doch ich war mir sicher, dass Tom meine Kollegin Märte ablehnte.

Ich fing seinen Blick auf und sah die Herausforderung darin. Er wollte, dass ich das für ihn tat. Er erwartete das von mir.

Aber ich konnte und wollte ihm das nicht geben. Und ich ahnte, dass er das nicht einfach akzeptierte.

Nach Feierabend fuhren wir wieder zu Tom und bestellten uns Essen beim Spanier.

Er hatte sich wieder gefasst und ich schöpfte Hoffnung, dass ich um eine Konfrontation herumkam. Mit etwas Glück hatte sich das Thema erledigt.

»Wein?«, fragte er und ich nahm das Glas dankend entgegen. Die Woche war stressig und ich brauchte ein entspanntes Wochenende. Wir hatten einen Großteil des Samstags verplant und ich freute mich auf die gemeinsame Zeit. Ich wollte bei ihm sein und seine Anwesenheit genießen. Ohne störendes Kribbeln im Bauch.

Fürs Erste erzählte ich ihm von Aninas Abreise.

»Das wird sicher eine Umstellung für dich sein, die Wohnung wieder allein für dich zu haben«, meinte er. »Wie lange war sie bei dir?«

»Etwas über einen Monat.«

»Kam mir länger vor.«

»Mir teilweise auch.« Ich setzte mich auf die Couch und legte seufzend den Kopf zurück. »Trotzdem war es ein blödes Gefühl, als sie heute Morgen gefahren ist.«

Sie war gegen Mittag in Köln angekommen und hatte mir pflichtschuldigst geschrieben.

Er setzte sich neben mich und legte seine Hand auf mein Knie. »Dafür haben wir jetzt endlich deine ganze Wohnung für uns. Es kann uns keiner mehr überraschen und du musst dich nicht mehr zurückhalten.«

Ich spreizte die Beine und lächelte, als seine Finger über meinen Oberschenkel strichen.

»Das stimmt natürlich. Mach weiter.« Er erreichte meinen Slip und massierte meine Haut durch den dünnen Stoff. Ich stöhnte wohlig.

»Was war das heute mit Xander?« Er hatte doch etwas bemerkt.

»Eine merkwürdige Situation. Er hat mich kurz getriggert.« Ich sah in Toms Augen, las die Frage in ihnen. »Es ist nichts weiter passiert. Ich habe mich dazu entschieden, dass ich mich auf dich konzentrieren will. Wir haben noch ewig Zeit, um uns jemanden zum Spielen zu suchen. Fürs Erste verdienst du meine volle Aufmerksamkeit.« Ich küsste ihn, seine Lippen waren fest und ich teilte sie mit meiner Zunge. Ich sog seinen Geruch ein und lehnte mich an ihn. Ich brauchte keinen anderen, er war mir genug.

Er sollte bei mir sein. In mir.

»Leg dich hin.« Seine Finger verharrten kurz, dann gehorchte er und rollte sich auf den Rücken. Ich beobachtete ihn und kniete mich auf die Polster direkt über sein Gesicht. Dann zog ich mein Kleid über den Kopf. »Zieh den Slip mit deinen Zähnen beiseite.«

Er tastete sich knabbernd an das Bündchen und legte meine Pussy frei. Ich gestattete ihm, seine Hände an meine Oberschenkel zu legen, und senkte mich dann auf ihn herab. »Leck mich, Tom. Lass mich mit deiner Zunge kommen.« Ich biss mir auf die Lippe, als seine Zungenspitze zwischen meine Schamlippen stieß und rau über meine empfindliche Haut glitt.

Sein Griff an meinen Oberschenkeln verstärkte sich und er zog meine Pobacken auseinander.

Ich beobachtete, wie er mich leckte. Wie sich sein Kiefer bewegte und seine Zunge über meine Haut glitt. Das sah so scharf aus und trieb mich noch weiter auf die Kante zu.

»Mach härter.« Er gehorchte und erhöhte den Druck auf meine Klit. Ich betrachtete es genau und wurde immer schärfer. Mein Becken passte sich seinem Rhythmus an und ich rieb mich an seinen Lippen. Ich konnte nicht widerstehen, er machte das zu gut. Ich stützte meine Hände hinter mir auf seiner Brust ab und ritt seinen Mund.

»Ja, mach weiter. So ist es gut«, schluchzte ich. Es dauerte nicht mehr lange, es war einfach zu perfekt. Er nahm seine Hände zur Hilfe und konzentrierte sich auf meine Klit mit dem Mund, saugte sie zwischen seine Lippen und stimulierte sie mit den Schneidezähnen. Ich drehte beinahe durch und mein Kopf dröhnte.

Meine Bewegungen wurden immer schneller und unkontrollierter. Eine Woche seit unserem letzten Sex war zu lange. Ich vermisste meine eigene Disziplin. Andererseits verlor ich sie gern für ihn.

Er verdiente es, dass ich für ihn einen Teil meiner Kontrolle aufgab.

Ich kam mit einem heiseren Schrei, als er mir einen Finger in den Anus einführte, und kippte vornüber. Er schob mich ein wenig weiter, sodass er mit beiden Händen an mich herankam und bearbeitete mich hart mit seinem Mund und seinen Fingern. Ich hörte das Klatschen, das seine Finger verursachten, als sie gleichzeitig in meine Pussy und meinen Anus eindrangen. Ich kam noch einmal und verlor die Beherrschung über meinen Körper.

Dumpf bekam ich mit, dass er sich unter mir herauswand, doch ich war zu sehr dabei, als etwas unternehmen zu können. Meine Arme wurden nach hinten gezogen und meine Wange auf die Rückenlehne gelegt. Etwas legte sich um meine Handgelenke und fesselte sie aneinander.

Ich riss die Augen auf. Was ...

Da drang er von hinten in mich ein. Sein großer Schwanz dehnte meine Muskeln und versenkte sich mühelos in der Feuchtigkeit. Ich schrie erneut, doch die Ekstase war weg.

»Tom!«

»Ja, Süße.« Seine Hände lagen auf meinen Hüften und er stieß hart und tief in mich hinein. Ich stöhnte, doch der Widerstand in meinem Kopf wurde immer größer.

Wut stieg in mir hoch, meine Hände ballten sich zu Fäusten. Was fiel ihm ein? Wie konnte er? Das würde er büßen! Ich gab hier den Ton an, nicht er! Ich würde ihm zeigen, welche Konsequenzen das nach sich zog!

»Hör auf!« Ich bäumte mich auf und schüttelte ihn ab. Mir war heiß und kalt vor Wut, ich schäumte beinahe über. Ich drehte mich um und funkelte ihn an. »Mach mich los. Sofort.«

Meine Stimme war wie ein Peitschenknall und er zuckte zurück. Es war lange her, dass ich so wütend war.

Ich sehnte mich nach meiner Peitsche, um es ihm heimzuzahlen und ihn an seinen Platz zu verweisen. Seine Miene war starr, ich sah meine eigene Wut darin. Das hatte er mit Absicht gemacht, im schlimmsten Fall so geplant. Ich wurde noch wütender.

Wortlos löste er den Knoten, jetzt sah ich, dass er seine Krawatte benutzt hatte, um mich zu fesseln. Ich ballte die Hände zu Fäusten und atmete kontrolliert durch die Nase ein und aus. Ich durfte jetzt nicht ausflippen. Ich durfte mich nicht gehen lassen. Ich musste ihm verständlich machen, was er getan hatte. Er musste einsehen, dass das so nicht ging. Das durfte er nicht mit mir machen. Niemals. Ich wollte aus der Haut fahren und es kostete mich viel Kraft, mich zu beherrschen.

Ich hatte ihm doch erklärt, wie ich tickte.

Ich hatte ihm doch gesagt, was er nicht tun durfte.

Warum machte er das mit mir?

Warum tat er mir das an?

Ich fühlte mich, als zerrisse ich innerlich.

Ich brannte. Ich ertrank. Es war zu viel.

»Was sollte das?«, fragte ich tödlich ruhig. Ich brauchte Abstand von mir selbst, sonst schaffte ich es nicht.

»Ich dachte, es gefällt dir.« Wollte er mich provozieren? Es fiel mir immer schwerer, mich zu zügeln.

»Du weißt, dass mir das nicht gefällt. Du weißt, dass ich das so nicht kann und will. Verdammt, wir hatten doch darüber gesprochen, Tom!«

›Einatmen. Ausatmen. Kontrolliere dich. Du hast es im Griff. Er wird es verstehen.‹

»Ich wollte dir was Gutes tun!«

»Das glaube ich dir keine Sekunde.« Ich verstummte, seine Augen weiteten sich. Scheiße, hatte ich das gerade wirklich gesagt? Ich fühlte mich ohnmächtig und hilflos.

Er überforderte mich. Ich wusste nicht, was ich machen sollte. Scheiße. Mit einem Mal war die ganze Wut weg. Das hier war kein Gast, der sich nicht unterordnen konnte.

Das hier war Tom. Mein Partner. Der Mann, den ich an meiner Seite haben wollte. Der mich an seiner Seite haben wollte. Oder?

»Was machen wir hier eigentlich? Wohin soll das führen?«, flüsterte ich.

Die Wut verschwand aus seinem Gesicht und wich Ratlosigkeit. Seine Augen waren blicklos, er starrte auf seine leeren Hände. Ich zog die Beine unter mich und fühlte mich elend. Tom starrte aus dem Fenster.

Ich angelte nach meinem Kleid und zog mich an. Ich musste mich dieser Situation entziehen, bevor ich nicht mehr klarkam. Ich wollte nicht noch mehr dumme Dinge sagen. Ich musste verstehen, was passiert war und wie ich damit umgehen konnte.

Es musste doch einen Weg geben. Das konnte es doch noch nicht gewesen sein.

»Ich muss nachdenken«, sagte ich. Tom reagierte nicht. »Bitte tu das auch. Die Richtung gefällt mir nicht, in die wir uns bewegen. Ich möchte, dass wir zusammen sind. Jetzt brauche ich Zeit, um einen Weg zu finden. Tom.« Ich hob sein Kinn mit den Fingern an. »Wenn es dir auch wichtig ist, mach das bitte auch. Ich fahre jetzt nach Hause.« Ich wartete noch einen Moment, bis er kaum merklich nickte. Dann sammelte ich meine Sachen zusammen und verließ seine Wohnung.

Meine Gefühle schloss ich sorgfältig in mir ein, sodass ich ihnen während des ganzen Weges keine Beachtung schenken musste.

Ich konzentrierte mich auf die U-Bahn, auf die Reklame am Bahnhof, auf die Stationen und den Info-Screen. Es klappte so lange, bis ich durch meine Wohnungstür trat und hinter mir abschloss.

Sie trafen mich mit voller Wucht. Mir blieb die Luft weg und meine Knie wurden weich. Irgendwie schaffte ich es auf mein Sofa, wo ich mich zusammenrollte und bitterlich weinte. Es dauerte lange, bis ich wieder in der Lage war, einen klaren Gedanken zu fassen.

Kapitel 16

Ich blieb das ganze Wochenende über zuhause und bewegte mich nur zwischen Sofa und Bett hin und her. Ich fühlte mich ausgelaugt und erschöpft. Von Tom hörte ich nichts und ich rief ihn auch nicht an, zu unsicher war ich mir, was er sagen könnte.

Hatte er uns schon aufgegeben? War ich ihm nicht so wichtig, wie ich dachte?

Ich fand keine Lösung, egal, wie lange ich darüber grübelte. Wir konnten das Problem nur zusammen lösen, doch der Schock saß noch zu tief. Er hatte es wieder getan, obwohl er wusste, was das bei mir auslöste.

Als ich am Montag bei der Arbeit ankam, hatte ich das miese Gefühl noch immer nicht überwunden.

Ich kämpfte mit mir. Die ganze Zeit.

Es kostete mich große Mühe, dem Meeting zu folgen und mich einzubringen. Es kam mir vor, als hätte ich nächtelang nicht geschlafen.

»Brina, hast du noch eine Minute für mich?«, durchdrang Edies Stimme meinen Gedankennebel.

Ich zuckte zusammen und brauchte eine Sekunde, um mich zu orientieren. »Natürlich.«

Ich folgte ihr in ihr Büro. Ihr Gesicht war ernst. Was war jetzt schon wieder passiert? Hatte Tom sie angerufen?

»Wie geht's dir?«

Ich blinzelte. »Gut.«

»So siehst du aber nicht aus.« Ich wusste nicht, was ich sagen sollte, und schwieg. Edie lehnte sich auf ihrem Stuhl zurück und sah mich nachdenklich an. »Ich vermute, es liegt an Tom Zill.«

»Wie kommst du darauf?«, fragte ich und versuchte, mich nicht ertappt zu fühlen, doch ich spürte, wie sich meine Wangen röteten.

»Ach Brina, ich kenne das doch auch, wenn man sich wegen eines Mannes einen Kopf macht.« Sie rollte mit den Augen. »Ich war mal verheiratet, erinnerst du dich? Dieser grüblerische Gesichtsausdruck, wenn man sich fragt, ob das alles noch einen Sinn hat, ist mir bestens vertraut.«

Jetzt fühlte ich mich doch ertappt und lächelte verzweifelt. Ich wusste nicht, was ich sagen sollte. Das hier war nicht der richtige Rahmen für dieses Gespräch. Doch Edie deutete meinen Gesichtsausdruck richtig.

»Ich hab's befürchtet«, murmelte sie. »Diese Speddys machen nichts als Ärger.« Sie schlug die Beine übereinander. »Du musst mir keine Details erzählen - es sei denn, du möchtest das - aber wenn ich dir einen freundschaftlichen Rat geben darf: Hör auf dein Gefühl. Du bist eine kluge Frau, die eigentlich schon weiß, was abgeht.«

»Das ist dein Rat?«

»Der ist gut, oder?« Sie grinste, dann wurde ihr Gesicht ernst und sie spitzte die roten Lippen. »Wenn du mich fragst, hat es niemand nötig, sich wegen eines anderen Menschen schlecht zu fühlen. Würdest du wollen, dass es ihm deinetwegen mies geht?«

»Nein.«

»Siehst du, das sollte auch sein oberstes Ziel sein. Aber wenn der Partner einem dieses Gefühl gibt, ist man ihm wohl nicht wichtig genug.« Sie machte eine wegwerfende Handbewegung. »Ich finde, und korrigiere mich, wenn ich falschliege, dass man dem anderen einen Grund geben sollte, ihn zu lieben. Wenn das eine Einbahnstraße ist, funktioniert es nicht.«

»Wahre Worte von jemandem, der sich immer über Beziehungen lustig macht.«

Ihr Augenlid zuckte. »Ich mache mich über meine Beziehungen lustig, nicht generell. Das heißt nicht, dass ich den Wert einer tollen Partnerschaft nicht kenne und wertschätze.«

»Möchtest *du* über irgendwas sprechen, Edie?«

»Um Gottes Willen, nein. Aber du bist mir wichtig, deswegen wollte ich mit dir reden. Also, du hast ja kaum was gesagt, aber ich wollte dir das sagen. Und auch, dass ich für dich da bin.«

Ich schenkte ihr ein Lächeln. »Ich weiß das sehr zu schätzen und ja, du hast mir weitergeholfen.« Ich stand auf, sie folgte mir zur Tür.

»Meine Tür ist immer für dich offen«, sagte sie. »Und wenn wir am Freitag den Abschlusstermin hinter uns haben, wird es einfacher. Versprochen.«

»Ich verlasse mich auf dich.« Ich winkte und ging zu meinem Büro. Natürlich hatte Edie keine Lösung für mich. Aber es ging mir etwas besser.

Ich verdrängte alle Gedanken an Tom für den restlichen Tag und vergrub mich in meiner Arbeit.

Ich wollte mich nicht mehr so hilflos fühlen, sonst wurde ich wütend. Die Aufträge und das Team boten genug Abwechslung, sodass ich nicht dazu kam, über ihn oder mein Gespräch mit Edie nachzudenken.

Zuhause war das nicht der Fall und ich bedauerte, dass Anina nicht mehr da war. Ich musste über mich selbst lachen. Zuerst konnte ich sie nicht schnell genug loswerden und jetzt trauerte ich meiner ungebetenen Mitbewohnerin hinterher. Also rief ich sie an und ließ mich auf den neuesten Stand mit Finn bringen, ohne ihr von meinem Problem zu erzählen. Ich hätte auch nicht gewusst, wo ich anfangen sollte.

Danach allerdings blieb mir nichts anderes übrig. Ich setzte mich aufs Sofa und zog die Beine unter mich. Mein Kopf sank schwer in die Polster und ich musste mich überwinden, die Gefühle zuzulassen.

Was konnte ich tun?

Ich fühlte mich ratlos. Von meiner Warte aus war alles klar, ich hatte Tom gesagt, was mir wichtig war. Warum er sich so dagegen stellte, verstand ich einfach nicht. Ich schluckte die Wut wegen Freitagabend herunter. Das brachte mir nichts, aber ich war enttäuscht, dass er sich nicht bei mir gemeldet hatte.

Ich hatte nur einen Anhaltspunkt für sein Verhalten und das war der Bericht.

Dieser verdammte, beschissene Bericht.

Nie hatte ich es mehr bereut, einen Auftrag angenommen zu haben. Warum hatte er nicht einfach Anna als Beraterin zugelassen? Warum mussten wir uns in dieser Situation wiederfinden? Ich war mir sicher, dass es ohne die berufliche Verwicklung kein Problem gäbe.

Wenigstens ließ mir das einen Ausweg. Am Freitag schloss ich die Analyse ab und dann war Schluss. Endgültig. Ich wollte beruflich nie wieder etwas mit *Spedfield* zu tun haben. Vielleicht hatten wir dann noch eine Chance.

Ich kämpfte mit dem Kloß in meinem Hals. Obwohl ich ihn anfangs niemals als Partner in Betracht gezogen hatte, fühlte ich mich jetzt wohl mit Tom. Er passte zu mir. Wir waren beide selbstbewusst und ehrgeizig. Wir waren gut in unseren Jobs. Wir hatten Verständnis für die Belange des anderen und auch privat waren wir auf einer Wellenlänge. Ich liebte es, mich mit ihm zu unterhalten, das Thema war beinahe egal. Ich hörte einfach gern seine Meinung. Wir dachten oft unterschiedlich und ich mochte es, eine andere Perspektive zu hören.

Der Sex war das Problem.

Ich stand frustriert auf und öffnete die Balkontür.

Verdammt.

Ich hatte mir solche Mühe gegeben, es langsam anzugehen. Ihn nicht zu überfordern. Ich dachte, es wäre mir gut gelungen. Ich hatte mir keinen solchen Fehler wie bei Dan geleistet. Jede meiner Handlungen hatte ich auf ihn abgestimmt, ihn genau beobachtet. Nie hatte ich das Gefühl, dass es ihm missfiel oder ihn überforderte.

War der Sex doch nicht sein Problem, sondern ich? Oder kompensierte er etwas anderes?

Ich kniff die Lippen zusammen. Das wäre das Letzte. Er wusste, dass das mein Schwachpunkt war, dass er mich hier verletzen und in eine Situation bringen konnte, in der ich mich maximal unwohl fühlte.

Diesen Schwachpunkt zu nutzen, um sich für den Bericht zu rächen, wäre das Schlimmste, was er mir antun könnte. Am Freitag hatte er mich fast so weit. Meine Beherrschung war nur noch hauchdünn. Ich wollte nicht, dass mein Partner sein Wissen als Waffe gegen mich einsetzte.

Ich würde niemals seinen wunden Punkt gegen ihn verwenden. Das könnte ich ihm auch nicht verzeihen. Und mir selbst auch nicht, wenn ich mich so niederträchtig verhielte.

Was sollte ich machen? Ich nahm mein Handy zur Hand. Eine Nachricht war angekommen. Von Tom.

Können wir uns treffen?

Endlich. Mein Herz hob sich ein wenig. Es bestand doch noch Hoffnung für uns.

›*Ich habe am Donnerstag Zeit*‹, antwortete ich. Morgen war ich bei Lola und Mittwoch begleitete ich Edie zu einer Veranstaltung. So gern ich ihn eher gesehen hätte, ich schaffte es nicht. ›*Ich komme zu dir.*‹

›*Einverstanden*‹, antwortete er prompt.

Ich setzte mich wieder aufs Sofa und fühlte mich erleichtert. Zumindest ein bisschen. Ich musste das Treffen nutzen, um für mich herauszufinden, ob wir eine gemeinsame Zukunft hatten.

Dass mein Gefühl deswegen so schlecht war, beunruhigte mich, aber ich hatte ja noch drei Tage, um mich zu sammeln. Bis dahin ging es mir sicher wieder besser.

Am Dienstagabend trafen wir uns bei Lola. Ich mochte ihre Wohnung in Eimsbüttel, auch wenn sie, wie mir heute auffiel, nur wenige hundert Meter von Toms entfernt lag.

Sollte ich hinterher einfach bei ihm vorbeischauen?

Ich wollte ihn sehen. Ich wollte wissen, ob wir eine Chance hatten. Ob ich mich in seiner Gegenwart noch wohlfühlen konnte.

Ich schüttelte den Kopf und klingelte bei Lola. Ich sollte mich auf eine Sache konzentrieren und der Fokus lag jetzt ausschließlich auf meiner Freundin. Sie verdiente meine volle Aufmerksamkeit. Diesen Weg zu gehen war so schwer, ich wollte nicht mit ihr tauschen. Sie tat mir unendlich leid und ich war unfassbar wütend auf Enrique. Dieses Schwein.

Irgendwann bekam er hoffentlich, was er verdiente.

Lola war blass und zum ersten Mal sah ich sie außerhalb des Fitnessstudios in Jogginghose und einem Trägertop. Ihre Blässe war gespenstisch. Kira war schon da und winkte mit ihrem Wasserglas. »Danke, dass du da bist.«

»Immer und jederzeit.« Ich folgte ihr ins Wohnzimmer, wo sich Papier auf allen Oberflächen stapelte. »Oh Gott, was ist denn hier los?«

»Ich bin nicht dazu gekommen, die Unterlagen von Enriques Anwalt wegzuheften.« Sie starrte auf den Stapel auf dem Esstisch. »Am liebsten würde ich sie verbrennen.«

»Wir sollten damit nicht warten, sonst bin ich zu fett, um nackt um das Feuer zu tanzen«, sagte Kira.

»Habt ihr gesprochen? Hast du es ihm gesagt?«, fragte ich. Sie nickte zu meiner grenzenlosen Erleichterung.

»Erzähl«, forderte Lola und setzte sich neben sie auf die Couch. »Mit der Scheiße da können wir auch in einer halben Stunde anfangen.«

»So viel gibt es nicht zu erzählen«, wich Kira aus. Ich zog die Augenbraue hoch.

»Schon gut. Ich hab es ihm gesagt. Er konnte es erst kaum glauben, aber jetzt freut er sich.«

»Hast du ihm gesagt, wie es dir damit geht?«, fragte ich.

Kiras Auge zuckte.

»Ja. War gar nicht so leicht.«

»Um es einfach rauszuhauen ist das Thema auch zu heikel.« Lola nickte.

»Ich habe es ihm so sachlich wie möglich gesagt, ich wollte es nicht noch schlimmer machen. Auch, warum ich mich anfangs nicht freuen konnte. Es hat trotzdem gedauert, bis er kapiert hat, worum es mir geht.«

»Aber er hat verstanden, dass seine Aktionen komplett daneben waren und unnötigen Stress aufgebaut haben?«, fragte ich.

»Ja. Das ist das Gute, wenn der Mann intelligent ist. Er meinte, er wollte eben alles dafür tun, dass es funktioniert, aber nie, dass ich mich deswegen schlecht fühle. Als ich ihm gesagt habe, dass aber genau das passiert ist, war er sehr betroffen. Er musste das sacken lassen und dann tat es ihm so leid, dass ich schon fast wieder Mitleid mit ihm hatte.« Kira lächelte matt.

Ich sah es bildlich vor mir. Er war zwar verkopft, aber er hatte das Herz am rechten Fleck. Dass seine Frau sich seinetwegen mies fühlte, war sicher ein Schock für ihn.

»Er hat mir versprochen, dass das nicht wieder vorkommt«, schloss Kira. »Und ich weiß, dass ich mich darauf verlassen kann. Ich muss ihn sicher manchmal ausbremsen, aber er weiß, wo das Problem lag, und reißt sich zusammen.«

»Ich bin froh, dass ihr das klären konntet«, sagte ich. »Stress bei euch hätte ich auch nicht verkraftet.«

»Was ist los bei dir?«, fragte Lola. »Ich sehe dir an, dass was nicht stimmt.«

Ich haderte mit mir, ob ich es ihnen erzählen sollte. Und vor allem: wie. Es war für beide schwer zu verstehen, was in mir vorging, auch für Kira, die sich eine Weile für meine Welt interessiert hatte. Ich schluckte und fing einfach an. Die beiden hörten schweigend zu, zwischen Lolas Augenbrauen bildete ich eine steile Falte.

»Wir sehen uns am Donnerstag«, beendete ich meinen Bericht.

»Oh Mann«, murmelte Lola.

»Sprich dich aus«, sagte ich.

»Also, für mich klingt das so, als könnte er das mit der Unterwerfung doch nicht so gut«, sagte sie. »Was du beschreibst, klingt nach Machtkampf. Er dachte, dass er es hinkriegt, aber die Umsetzung ist schwierig. Deswegen ist er wütend.«

»Lola hat recht«, sagte Kira. »Und wahrscheinlich hast auch du damit recht, dass es mit deinem Bericht zusammenhängt.«

»Aber dann haben wir doch eine Chance, dass es wieder klappt, wenn mein Mandat ausläuft.«

»Meinst du?« Kira standen die Zweifel ins Gesicht geschrieben. »Das ändert doch nichts an seinem Wesen.«

»Ich kann das ja auch nicht«, schaltete sich Lola ein. »Mich so fallen zu lassen und dem anderen blind zu vertrauen, ist so eine Sache, die man wollen und können muss. Du sagst selbst, dass er ein Skeptiker ist. Dass er immer noch wachsam ist, als hätte er Angst, dass er dir nicht vertrauen kann. Wie soll er sich dann ganz in deine Hände legen?«

»Am Anfang hat es geklappt«, verteidigte ich mich.

»Am Anfang warst du auch supervorsichtig und hast ihm mehr Raum gelassen. Aber je enger die Beziehung wird, desto höher wird doch auch deine Erwartung. Übers bloße Vögeln mit Handschellen seid ihr schließlich hinaus, oder nicht?«, fragte Lola.

»Bei dir klingt das so banal.«

»Lenk jetzt nicht ab, Brina.« Ich zog die Augenbraue hoch. Dieser Tonfall gefiel mir nicht, doch Lola triggerte mich nicht. Mir missfiel einfach, dass sie recht hatte.

»Schon gut. Ja, stimmt. Ich habe die Messlatte höher gelegt bei den letzten Malen. Um zu schauen, ob er mitmacht.«

»Die Antwort ist offensichtlich, oder?«

Ich blickte Lola an und dann zu Kira, die langsam nickte. Beide sahen mich mitleidig an.

Ich hasste das. Aber viel schlimmer war die Erkenntnis dahinter. Ich hatte einen Kloß in der Kehle und meine Augen brannten.

»Ich will einfach nicht glauben, dass es schon wieder daran scheitert«, murmelte ich und starrte auf meine Hände. Lola legte ihre Hand auf meine.

»Es ist ja noch nichts verloren. Triff dich übermorgen mit ihm, rede mit ihm. Versuch, herauszufinden, wo es hakt. Es ist nicht ausgeschlossen, dass es leichter wird, wenn du nicht mehr mit ihm arbeitest. Vielleicht warst du auch zu schnell für ihn.«

Endlich bekam ich den Kloß hinuntergeschluckt und nickte.

»Lasst uns jetzt bitte mit den Unterlagen anfangen, bevor ich heulen muss.«

»Jupp, dann bekomme ich die Gelegenheit, zu heulen.«
Lola starrte feindselig auf die Papierberge und reichte uns
dann eine Liste. »Das sind die Unterlagen, die der
Schuldnerberater braucht.«

»Ganz schön umfangreich«, sagte ich. Lola schob mir ein
Glas Wein zu. »Gut, ran ans Werk.« Wir nahmen uns jede
einen Stapel vor und suchten nach den entsprechenden
Dokumenten.

»Unglaublich, dass du einfach Haufen gemacht hast«,
sagte Kira kopfschüttelnd. »Ich würde durchdrehen.«

»Ich musste in letzter Zeit ständig alles Mögliche suchen,
da hatte ich irgendwann keine Lust mehr, es wegzu-
räumen.« Lola zuckte mit den Schultern. »Und wisst ihr,
was das blödeste ist?«

»Dass wir jetzt alles suchen müssen?«, bot ich an.

»Der Schuldnerberater ist echt sexy.« Sie schauderte
wohlig. »Ich konnte mich bei dem Gespräch kaum
konzentrieren.«

»Lola, nicht doch«, stöhnte ich. »Kannst du einmal ...«

»Nein«, unterbrach sie mich. »Gönn mir doch
wenigstens ein bisschen Spaß. Nur so viel.« Sie zeigte mir
Daumen und Zeigefinger.

»Ist das eine Schwanzgröße, oder was zeigst du da?«,
fragte Kira stirnrunzelnd. Lola zuckte mit den Schultern.

»Von mir aus. Vögel den Schuldnerberater, wenn es dir
guttut«, lenkte ich ein. Wir suchten weiter nach den Unterlagen, bis Kira sich plötzlich aufrichtete und uns ansah.

»Alles in Ordnung?«, fragte ich. »Geht es dir nicht gut?«

»Alles okay«, sagte sie langsam.

»Lola, das hier ist doch der Gesellschaftervertrag, oder?«
Lola sah ihr über die Schulter und schnaubte.

»Dieses Drecksding, ja.«

»Was ist damit?«, fragte ich.

Kira blätterte erneut durch die Seiten. »Ist das die einzige Version, die du davon hast?«

»Ich glaube schon«, antwortete Lola.

»Glaubst du oder weißt du?«

Lola durchforstete die Stapel auf dem Esstisch. Ich sah in Kiras Gesicht, sie war hochkonzentriert.

»Was ist denn?«, fragte ich leise.

»Sag ich euch gleich.«

Lola zuckte mit den Schultern. »Das ist die einzige Ausfertigung, die ich habe.«

»Und Enrique hat gesagt, dass das eine Kopie des Originals ist?«

»Davon gehe ich aus. Was ist denn bloß los, Kira?«

Kira hielt die letzte Seite hoch. Sie war schief kopiert und man sah Enriques ausladende Unterschrift. »Ich frage mich, wo deine Unterschrift auf diesem Vertrag ist.« Lola nahm ihr die zusammengehefteten Blätter ab und starrte darauf.

»Rechts neben seiner, nehme ich an.« Lola zeigte auf einen Kringel, der am Rand verschwand. »Das ist mein L.«

»Was mich wundert, ist, dass alle Seiten fein säuberlich kopiert sind, man sieht keinen Rand«, sagte Kira. »Nur ausgerechnet die letzte Seite ist verrutscht, wo ihr mit euren Unterschriften alles dokumentiert. Mich würde das Original interessieren.«

»Du meinst ...«, sagte ich langsam.

»... dass Lola den Vertrag eventuell nie unterschrieben hat«, nickte Kira. »Du kannst dich ja sowieso an nichts erinnern, oder?«

Lola lachte hilflos. »Das ganze ist neun Jahre her und ich weiß wirklich nicht mehr, was mit der Firma war. Aber guck doch, die zweite Unterschrift ist daneben. Das ist mein L.«

»Bist du dir ganz sicher? Hundertprozentig?«

»Na ja ...«

»Na also. Warum hat dein Anwalt das nie geprüft?«

»Ihm ist das wohl nicht aufgefallen.«

»Lola«, sagte Kira streng. »Gerade bei diesem Schriftstück ist das wichtig. Du musst dich vergewissern, dass das deine Unterschrift ist. Ein Kringel reicht da nicht. Du musst das Original sehen.«

»Und dann? Was bringt mir das, meine originale Unterschrift zu sehen?«

»Wenn sie denn drauf ist.«

»Aber dann ...«

»Genau. Wenn deine Unterschrift auf diesem Dokument fehlt, ist der Vertrag nichtig.« Lolas Augen weiteten sich. Ich sah ihr an, dass sie versuchte, sich dagegen zu wehren. Ich sah ihre Angst. Und die Hoffnung.

»Er hätte mich nicht mit reingezogen, wenn der Vertrag nichtig wäre«, murmelte sie. »Die schlechte Kopie ist ein Zufall. Das da ist mein L.«

»Meinst du?« Ich hob die Augenbraue. »Dem Drecksack traue ich alles zu.«

»Du machst jetzt folgendes«, sagte Kira. »Du rufst deinen Anwalt an und weist ihn an, das Original anzufordern. Nichts anderes darf er akzeptieren. Und dann wollen wir sehen, wo deine Scheiß-Unterschrift abgeblieben ist.« Sie sah mich an. »Spürst du auch dieses Kribbeln?«

»Bis in den kleinen Zeh«, bestätigte ich.

»Leute, verrennt euch nicht«, sagte Lola matt. »Ich komme aus der Nummer nicht heraus.«

»Mir egal. Solange noch ein Funken Hoffnung besteht, kämpfen wir.« Ich nickte zu Kiras Worten. Lola seufzte und holte ihr Handy. Ich hörte sie in der Küche telefonieren.

»Wenn das stimmt, bist du meine Heldin. Noch mehr als sonst«, sagte ich zu Kira.

»Hast du es nicht gesehen?«, fragte sie.

»Ich habe mir nur die Geschäftsberichte angesehen.« Ich sah auf die Kopie. »Aber ich weiß nicht, ob ich dem Beachtung geschenkt hätte.«

»Dafür hat man Pedanten als Freunde. So eine Kopie würde bei mir in der Prüfung gnadenlos durchfallen.«

»Zurecht.« Ich lauschte auf Lolas Stimme im Nebenraum. Hoffentlich bewahrheitete sich Kiras Verdacht. Ich betete nie, aber in diesem Moment hatte ich das Bedürfnis danach.

Lola verdiente es, aus dieser Scheiße gerettet zu werden.

Und Enrique verdiente die Klage wegen Urkundenfälschung und Betrug, die sich dem anschloss.

Hoffentlich.

Kapitel 17

Als ich am Donnerstag auf Tom wartete, waren meine Hände feucht vor Nervosität.

Ich hatte in der Nacht zuvor wenig geschlafen und mein Kopf fühlte sich an, als sei er mit nasser Watte gefüllt. Ich hätte gern einen Gin Tonic getrunken, aber ich wollte klar sein. Es ging heute um alles. Am Ende des Abends wusste ich, ob ich wieder Single war oder meine Beziehung eine Zukunft hatte.

Ich hoffte, dass Tom einfach hereinkam, mich küsste und sich für seinen Ausfall entschuldigte, um danach seine Bestrafung klaglos zu akzeptieren.

Damit wäre die Sache vergessen.

Ich hatte im Schlafzimmer alles bereitgelegt.

Zur Sicherheit.

Ich strich über den Griff meiner Peitsche und kontrollierte die Lederriemen an den Bettpfosten. Hier wollte ich ihn haben. Mit ekstatisch verzerrtem Gesicht und bereit, mir alles zu geben. Ich wollte alles nehmen und mich dafür erkenntlich zeigen.

Er hatte versprochen, sich mir zu schenken.

Es sollte ihm nicht so schwerfallen, doch das tat es.

Ich musste ihm helfen.

Ich konnte das. Gemeinsam schafften wir es.

Das wusste ich.

Ich trug ein Kleid, das dem von meiner ersten Nacht mit meinem Lehrer ähnlich war: weiß, Wetlook, verboten kurz. Darüber zog ich ein weißes Baumwollkleid, das nur erahnen ließ, was ihn darunter erwartete.

Ich wollte es ihm zeigen.

Es klingelte.

Ich öffnete und sah ihn die Treppe hochkommen. Meine Mundwinkel hoben sich. Ich hatte ihn vermisst. Erst jetzt merkte ich, wie sehr. Ich war doch dumm, alles wegen zwei Situationen hinwerfen zu wollen.

»Hey.«

Er schenkte mir ein scheues Lächeln. »Hey.«

»Schön, dass du da bist.« Ich zog ihn an mich und küsste ihn. »Du hast mir gefehlt.«

»Du mir auch.« Sein Mund fühlte sich anders an als sonst. Auch ihm lag die Sache schwer im Magen. Ich zog ihn an der Hand ins Schlafzimmer und bat ihn, auf meinem Schreibtischstuhl platz zu nehmen. Ich setzte mich ihm gegenüber aufs Bett. Er sah mich an, überlegte, suchte nach Worten. Ich gab ihm die Zeit.

»Brina, es tut mir leid, was am Samstag passiert ist«, sagte er abrupt. »Das war ... ach, es war einfach scheiße von mir. Wir haben das anders vereinbart und ich habe dich einfach überrumpelt. Schon wieder. Ich glaube ... ich bin noch nicht so weit, wie ich dachte. Ich dachte, ich könnte dir schon mehr geben, aber dann hab ich einfach gemacht, was ich dachte, was gut wäre. War es nicht. Es tut mir leid.«

Ich lächelte ihn an, als ich aufstand und meine Arme um seinen Nacken schlang.

»Danke«, flüsterte ich an seinem Mund und küsste ihn. »Wir haben alle Zeit der Welt, weißt du? Wir machen einfach so langsam, wie du es brauchst. Es geht nach dir. Ich richte mich nach deinem Tempo.«

Er zog mich auf seinen Schoß und intensivierte den Kuss. Ich ließ ihn machen. Erleichterung durchflutete mich.

Er sah es ein. Er verstand seinen Fehler. Das kam nicht wieder vor. Er blieb bei mir.

»Komm her«, raunte ich in sein Ohr und zog ihn hinüber zum Bett. »Zieh dich aus.«

Ich lächelte, als er nackt vor mir stand und knöpfte mein Kleid auf. Seine Augen weiteten sich, als er das zweite darunter erblickte.

»Du darfst mich berühren, wenn du möchtest.« Seine Finger strichen vorsichtig über meine Haut und über den glänzenden Stoff. Ich schauderte wohlig unter seiner Berührung und sah, dass es ihn erregte. Zeit, weiterzumachen.

Ich musste noch eine letzte Sache testen.

»Knie dich aufs Bett. Ich gehe Schritt für Schritt vor. Du sagst Bescheid, wenn dir etwas besonders gefällt, oder auch nicht.«

»Einverstanden.« Er kniete sich mit dem Gesicht zur Wand und ich fixierte seine Arme an den Bettpfosten.

Seine Schulter- und Rückenmuskeln wölbten sich mit der Bewegung. Meine Fingerspitzen glitten über seine glatte Haut und hinunter zu seinem Hintern. Unter meiner Berührung bekam er Gänsehaut.

Ich griff zum Flogger und ließ die Lederschnüre sanft über seine Haut streichen. Erst über den Rücken, dann über seine Schulter und zu seiner Brust.

Er betrachtete das Werkzeug genau. Er kannte es bereits. Wusste, dass das nur der Anfang war. Er nickte und gab mir das Signal, anzufangen.

Ich trat wieder hinter ihn und dehnte meinen Arm, dann setzte ich zum ersten Hieb an. Die Lederschnüre knallten auf seiner Haut, doch das Geräusch täuschte, ich hatte ihn nur ein bisschen gekitzelt. Er sah mich über seine Schulter an und lächelte.

»Schau nach vorn«, befahl ich und setzte zum zweiten Schlag an. Dieses Mal fiel er härter aus. Tom sollte gehorsam sein. Er stöhnte leise und richtete seinen Blick auf die Wand. Ich wiederholte das ganze, bis sich sein Rücken und sein Hintern röteten. Ich trat neben ihn und betrachtete seine Erektion. Zärtlich legte ich meine Hand auf die pralle Haut. »Es gefällt dir.«

»Ja.«

Er ließ noch nicht los. Vielleicht beim nächsten Schritt. Ich holte meine Peitsche.

Seine Augen weiteten sich. »Brina ...«

»Ist das in Ordnung für dich? Sonst nehme ich etwas anderes.«

»Es ist in Ordnung. Ich will alles für dich tun.«

»Tu es auch für dich. Ich kann dir nur zurückgeben, was du mir zuvor schenkst. Je mehr du dich mir öffnest, desto mehr Lust kann ich dir schenken. Anders geht es nicht.«

»Ich weiß. Gib mir alles.«

»Das werde ich. Gib dich hin, Tom.« Ich trat wieder hinter ihn und positionierte mich. Es kam auf mich an. Es kam auf die Stärke der Hiebe an. Ich musste genau den richtigen Punkt treffen.

Meine Spezialität.

Ich holte aus und ließ das Leder gegen seine linke Pobacke knallen. Er stöhnte unterdrückt, seine Armmuskeln spannten sich an und seine Hände ballten sich zu Fäusten. »Tom?«

»Mach weiter.«

Ich holte erneut aus und traf ihn rechts. Dabei beobachtete ich sein Gesicht. Seine Augen waren geschlossen, seine Zähne zusammengebissen. Mein Mund wurde trocken und ich ließ die Peitsche fallen. Er suchte meinen Blick, doch ich schwieg. Ich löste seine Hände und kniete mich vor ihn mit dem Gesicht zur Wand.

»Warum machst du nicht weiter?«

»Du hattest genug für heute. Jetzt nimm mich. So hart zu kannst. Ich will dich spüren, Tom.«

Seine Hände legten sich auf meine Hüften und sein Schwanz glitt zwischen meine Schenkel. Ich seufzte, als er die Nässe berührte, sich zwischen meine Schamlippen stahl und sich an meiner Klit rieb. Das Vorspiel hatte mich heißgemacht. Ein kleiner Anfang.

Wie sein Hintern glühte.

Konzentrier dich nur darauf.

Ich beugte mich ein wenig vor und rieb mich an seiner Eichel, die sich prall und dick gegen mich presste. Er glitt vor und zurück, verteilte die Feuchtigkeit und machte mich noch schärfer.

»Warte nicht zu lange. Du kennst deinen Auftrag.« Sein Griff wurde fester.

Konzentrier dich auf seinen Schwanz.

Meine Lippen öffneten sich und ich stöhnte lustvoll auf, als er in mich eindrang. Schnell, ruckartig. Meine Muskeln dehnten sich aus und schlossen sich um seinen Schwanz.

Gierig, ich wollte mehr. Viel mehr. Ich hatte tausend Ideen. Diese musste fürs Erste reichen.

»Vögel mich, Tom. Mach's mir.«

Er stieß zu. Hart. Ich streckte den Rücken durch und schluchzte, als er mir alles gab. Es war nah an meiner Grenze. Ich liebte es, so weit zu gehen. Schon kündigte sich ein Orgasmus an. Genau, wie ich ihn liebte, dunkel und drohend wie eine Gewitterwolke.

Als die Welle mich überrollte, schrie ich vor Wonne auf. Ich krallte mich an das Kopfteil meines Bettes und gab mich Toms Stößen hin.

Schmerz mischte sich wie eine grelle Explosion in den Orgasmus. Ich schrie noch einmal.

Eine zweite Schmerzexplosion folgte. Was ...

Ich kam nicht mehr klar, war orientierungslos.

Noch mehr Schmerz. Jetzt erst drang das Klatschen zu mir durch.

Ich fuhr herum und dachte, mein Blut gefröre in meinen Adern. Ich sah in Toms Gesicht. Seine grauen Augen waren weit aufgerissen, seine Hand noch immer erhoben.

Mein Hintern brannte. Er hatte mich geschlagen.

Dreimal.

Ich ließ mich auf die Matratze sinken und wich vor ihm zurück. Sein Sperma lief warm an den Innenseiten meiner Schenkel hinunter. Meine Pussy pulsierte, als sei sie aus Lava. Innerlich war ich eiskalt.

»Was hast du getan?«, flüsterte ich. Ich war so schockiert, dass er mich nicht einmal triggerte. Tränen stiegen in meine Augen. Ich hätte es ahnen müssen.

Als ich nach den Peitschenhieben in sein Gesicht gesehen hatte, hätte ich es wissen müssen.

Ich hatte die Wut gesehen. Und ignoriert.

Das hatte ich jetzt davon.

Er brach den Blickkontakt ab. »Es tut mir leid.«

Mein Mund fühlte sich taub an, meine Zunge schwer. Ich wusste, was das bedeutete. Mein Herz brach und meine Augen brannten. »Mir auch. Es funktioniert nicht, Tom.«

»Ich weiß.«

»Ich kann dir nicht vertrauen. Und du vertraust mir nicht genug.« Meine Stimme klang rau und rissig. Ich musste mich räuspern, bevor sie ganz versagte.

Er zuckte zusammen und ballte die Hand zur Faust. »Ich weiß«, flüsterte er kratzig.

»So kann ich keine Beziehung mit dir führen.« Ich schluckte verzweifelt an dem Tränenkloß in meinem Hals, doch er wollte nicht weggehen.

Tom stand auf und kam zu mir. »Es tut mir leid«, wiederholte er und nahm mich in den Arm. Endlich löste sich der Tränenkloß auf und die Tränen flossen über meine Wangen.

Seine Augen glitzerten. »Ich wollte das wirklich tun.«

»Das glaube ich dir.«

Es war nicht genug, nur zu wollen. Wie oft musste ich diese Erfahrung noch machen, bis endlich jemand kam, der es auch konnte?

Tom war nicht derjenige. Er war es nie.

Ich hatte nur so darauf gehofft, dass ich die Augen davor verschloss.

Mein Fehler. Ich hatte uns beide nicht genug geschützt.

»Mir tut es auch leid«, sagte ich leise. Jetzt gelang es mir, mit dem Weinen aufzuhören. Tom verdiente das, aber unsere Beziehung nicht.

Meine Brust bekam wieder mehr Raum.

Es war in Ordnung. Die richtige Entscheidung.

Ich lehnte mich an ihn und atmete seinen Duft ein. Seine Arme waren kalt von dem dünnen Schweißfilm darauf. Obwohl es Mitte Juli war, fror er. Ich nicht mehr.

Er konnte mir nicht geben, was ich brauchte.

Ich konnte ihm nicht geben, was er sich wünschte.

Ich küsste ihn ein letztes Mal, dann zogen wir uns an und ich brachte ihn zur Tür. Wir sahen einander in die Augen, als er ging. Ich schenkte ihm ein Lächeln.

Es war besser so. Für uns beide.

Egal, wie weh es gerade tat.

Edie stand vor mir und musterte mich. Zwischen ihren schwarzen Augenbrauen runzelte sich die Haut.

Es war früh am Morgen und ich war in ihr Büro gekommen, um mit ihr zu sprechen, bevor wir wegen des Abschlussberichts zu *Spedfield* fuhren.

»Ich weiß nicht, ob mir dein Gesichtsausdruck gefällt. Was ist los?«, fragte sie.

»Ich mache heute noch mit dir den Bericht und dann bin ich raus bei *Spedfield*«, sagte ich.

»Weiß dein Freund davon? Beim letzten Telefonat hat er mir noch gesagt, dass er nur dich akzeptiert.«

»Wir haben uns getrennt. Gestern. Im Guten. Es geht mir gut«, kam ich ihr zuvor, als sie etwas sagen wollte. »Es passt nicht und das ist für uns beide okay. Aber abgesehen davon gibt es andere Gründe, warum ich das Mandat endgültig abgeben möchte. *Spedfield* hat seit Dan Lehfelds Weggang finanzielle Probleme, die ich als Analytikerin nicht lösen kann. Ich kann ihm weder dabei helfen, seine

Forderungen umzusetzen, noch neue Aufträge an Land zu ziehen.«

Edie dachte darüber nach. Ich sah die Rädchen in ihrem Kopf rotieren und ahnte, in welche Richtung ihre Gedanken gingen.

»Geht es dir wirklich gut?«, fragte sie. »Ich kann den Termin auch allein übernehmen, wenn du willst.«

»Danke, aber das kriege ich hin. Tom kennt ihn größtenteils schon, das wird eine schnelle Nummer. Und ja, es geht mir gut.« Ich zuckte mit den Schultern. »Ich habe es mir natürlich anders gewünscht, aber es ist besser so. Es passte nicht. Aber wir haben es rechtzeitig bemerkt.«

»Eines Tages kommt der Richtige«, sagte sie.

»Und das von dir«, gab ich zurück.

Sie grinste. »Passt auch nicht, oder? Weißt du, Brina, du brauchst keinen Mann, um dich mit dir selbst im Reinen zu fühlen. Und sicher brauchst du keinen Mann, um dich schlecht zu fühlen. Nimm dir, was du brauchst. Und wenn einer kommt, der dir mehr geben kann, schau es dir an und triff eine kluge Entscheidung. Oder eine unkluge. Das ist dir überlassen. Wir sind doch zu alt, um uns verzweifelt an verwaschene Vaterfiguren zu klammern, oder?«

»Das war beinahe poetisch.« Ich strich mein Haar zurück. »Du hast ja recht. Trotzdem ...«

»Ich weiß. *Spedfield* hat dir zwar Sex gebracht, aber leider kein Glück. Hätte schlimmer laufen können.« Sie sah mir ins Gesicht. »Du machst einfach weiter. Das machst du immer so. Du, ich, alle starken Frauen. Und dann halten wir weiter die Augen offen.«

»Du?«

»Klar. Ist nur meistens keiner in Sicht.« Sie sah aus dem Fenster und ich fand, dass sie zufrieden aussah. Sie war mit sich im Reinen. Genau wie ich. Ich hatte nicht übertrieben, als ich sagte, dass es für mich in Ordnung war, für den Bericht zu *Spedfield* zu fahren.

Edies Handy zeigte eine Mail an. Sie las sie und hob die Augenbraue. »Der Assi deines Ex.« Xander.

Mein Mund verzog sich bei dem Gedanken an ihn.

Noch eine Sackgasse.

»Was will er?«

»Er bittet mich, heute Nachmittag jemanden aus meinem Team mitzubringen, der sich in Vertriebsfragen auskennt. Den Bericht möchte Zill nur in Bezug auf diese Fragen besprechen, der Rest sei klar«, gab sie wieder.

Es dauerte ein paar Sekunden, bis ich es verstand. »Ich bin raus.«

»Sieht so aus, ja«, nickte sie. Ich hätte mir denken können, dass Tom mehr Zeit brauchte als ich.

»Also nimmst du Märte mit?«, fragte ich.

Edie dachte nach. »Ich brauche von dir mehr Informationen und deine Einschätzung, ob sie helfen kann.«

»Bedingt, denke ich. Ich habe noch eine andere Idee: Sam könnte uns helfen. Er und seine Partnerin Claire betreuen diesen Bereich. Vielleicht können wir uns den Folgeauftrag mit ihnen teilen.«

»Eine Kooperation«, fasste Edie wenig begeistert zusammen. »Wozu?«

»Schnelle Erfolge. Märte kann am Konzept arbeiten und Claire holt die Kohle rein, damit sie uns bezahlen können«, erklärte ich.

»Claire ist die Blonde, die immer aussieht, als sei sie aus der *Vogue* gefallen, oder? Kompetente Frau, ich mag sie.« Edie rollte mit den Augen. »Gib mir eine Stunde, damit ich darüber nachdenken kann.«

»Tu das. Ich glaube, das ist unsere einzige Chance, das Mandat zu behalten.« Diese Argumentation verfing immer bei Edie. Sie hasste nichts mehr, als einen Kunden ziehen zu lassen.

»Gib mir mal Claires Nummer.«

Edie war schon mit Märte zu *Spedfield* aufgebrochen, als mein Handy klingelte. Ich sah auf das Display und lächelte, als ich das Gespräch annahm. »Ich weiß, warum du anrufst.« Ich winkte meinem Team und ging hinüber in den Besprechungsraum.

»Gedankenlesen kannst du neuerdings also auch?« Sam lachte. »Lass hören.«

»*Danke, Brina, dass du uns einen Job verschafft hast*«, soufflierte ich.

»Gar nicht schlecht«, feixte er.

»Fährt Claire mit zu *Spedfield*?«

»Heute noch nicht. Sie ist bei einem Kunden, aber sie schaltet sich per Videokonferenz drauf. Es wäre gut, wenn du anschließend noch mal mit ihr telefonieren und ihr den Bericht erklären könntest. Wenn der Auftraggeber einverstanden ist.« Er zögerte kurz. »Das ist *er*, oder?«

»Wenn du mit *er* meinen Ex-Freund meinst, ja.«

»Ach Süße, es tut mir leid. Beim letzten Mal klangst du noch so zuversichtlich.«

»Das ist lange her.«

»So lange nun auch wieder nicht. Wie geht es dir?«

»Besser.« Ich erzählte kurz, was passiert war.

»Er hat es voll verkackt«, lautete Sams schlichtes Urteil.

»Ich auch. Ich bin wieder zu schnell vorgeprescht und habe zu wenig Rücksicht genommen.« Ich sah aus dem Fenster und kämpfte gegen die Enge in meiner Brust. Diese Erkenntnis tat immer noch weh.

»Finde ich nicht«, erwiderte Sam nachdrücklich. »Er wusste, worauf er sich einlässt. Er hat darum gebeten und genau das bekommen, was er erwarten konnte. Und er war zu feige, um rechtzeitig Bescheid zu sagen, dass er sich verschätzt hat.«

»Mag sein, aber jetzt ist es sowieso zu spät.«

»Gib nicht auf, ja?«

»Habe ich nicht vor.« Ich setzte mich an den Konferenztisch. »Ich denke, dass ich ein bisschen Pause brauche. Die letzten vier Monate waren anstrengend. Gleich zwei verkackte Beziehungen müssen erst mal verdaut werden.«

»Geh in den Club und lass es raus«, riet er mir.

»Die Idee hatte ich auch schon, aber ich weiß nicht, ob es mir hilft.«

»Mir fällt keine Lebenslage ein, in der ein harter Schwanz nicht hilfreich wäre.«

»Hören dich eigentlich deine Mitarbeiter?«, fragte ich.

»Ich bin allein heute, aber diese Weisheit teile ich mit jedem, der fragt.«

»Ein Glück. Ist Tim schon aus Abu Dhabi zurück?« Ich war nicht auf dem Laufenden, was das Projekt anging. Bei unserem letzten Telefonat hatte Sam erzählt, dass sein Mann hinflog, um sich um den Bau zu kümmern.

»Er kommt am Sonntag zurück. Dann fliegt er noch zweimal hin und kann den Bau dann größtenteils von Hamburg aus betreuen.«

»Ihr zieht also nicht in die Emirate?«

»Nein, Gott sei Dank nicht. Tim hat den Entwurf an seine Firma verkauft. Wahrscheinlich unter Kurs, aber jetzt haben wir das Geld für unser Hausprojekt zusammen und können bald loslegen. Wenn es nach mir geht, verlasse ich Hamburg nie wieder.«

»Das freut mich, Sam.«

»Ich kann euch doch nicht allein lassen.« Er seufzte dramatisch. »Ich muss noch einen Mandanten anrufen, aber lass uns nächste Woche essen gehen, ja? Ich muss mich persönlich überzeugen, dass es dir gut geht.«

»Ich treffe mich am Dienstag mit Nick, komm doch einfach mit«, bot ich an. Die beiden kannten sich ewig und ihre Gegenwart würde mir guttun.

»Das machen wir so«, sagte Sam sofort. »Danke dir noch mal, dass du an uns gedacht hast. Fühl dich gedrückt und lass den Kopf nicht hängen. Ich habe das Gefühl, dass bald jemand kommt, mit dem du nicht rechnest.«

»Ich würde lachen, wenn ich nicht wüsste, dass deine Intuition bei sowas beängstigend ist«, sagte ich lächelnd.

Sam lachte. »Dann verlass dich ganz auf mich.«

Ich wollte, aber ich wusste, dass es nur ein Scherz war.

Am Freitagabend traf ich mich mit Lola und Kira. Ich wollte sie auf den neusten Stand bringen und mir auch noch den letzten Rest von der Seele reden.

Als Lola ins Restaurant kam, wusste ich sofort, dass ich mich ein bisschen gedulden musste.

Ihr Gesicht strahlte und sie war aufreizender angezogen als je zuvor.

»Mein Gott«, murmelte Kira, doch ich sah ihr Lächeln.

»*Chicas*, eine Runde auf mich. Such dir was schönes Alkoholfreies aus, Kira, obwohl ich dir den fettesten, teuersten Cocktail spendieren möchte!« Lola fiel uns um den Hals. »Du hattest recht. Echt! Meine Unterschrift fehlt auf dem Vertrag! Wir mussten mit einer Klage drohen, damit Enrique mit dem Teil rausrückt. Dieses Arschloch. Er hat versucht, mich über den Tisch zu ziehen. Wir haben Strafanzeige erstattet. Und ich bin aus dem Schneider.« Sie schluchzte. Ich schlang den Arm um sie.

»Ich freue mich so für dich«, sagte ich und wiegte sie. »Jetzt ist alles gut.«

»Ja«, heulte sie. »Ich kann's noch nicht glauben. Ich ...«

»Gern geschehen«, sagte Kira. »Lass uns was trinken. Gefeiert hast du ja anscheinend schon.«

Lolas Mundwinkel zuckten. »Wie kommst du darauf?«, fragte sie scheinheilig.

»Die Schwangerschaft schärft meine Sinne. Ich rieche Männerparfüm an dir.« Kira zog die Augenbraue hoch.

»Das ist gruselig.« Lola schauderte.

»Ich vermute, es wird noch viel gruseliger. Hast du mit deinem Anwalt geschlafen?«, ließ Kira nicht locker.

»Mit dem Spinner? Als Belohnung für seine schlampige Arbeit? Nein, er hat mich angerufen, als ich bei Carl war.« Lolas Gesicht rötete sich.

»Wer ist Carl?«, wollte ich wissen.

»Mein Schuldnerberater. Ich hatte einen Termin bei ihm, als Bucherer anrief. Vor Freude, dass ich doch nicht seine Mandantin werde, haben wir es auf seinem Schreibtisch getrieben.« Sie lachte. Ich konnte nicht anders, ich musste mitlachen.

Kira schüttelte grinsend den Kopf. »Du bist unmöglich.«

»Vielleicht, aber es hat sich gelohnt. Er ist Single, sexy und ich mag ihn. Wir haben am Sonntag ein Date.«

»Dann ...«, sagte ich langsam.

»Ja, das wollte ich dir auch noch sagen: Ich treffe Dan nicht mehr. Er ist nett, aber ich habe ein komisches Gefühl dabei«, sagte Lola und nahm meine Hand.

Mir fiel ein Stein vom Herzen, der mich überraschte. Ich hatte gedacht, es wäre okay für mich, aber so war es besser. Ich hätte es Lola gegönnt, wenn es mit ihm gepasst hätte, aber Carl war mir tausendmal lieber. Ich sah ihr an, dass es ihr genauso ging.

»Ab jetzt geht es bei dir steil bergauf«, prophezeite ich ihr. »Ich spüre das. Und ich wünsche es dir so sehr.«

Sie küsste mich auf die Wange, dann verdunkelte sich ihre Miene. »Ich fürchte, du hast nicht ganz so gute Neuigkeiten.«

Ich nickte. »Wir haben uns getrennt.«

Sie sahen mich schweigend an und ich bemerkte den Blick, den sie tauschten. »Das tut mir leid«, sagte Kira schließlich. »Wie geht es dir?«

»Ganz gut. Es war die richtige Entscheidung.«

»Ja, das glaube ich auch.« Lola schob mir mein Glas zu. Sie wechselten wieder einen Blick.

»Was ist?«, fragte ich.

»Ich bin froh, dass du es so locker nimmst. Ich hatte Angst, dass du viel mehr an ihm hängst«, erwiderte Kira.

»Noch ein Zeichen dafür, dass es so besser ist.« Lola prostete mir zu.

Ich trank mit, doch meine Gedanken rotierten. Sie wirkten erleichtert, als wäre eingetreten, worauf sie gewartet hatten. Als hätten sie gewusst, dass es zum Scheitern verurteilt war.

Ich hätte gern nachgefragt, doch ich traute mich nicht. Ich wollte diese Bestätigung nicht hören, sonst würde ich mich doch noch mies fühlen.

Zu spät.

Warum sahen alle anderen solche Dinge klarer als ich?

Ich vermutete, dass Nicks Resümee ähnlich ausfiel, wenn wir uns am Dienstag sahen.

Plötzlich wünschte ich mir eine Pause von meinem Leben. Ein wenig Abstand, damit ich über alles nachdenken konnte, was passiert war.

Ich hatte noch viele ungeplante Urlaubstage, vielleicht sollte ich sie dazu nutzen.

Ich könnte Anina in Köln besuchen und Hamburg - wenigstens für ein paar Wochen - meiden.

Ich musste den Kopf freibekommen, damit ich wieder ich selbst wurde.

Edie hatte recht: Ich brauchte keinen Mann, um mich gut zu fühlen. Aber die beiden letzten Männer hatten dazu geführt, dass ich mich nicht gut fühlte. Dass ich mich und meinen ansonsten klaren Blick verlor.

Und das war etwas, das ich absolut nicht leiden konnte.

Kapitel 18

Ich verbrachte das Wochenende damit, meinen Urlaub zu planen. Ich musste noch mit Edie sprechen, ging aber davon aus, dass drei Wochen kein Problem waren. Vielleicht nahm ich sogar vier.

Ich wartete das Ende des Montags-Meetings ab und bat sie dann um einen Moment. Henni und Sissi blieben zu meiner Überraschung ebenfalls im Raum.

»Muss ich mir Sorgen machen?«, fragte ich.

»Auf keinen Fall«, sagte Edie und setzte sich auf den Konferenztisch. Sie lehnte sich zurück und ließ die Stilettos baumeln. »Ich habe Henni und Sissi schon von unserer neuen Kooperation mit SWC erzählt.« Ich brauchte einen Moment, dann ging mir auf, dass SWC für *Sander & Walker Consulting* stand, Sams Firma.

»Der Tipp war wirklich gut«, fuhr Edie fort. »Sie bedienen einen anderen Sektor in der Finanzberatung, damit ist unser Portfolio viel größer. Wir setzen uns noch mal zusammen für einen Kooperationsvertrag. Das wird eine lukrative Zusammenarbeit für beide Seiten. Danke dir dafür.«

»Gerne. Wie lief es denn bei *Spedfield*?«, fragte ich.

Edie wiegte den Kopf. »Ganz in Ordnung. Ich war auf Schlimmeres gefasst, aber Zill hat den Folgeauftrag angenommen. Märte wird ihn zukünftig betreuen.«

»Gut.«

»Wir haben noch einmal wegen deines Eintritts in den Vorstand gesprochen«, sagte Henni. »Die letzten Monate waren turbulent und liefen anders, als wir es uns vorgestellt haben.«

Ich schwieg, was sollte ich dazu auch sagen? Ich wollte mich nicht dafür entschuldigen, dass ich bei zwei Männern quasi abgeblitzt war.

Schnell an etwas anderes denken!

»Trotzdem sind wir davon überzeugt, dass du die richtige Wahl bist. Deine Empfehlung und die daraus resultierenden Chancen zeigen das auch. Du denkst umsichtig und im Sinne der Firma. Genau, was wir brauchen.« Henni sah zu Sissi hinüber, die mit den Augen rollte und sich räusperte.

»Am liebsten würden wir die Sache mit *Spedfield* einfach vergessen, aber auch die Sache mit deiner Beratertätigkeit haben die anderen mitbekommen«, erklärte sie. »Es gab Unruhe deswegen und es ging das Gerücht um, dass du kündigst. Es hat mich echt viel Zeit gekostet, mir das ganze Getuschel anzuhören.«

Ich ahnte, was jetzt kam. »Also macht ihr es nicht.«

»Nicht jetzt, das sähe sonst aus, als hättest du uns erpresst«, berichtigte Edie. Ich schwieg. Das Gespräch tat weh. Es war unangenehm, dabei machte mir so was sonst nichts aus. Ich war dünnhäutig. Ich brauchte dringend meinen Urlaub.

»Aber wir machen es noch in diesem Jahr«, sprach Edie weiter. Sie winkte mit einem Blatt Papier. »Ich hätte einen Folgeauftrag für dich. Was sagst du?«

Ich brauchte einen Moment. Was sollte ich jetzt machen?

Ich sah meine Idee von einer Auszeit schwinden. Auf unbestimmte Zeit. Ich konnte mir denken, dass viel hinter meinem Rücken getratscht wurde und das war keine gute Voraussetzung für die neue Position.

Ich verstand die drei Frauen vor mir. Normalerweise ging ich gelassener mit solchen Dingen um, doch gerade fiel es mir schwer.

Ich musste mich entscheiden, was ich wollte.

Was ich brauchte.

Mein Job war neben meinen Freunden die einzige Konstante in meinem Leben.

Ich hatte es in der Hand.

Wenn ich mich dazu entschied, musste ich Präsenz zeigen und wie loyal ich zu der Firma stand.

Wenn ich die Beförderung noch wollte.

»Was ist denn?«, fragte Edie. Es dauerte ihr zu lange. Das verstand ich, aber es ging nicht schneller.

»Lass sie doch mal in Ruhe nachdenken«, rügte Henni sie. »Das war ein ganz schöner Batzen.«

»Aber es hat sich doch kaum etwas geändert. Wir wollen immer noch das gleiche wie im März«, beharrte Edie.

»Es ist viel passiert seit März«, erwiderte ich.

»Brina, das ist alles nichts, was dich unterkriegen sollte. Du hast nichts getan, was du dir vorwerfen müsstest«, sagte sie.

»Lieb von dir, aber gib mir trotzdem bitte noch eine Minute«, bat ich. Henni warf Edie einen warnenden Blick zu, den diese verstand.

Ich sah von einer zu anderen. Ich wollte die Verantwortung übernehmen und mit den drei tollen Frauen zusammenarbeiten. Aber ich hatte Angst, dass ich sie erneut enttäuschte. Mit einer weiteren Verschiebung käme ich nicht klar. Ich wollte klare Verhältnisse und brauchte sie, um mich endlich wieder wie ich selbst zu fühlen.

»Ich möchte, dass wir uns einen Plan überlegen, wie wir das gut und schlüssig über die Bühne kriegen«, sagte ich. »Ich brauche die Akzeptanz der Leute, die ich führen soll. Wenn wir das gemeinsam hinkriegen, mache ich es gern. Sehr gern«, fügte ich lächelnd hinzu.

Edie stieß angehaltene Luft aus. »Na also.«

»Ich würde gern nächste Woche anfangen und mir vorher ein paar Tage freinehmen«, schob ich nach.

»Einverstanden. Lass uns noch kurz über den Auftrag sprechen, dann kannst du von mir aus nach dem Mittag los.« Ich folgte Edie in ihr Büro. »Ist wirklich alles okay?«, hakte sie nach.

»Ja. Ich wollte dich eigentlich fragen, ob ich ein paar Wochen freinehmen kann, aber so ist es besser.«

»Normalerweise kein Problem, aber ich glaube, dass der Zeitpunkt ungünstig ist.« Sie hüpfte auf ihren Schreibtisch und schlug die Beine übereinander. »Anna war schon bei mir und hat gefragt, ob sie dein Team übernehmen soll. Mir ist wichtig, dass du jetzt präsent bist.«

»Das denke ich auch. Also nehme ich Donnerstag und Freitag frei und schlafe aus. Bis dahin habe ich die Kolleginnen wieder eingenordet«, schlug ich vor.

Edie lächelte. »Das ist die Brina, die ich haben will. Ich freu mich, dass du es weiterhin machen willst. Ich brauche jemand wildes an meiner Seite.«

»Ich bin nicht halb so wild, wie du wahrscheinlich denkst«, wiegelte ich ab.

»Ich glaube, du bist wilder, als du dir zutraust.«

Ich lachte und schüttelte den Kopf. Wenigstens beruflich hatte ich Optionen und ein Ziel, auf das ich hinarbeiten konnte. Erst jetzt ging mir auf, wie sehr mir das half.

Also zog ich durch. Ich nahm an allen Meetings meines Teams teil, arbeitete mich in den neuen Auftrag ein und berief eine Teamleiterrunde ein, um mich mit den anderen abzustimmen. Ich wollte ihre Zweifel zerstreuen und tatsächlich brachte das Gespräch über Strategien und Prozesse den gewünschten Erfolg.

Ich erzählte ihnen auch in Auszügen, was bei *Spedfield* losgewesen war, ohne ins Detail zu gehen.

Allerdings spürte ich, dass zumindest Anna eine Vermutung hatte, was vorgefallen war. Falls es so war, schwieg sie dazu, aber ich wollte wachsam bleiben.

Sicher ist sicher.

Am Dienstag traf ich mich mit Nick und Sam, doch es ging mir schon viel besser und ich genoss den schönen Abend mit gutem Essen und meinen beiden Lieblingsmännern.

Ihnen ging es gut, Lola und Kira ging es gut.

Mehr brauchte ich nicht.

Am Donnerstag schlief ich lange und verbrachte den Tag in Ruhe. Ich ging spazieren, danach zum Yoga und sortierte anschließend zuhause meinen Kleiderschrank.

Am Freitag wollte ich meine Eltern in Eckernförde besuchen, das letzte Mal war ewig her. Heute lautete der Plan, mich mit einem Glas Wein aufs Sofa zu setzen und mir einen Film anzusehen, den ich schon lange schauen wollte.

Ich schenkte mir ein, als es klingelte. Ich erwartete niemanden, dennoch ging ich zur Tür und öffnete.

Ich sah in Xanders Gesicht.

»Hi.«

»Hi.« Ich starrte ihn an, ähnlich wie damals bei Anina brachte ich ihn nicht mit diesem Ort in Verbindung.

»Bitte entschuldige, dass ich hier so aufkreuze.«

»Woher weißt du, wo ich wohne?«, fragte ich.

»Von der Rechnung von K+R. Deine Adresse stand auf deiner Stundenauflistung.« Er lächelte verzweifelt. »Tut mir leid, ich ... Ich muss mit dir sprechen. Ich muss ...« Er atmete durch. »Ich muss dir was sagen.«

Ich verstand immer noch nichts, aber jetzt trat ich mechanisch zurück und ließ ihn eintreten. War etwas mit der Firma? Mit meiner Abrechnung? Ich kam nicht mehr mit. Mein Gehirn verweigerte die Arbeit.

Rote Stressflecken bildeten sich auf seinen Wangen, sein schwarzes Haar war noch zerzauster als sonst. Ich hatte ihn noch nie in etwas anderem als einem Anzug gesehen, dachte ich benommen. Heute trug er ein dunkelrotes Shirt.

»Tom hat gesagt, dass du nicht mehr zurückkommst.«

»Ja, das stimmt.« Jetzt sah er mich an. Er trug heute keine Brille, ich blickte direkt in seine dunkelblauen Augen.

»Diese Information war schlimm für mich.«

»Das tut mir leid.«

»Brina, ich weiß nicht genau, was zwischen dir und Dan oder dir und Tom war. Es interessiert mich auch nicht. Nur, dass es einen Grund geben muss, warum du nicht zurückkommst. Ich ...«, er brach ab. Ich gab ihm die Zeit, um sich zu sammeln. Ich wusste auch nicht, was ich sagen sollte. »Ich musste einfach zu dir kommen«, fuhr er fort. »Seitdem ich dich das erste Mal sah, gehst du mir nicht mehr aus dem Kopf. In deiner Gegenwart fühle ich mich so gut. Ich habe bei dir etwas gefunden, das ich immer gesucht habe. So, das wollte ich sagen.«

Ich stand auf und bot ihm ein Glas Wein an. Meine Bewegungen waren kontrolliert, doch ich nahm sie gar nicht wahr. In meinem Kopf ratterte es, doch langsam verstand ich, was er von mir wollte. Mit dem gefüllten Glas kam ich zurück und sah ihn an, wie er auf meiner Couch hockte. Er war gestresst, das alles verlangte ihm viel ab.

»Ich finde es sehr mutig von dir, herzukommen«, sagte ich. »Du bist also hier, weil ich mit dir weitermachen soll.«

»Ja. Nein.«

Lag ich doch falsch? Ich legte den Kopf schief. »Nein?«

»Ich bin hier, weil ich ständig an dich denken muss. Ja, ich bin hier, weil du bist, wie du bist. Aber in der Hauptsache bin ich hier, weil ich in deiner Nähe sein möchte. Falls du auch an meiner Interesse hast.«

Ich brauchte ein paar Sekunden, bis ich verstand.

Ein warmes Gefühl breitete sich in meinem Inneren aus.

Er war meinetwegen hier.

Nur meinetwegen.

Er wusste, wie ich war und war genau deswegen hier.

Ich erinnerte mich an die Situation im Büro. An die Hitze. Sie kehrte zurück.

Ich musste vorsichtig sein. Zu tief saß der Schmerz. Ich musste endlich klug werden.

Doch Xander meinte es ernst.

Er war vollkommen ehrlich zu mir und in seinen Augen stand eine Freimütigkeit, die mich rührte.

Hingabe.

Für mich.

Mein Herz flatterte.

Warum hatte ich das vorher nicht gesehen? Warum war ich so blind?

Ich hatte mich von einem charmanten Lächeln und einem starken Auftritt blenden lassen.

Ich war eine Idiotin. Aber Xander war kein Idiot. Er bot sich mir auf eine Art an, von der ich immer geträumt hatte. Die ich mir gewünscht hatte. Die ich übersehen hatte.

Wie konnte ich nur?

Jetzt bekam ich eine Chance, wahrscheinlich meine einzige.

Ich rutschte zu ihm hinüber, bereit, alles auf eine Karte zu setzen. »Schließ die Augen.« Er gehorchte und ich küsste seine weichen Lippen.

Es war wie nach Hause kommen. Die Wärme in meinem Inneren verband sich mit der Hitze zwischen meinen Schenkeln.

Endlich.

Endlich hatte er mich gefunden.

Ich strich mit den Fingern über seine Wangen und sog seinen Geruch ein. Er roch frisch und klar, trotzdem war da eine erdige, maskuline Note.

Sie war fein, doch ich nahm sie wahr. Wie er selbst drängte sie sich nicht auf. Seine Haut unter meinen Händen war warm und weich. Er fühlte sich so gut an.

›Endlich‹, dachte ich. ›Endlich bist du da.‹

Seine Hände zuckten, doch er ließ sie auf seinen Oberschenkeln liegen. Er wartete auf mich.

»Berühr mich«, flüsterte ich an seinem Mund. Sofort spürte ich ihn. Der Kontakt war zart, beinahe zögerlich. Er glitt über meinen Rücken zu meiner Taille und verharrte an meinen Rippen. Dann zog er mich näher an sich. Unser Kuss wurde intensiver. Mit meiner Zunge glitt ich zwischen seine Lippen und seufzte, als er sie mit seiner empfing.

Ich fühlte mich überrollt. Ich verstand es einfach nicht. Stattdessen versank ich immer weiter in unserem Kuss.

In ihm.

Es war wie ein Rausch, der sich langsam und vorsichtig durch die Adern schlich. Mein Körper kribbelte, als stünde ich unter Strom, und ich ahnte, dass dieser Rausch sich nicht so einfach vertreiben ließ, wenn er seine volle Macht entfaltet hatte.

Ich wollte es auch nicht.

Ich musste weiter gehen. Ich musste herausfinden, was noch passieren konnte.

Ich wollte mich hingeben. Ihm. Mir. Uns.

Ich fuhr durch sein Haar und drückte mich noch enger an ihn. Zwischen uns war viel zu viel Stoff. Ich zog ihm das Shirt über den Kopf und streifte die Träger meines weißen Baumwollkleides über meine Schultern. Er betrachtete mich mit der gleichen Intensität, wie mein Blick über seinen Körper glitt.

Ich streichelte seine helle Haut und die festen Muskeln darunter. Sie waren definiert, ohne aufdringlich zu sein. Mir gefielen seine langen Gliedmaßen und seine athletische Statur. Es passte alles perfekt zusammen.

Ich wollte diesen Körper erkunden und jeden Zentimeter kennenlernen. Ich wollte herausfinden, was ihm gefiel. Wie viel er nehmen und zurückgeben konnte. Seine Augen sagten mir, dass er zu allem bereit war.

Ich stand auf und streifte mein Kleid komplett ab, jetzt trug ich nur noch einen weißen Slip. Sein Blick tastete über meine Haut.

»Sieh mich genau an.« Er hielt den Atem an, als ich auch noch den letzten Rest Stoff entfernte. »Komm näher.« Er rutschte von der Couch und kniete sich vor mir auf den Boden. Langsam legte er seine Hände an meine Beine, dabei sah er mich unentwegt an. Ich ließ ihn gewähren. Sein Atem auf meiner Haut jagte Schauer über meinen Körper und machte mir deutlich, wie feucht ich schon war.

»Noch näher.«

Er legte seine Wange an meinen Oberschenkel und schloss die Augen. Ich streichelte sein Haar und genoss seine Nähe. Mein Herz klopfte wie verrückt. Ich schloss die Augen, um ihn noch besser zu spüren. Er hatte leichte Stoppeln auf den Wangen, sie kratzten wohlig über meine Haut. Seine Hände waren warm und hielten mich.

»Noch näher.« Er sah zu mir auf und küsste meinen Oberschenkel. Vorsichtig, langsam. Er beobachtete jede meiner Regungen, bereit, jeder Anweisung sofort zu folgen. Ich hielt ihn mit meinem Blick gefangen.

»Noch näher.« Seine Lippen bahnten sich ihren Weg zwischen meine Schenkel und immer weiter hinauf.

Sie legten sich auf meine Haut und Erregung fuhr wie ein Blitz durch meinen Körper. Er war so sanft, dass ich beinahe die Beherrschung verlor.

Wer dominierte hier wen?

Welche Rolle spielte das in diesem perfekten Moment?

Er legte sich in meine Hände.

Und zum ersten Mal seit langer Zeit, war ich bereit, etwas von mir zurückzugeben. Etwas, das ich gestorben glaubte.

Seine Augen waren eine stumme Frage.

»Ja.«

Seine Zunge fuhr zwischen meine Schamlippen und ich seufzte laut. Unsere Blicke bohrten sich ineinander. Er wollte meine Reaktion sehen, ich wollte sie ihm zeigen. Die raue Oberseite seiner Zunge fuhr durch meine Feuchtigkeit und über meine Klit, die sehnsüchtig pochte.

»Ja, genau da«, keuchte ich und er konzentrierte sich auf diesen Punkt. Ich fuhr mit den Fingern durch sein Haar und rieb mich an seinem Mund, nur ein wenig, er sollte die Arbeit verrichten. Er liebte es, ich sah es ihm an. Unter seiner Jeans zeichnete sich sein Schwanz ab und ich konnte es kaum noch erwarten, ihn endlich zu sehen. Zu spüren. Zu schmecken.

Die Fantasien, die ich zwischenzeitlich verdrängt hatte, kamen zurück und ich kämpfte die Gier nach ihm nieder.

Ich wollte jede Sekunde genießen, sie auskosten und gleichzeitig alle Register ziehen.

Nein. Er war es wert, mir alle Zeit der Welt zu nehmen.

Xander leckte mich mit einer Hingabe, die mir den Atem raubte. Meine Knie wurden weich und in meinem Unterleib schlugen Funken zu einer Flamme.

»Mach weiter.« Meine Finger krallten sich in seine Haare, der Blickkontakt wurde immer intensiver.

Er konnte es.

Es war ganz einfach.

Natürlich. Als hätten wir nie etwas anderes getan.

Wir konnten die Augen nicht voneinander lassen. Ich spürte ihn, nicht nur seinen Körper. Nicht nur seine Zunge, die mich auf den Höhepunkt zutrieb.

Ich biss mir auf die Unterlippe und kam. Er presste sein Gesicht noch fester gegen meine Pussy und leckte mich weiter, saugte meine Klit in seinen Mund und versenkte seine Zunge in mir. Meine Knie gaben nach und ich musste mich an ihm festklammern, um nicht zu fallen. Schweratmend beugte ich mich zu ihm hinab und küsste ihn. Ich rutschte zu Boden, auf seinen Schoß und schlang die Beine um ihn.

Seine Arme schlossen sich um mich und er küsste mich so heiß und innig, dass mir abermals die Luft wegblieb. Meine Glieder kribbelten und ich brauchte ein paar Minuten, um mich einzukriegen. Meine Wange ruhte auf seiner Schulter und ich schloss die Augen. Er hielt mich einfach fest. Sein Atem strich über meinen Rücken.

Am liebsten wollte ich ihn nie mehr loslassen, doch gleichzeitig wollte ich mehr von ihm.

»Mein Gott«, murmelte ich. »Komm mit ins Schlafzimmer.« Ich kam mit weichen Knien auf die Füße und zog ihn hinter mir her. »Zieh dich aus.« Ich musste ihn endlich nackt sehen.

Seine Jeans und Pants flogen zu Boden, er blieb vor mir stehen und ließ mir die gleiche Zeit, ihn zu betrachten, die auch ich ihm gegeben hatte.

Ich lächelte. Ja, ich würde jeden Zentimeter dieses Körpers erkunden. Ihn mir zu eigen machen und ihm alles geben, was ich hatte.

»Knie dich aufs Bett.« Er gehorchte und ich griff nach den Handschellen. Ich fesselte seine Hände hinter seinem Rücken und verband ihm die Augen. Ich wollte all seine Sinne fordern und lächelte erneut, als ich ihn betrachtete. Er hatte den Kopf leicht zurückgelehnt, durch seine Lippen schimmerten seine weißen Zähne.

Ich spürte die Anspannung seiner Nerven, seine Aufregung. Seine Erregung sah ich, nicht nur an seinem Schwanz, der sich mir entgegen reckte. Ich sah sie auch an seinen harten Nippeln und der Gänsehaut, die seinen Körper trotz der sommerlichen Hitze überzog. Er wollte mich so sehr wie ich ihn.

Zwischen meinen Beinen pochte es und ich berührte mich selbst, dabei behielt ich ihn genau im Blick. Er drehte den Kopf in meine Richtung und ich schob ihm meine Finger zwischen die Lippen, damit er an ihnen saugte. Er tat es sofort.

Womit sollte ich anfangen?

Es gab tausend Dinge, die ich mit ihm tun könnte. Hundert Ideen, wie der Abend ablaufen könnte, schossen durch meinen Kopf. Ich musste mich fokussieren und es genießen.

Er war nicht hier für eine Nacht.

Bei dieser Erkenntnis bekam ich eine Gänsehaut.

›Verrenn dich nicht schon wieder‹, ermahnte ich mich selbst. ›Das ist schon zu oft schiefgegangen. Nutze den Moment. Genieße ihn. Dann sieh, was danach kommt.‹

Ich kniete mich hinter Xander und ließ meine Hände über seine nackte Brust wandern. Ich rieb seine harten Nippel, erkundete ihn, lernte ihn kennen. Jede Vertiefung zwischen den Rippen, jede Erhebung eines Muskels.

Die Narbe an seiner linken Flanke, direkt unter dem Rippenbogen. Sie war so lang wie mein Zeigefinger.

Ich rieb meine Wange an seinem Hals und strich mit meinen Brüsten über seinen Rücken. Rieb meine Hüfte an seinem festen Hintern, mit dem ich noch viel anstellen könnte.

Meine Rechte glitt hinunter zu seinem Schwanz und umfasste ihn, meine Linke legte ich an seine Kehle. Xander schnappte nach Luft, als ich seinen Schaft hinauf und wieder herunter massierte, den Druck variierte. Abermals gab ich mich dem Fühlen hin und erforschte jeden Zentimeter. Genoss, wie hart er sich unter der weichen Haut anfühlte. Wie sich seine Halsmuskeln unter meiner Hand anspannten, dabei drückte ich nicht einmal zu. Wie rund und prall seine Eichel war.

Ich schloss die Augen und stellte mir vor, wie er sie zwischen meinen Schamlippen rieb und dann in mich eindrang, mich dehnte und mich dann langsam und tief vögelte.

Allein der Gedanke war so intensiv, dass meine Hand schneller wurde und er zischend Luft holte.

»Brina ...«

»Ja?« Ich verstärkte den Druck auf seine Kehle, sodass er sich gegen mich lehnte.

Er war ganz in meiner Hand. Und er genoss es. Von ganzem Herzen.

»Ist es so, wie du es dir gewünscht hast?«

»Besser«, keuchte er und kam meinen Bewegungen mit seinem Becken entgegen. »Ich ... Oh Gott, ich kann gleich nicht mehr.«

»Das entscheide ich. Du kommst nicht ohne meine Erlaubnis.« Meine Zunge fuhr über seine Ohrmuschel. »Verstanden?«

»Ja.« Er biss die Zähne zusammen und krümmte sich. Ich liebte es, zu sehen, wie er sich abmühte, um mir zu gehorchen. Genau so sollte es sein. Genau das war der Kern der Hingabe, die ich brauchte. Nur so konnte ich ihm alles geben, was ich hatte.

Ich quälte ihn mit meinen Händen und er wand sich unter meinen Berührungen. Sein Stöhnen wurde immer angestrengter und sein Atem ging heftig. Als ich eine kleine Kontraktion spürte, gab ich ihn frei. Er seufzte tief, da nahm ich seine gefesselten Hände und rieb mich an ihnen.

»Zeige- und Mittelfinger«, forderte ich und hörte ihn stöhnen, als ich sie mir einführte. Oder hatte ich gestöhnt?

Ich gönnte mir ein paar Sekunden, dann löste ich mich von ihm und stieg vom Bett. Sein Schwanz war so hart, dass ich ihm eine Minute Pause gewähren musste, sonst kam er bei der nächsten Berührung.

Ich kniete mich vor ihn und küsste ihn, ergötzte mich an dem Gefühl, das mit jedem Kontakt entstand. Diese Wärme, die sich von innen um meinen Körper legte.

Ich nahm ihm die Handschelle an der rechten Hand ab und befahl ihm, sich auf den Rücken zu legen. Dann legte ich sie ihm wieder an und fesselte ihn an den unteren Bettpfosten. Ich nahm ihm die Augenbinde ab und griff nach dem Kondom auf meinem Nachttisch.

Seine Augen verdunkelten sich, als ich es über seine Erektion abrollte und mich dann über ihn kniete.

Normalerweise hätte ich mich umgedreht, um ihm noch mehr einzuheizen, die ganze Show zu bieten, doch ich wollte den Blickkontakt. Ich wollte jede Regung seines Gesichts sehen, wenn ich ihn vögelte. Alles andere konnten wir nachholen.

Ich legte meine Hand um seinen Schwanz und platzierte ihn, rieb mich an ihm und verteilte die Feuchtigkeit noch weiter. Ich wollte ihn auf jede Art spüren.

Es ging nur eins zur Zeit, also senkte ich mich langsam herab und nahm ihn zentimeterweise in mir auf.

»Oh ja ...«

Ich beugte mich vor und küsste ihn erneut. Wir sahen uns in die Augen und ein Schweißtropfen rann über meinen Hals zwischen meine Brüste. Ich rollte den Kopf einmal von hinten nach vorn, sammelte mich, dann ritt ich ihn. Langsam, sanft. Ich wollte ihn spüren, in ganzer Länge, in ganzer Intensität.

Dann steigerte ich das Tempo, hielt mich unter Kontrolle, obwohl ich alles sofort wollte. Ich wünschte das Kondom weit weg und dass ich mir meine Belohnung sofort von ihm holen könnte.

›Nimm, was du jetzt kriegen kannst. Und davon alles. Restlos alles.‹

Ich wurde noch schneller und nahm ihn immer wieder tief in mir auf. Ich glitt auf und ab, vor und zurück. Schweiß rann über meinen Körper und mein Herz hämmerte gegen meine Rippen.

Es fühlte sich so gut wie lange nicht mehr an.

»Oh Gott, Xander!«

Ich kam, nur Sekunden später war er so weit und bäumte sich unter mir auf. Der Blickkontakt hielt und intensivierte meinen Orgasmus so, dass ich noch ein zweites Mal kam. Ich machte weiter, konnte einfach nicht aufhören, bis ich erschöpft über ihm zusammen-brach. Ich legte meinen Kopf auf seine Brust und spürte sein Herz. Es schlug mindestens so schnell wie meins.

Über mir holte er tief Luft.

»Ich würde dich so gern umarmen«, flüsterte er. Mit kribbelnden Händen machte ich ihn los und schloss die Augen, als sich seine Arme um mich legten.

Neben mir atmete jemand.

Ruhig und tief. Er schlief noch und das schenkte mir einen Frieden, der mich schwindelig machte. Ich fühlte mich so gut wie seit Ewigkeiten nicht mehr.

Xander.

Ein Lächeln kräuselte meine Lippen und ich kuschelte mich in seine Umarmung.

›Nur nichts überstürzen‹, mahnte meine Vernunft, die in letzter Zeit zu kurz gekommen war. Sie hatte recht. Ich durfte mich dem guten Gefühl nicht vollkommen ergeben. Ich musste ruhig bleiben. Realistisch.

Er schlug die Augen auf und meine Vernunft hatte es schwer, die Oberhand zu behalten. »Hey.«

»Hey.« Ich lächelte. »Hast du gut geschlafen?«

»Ja.«

Ich sah ihn an und wusste nicht, was ich sagen sollte. Mir fehlten die Worte und ich hatte Angst, aus Verlegenheit die Falschen zu wählen. »Ich koche uns Kaffee.«

»Bitte warte kurz«, bat er.

Ich sah ihn wieder an. Auch er suchte nach Worten, aber es fiel ihm leichter als mir. »Danke für letzte Nacht.«

Mein Herz sank. Warum bedankte er sich?

»Ich musste daran denken, seit ich dich das erste Mal sah. Du hast diese Aura, die ich nicht in Worte fassen kann.«

»Das bin einfach ich«, sagte ich. Meine Stimme klang dünn. Er hatte bekommen, was er wollte, und sagte mir jetzt charmant, dass eine Nacht reichte.

»Das habe ich vorher noch nie gespürt.« Er nahm meine Hand. »Danke, dass du mir diesen Traum erfüllt hast.«

»Gern geschehen.« Ich schluckte hart an dem Kloß in meiner Kehle. Meine Augen brannten.

Nein. *Nein, nein, nein.*

Ich wandte schnell den Blick ab und versuchte, aufzustehen. Er hielt meine Hand fest.

Ich atmete tief durch und sammelte mich, damit ich ihm ein unverbindliches Lächeln schenken konnte. Er sollte meine Enttäuschung nicht sehen.

Ich fühlte mich leer. Ich war ratlos, wie ich weitermachen sollte. Ich konnte ihn nicht wiedersehen, das würde mir den Rest geben.

Er hielt mich immer noch fest.

»Ich kann nicht immer alles tun, was du willst.« Ich riss die Augen auf und starrte ihn an. Seine Worte passten nicht zu meinen Gedanken.

»Aber du bist diejenige, die mir gibt, was ich schon immer gesucht habe. Ich wusste es schon länger, aber du hast es richtig hervorgelockt.« Er lächelte schief. »Trotzdem kann ich das nicht ständig für dich tun. Ich muss auch mal das Sagen haben, weißt du? Ich habe vier ältere Schwestern und bin Assistent der Geschäftsleitung, also muss ich andauernd tun, was man mir aufträgt. Ich brauche manchmal die Bestätigung, dass ich ein echter Kerl bin. Wenn es also für dich in Ordnung wäre, dass ich ...« Er brach ab, als ich heftig nickte.

»Okay, das war deutlich.«

Ich hörte auf zu nicken, aber der Impuls war stark. Mein Herz flatterte. Die Hoffnung kehrte zurück. Ich wagte ein Lächeln, doch ich musste ihm noch etwas sagen: »Die Dominanz ist ein Teil von mir. Aber ich suche einen Partner auf Augenhöhe.«

Ich biss mir auf die Lippe und starrte auf meine Bettdecke. Das war schon wieder zu viel. Zu viel Information. Zu viel Tiefe.

»Das tue ich auch«, sagte er sanft. Das Flattern in meiner Brust nahm zu. Die Hoffnung wuchs. Er strich mit den Fingern über meine Wange.

»Ich möchte dich sehen. Die letzte Nacht wiederholen. Und schauen, wohin es mit uns beiden geht. Aber ohne Druck. Ohne Erwartungen, denen keiner von uns gerecht werden kann«, flüsterte ich.

»Das klingt wunderbar.« Er setzte sich auf und nahm mein Gesicht in seine Hände. »Das ist jetzt einer dieser Momente, in denen ich ein echter Kerl bin«, erklärte er und küsste mich.

Ich versank in ihm und schlang meine Arme um seinen Nacken.

»Das ist genau, was ich will.«

❧❧

Danke

Ich möchte diese letzte Seite nutzen, um mich bei allen zu bedanken, die mich bei der Entstehung dieser Geschichte unterstützt haben.

Brina kam unverhofft dazwischen, ich hatte sie gar nicht eingeplant, doch dann war sie plötzlich da und ich musste ihre Geschichte einfach erzählen. Ich wollte ihren Charakter zeigen und einen Einblick in das Leben einer dominanten und dennoch verletzlichen Frau geben.

Ich hoffe, dass ich Dich in ihre Welt entführen und Dir angenehme Lesestunden bescheren konnte. Wenn Du meine vorherigen Romane gelesen hast, werden Dir einige Charaktere bekannt vorgekommen sein, ich hoffe, das war für Dich genauso schön wie für mich.

Mein nächster Roman ist bereits in Vorbereitung und auch dieses Mal ist die Protagonistin eine Bekannte: Freu dich auf ein Wiedersehen mit Edie (das wird spannend), K+R, natürlich mit Brina und auch mit Sam und Claire.

Denn im nächsten Roman heißt es ganz klar: »She's the Boss«. Ich würde mich sehr freuen, wenn wir uns dann wiedersehen und Du mir die Treue hältst.

Bis dahin alles Gute.

Deine K.I.M.